Das Bernsteincollier

Die Autorin

Eva Grübl-Widmann wurde 1971 in Wien geboren. Sie studierte Grundschullehramt und Gehörlosenpädagogik. Nach achtjährigem Auslandsaufenthalt in Stockholm und Mailand, lebt sie heute mit ihrer Familie wieder in Österreich und unterrichtet an einem Kompetenzzentrum für hörbeeinträchtigte Kinder. Ihre Freizeit gehört ganz ihren drei Leidenschaften, ihrer Familie, dem Schreiben von Romanen und dem Reisen in ferne Länder.

Eva Grübl-Widmann

Das Bernsteincollier

Roman

Weltbild

Besuchen Sie uns im Internet:
www.weltbild.de

Genehmigte Lizenzausgabe für Weltbild GmbH & Co. KG,
Werner-von-Siemens-Straße 1, 86159 Augsburg

Umschlaggestaltung: *zeichenpool, München
Umschlagmotiv: www.shutterstock.com (© Le Do , © Andrey tiyk,
© Jozef Sowa, © rafal.dlugosz); © Richard Jenkins Photography
Satz: Datagroup int. SRL, Timisoara
Druck und Bindung: GGP Media GmbH, Pößneck
Printed in the EU
ISBN 978-3-96377-033-3

2022 2021 2020 2019
Die letzte Jahreszahl gibt die aktuelle Lizenzausgabe an.

Für meine Eltern
Johanna und Hubert

1

Stockholm, Schweden, Januar 2015

Inga öffnete die Eingangstür des Appartementhauses, sog die kalte Luft mit einem tiefen Zug in ihre Lunge und blies hüstelnd kleine Dampfwolken aus dem Mund. Sie fröstelte, zog ihren Wollschal über Kinn und Nase und betrat die hauchdünne Schneedecke auf dem Bürgersteig. An diesem frühen Sonntagmorgen war kaum jemand unterwegs. Eigentlich hatte Inga das Wochenende nützen wollen, um sich etwas Ruhe zu gönnen, sich zu vergraben unter dicken Daunendecken und einfach dem Nichtstun zu frönen. Stattdessen ging sie nun rastlos und verunsichert über die Straßen des noch im Tiefschlaf ruhenden Stockholms.

Spät am gestrigen Abend hatte das Handy geklingelt. Die ungewohnte Besorgnis in der sonst so ruhigen Stimme ihres Großvaters hatte sie irritiert. Der alte Mann hatte sich hinter seltsamen Bemerkungen versteckt, um dann alle Fragen mit Schweigen zu beantworten. Als würde er im selben Moment, in dem die Worte über seine Lippen gekommen waren, bereuen, sie ausgesprochen zu haben. Inga hatte sofort ihre Mutter Pernilla angerufen, doch als sich diese nicht gemeldet hatte, hatte sie den Entschluss gefasst, ihrem Großvater gleich am Morgen einen Besuch abzustatten.

Sie ging die Treppe zur U-Bahn am Östermalmstorg hinunter, stieg in die rote Linie und fuhr bis zur Endstation Ropsten. Der U-Bahnhof war menschenleer. Der süßliche Duft frisch gebackener Zimtschnecken stieg ihr in die Nase und lockte sie in einen Kiosk, in dem der Verkäufer gelangweilt in der Sonntagsausgabe des *Svenska Dagbladet* blätterte. Sie bestellte vier der köstlich warmen Schnecken und löste eine Karte für die Lidingöbahn.

»Früh unterwegs«, stellte der Verkäufer mit einem bemühten Grinsen fest.

Inga nickte stumm, schob ihm das Geld hin und griff nach der Papiertüte.

Die kleine Bahn setzte sich mit einem zähen Ruckeln in Bewegung, ächzte ebenso altersschwach wie müde und rollte gemächlich über die Brücke, die über das Wasser auf die Insel Lidingö führte. Trotz der anhaltenden Dunkelheit erhellte der Schnee die Umgebung. Bunte Bojen ragten regungslos aus dem gefrorenen Meer, das hier, wo es sich mit dem Süßwasser des Mälaren vermischte, schneller gefror als an anderen Küsten Schwedens. Die Kälte hatte die Wellen zum Schweigen gebracht.

Inga lächelte, als sie den kleinen Eisbrecher am Horizont auftauchen sah, der sich einen Weg durch das gefrorene Wasser bahnte. Obgleich das Rattern des Zuges das einzig wahrnehmbare Geräusch war, malte sie sich das Knacken und Ächzen aus, unter dem die Schollen nachgaben, zerbarsten, und, auf dem Wasser des großen Sees treibend, zurückblieben. Die Tage, an denen sie mit ihrem Bruder Magnus am Ufer gesessen hatte, die langen Schlittschuhe lässig über die Schulter geworfen, den Eisbrecher im Visier, lagen Jahre zurück. Dennoch ließen das kleine Monster, wie sie das Schiff als Kinder genannt hatten, und das unberührte Eis die Erinnerungen aufleben. Magnus, Ingas jüngerer Bruder, studierte an der Hochschule in Göteborg und kam nur noch selten nach Stockholm.

Inga seufzte und sank tiefer in den Sitz. Immer noch steckte ihr die Müdigkeit in den Gliedern. Ihre Gedanken wanderten zu den glücklichen Momenten, die sie mit ihrem ehemaligen Lebensgefährten Sven auf der Insel verbracht hatte: die Lagerfeuer und die Abende mit Gitarre im Garten ihres Großvaters, die Wintertage, an denen sie verliebt zu zweit auf dem gefrorenen See, der versteckt in der Mitte der Insel lag, Schlittschuh gelaufen waren. Es waren schöne Erinnerungen. Zu schön, um sie einfach beiseitezuschieben, und dennoch zu schmerzhaft, um an ihnen festzuhalten. Der Schock der Trennung saß immer noch tief, und Inga ertappte sich nicht selten dabei, die Schuld für Svens Untreue bei sich zu suchen. In den letzten Wochen hatte sie sich entweder in ihre Wohnung zurückgezogen oder war wie automatisch Tag für Tag zur Arbeit gegangen, um ihre Pflichten zu erfüllen und ihren Kopf zu zwingen, das ständige Grübeln zu unterlassen.

Sieben Stationen waren es mit der Lidingöbahn. Kalle Johansson lebte am südlichen Ende, dem schönsten Teil der Insel, wie er stets behauptete, mit Blick auf das Meer und die gegenüberliegende Küste. Inga bereute ihre Nachlässigkeit, was die Besuche bei ihrem Großvater betraf. Damals, vor fünf Monaten, als Sven Inga ganz plötzlich und ohne Vorwarnung verlassen hatte, war er es gewesen, der ihr Trost geschenkt hatte, zu dem sie jeden Abend gefahren war, um auf andere Gedanken zu kommen. Nach einigen Wochen, als sie wieder in ihr Leben zurückgefunden hatte, waren die Besuche wieder seltener geworden. Ihr Großvater grollte ihr nicht deswegen. Er war da, wenn sie ihn brauchte, und drängte nicht, wenn sie Abstand suchte.

Anders als Pernilla, Ingas Mutter, die sie mit gut gemeinten Anrufen und Worten des Trostes bombardierte und ständig nach Begründungen für Svens Handeln suchte. Sie ließ nicht unausgesprochen, dass auch Inga Schuld am Scheitern der Beziehung trug. Inga nahm das ihrer Mutter nicht übel, doch es war anstrengend, sich ständig zu erklären, unablässig über Sven zu sprechen und über den Schmerz, den sie empfand.

Bei ihrem Großvater musste Inga nichts sagen. Er nahm sie schweigend in den Arm und ermunterte sie, sich neue Beschäftigungen zu suchen oder ihm bei der Gartenarbeit zu helfen. Doch nie hatte er ein Wort über Sven verloren. Er war ihre größte Stütze gewesen, und dennoch hatte sie ihn in letzter Zeit vernachlässigt. Das Alter setzte Ingas Großvater zu, und ihr wurde bewusst, dass jeder Tag in seinem langen Leben der letzte sein könnte. Er hatte die neunzig überschritten, was den meisten Menschen nicht vergönnt war, und war halbwegs gesund und fit im Geiste.

Das gleichmäßig rhythmische Rattern des Zuges ließ Inga schläfrig werden. Sie legte den Kopf in den Nacken und schloss die Augen. Sie genoss die Erinnerungen an ihre Kindheit, an ihren Großvater und sein ruhiges Naturell, das ein wenig geheimnisvoll wirkte. Kalle Johansson war immer schon ein besonderer Erzähler gewesen. Er wusste auch heute noch, seine Stimme wie ein Werkzeug zu benutzen. Damals, als Inga noch klein gewesen war, hatte er Wolf wie Hexe so gut nachgeahmt, dass sie und ihr Bruder Schutz unter der Decke gesucht hatten, vor Angst, von einem bösen Fabelwesen gepackt und verschleppt zu werden. Inga und ihr Bruder Magnus waren in der Welt der Geschichten versunken und nicht mehr in der Lage gewesen, zwischen Realität und Fantasie zu unterscheiden. Seit Jahren schon, seit Inga dem Kleinkindalter entwachsen war, waren die Geschichten verstummt, die Hexen und Geister zurück in die Fantasiewelten geflüchtet.

Bis ihr Großvater ihr gestern Abend angekündigt hatte, dass er ihr etwas Wichtiges aus seiner Kindheit erzählen müsse. Inga kannte jedes Fältchen in seinem Gesicht und wusste jede Regung zu deuten. Doch sobald sie sich in die Jahre seiner Kindheit vorwagte, verstummte er und wechselte mit einem nüchternen Kopfschütteln das Thema. Sie wusste wenig über seine Vergangenheit – er war in Berlin aufgewachsen und nach dem Krieg allein nach Schweden geflüchtet, nachdem seine Familie ums Leben gekommen war. Alles andere war unerzählt geblieben. Keine Namen, keine Orte, keine Fotografien. Die Menschen des Krieges, wie Ingas Mutter sie immer nannte, wollten die Zeit des Grauens vergessen und sprachen nicht gern darüber.

Der Zugführer kündigte den nächsten Halt an. Inga stand auf, lugte aus dem Fenster und begab sich zum Ausstieg. Das Wartehäuschen stand mitten in einem kahlen Birkenwäldchen und verschwand fast unter den Schneebergen, die sich rundum auftürmten. Als der Zug hielt, öffnete Inga mit einem kräftigen Ruck die alte Tür und hüpfte leichtfüßig die drei Stufen hinunter.

Der Zauber, der in der frühen Stunde des Tages lag, berührte sie und verleitete sie dazu, innezuhalten und den Moment der absoluten Stille abzuwarten. Das sanfte Rattern des sich entfernenden Zuges verebbte langsam, und bald hörte sie nichts außer ihrem Atem. Es war, als hätte der Winter jedes Geräusch verschluckt. Eine Ladung Schnee fiel zischend von den hängenden Birkenzweigen, was geradezu störend laut wirkte. Der Pfad, der zu der Straße führte, war zu so früher Stunde noch nicht geräumt worden. Inga schaute auf den Weg, der unter der Schneedecke nur noch zu erahnen war. Fast schuldbewusst schritt sie vorwärts und hinterließ ihre plumpen Fußabtritte im makellosen Weiß. Der Schnee wurde tiefer, und bald stapfte Inga durch kniehohe Wechten, die der Wind geformt hatte. Als sie die Straße erreichte, war ihre Hose bereits bis zu den Knien durchnässt, und der Schnee kroch oben in ihre Stiefel, schmolz und rann an ihren Waden nach unten. Sie klopfte sich, so gut es ging, ab und machte sich auf den Weg zum Haus ihres Großvaters.

Nach zehnminütigem Fußmarsch lugte die Dachspitze des gelben Holzhäuschens hinter den Büschen hervor. Als sie vor dem Haus stand, ließ sie ihren Blick von Fenster zu Fenster wandern und lächelte zufrieden, als sie in der Küche gedämpftes Licht schimmern sah. Inga klopfte ihre Schuhe ab, trat die drei Stufen zur Haustür hinauf und drückte auf die Klingel.

»Wer ist da?« Ihr Großvater öffnete, stützte die Arme in die Hüften, als er seine Enkeltochter erblickte, und zog überrascht die Augenbrauen hoch. »Ja, sag mal, Inga. So früh? Ist was passiert?«

Sie schüttelte den Kopf und schlug sich fröstelnd auf die Oberarme. »Nein, Opa, alles in Ordnung. Es ist furchtbar kalt heute Morgen.«

Sie betrat das alte Häuschen, schälte sich aus der dicken Jacke und stieß einen tiefen Seufzer aus, als ihr die bekannten Gerüche in die Nase stiegen: Kaffee, altes Holz, Feuer, das im offenen Kamin knisterte. Das kleine Appartement, das sie seit der Trennung von Sven bewohnte, war in miteinander harmonierenden Farbtönen eingerichtet, puristisch und kühl, klare Linien, Metall und Glas, so wie es der moderne Geschmack verlangte. Sie liebte ihre Wohnung in perfekter Lage, neu und glänzend. Doch gegen das Häuschen, in dem ihre Mutter aufgewachsen war, erschien ihr das moderne Appartement seelenlos. Sie lächelte ihren Großvater an, der ihr besorgt über die Schultern strich. Seine Haltung war gebückt, und das Stehen ohne Stock fiel ihm schwer.

Er musterte Inga mit neugierigen Augen, die von tiefen Falten umrandet waren. »Du bist ganz durchgefroren. Was machst du denn hier zu dieser Uhrzeit?«

»Du wolltest doch mit mir sprechen, mir etwas erzählen.«

Kalle Johansson nickte. »Ach, Kind, so warst du schon immer. Musst alles sofort wissen, nicht wahr?« Er schmunzelte versöhnlich, stützte sich auf Ingas Arm und setzte langsam einen Fuß vor den anderen. »Komm, trinken wir eine Tasse Kaffee.«

»Ich habe Zimtschnecken mitgebracht.« Inga führte ihren Großvater zum Sofa, ging in die Küche und legte das duftende Gebäck auf einen Teller. Dann öffnete sie zielsicher den Küchenschrank und holte zwei Tassen heraus. Sie wandte sich zur Tür und sah ihre Großmutter um die Ecke kommen – mit geblümter Schürze und weit ausgebreiteten Armen. Im selben Moment löste sich die Gestalt in nichts auf und hinterließ einen sehnsüchtigen Schmerz in Ingas Brust. Sie fehlte ihr. Der Duft von ihrem Parfum, ihr fröhliches Lachen, die leuchtenden Weihnachtssterne am Fenster. Mit einem Seufzer schüttelte Inga die Erinnerung ab, nahm das Tablett, stellte es auf das Tischchen im Wohnzimmer und ließ sich auf das gepolsterte Sofa fallen.

»Weißt du«, sagte Kalle und legte seiner Enkelin die mit Altersflecken übersäte Hand auf die ihre, »als deine Großmutter gestorben ist, habe ich nicht erwartet, dass ich noch so lange leben darf. Ich habe Jahr für Jahr verstreichen lassen, aber nun muss ich mit euch sprechen. Ich muss euch noch so vieles erzählen ... Bevor es zu spät ist.«

Inga nahm einen Schluck Kaffee und sah ihn über den Tassenrand an. »Bevor was zu spät ist?«

Kalle fuhr mit dem Zeigefinger über den Teller und pickte Krümel auf. »Gute Zimtschnecken, fast so lecker wie nach Omas Rezept ...«

»Opa!«

»Ja, ja, Liebes. Entschuldigung.« Er räusperte sich und wandte sich ihr mit gefasstem Blick zu. »Ich habe Krebs. Ich werde sterben, schon bald.«

Ingas Augen weiteten sich. Mit trockener Kehle stellte sie die Tasse ab. »Oh nein, Opa! Was können wir tun?«

»Gar nichts, Liebes. Was sollten wir schon tun? Es ist unheilbar, und ich bin doch ohnehin schon über neunzig.«

»Aber was ist mit einer Chemotherapie?«

Kalle senkte den Blick und überlegte einen Augenblick, als würde er nach Worten suchen, die das Offensichtliche erklärten. »Inga, ich bin so alt. Wer braucht da noch eine Chemotherapie? Ich möchte in Frieden sterben, und ich bin froh, dass mir noch genug Zeit bleibt, um alle meine Lieben zu sehen und ihnen alles zu sagen, was mir auf dem Herzen liegt.«

Inga biss sich auf die Unterlippe und schwieg. Ihr Großvater ließ die Stille zu, legte nur den Arm um sie. Als sie schließlich das Kinn anhob, um etwas zu erwidern, verlor sie den Kampf gegen die Tränen. Sie schluchzte und schmiegte sich an seine Schulter. »Ich will nicht, dass du stirbst. Dann bin ich allein. Sven ist weg. Du bist weg.«

Für einen wertvollen Moment lang war sie wieder das kleine Mädchen, das in seinen schützenden Armen lag und ihren Willen durchsetzen wollte.

Kalle lächelte liebevoll und strich über Ingas Haar. »Ach, Kind. Du kannst dich glücklich schätzen. Du hast doch noch deine Mutter, eine gute Arbeit, bist gesund. Ich weiß, momentan bist du traurig, weil Sven dich verlassen hat. Aber du wirst einen neuen Mann finden. Und dass ich gehe, ist der Lauf der Zeit, mein Liebling. Ich durfte gesund alt werden. Bald wirst du Kinder haben und ihnen von mir erzählen. Es ist alles richtig so, wie es ist.«

Sie drückte sich eng an ihren Großvater, atmete den bekannten Geruch ein – Rasierwasser und ein leichter Hauch Lavendel, den die Wäsche ausströmte – und starrte stumm ins Flackern des Feuers. Hätte sie den Blick nicht abgewandt, hätte sie die Unruhe gesehen, die in seinen Augen flackerte. Doch es waren nicht die Krankheit und der bevorstehende Tod, die ihn beunruhigten, es war die Offenbarung, die ihm bevorstand. Eine Offenbarung, die er fürchtete und die das harmonische Gefüge seiner Familie zerbröckeln lassen konnte wie altes, brüchiges Mauerwerk.

Er hätte nichts sagen können. Seine Familie im Ungewissen lassen und von dieser Welt gehen. Kalle sah auf Ingas Haarschopf, ihre störrischen blonden Locken. Er hatte schon zu lange verschwiegen, was seit Jahren auf seiner Seele lastete. Das beklemmende Gefühl der Angst beschlich ihn wieder. Was, wenn ihm seine Tochter und seine Enkel die jahrelangen Lügen nicht verzeihen und sich im letzten Augenblick seines Lebens von ihm abwenden würden? Er kramte in seinem Gedächtnis nach den richtigen Worten, um den Stein ins Rollen zu bringen, endlich mit der Geschichte zu beginnen. Doch ein Blick auf das traurige Gesicht seiner Enkelin genügte, um die Entscheidung erneut aufzuschieben. Nicht heute, dachte er und strich behutsam über Ingas Haar. Ihr Herz war bereits schwer vor Kummer, und sie brauchte Zeit, um sich an den Gedanken seines Todes zu gewöhnen. Er hatte kein Recht, sie noch mehr zu verletzen.

2

Ostpreußen, Frühling 1911

Die ersten Sonnenstrahlen eines warmen Frühlingsmorgens stahlen sich durch die kleine Kellerluke in Ernas Kammer und zeichneten Lichtpunkte an die kahle Wand. Das fünfzehnjährige Mädchen schlug die Augen auf, verharrte regungslos, den Blick starr an die Decke gerichtet, und genoss den Moment der vollkommenen Ruhe, der für wenige Minuten ihr allein gehörte. Sie schlug die grobe Wolldecke zurück und schwang ihre Beine aus dem Bett. Ernas Blick fiel auf die andere Seite des Zimmers, wo ein zweites Bett an der kahlen Wand stand. Ihre Mutter schlief noch, die Decke hatte sie wegen der warmen Nachttemperaturen abgeschüttelt. Sie bewegte im Traum langsam ihre Lippen. Auf ihrem Gesicht lag jener friedvolle Ausdruck, der nur im Schlaf aufschien. Erna wusste, dass ihre Mutter sich in längst vergangene Zeiten stahl, ins vorige Jahrhundert, wo sie glücklich an der Seite ihres Ehemannes in dem ansehnlichen Landhaus ihrer verstorbenen Eltern gelebt hatte, die Zukunft vor sich, glücklich, wohlhabend und sorgenfrei.

Ihren Vater hatte Erna nie kennengelernt. Er war noch vor ihrer Geburt verstorben und hinterließ neben seiner schwangeren Frau einen undurchsichtigen Schuldenberg. Diesen hatte er dem Rest seiner Familie jahrelang verschwiegen. Als er dann durch einen tragischen Unfall zu

Tode kam – Erna mutmaßte später, er hätte sich selbst das Leben genommen –, dauerte es nur einige Tage, bis die Schuldeneintreiber vor der Tür standen und große Summen Geld forderten, die Ernas Mutter nicht besaß. So hatte sie das Kind geboren, das Haus verkauft und war mit dem Bündel auf dem Arm und einem Karren, voll bepackt mit ihren wenigen verbliebenen Habseligkeiten, auf Suche nach Arbeit durch das Dorf gezogen. Bei den ersten Stellen, die sie angenommen hatte, war den Dienstherren der schreiende Säugling ein Dorn im Auge gewesen. Ernas Mutter hatte versucht, ihr Kind mit einem feuchten, mit Kautabak gefüllten Säckchen ruhigzustellen. Dennoch waren ihr die meisten Leute mit Misstrauen und Ablehnung begegnet. Ihre gepflegten Hände, die harte Arbeit nicht kannten, ihre gewählte Sprache, die nicht der des Dienstpersonals entsprach, und ihr überhebliches Auftreten, als würde sie immer noch besseren Kreisen angehören – das alles grenzte sie von ihnen ab.

Doch Ernas Mutter lernte schnell, arbeitete hart, und bald unterschieden sich ihre schwieligen Hände nicht mehr von denen der Dienstboten. Sie versuchte, sich in einfacheren Worten auszudrücken und ihre Herkunft zu verheimlichen, womit sie ohnehin nur Schadenfreude auf sich gezogen hätte. Erna konnte die vielen Anstellungen, die ihre Mutter seit ihrer Geburt angenommen hatte, schon nicht mehr zählen. In Zeiten hoher Arbeitslosigkeit trennte sich jeder Haushaltsvorstand als Erstes von den neu aufgenommenen Kräften. Sie hatte nie etwas anderes gelernt, als zu sticken und einfache Speisen zuzubereiten, den Rest hatten früher eine Köchin und ein Dienstmädchen erledigt. Zwar war sie gebildet und konnte lesen und schreiben, doch diese Fähigkeiten allein reichten nicht aus, um einen Beruf auszuüben. Also schlug sie sich als Putzkraft, Näherin und Magd durch. Der Lohn war gering, es gab kaum Freizeit, und der Arbeitstag dauerte nicht selten länger als vierzehn Stunden. Erna fragte nie nach dem Warum, denn der Schmerz in ihren Augen war Antwort genug. Sie war die Umzüge und die Traurigkeit als stete Begleiter ihrer Mutter gewohnt.

Das Mädchen schlich zu der Holztür, an der behelfsmäßig einige Haken angebracht worden waren. Daran hingen ihre zwei Kleider – mehr besaß sie nicht. Sie streifte ihr Nachthemd ab, zog sich an und tapste auf Zehenspitzen zu dem kleinen Tisch, der vor dem schmalen Kellerfenster stand. Einen Ausblick in den schön angelegten Garten erlaubte die Kellerkammer nicht, doch die Luft, die von oben hereinströmte, war ein Vorbote des heißen Frühsommertags, der sie erwartete. Sie griff nach der Haarbürste und versuchte, ihr langes rotblondes Haar zu bändigen. Die störrischen Locken fielen ihr immer wieder ins Gesicht, und sie benötigte unzählige Haarnadeln, um den Knoten im Nacken zu befestigen. Sie öffnete nahezu lautlos die Schublade, in der ein kleines, abgegriffenes Buch lag, schnappte es sich und verließ die Schlafkammer.

Erna stieg die Treppe vom Kellergeschoss nach oben und ging in die Küche. Ihre Mutter arbeitete seit sechs Monaten als Küchengehilfin auf dem kleinen Gut einer Anwaltsfamilie, etwa hundertfünfzig Kilometer nördlich von Königsberg unweit der Küste des Kurischen Haffs. Die Familie war wohlhabend und konnte sich neben Diener und Haushälterin auch Köchin, Stubenmädchen und Kinderfrau leisten. Das nächste Dorf war einige Kilometer entfernt, was das Besorgen von Vorräten erschwerte – eine der Aufgaben, die Erna regelmäßig übernahm. Sie ließ ihren Blick über die Küche schweifen, in der alle Kochutensilien fein säuberlich poliert und in Schränke sortiert waren, ebenso wie Nahrungsmittel und Gläser. Die oberste Haushälterin, Frau Hoffmann, legte äußersten Wert auf Ordnung und Hygiene. Sie war die Vorgesetzte der Dienerschaft und bedachte Ernas Mutter, ebenso wie das Mädchen selbst, mit verächtlichen Blicken, maßte sich jedoch nicht an, Kritik an den Frauen zu äußern, da es nicht ihr oblag, Personal einzustellen. Das war die Aufgabe des Hausdieners. Dennoch war die Ablehnung der Haushälterin deutlich zu spüren, und Erna musste des Öfteren, aus ihr unerklärlichen Gründen, einen Tadel über sich ergehen lassen.

Im gesamten Untergeschoss war es noch ruhig. Das Mädchen ließ sich auf der Bank nieder, legte den Roman vor sich auf den Tisch und versank in der Geschichte. *Die Abenteuer des Huckleberry Finn* war ihr erstes eigenes Buch. Sie hatte es von der Tochter ihrer letzten Arbeitgeberin bekommen, die das etwas abgegriffene Buch wegwerfen wollte – ein Frevel, den Erna nicht ertragen konnte. So war Ernas Mutter unter dem missmutigen Blick des jungen Mädchens, das das Ansinnen der Dienstmagd nicht nachvollziehen konnte, zu ihrer Arbeitgeberin gegangen und hatte um das Buch gebeten.

Erna war eine fleißige Schülerin gewesen, die den Unterricht seit Beendigung der Schulpflichtzeit schmerzlich vermisste. Sie nützte jede freie Minute, um sich heimlich

Wissen anzueignen. Im Dorf kramte sie in Mülleimern nach alten Zeitungen und fragte in Kaffeehäusern nach der abgelaufenen Gazette. Eine seltene Eigenheit, die nicht zu einem einfachen Küchenmädchen passte. Ihre Mutter meinte, sie hätte den außergewöhnlichen Wissensdrang von ihrem Großvater geerbt, den das Mädchen nie kennengelernt hatte. Sie nutzte jede Möglichkeit, ihrer Tochter ein besseres Leben zu ermöglichen, und predigte, seit Erna sich erinnern konnte, dass Bildung und Fleiß neue Wege eröffneten. Eine ungewöhnliche Ansicht unter ihresgleichen, die nicht immer wohlwollend aufgenommen wurde.

»Steckst du schon wieder deine Nase in ein Buch?«

Erna schreckte hoch und sah in die Augen der Haushälterin, die, von ihr unbemerkt, den Raum betreten hatte. »Guten Morgen, ich dachte, es ist noch früh, und niemand ist wach, und da …«

»… hättest du vielleicht den Ofen befeuern können, anstatt die Zeit mit Lesen zu verschwenden.«

Erna nickte und schluckte den Kloß aus Wut und Entmutigung, der in ihrem Hals steckte, wortlos hinunter. Sie schloss das Buch, schob es flink unter ihre Schürze und erhob sich. »Natürlich. Entschuldigen Sie, Frau Hoffmann.«

Sie drängte sich an der rundlichen Frau vorbei, die sie immer noch mit abschätzigem Blick aus ihren eng stehenden, wegen des feisten Gesichtes viel zu schmalen Augen musterte. Ihr Haar war streng nach hinten gekämmt und restlos unter einer Haube versteckt. »Hol Wasser, und setz dir eine Haube auf, Himmel noch mal, wie oft habe ich dir das schon gesagt!«

Erna nickte erneut, widersprach nicht, konnte jedoch statt der angebrachten Demut nur Verärgerung über die Unterbrechung bei der spannenden Lektüre zeigen, was der Haushälterin nicht verborgen blieb. Wie viele Frauen ihres Alters war Frau Hoffmann des Lesens nicht mächtig und maß Büchern keine Bedeutung bei. Mehr noch, sie sah es als Provokation an, vor ihren Augen zu lesen oder zu schreiben. Eine Dummheit, die man übersehen müsse, pflegte Ernas Mutter zu sagen, dennoch ärgerte sich das Mädchen jedes Mal aufs Neue über die Engstirnigkeit der Haushälterin, zumal diese im Dienstgrad weit über Ernas Mutter stand.

Die wohlige Wärme der Sonnenstrahlen auf Ernas Haut vertrieb die schlechte Laune, die sie aufgrund des frühen Tadels überkommen hatte. Sie zog einen kleinen Leiterwagen, auf den sie die eingekauften Waren geschlichtet hatte, hinter sich her. Wenn es der Zustand des Weges zuließ, hielt sie den Holzgriff mit nur einer Hand, während sie in der anderen das Buch balancierte und gebannt Seite für Seite verschlang. Jetzt, da sie dem strengen Blick der Haushälterin für ein paar Stunden entkommen war, hatte sie die Haube achtlos auf den Karren geworfen. Einzelne rote Locken hatten sich aus dem Knoten gelöst und fielen ihr ins Gesicht. Kurz vor dem Gut würde sie ihr Haar wieder in Ordnung bringen, doch nun genoss sie die wenigen Momente der Freiheit.

Erst als der Weidenkorb mit einem dumpfen Geräusch auf den staubigen Weg fiel, hob sie den Blick und sah mit Entsetzen Äpfel, Kartoffeln und Zwiebeln an den Wegrand kullern. Sie ließ das Buch fallen und beeilte sich, alles aufzuheben, bevor das Pferd, das sie aus der Ferne herannahen hörte, über die Früchte und das Gemüse trampeln würde. Der Reiter, der das Missgeschick des Mädchens früh genug bemerkt hatte, zügelte sein Pferd und brachte es zum Stehen. Erna hob den Blick und strich sich verlegen eine Strähne aus der Stirn, während sie mit der anderen Hand ihre Schürze festhielt, in der sie Obst und Gemüse aufgesammelt hatte.

»Stanna! Lugnt!« Der junge Mann beruhigte sein tänzelndes Tier und schenkte Erna ein freundliches Lächeln.

»Wie bitte?«, flüsterte sie.

Er schwang sich aus dem Sattel, schlang die Zügel mit einem raschen Handgriff um das Rad des Karrens und begann die restlichen Lebensmittel einzusammeln. »Verzeihung, ich sprach mit meinem Pferd. Das war Schwedisch. Ich habe nur gesagt, dass es stehen bleiben soll«, erwiderte er und reichte ihr ein paar Früchte.

Verblüfft zog Erna die Augenbrauen hoch. »Schwedisch?«

Er hob einen Apfel auf, drehte ihn in seinen Händen und warf ihr einen bedauernden Blick zu. »Leider haben die nun einige hässliche ... ähm ...«

»Dellen«, half Erna aus und lächelte schüchtern über seinen eigentümlichen Akzent.

»Wie ich sehe, sind Sie eine Liebhaberin von Mark Twain.«

Erna errötete, legte die Waren wieder in den Korb und hob den Roman auf, der auf dem Weg lag. Er kam näher und warf einen Blick auf den alten Umschlag. Sie zuckte unbewusst zurück und zog das Buch an ihre Brust.

Der Mann bemerkte ihre Scheu. Er trat einen Schritt zurück und tätschelte den Hals seines Pferdes. »Wissen Sie, auch ich liebe Mark Twain. Er hat lange Zeit in Europa gelebt – in Berlin und Wien.«

Erna nickte interessiert und konnte ihre Bewunderung für seine Kenntnisse nicht verbergen.

»Darf ich Sie ein Stück begleiten?«, setzte er in freundlichem Ton hinzu.

Erna blieb wenig Zeit, darüber nachzudenken, da sich die Sonne immer höher auf den Himmel schob und sie sich beeilen musste, rechtzeitig zu Hause zu sein. Sie wollte sich eine neuerliche Rüge der Haushälterin ersparen. Der Mann blinzelte und neigte den Kopf in Erwartung einer Antwort.

Erna zuckte mit den Schultern und hob den Griff des Leiterwagens an. »Ich muss auf jeden Fall weiter.«

Der Schwede, der sich als Ole Nilsson vorgestellt hatte, strich sein hellblondes Haar nach hinten und setzte seinen Hut auf. Nachdem das Mädchen ihn nicht eindeutig abgewiesen hatte und ihre ungezwungene Art einen gewissen Reiz auf ihn ausübte, setzte er die Unterhaltung fort.

Erna schwankte zwischen der Versuchung, dem Fremden mit den wasserblauen Augen ihre volle Aufmerksamkeit zu schenken, und der Verpflichtung, sich demütig abzuwenden, wie es sich für ein wohlerzogenes junges Ding gehörte, das von einem unbekannten Mann angesprochen wurde. Schließlich beschloss sie, die seltene Möglichkeit eines interessanten Gespräches zu nutzen. »Was machen Sie hier in Deutschland?«

»Ich bin vor ein paar Jahren mit meinen Eltern hierher gezogen. Eigentlich wollten wir nach Amerika, viele Schweden verlassen die Heimat, wissen Sie. Aber das Geld hat für die Überfahrt nicht gereicht. Irgendwie sind wir dann hier gelandet.«

»Amerika? Mark Twain ist Amerikaner.«

Ole Nilsson nickte und lächelte Erna zu. Es waren nur wenige Minuten, die die zwei jungen Leute nebeneinanderher gingen, sich über Belangloses unterhielten, über den Reiz eines Buches und den herannahenden preußischen Sommer. Als Erna dem jungen Mann schließlich hinterherblickte, wie er auf seinem Pferd davongaloppierte und eine dichte Staubwolke hinter sich herzog, wünschte sie sich, dass sich ihre Wege nicht zum letzten Mal gekreuzt hätten.

3

Ostpreußen, Frühling 1912

Mit letzter Kraft versuchte Erna, das Zittern ihres Körpers zu unterdrücken. Seit Tagen hatte sie kaum Schlaf gefunden, doppelte Arbeit geleistet und fühlte sich bis zur Erschöpfung ausgelaugt. Sie ignorierte das Rauschen ihres Blutes in den Ohren und den beklemmenden Knoten in ihrer Brust, der ihr das Atmen erschwerte. In einem Dämmerzustand kühlte sie die heiße Stirn ihrer Mutter, die sich keuchend und vor Schmerz windend in dem schmalen Bettkasten hin und her warf. Unaufhörlich rief sie im Fieberdelirium nach ihrem verstorbenen Mann, was Ernas Gefühl der Machtlosigkeit nur noch verstärkte. Als die Mutter nach Stunden endlich in einen unruhigen Schlaf fiel, kauerte sich Erna auf ihr Bett, vergrub ihr Gesicht in ihren Händen und wippte, von Ungewissheit und Angst gepackt, vor und zurück. Die Erkenntnis, dass die Lebensenergie mit jedem Tag zunehmend aus dem Körper der Kranken wich und irgendwann gänzlich erlöschen könnte, traf sie wie ein Schlag. Sie schluchzte, hämmerte mit den Fäusten auf ihre Schläfen und flehte Gott wieder und wieder an, ihrer Mutter beizustehen. Die Gleichgültigkeit, mit der Frau Hoffmann den Zustand ihrer Mutter hinnahm, ließ Erna erschaudern. Die einzige Sorge der Haushälterin war die zu ersetzende Arbeitskraft.

Das Mädchen richtete sich auf, wischte gefasst die Tränen aus ihrem Gesicht und schlich aus der Kammer. Als sie die Küche betrat, verstummten die fröhlich plaudernden Stimmen, und vier Augenpaare musterten sie mit einer Mischung aus Mitleid und Sorge. Es war auch die Sorge, sich anzustecken und auf ähnliche Weise leiden zu müssen wie die mittellose Küchengehilfin in der Kellerkammer.

Erna räusperte sich, bemühte sich um einen bestimmten Tonfall und unterbrach die unangenehme Stille. »Meine Mutter braucht einen Arzt.«

Frau Hoffmann betrat die Küche und sah sich um, irritiert durch die ungewohnte Ruhe während des Abendessens.

»Bitte«, fügte Erna flehentlich hinzu.

»Bitte, was?«

Der strenge Ton ließ Erna zusammenzucken. Dennoch versuchte sie, ihrer Stimme Kraft zu verleihen. »Frau Hoffmann, meiner Mutter geht es schlecht. Sie braucht einen Arzt. Ich bitte Sie inständig.«

»Hast du Geld, um eine Untersuchung oder Medizin zu bezahlen?«

Erna schüttelte den Kopf.

»Nun denn. Dann liegt das Leben deiner Mutter wohl in Gottes Hand.«

Erna begann zu zittern und sank auf die Knie.

Frau Hoffmann wandte sich ihr zu, musterte die verzweifelte junge Frau und schüttelte schließlich den Kopf. Ihre Stimme klang nun etwas milder. »Selbst wenn du noch so bittest, Kind, ich habe kein Geld.«

»Vielleicht könnte ...« Erna schluckte und nahm ihren ganzen Mut zusammen. »... der Herr Anwalt mir etwas Geld leihen, wenn er nur wüsste ...«

Frau Hoffmann hob entsetzt die Hand an den Mund. »Wie kannst du es wagen, über so etwas auch nur nachzudenken? Wir sind keine Bettler, sondern seine Angestellten.«

Erna gab auf. Ihre Stärke und ihr Stolz fielen von ihr ab. Sie schlug die Hände vors Gesicht und begann zu schluchzen. Wie könnte sie diese Welt ohne ihre Mutter ertragen, die Einzige, die immer an sie geglaubt hatte, immer etwas Besonderes in ihr sah, auch wenn es sich hinter Schmutz und schäbiger Kleidung verbarg. Sie musste es versuchen, musste alles tun, um dem Leben ihrer Mutter eine Chance zu geben. Kurz entschlossen stand sie auf, sah in die Gesichter der Dienerschaft, die sie betroffen ansahen, und rauschte an der Haushälterin vorbei. Sie lief immer schneller, nahm zwei Stufen auf einmal, hetzte in der Hoffnung, niemand würde Interesse haben, ihr zu folgen, ins Erdgeschoss.

Unentschlossen sah sie sich um. Sie hielt sich selten in diesen Räumlichkeiten auf, außer es gehörte ausnahmsweise zu ihren Aufgaben, die Kamine zu fegen. Die Wohn- und Schlafräume befanden sich im Obergeschoss.

Erna lief die breite Treppe hinauf, während sie sich an dem Handlauf aus edlem Mahagoniholz hochzog, klopfte an die Tür zum Esszimmer und öffnete sie, ohne auf Antwort zu warten. Die Familie saß rund um den Tisch. Ihre fröhlichen Mienen erstarrten, als das verweinte Küchenmädchen vor ihnen stand. Ernas Mund wurde trocken, die Röte schoss ihr ins Gesicht, und sie bereute es sofort, den unbedachten Schritt gewagt zu haben. »Entschuldigen Sie bitte«, murmelte sie.

Sie erwartete eine Zurechtweisung, harsche Befehle oder einen Rausschmiss und fürchtete plötzlich, dass ihre unbeherrschte, spontane Art sie ihre Stellung kosten könnte. Das würde sie in die völlige Mittellosigkeit stoßen.

Der Anwalt musterte sie eingehend, erhob sich und machte zu ihrer Überraschung eine einladende Handbewegung. »Bitte sehr, kommen Sie – was ist denn geschehen? Sie sehen verschreckt aus. Erna, nicht wahr?«

Sie hob verblüfft den Blick. Bislang hatte sie angenommen, ein unsichtbarer Schatten zu sein, namenlos und ohne Persönlichkeit für ihre Arbeitgeber, doch er kannte ihren Namen. Sie nickte demütig und fasste neuen Mut. »Meiner Mutter geht es sehr schlecht. Sie liegt seit Tagen mit hohem Fieber im Bett. Ich wollte Sie bitten, mir einen kleinen Vorschuss zu gewähren, damit ich einen Arzt bezahlen kann.«

Der Hausherr sah sie erstaunt an. Solche Angelegenheiten wurden normalerweise von der Haushälterin geregelt und er nicht damit behelligt. Bevor er einen Einwand erheben konnte, erhob sich seine Gattin, die wohl ahnte, wie die Reaktion der doch recht gefühlskalten Frau Hoffmann ausgesehen hatte.

»Natürlich, wir werden sofort nach Doktor Remhoff schicken lassen. Machen Sie sich keine Sorgen, Erna.«

Das Mädchen legte die Hand auf ihre zitternden Lippen, schloss die Augen und sank erschöpft auf die Knie, bevor ihr schwarz vor Augen wurde und sie das Bewusstsein verlor.

4

Stockholm, Schweden, Januar 2015

Inga bereitete mit ihrer Mutter Pernilla ein einfaches Mittagessen zu, während ihr Blick wiederholt zu ihrem Großvater abschweifte. Er saß in gebückter Haltung am Tisch, starrte ins Nichts, stumm und nachdenklich, als würde er Geister der Vergangenheit beobachten und Geschichten lauschen, die die Gegenstände im Haus erzählten. Vor ihm lagen die Informationsbroschüren, die ihm das Krankenhaus überreicht hatte, die genaue Diagnose – alles, was er seiner Familie offenbaren musste. Die ganze ungeschönte Wahrheit seines bevorstehenden Endes. Er fürchtete ihn nicht, den nahen Tod. Kalle war alt, voll bei Verstand und rüstig für sein Alter, auch wenn es der Unterstützung einer Haushaltshilfe und hin und wieder einer Pflegerin bedurfte. Doch hätte er sich die Art seines Todes wünschen dürfen, so hätte er ein ruhiges Einschlafen gewählt, einen schnellen Unfalltod oder Herztod.

»Wie wird es sein, Papa? Kannst du darüber reden?«

Er wandte sich seiner Tochter Pernilla zu und nickte mit einem sanften Lächeln. »Ja, aber ich weiß nicht, ob ihr es hören wollt.«

»Wie lange hast du noch, Opa?«, fragte Inga tonlos.

»Drei Wochen, drei Monate. Alles ist möglich. Der menschliche Körper ist erforscht und dennoch ein Rätsel.

Es kann leider auch sein, dass man wochenlang dahinvegetiert, an Schmerzen leidet und nichts mehr mitbekommt. Wenn ich Glück habe, versagen Herz oder Lunge vorher, und ich kann einfach einschlafen.«

Inga verzog das Gesicht und wandte sich betroffen ab. Es war nicht schwer, ihre Gedanken zu deuten. Nach einigen stillen Minuten richtete sie die drei Teller an und setzte sich zu den anderen zu Tisch.

Kalles Gesichtsausdruck veränderte sich mit einem Mal. »Sind sie nicht schön?«

Überrascht folgten Inga und Pernilla seinem Blick.

»Sie kommen jedes Jahr im Januar. Wachsen wie echte Blumen, und doch sind sie nur aus Eis. Wundervoll.«

Er wollte nicht mehr vom Tod sprechen. Gut. Dann sprechen wir von schlecht isolierten Fenstern, wenn du es denn so willst, dachte Inga und schenkte ihm ein verständnisvolles Lächeln. »Ja, Opa, Eisblumen gibt es wirklich nur noch bei dir. Eigentlich hättest du die alten Fenster schon längst austauschen sollen. Hätte dir eine Menge Heizkosten erspart.«

Er erwiderte zufrieden ihr Lächeln. Sie zog zaghaft den Mundwinkel nach oben und nickte ihm zu.

»Ich muss jetzt fahren. Soll ich dich mitnehmen?« Pernilla sah zu ihrer Tochter, die gerade mit Kalle eine Partie Schach beendet hatte.

»Ja, gerne.« Inga klappte das Schachbrett zusammen und umarmte ihren Großvater. »Morgen nach der Arbeit komme ich wieder. Dann können wir noch eine Partie spielen.« Sie nahm ihre Jacke, ihren Schal und sah hinaus in die Dunkelheit.

Inga und Pernilla öffneten die Tür und zogen sie schnell wieder hinter sich zu, um die Januarkälte nicht ins Haus zu lassen. Kalle blickte aus dem Fenster, winkte und sah den beiden nach, bis sie in der Dunkelheit verschwanden. Der Tag war aufwühlend und anstrengend gewesen, doch er fühlte eine innere Zufriedenheit und Leichtigkeit in sich aufsteigen. Der erste, der schwierigste Schritt war getan. Er ging zeitig zu Bett und fiel in einen tiefen Schlaf.

Mitten in der Nacht, als die Stille die Insel eingehüllt hatte, holte ihn der Traum wieder ein. Kalle warf sich hin und her, schlug um sich, bis er mit einem lauten Schrei erwachte. Er sah verwirrt umher und fasste sich an die Brust, in der sein Herz wild pochte, bis er erkannte, wo er sich befand. Sein Pyjama war verschwitzt, er schnappte nach Luft, hatte das Gefühl zu ersticken, als hätte er zu atmen vergessen. Seine faltige Hand tastete nach dem Lichtschalter. Er betrachtete die weißen Wände und die geblümten Vorhänge, die sich in der sanften Nachtbrise zum Rhythmus der Nacht bewegten. Er war zurück, in Stockholm, in Sicherheit.

Kalle sank in die Kissen und starrte regungslos an die Decke. Seine Lippen begannen zu zittern, und er wehrte sich nicht gegen die Tränen, die er jahrzehntelang nicht geweint hatte. Er hatte sie sich selbst verboten, bis die Trauer, die einst sein Herz beherrscht hatte, in den letzten Winkel seines Gedächtnisses geschoben worden war. Vielleicht – so hatte er gehofft, würde er irgendwann vergessen. Welcher Leichtsinn, das zu glauben. »Verzeih mir«, flüsterte er, »bitte, vergib mir.« Er schluchzte wie ein Kind, befreite sich von dem Zwang, ein anderer sein zu müssen, und wanderte in Gedanken zu ihr. Lange lag er so, bis er die Lampe wieder ausschaltete und sich unruhig von einer Seite auf die andere drehte. In dieser Nacht fand er keinen Schlaf mehr.

5

Ostpreußen, Sommer 1912

Erna wandte sich um und sah hinüber zu dem Bett, in dem bis vor Kurzem ihre Mutter gelegen hatte. Es war leer, die Laken abgezogen, die Decken und Kissen entfernt. Bald würde eine neue Küchengehilfin einziehen, der Atem einer fremden Frau würde sie im Traum begleiten, und jeden neuen Tag würde sie mit dem Gefühl aufwachen, ihre Mutter wäre noch bei ihr. Sie blinzelte die Tränen von ihren Wimpern und schloss die Augen, um sich die zarte Gestalt ihrer Mutter besser vorstellen zu können. »Guten Morgen, Mama«, flüsterte sie und betrachtete die Frau, die mit einem schiefen Lächeln vor ihr stand, nur mit dem Nachthemd bekleidet, barfuß, das Haar wallte offen über ihre Schultern. Ein Bild, das nur ihr allein gehörte. Die zarte Schönheit jener zerbrechlichen Frau, die so jung sterben musste. Jedes Mal bevor sie die Augen öffnete, wandelte sich die hübsche Gestalt zu jenem blassen, dürren Wesen, das sie kurz vor dem Tode gewesen war, bis es endgültig verschwand.

Die Drosseln sangen ihr tägliches Morgenlied, das durch das kleine Kellerfenster drang und brachten Erna in die Wirklichkeit zurück. Sie setzte sich auf, verharrte einen Augenblick in Gedanken und seufzte. Das Leben hatte sich seit dem Tod ihrer Mutter von einer neuen Seite gezeigt. Sie litt unter der ungewohnten Einsamkeit und musste täglich erfahren, was es bedeutete, für sich selbst verantwortlich zu sein. Die Leere in ihrem Leben ergriff ihren Körper, zog sie in eine erdrückende Melancholie, sosehr sie auch versuchte, das Gefühl nicht zuzulassen. Die Familie des Hauses hatte sich als großzügig erwiesen, die Arztgebühren beglichen und sich um eine gute Versorgung der Kranken bemüht. Aber die Hilfe war zu spät gekommen, und Erna quälte sich mit Selbstvorwürfen, ihren Arbeitgeber nicht früher um Geld ersucht zu haben. Sie gab sich die Schuld an Mutters Tod. Hätte sie früher gehandelt, die bissigen Worte der Haushälterin ignoriert, vielleicht wäre das Schicksal gnädig gewesen und hätte Ernas Mutter verschont. Das mittellose fünfzehnjährige Mädchen in ihren Diensten zu belassen war das Einzige, was die Familie für Erna hatte tun können. Die ihr zugewiesenen Arbeiten wurden härter und unangenehmer, denn bis zur Ankunft der neuen Kraft war auch ihre Mutter zu ersetzen, und Frau Hoffmann wurde schon bald nach dem Todesfall nicht müde, Erna als ungeschickt und langsam zu schelten.

Seit Mutters Dahinscheiden waren zwei Monate vergangen. Erna brachte Tag für Tag hinter sich, und keiner verging, ohne ihre verstorbene Mutter in kindlicher Naivität angefleht zu haben, zu ihr zurückzukehren. Der Sommer war über das Land hereingezogen, trug den Duft von frischem Heu und üppig blühenden Margeriten mit sich und lockte Mensch und Tier aus dem Haus. Nicht so Erna, auf die ein arbeitsreicher Tag wartete. Sie zog sich an, wusch und kämmte sich und ging in die Küche. Sie schüttete etwas Milch in einen Becher, leerte ihn mit einigen großen Schlucken und machte sich wortlos an die Arbeit. Heute war ihr sechzehnter Geburtstag, der erste ohne ihre Mutter. Ihr schlug heißer Dampf entgegen, als sie die Waschküche betrat, um bei der Monatswäsche zu helfen. Der Kessel mit der Waschlauge und den darin seit dem Vortag eingeweichten Wäschestücken stand bereit, das Stubenmädchen hatte den Herd befeuert und das Wasser erhitzt.

Erna tauchte ihre Hände in die warme Flüssigkeit, ergriff ein Wäschestück und legte es behutsam in die Bottichwaschmaschine, ein hölzernes Wunderwerk in Form eines Fasses, das man lediglich mit der Wäsche und etwas Lauge füllen musste, um dann an einer Holzkurbel zu drehen, die die restliche Arbeit übernahm. Sie goss etwas von dem heißen Seifenwasser, das mit Schmierseife zubereitet worden war, in den Bottich. Bei ihrer letzten Arbeitsstelle – einer Waschküche in Königsberg hatten ihre Mutter und sie Soda für die Reinigung der Wäsche verwenden müssen. Das war billiger, griff aber die Haut an. Erna erinnerte sich noch an die wunden Stellen an den Händen ihrer Mutter, die sie täglich mit Fett eingerieben hatte, um die Schmerzen zu lindern.

Sie fasste den Bleuel und rührte in dem Kessel, in dem der Rest der Wäsche zum Einweichen lag. Der Haushalt verfügte sogar über eine Wäscheschleuder, die das kräftezehrende Auswringen der Wäsche ersetzte. Diese Arbeit konnte Erna nicht allein bewältigen. Bei der Betätigung des Handantriebs der Wäscheschleuder würde ihr das Stubenmädchen helfen müssen. Das Erledigen der Wäsche nahm einige Stunden in Anspruch.

Überraschenderweise bekam Erna danach den seltenen Auftrag, in der Bibliothek im Obergeschoss die Fenster zu putzen. Normalerweise wurde sie nicht in die Wohnräume der Familie vorgelassen, das war den älteren Bediensteten vorbehalten. Der Zutritt zur Bibliothek, die im hintersten Winkel des Hauses lag, war ihr bisher untersagt gewesen. Ihre Neugierde war groß, nicht minder ihre Aufregung, in einen Raum voller Bücher einzutreten. Sie hatte von diesen Zimmern gehört, die allein der Aufbewahrung von Büchern und der Freude am Lesen dienten.

Als sie nun die schwere Flügeltür öffnete, bot sich ihr ein Anblick, den sie nicht in Worte zu fassen wusste. Regungslos und tief beeindruckt stand sie auf der Schwelle, als wäre sie die Grenze zu einer anderen Welt. Die Sonne schien durch die großflächigen Fenster und tauchte das Zimmer in warmes Licht. Es war mit deckenhohen Regalen aus edlem, dunklem Holz möbliert, die bis zum letzten Fach mit Büchern in allen erdenklichen Farben und Größen, in edlen, mit Goldrand eingefassten Ledereinbänden gefüllt waren. Als sie von Ehrfurcht erfasst die Bibliothek betrat, stieg ihr ein besonderer Geruch – ein Gemisch aus Leder, Papier und Staub – in die Nase. Hätte sie geahnt, welche Schätze sich im Obergeschoss des Hauses verbargen, hätte sie schon lange darum gebeten, hier putzen zu dürfen.

Allein die Buchrücken zu betrachten, die Titel und Namen der Schriftsteller zu lesen, bescherte ihr ein ungewohntes Glücksgefühl. Die unfassbare Menge alter Bücher faszinierte sie. Langsam ging sie über die knarrenden Dielen zu den Fenstern und warf einen Blick hinaus auf die Wiese vor dem Haus, wo das Stubenmädchen die Laken ausbreitete, um sie in der Sonne bleichen zu lassen. Frau Hoffmann stand ebenfalls auf dem Weg, der zum Wohnhaus führte, und unterhielt sich angeregt mit dem Hausdiener. Aus dem Fenster der Küche stieg der köstliche Duft des bevorstehenden Mittagessens auf, was die Anwesenheit der Köchin in der Küche vermuten ließ. Kein anderer Bediensteter würde sich in die oberen Stockwerke des Hauses vorwagen, was bedeutete, dass sie sich selbst überlassen war.

Erna umrundete den kleinen Tisch in der Mitte des Raumes, den Blick auf die Bücher geheftet. Die Vorstellung, auch nur eines davon aus dem Regal zu nehmen, trieb ihr die Röte ins Gesicht. Sie wusste nicht mehr, welcher Teufel sie geritten hatte, als sie sich wenige Minuten später mit einem Buch in der Hand wiederfand. Behutsam glitt sie mit den Fingern über die Seiten und atmete den Geruch der Druckerschwärze ein. Nur ein einziges Buch wollte sie mitnehmen – niemand würde es bemerken, sie könnte es unter ihrer Schürze verstecken und zurückbringen, wenn sie es gelesen hätte. Wie könnte jemand in dieser unglaublichen Fülle ein einzelnes Buch vermissen?

Erna lag auf dem Bauch, der Kopf hing über den Rand des Bettes, das Buch auf dem Holzboden, während ihre Augen über den Text flogen. Sie verschlang in jeder freien Minute einige Seiten des Romans, der sie vollends in seinen Bann zog. Sie lebte mit den Personen der Geschichte, litt und weinte mit ihnen – sie boten ihr Trost und Ablenkung. Erna hatte einen Weg gefunden, ihre Trauer für einige Augenblicke zu verdrängen. Sie wusste, es war spät und an der Zeit, die Kerze zu löschen.

Das Haus war vor einiger Zeit an das Elektrizitätsnetz angeschlossen worden, doch Erna fürchtete den Strom und hasste das grelle Licht der Glühbirnen. Sie zog die flackernde Kerze näher an das Buch heran und las die letzten Worte des Aktes. Das Buch hieß *Romeo und Julia.* Es war ein Theaterstück und in einer außergewöhnlich schwierigen Sprache geschrieben. Erna mühte sich mit dem Text ab, versuchte zu verstehen, was der Verfasser, dessen Namen sie nicht einmal aussprechen konnte, mit manchen Wörtern ausdrücken wollte, bis sie irgendwann in die Sprache hineinfand und die Welt rund um sich vergaß. Die Charaktere besiedelten Ernas Gedanken und Träume, unterhielten sich in jener Sprache, die ihr zu Beginn so fremd erschienen war, und nahmen sie mit in eine Welt, die sich so sehr von der ihren unterschied, dass es eine Wohltat war, dort zu verweilen. Sie schloss das Buch und las erneut den Namen des Verfassers. William Shakespeare – sie war sich sicher, dass er nicht aus Deutschland stammte.

Ole wusste gewiss, wer dieser Autor war. Sie würde ihn fragen. Vor einigen Wochen hatte sie ihn wieder getroffen, und er schien ebenso erfreut über die zufällige Begegnung wie sie. Seither trafen sie sich öfter auf Ernas Weg ins Dorf, plauderten und erzählten sich gegenseitig voneinander. Ole gab ihr Trost in ihrem eintönigen, harten Arbeitsalltag. Er war für sie wie ein Sonnenstrahl, der durch eine Nebelwand drang, und in ihrer jugendlichen Verklärung sah sie ihn als stolzen Ritter, der sie irgendwann aus ihrem trostlosen Dasein erlösen würde. Die beiden schlenderten meist den Weg vom Markt bis zur Biegung vor dem Landhaus gemeinsam, bis sich ihre Wege trennten. Erna fühlte ein seltsames Flattern in ihrem Bauch, wenn sie an den jungen Schweden dachte. Bei jedem Gedanken an ihn schoss ihr die Röte ins Gesicht, und sie badete in einem Gefühlsgemisch aus Glück und Nervosität. Dann wieder schämte sie sich, weil sie immer noch um ihre verstorbene Mutter trauerte und alle anderen Regungen des Herzens keinen Platz in ihrer Brust finden sollten. Morgen würde sie ihn wiedersehen und ihm von Romeo und Julia erzählen und der verbotenen Liebschaft zwischen den beiden. Sie blies die Kerze aus, schob das Buch unter ihr Kissen und schloss die Augen. Auf ihren Lippen lag das erste Mal seit Wochen ein schwaches Lächeln.

6

Stockholm, Schweden, Januar 2015

Inga stützte ihre Hände im Rücken ab und schüttelte keuchend den Kopf. Die weißen Massen hatten sich über die Landschaft gelegt wie eine dicke, widerspenstige Decke. Der Schnee war zwar pulvrig, trotzdem verlangte ihr das Freischaufeln der Einfahrt einige Anstrengung ab. Eine Woche war seit Großvaters Offenbarung vergangen. Ereignislose sieben Tage, die rein dazu gedient hatten, das Gehörte sacken zu lassen und sich im Geiste mit dem bevorstehenden Verlust abzufinden. Ihr Bruder Magnus hatte für dieses Wochenende sein Kommen angekündigt. Er kam mit dem Auto aus Göteborg und sollte gegen Mittag auf Lidingö ankommen. Pernilla stand am anderen Ende der Hauseinfahrt, ebenfalls eine Schaufel in den Händen, und warf mit Schwung die Schneeladungen über den Gartenzaun.

Pernilla nahm die Nachricht vom bevorstehenden Tod ihres Vaters besser auf als Inga. Zwar hatte sie das Wissen um Kalles schwere Krankheit traurig gestimmt, sie konnte sie allerdings mit einer Portion Realismus betrachten. Es war für sie keine Überraschung gewesen, dass ihr Vater mit über neunzig Jahren voller Ruhe und mit einer fast schon an Gleichgültigkeit grenzenden Gefasstheit seinem Tod entgegenblickte. Sie bemühte sich, für ihre Tochter Inga da zu sein und mit dem notwendigen Abstand über die Verwaltung des bevorstehenden Erbes nachzudenken.

»Hast du Opa gefragt?«, rief Pernilla ihrer Tochter zu, die in Gedanken versunken am Gartenzaun lehnte.

Sie hob den Kopf und kam auf sie zu. »Er möchte, dass sein Haus in Familienbesitz bleibt.«

Pernilla nickte. »Hm, hab ich mir fast gedacht.« Sie wandte sich ihrem Elternhaus zu. Der Tag war klar und ließ das Holzhäuschen, das sich in die verschneite Umgebung einfügte, in der Wintersonne glitzern, als wollte es sich von seiner besten Seite präsentieren.

»Ich kann das verstehen, Mama. Du bist hier geboren und aufgewachsen. Opa hat hier sein halbes Leben lang gelebt.«

»Das Haus ist alt. Man müsste richtig viel Geld reinstecken, um daraus wieder etwas zu machen. Aber das Grundstück ist wertvoll. Man könnte es für eine Menge Geld verkaufen.«

Inga wich dem Blick ihrer Mutter aus, um ihre aufkeimende Wut in ihren Augen zu verbergen. »Hier geht's nicht nur um Geld. Ich liebe dieses Haus. Vielleicht finden wir ja irgendeine andere Lösung. Wir könnten für die Renovierungen einen Kredit aufnehmen und uns die Kosten teilen.«

»Was soll das denn jetzt heißen? Du lebst in der Stadt, hast noch keine Familie, bist jung und ungebunden. Du solltest dich auf keinen Fall mit so einem alten Haus belasten, und ich möchte mich auch nicht verschulden.«

Inga schüttelte wortlos den Kopf.

»Inga, bitte. Allein das Grundstück hier auf Lidingö ist ein Vermögen wert. Ich sollte vernünftig sein und das Haus verkaufen. Von dem Geld könnt ihr auch einen Anteil haben.«

Inga schnaubte, packte die Schaufel und ging auf das Haus zu. »Ich brauche kein Geld, Mama. Mir wäre es lieber, das Haus würde in Familienbesitz bleiben. Aber Schluss jetzt mit der Diskussion. Opa ist noch nicht unter der Erde, und ich weigere mich, so zu reden, als gäbe es ihn nicht mehr.«

Pernilla blieb ratlos auf der halb frei geschaufelten Ausfahrt zurück und blickte ihr hinterher. Ein Wagen bog um die Ecke und hupte. Pernilla lächelte, winkte ihrem Sohn zu und ging dem Auto entgegen.

»Das Haus übernehmen?«, sagte Magnus. »Tut mir leid. Also ein Umzug von Göteborg nach Stockholm kommt für mich nicht infrage, Opa.«

»Das hab ich erwartet«, antwortete Kalle nüchtern.

Er wandte sich seiner Tochter zu. Das Sprechen strengte ihn mehr an als noch vor einer Woche. Er holte Luft, bevor er zur nächsten Frage ansetzte. »Und ihr, Pernilla, Inga? Habt ihr darüber nachgedacht?«

Pernilla seufzte. »Ich habe das Geld nicht, Papa. Ich müsste einiges in das Haus investieren. Das Angesparte habe ich in meine Wohnung gesteckt.«

Kalle nickte und versuchte, sich seine Enttäuschung nicht anmerken zu lassen.

Inga seufzte. »Wir finden sicher noch eine Lösung, Opa. Reden wir jetzt nicht davon. Du solltest dich ausruhen.«

In seinen Augen lag ein wehmütiger, aber gefasster Ausdruck. Inga stand auf, nahm die Teller und brachte sie in die Küche. Am Tisch herrschte bedrückendes Schweigen. Jeder wusste, dass dieses Haus Kalles Lebenswerk war, sein ganzer Stolz und der Ort, an dem er die glücklichsten Jahre verbracht hatte. Er hatte immer gehofft, seine Tochter oder eines der Enkelkinder würden das Häuschen übernehmen.

»Ich räume die Dachkammer auf, Opa«, sagte Inga, um vom Thema abzulenken. »Heute Vormittag habe ich mal reingesehen. Da liegt richtig viel Gerümpel herum. Ich bringe alles runter, und du entscheidest, was wegkommt und was wir aufheben, in Ordnung?«

Der alte Mann nickte, wandte seiner Enkeltochter aber nicht den Blick zu. Magnus half seinem geschwächten Großvater ins Schlafzimmer, wo er, wie immer nach dem Essen, eine Weile ruhte.

Während der Rest der Familie emsig in der Küche ans Werk ging, stieg Inga die enge Holztreppe ins Obergeschoss hinauf. In ihren Augen schimmerten Tränen, und sie war erleichtert, jedem weiteren Gespräch entkommen zu sein. Wehmütig ließ sie den Blick über das einst so belebte Spielzimmer schweifen, das Mutters altes Kinderzimmer mit dem ehemaligen Arbeitszimmer ihrer Großmutter verband. Rechts von der Treppe lag der kleine Raum, in dem Pernilla aufgewachsen war. An der Wand stand immer noch ihr altes Bett, das auch als Schlafstätte für Inga während manches Ferienaufenthaltes gedient hatte. Die einst rosa gestrichenen Wände leuchteten in einem frischen Gelbton, und die Poster von Popstars und Filmikonen waren lange verschwunden.

Inga ging auf das doppelglasige Fenster zu und öffnete den alten Holzflügel, hakte das Innenfenster mit dem Eisenhaken ein und schob die Außenscheibe auf. Sie strich über das kalte, eisbeschichtete Glas und ließ frische, frostige Luft ins Zimmer strömen. Nachdenklich lehnte sie sich aus dem Fenster und spähte über die Baumwipfel des Nachbargartens. Von hier oben konnte man die großen Fähren beobachten, die täglich nach Helsinki und Tallin aufbrachen. Sie warf einen Blick auf ihre Armbanduhr. Noch war es zu früh, um die Schiffe vorbeiziehen zu sehen. Inga schaute noch einen Moment hinaus, mit den Gedanken in den Tagen ihrer Kindheit, in denen sie viele Stunden auf einer Truhe vor der Fensterbank gesessen hatte, den Blick auf die Baumwipfel geheftet. Bald fröstelte sie und schloss das Fenster wieder.

Das ehemalige Kinderzimmer war eine Mansarde, weshalb es für einen Erwachsenen erforderlich war, sich zu bücken, um das etwa 1,20 Meter hohe Türchen neben dem Bett zu öffnen. Die Dachkammer dahinter war nicht beheizt und dunkel. Am Vormittag hatte Magnus auf Ingas Bitte hin alle ausgebrannten Glühbirnen ausgetauscht. Gespannt betätigte sie den Lichtschalter und blinzelte, als der verstaubte Raum in gleißendes Licht getaucht wurde. Sie schritt langsam und mit gebeugter Haltung voran.

»Kann ich dir helfen?« Inga zuckte vor Schreck zurück und stieß einen kurzen Schrei aus.

Magnus lachte zufrieden. »Entschuldige, ich bin's nur.«

Sie wandte sich ihrem Bruder zu und boxte ihn unsanft gegen die Schulter. »Muss das sein? Lass das doch. Hier ist es unheimlich genug.«

Magnus hockte sich auf den Boden, da ihn die gebeugte Haltung anstrengte. »Als Kind fandest du es hier nie unheimlich. Verdammt niedrig ... und, meine Güte, so viel Gerümpel. Am besten gleich weg mit allem.«

»Magnus!« Inga schüttelte heftig den Kopf. »Erst schauen wir uns alles an, dann entscheiden wir.«

Der Bruder seufzte im Hinblick auf einen arbeitsreichen Nachmittag und kroch an Inga vorbei in die hinterste Ecke der Kammer, die sich über die gesamte Längsseite des Hauses zog. »Ich hoffe nur, wir finden keine Mäuse und Spinnen.« Belustigt registrierte er den angewiderten Blick seiner Schwester, reichte ihr ein Paar Arbeitshandschuhe und machte sich ans Werk.

Kalle lag in seinem Bett und lauschte dem Rumoren und Lachen seiner Enkelkinder auf dem Dachboden, das bis in sein Schlafzimmer drang. Er schloss die Augen und blies beunruhigt die Luft aus der Nase. Seine Gedanken rasten, und ein unbehagliches Gefühl rumorte in seinem Bauch. Bald würden sie die Kiste finden – es war nur eine Frage der Zeit, und dann gäbe es keinen Ausweg mehr. Dann müsste er Stellung beziehen und endlich alles erzählen. All das, was er jahrzehntelang verschwiegen hatte.

7

Königsberg, Ostpreußen, Frühsommer 1914

Erna lächelte. Sie saß auf dem größeren ihrer zwei Koffer und hatte den Blick auf die glitzernden Wogen des Pregels gerichtet. Der Altstadt von Königsberg mit ihren malerischen Häusern, den Backsteinbauten und kopfsteingepflasterten Straßen wandte sie den Rücken zu. Hinter dem Wasser des Pregels erstrahlte der Dom, der auf Kneiphof lag, einem Stadtteil, der von Wasser umrundet wurde und einer kleinen Insel glich. Die Stadt hatte etwas Magisches, auch wenn der Gestank des Fischmarktes die Eindrücke trübte. Die junge Frau reckte ihre Nase in die warme Frühsommerluft und atmete die leicht salzige Meeresbrise ein, die die Fischerboote von ihrer Fahrt vom Frischen Haff mitbrachten. Eine Windbö fuhr durch Ernas Haar und gab ihr das Gefühl absoluter Freiheit. Wieder spürte sie die angenehme Empfindung in ihrem Bauch, als würde ein Fischlein in ihr schwimmen und mit seinem Kopf gegen die Bauchdecke stoßen. Sie hatten kein Kind geplant, jetzt, da die Welt auf einem Fass Dynamit saß und keiner mit Gewissheit und Zuversicht in die Zukunft blicken konnte. Seit dem Attentat auf den Thronfolger Österreich-Ungarns wurde offen über einen Kriegsausbruch gesprochen. Es war eine befremdliche, seltsame Situation, auf eine Kriegserklärung zu warten und zu wissen, dass man sich in Ostpreußen an vorderster Front zu Russland befand. Doch was kümmerte es sie noch?

Als sie Ole gesagt hatte, dass sie schwanger sei, hatte er kurzerhand beschlossen, mit ihr in sein Heimatland Schweden zurückzukehren, noch bevor sich Deutschland in einen Krieg stürzen würde. Dort würden sie in einem hübschen Holzhäuschen wohnen, umgeben von einem kleinen Garten, einem Rosenbeet und selbst angebautem Gemüse. Sie würde das Leben führen, in das ihre Mutter hatte zurückkehren wollen, das Leben, das das Schicksal ihnen vor achtzehn Jahren genommen hatte.

Die Kirchenglocken rissen Erna aus ihren Tagträumen. Ein älterer, adrett gekleideter Herr kam an ihr vorbei und schenkte ihr ein freundliches Lächeln.

»Entschuldigen Sie, mein Herr. Wissen Sie, wie spät es ist?«

Der Mann nickte, zog seine goldene Uhr aus der Jackentasche und warf einen kurzen Blick darauf. »Es ist zwei Uhr, mein Fräulein.«

Erna bedankte sich, der Mann tippte an seine Hutkrempe und verschwand. Ihr Blick wanderte suchend über den Platz. Sie stand mit klopfendem Herzen neben ihrem Gepäck und überlegte, was sie tun sollte. Punkt zwei Uhr hatten sie vereinbart. Nun gut, er würde sich etwas verspäten. Doch dem Schiffskapitän in Pillau wäre das gleichgültig. Um sechzehn Uhr würde die Eisenbahn abfahren und sie in die Hafenstadt an der Ostsee bringen. Von dort würde das Schiff auslaufen, gleichgültig ob mit oder ohne sie an Bord.

Erna war sehr früh aufgebrochen, um Königsberg rechtzeitig zu erreichen, und bereits am Vormittag in der Stadt angekommen. Schon am Vortag hatte sie sich von der

Dienerschaft und der Familie verabschiedet, die sie mit Glückwünschen, Handschlägen und manch neidischem Blick hatten ziehen lassen. Sie hatte das Haus mit einer gewissen Wehmut verlassen, war es doch, trotz der schweren Zeit nach dem Tod ihrer Mutter, zu ihrem Zuhause geworden. Von ihrer ungewollten Schwangerschaft hatte sie niemandem erzählt. Warum bösen Zungen die Gelegenheit bieten, erfreut über ein unehelich gezeugtes Kind zu schnattern? Noch konnte sie die kleine Wölbung ihres Bauches unter der Bluse verstecken. In Schweden würde niemand danach fragen. Sie würde Oles Frau sein und durfte sich getrost vom Dienstbotendasein verabschieden und ihr Leben als stolze Hausfrau und Mutter genießen. Ihre Miene hellte sich auf, als sie einen jungen Mann von Oles Statur auf sich zuhasten sah, verfinsterte sich jedoch wieder, als sie in ihm nicht ihren Liebsten erkannte.

Nervös setzte sie sich wieder auf den Koffer und bemühte sich, ruhig zu bleiben. Minute um Minute verging, und Erna zwang sich dazu, daran zu glauben, dass sie den Zug noch erreichen würden. Gegebenenfalls müssten sie das nächste Schiff nehmen. Sie erkundigte sich erneut nach der Uhrzeit. Vierzehn Uhr fünfunddreißig. Tränen der Verzweiflung stiegen ihr in die Augen, und sie begann mit den Füßen zu zappeln. Schließlich packte sie beherzt ihre Koffer und machte sich allein auf den Weg zum Pillauer Bahnhof, der sich westlich der Königsberger Altstadt befand. Möglicherweise hatte sie sich geirrt, nicht gut aufgepasst, am falschen Treffpunkt gewartet.

Das Gebäude aus Backstein mit seiner burgähnlichen Fassade war schon aus großer Entfernung zu sehen. Erna erinnerte sich an den Bahnhof. Vor Jahren war sie hier mit ihrer Mutter angekommen, als sie alles verloren hatten, wieder einmal auf der Suche nach Arbeit und Obdach. Mit seinen Zinnen und acht kleinen Türmchen glich das Gebäude einer kleinen Festung. Erna betrat die Halle, stellte die Koffer ab und kramte in ihrer Jackentasche. Sie zog den Lederbeutel mit ihrem Ersparten heraus und zählte das Geld. Es würde auf jeden Fall für die Zugfahrkarte reichen. Sie hatte genug zur Seite gelegt. Sie sah sich um, in der Hoffnung, Ole irgendwo in der Halle zu entdecken, doch außer einigen Herren, die sie wegen ihrer Ratlosigkeit verwundert musterten, war niemand zu sehen. Entmutigt ging sie zum Schalter und erwarb eine Fahrkarte nach Pillau. Wenig später saß sie in dem dampfenden Ungetüm, das keuchend schwarzen Rauch ausstieß und sich dabei langsam zuckelnd in Bewegung setzte.

»Alles in Ordnung, junge Dame?« Die Frau neben ihr betrachtete sie mitleidig.

»Ja, danke. Es ist alles in Ordnung«, erwiderte sie mit tränenerstickter Stimme, die ihre wahre Verfassung sofort offenbarte. Sie wandte sich ab und blickte aus dem Fenster, hinter dem das ehrwürdige Königsberg an ihr vorbeizog. Er wird da sein, dachte sie, doch allmählich fraßen ihre Zweifel die Zuversicht auf, die in ihrem Herzen wohnte.

Als sie Pillau erreichte, ließ sie keine Zeit verstreichen und eilte sofort zu der Anlegestelle des Schiffes. Am Schalter, an dem man Karten für die Überfahrt kaufen konnte, stand ein junger Mann in Uniform, der Erna stirnrunzelnd ansah. Sie bot ein recht eigentümliches Bild, allein mit zwei großen Koffern, geröteten Augen und dem suchenden Ausdruck auf ihrem Gesicht.

»Kann ich helfen, junge Dame?«

Erna blickte ihn nachdenklich an, vollends überfordert von der Situation, in der sie sich mit einem Mal befand. Eine kreischende Möwe flog über ihre Köpfe hinweg und riss Erna aus ihrer Verlegenheit. »Ja, ich wollte mit dem Schiff nach Schweden.«

Verwundert neigte der Mann den Kopf. »Nun, haben Sie denn eine Fahrkarte, junge Dame? Und, verzeihen Sie, wenn ich so offen frage, aber reisen Sie allein?«

Erna fuhr sich verlegen durch ihr vom Wind zerzaustes Haar. Tausendmal hatte sie sich ausgemalt, wie sie mit Ole das Schiff besteigen würde und sich bereits vor der Heirat wie seine Ehefrau fühlen würde. Sie öffnete die Lippen, schloss sie wieder und senkte entmutigt den Blick. Schließlich fasste sie sich und versuchte es mit gespieltem Selbstbewusstsein. »Ich erwarte meinen Ehemann. Er hat die Fahrkarten bereits gekauft und wird gleich da sein.«

Der uniformierte Mann lächelte, nickte und hob eine Holztafel, auf der er ein beschriebenes Blatt eingeklemmt hatte. »Aber natürlich. Ich habe hier die Passagierlisten. Wenn Sie mir bitte Ihren Namen nennen würden.«

Möglicherweise würde das Schiff sogar auf verspätete Fahrgäste warten, überlegte Erna und nannte mit klopfendem Herzen ihre Namen. »Ole und Erna Nilsson.«

Es war ein gutes Gefühl, sich als seine Frau auszugeben. Wieder nickte der Mann und überflog die Namen auf seiner Liste. Erna musterte ihn angespannt, als sich Sorgenfalten auf seiner Stirn ausbreiteten. Er schüttelte den Kopf.

»Tut mir leid, aber Ihr Name steht nicht auf der Passagierliste.«

Erna erstarrte. »Nein? Aber warum? Da muss es sich um einen Fehler handeln.«

»Nein, kein Fehler. Die Listen stimmen.«

»Aber es muss doch ...«

Der Mann hob abwehrend die Hand. »Vielleicht warten Sie doch noch auf Ihren Ehemann, junge Frau. Er kann das Missverständnis sicher aufklären.« Mit diesen Worten wandte er sich ab und entfernte sich ohne weitere Erklärungen.

Erna blieb ratlos zurück. Nun pochte ihr Herz laut und heftig gegen ihre Rippen, und sie begann hektisch hin und her zu laufen. Sie stellte sich auf die Zehenspitzen, um Ole in der Masse der sich drängelnden Hafenarbeiter, Passagiere und winkenden Menschen, die sich von den Reisenden verabschiedeten, zu finden. Sie sollte schon auf dem Schiff sein, in seinen Armen liegen und ihrer Zukunft in einem neuen Land entgegenblicken. Was war geschehen?

Schließlich ließ sie sich auf ihrem Koffer nieder und blieb regungslos sitzen. Ein Frösteln überfiel sie, als sich das Schiff dampfend und schnaufend Stück für Stück von der Anlegestelle entfernte. Die Menge zerstreute sich, es wurde leer um die junge Frau. Eine leichte Brise fuhr durch ihr Haar. Er würde noch kommen, und sie könnten das nächste Schiff nehmen.

Als die Sonne spätabends hinter dem Horizont verschwand, nahm sie die Wärme mit sich, und Erna begann zu frösteln. Sie stand auf, fasste ihr Gepäck und ging in der Abenddämmerung in das Zentrum von Pillau, um sich eine Bleibe für eine Nacht zu suchen.

Erna hatte auch den nächsten Tag an der Anlegestelle verbracht, Menschen beobachtet und gewartet. Schließlich hatte sie einen Kutscher gefunden, der sie den weiten Weg zurück in ihren Heimatort brachte. Spätabends stand der Wagen vor dem Haus, in dem Ole wohnte. Erna bedankte sich höflich, raffte ihre Röcke und sprang erschöpft vom Kutschbock. Sie starrte einige Minuten regungslos auf die Eingangstür, bis sie sich ein Herz fasste und klopfte. Als Oles Eltern vor einem Jahr beschlossen hatten, nach Schweden zurückzuziehen, hatte Frau Mühlinghaus, eine nette ältere Witwe, dem jungen Mann, den es nicht in seine alte Heimat getrieben hatte, ein Zimmer im oberen Stock vermietet. Erna sah die Verwunderung in den Augen der Frau und senkte betroffen den Blick.

»Guten Abend, Frau Mühlinghaus. Ich wollte fragen, ob Ole zu Hause ist.«

Die Frau sah das Mädchen mitleidig an und zog die Tür weiter auf. »Nein, tut mir leid, mein Kind. Aber komm herein, du bist ja ganz erschöpft.«

Frau Mühlinghaus wies auf einen Stuhl und füllte einen Teekessel mit Wasser. Während sie wortlos den Tisch deckte, musterte sie die junge Frau und die zwei Koffer mit gleichermaßen kritischem wie fragendem Blick. Als hätte sie die Zusammenhänge begriffen, entfuhr ihrer Brust ein tiefer Seufzer. Sie füllte zwei Tassen und setzte sich neben Erna an den Tisch. »Meine Liebe, Ole ist schon seit fünf Tagen fort.«

»Seit fünf Tagen? Ja, aber wohin denn? Wir wollten doch gestern das Schiff nach Schweden nehmen.«

»Schweden? Ole ist nach Hamburg gereist, um von dort

das Schiff nach Amerika zu nehmen. Ich hatte angenommen, er würde Sie mitnehmen.«

»Amerika?«

Der Schwindel und die Erschöpfung stiegen Erna zu Kopfe. Noch sträubte sie sich gegen den Gedanken, auf einen Betrüger hereingefallen zu sein.

»Ja, aber das Geld für die Fahrkarte. Ole hat mein ganzes Erspartes.«

Ernas Magen verkrampfte sich, als ihr langsam bewusst wurde, welche Bedeutung in den Worten steckte. Frau Mühlinghaus schob dem Mädchen einen Teller mit selbst gebackenen Keksen hin und zog einen Mundwinkel in die Höhe. Erna schüttelte dankend den Kopf. Der Appetit war ihr vergangen.

»Ole hat gesagt, wir würden nach Schweden ziehen und dort ein Haus kaufen. Ein Holzhäuschen mit Garten. In der Ortschaft, in der seine Eltern wohnen.« Während sie mit bebender Stimme sprach, wurde ihr bewusst, wie lächerlich ihre Worte klangen und wie dümmlich sie in den Augen der älteren Dame wirken musste.

»Meine Liebe, es tut mir sehr leid für Sie. Ich hätte Herrn Ole wirklich nicht so eingeschätzt. Doch so, wie es aussieht, hat er sich aus dem Staub gemacht.«

»Aber das geht nicht!« Ernas Stimme überschlug sich, fast schrie sie die Frau an. Noch bevor sie überlegte, huschten ihr die verhängnisvollen Worte über die Lippen. »Was wird mit unserem Kind?«

Frau Mühlinghaus' Augen weiteten sich. Sie zog den Kopf zurück und wusste nicht, ob sie mit Entsetzen oder Mitleid reagieren sollte. »Sie sind guter Hoffnung?«

Augenblicklich glühten Ernas Wangen vor Scham. »Ja«, antwortete sie mit belegter Stimme. »Niemand weiß davon. Niemand außer Ole.«

»Das war ein großer Leichtsinn, mein Kind.«

Erna nickte demütig.

Der Blick der Frau wurde strenger. »Und es ist eine Sünde. Schließlich sind Sie nicht verheiratet.«

»Aber wir hatten doch vor zu heiraten. Gleich nach unserer Ankunft in Schweden, und ... und wir sind ... wir waren doch so verliebt.«

»Nun, mein Kind, es sieht so aus, als würde die Hochzeit ein unerfüllter Wunsch bleiben.«

Erna presste die Lippen aufeinander, atmete einige Male tief ein und aus, um sich zu beruhigen, doch plötzlich brachen ihre Haltung, ihre Zuversicht und all der Glaube an eine bessere Zukunft in sich zusammen. Sie vergrub ihr Gesicht in ihren Händen und begann zu schluchzen.

»Na, na, meine Liebe. Sie werden schon eine Lösung finden.« Etwas unbeholfen tätschelte die Frau Ernas Schulter. »Heute Nacht können Sie in Oles Zimmer bleiben, und morgen gehen Sie am besten zu ihrem Arbeitgeber zurück. Vielleicht nimmt er sie wieder auf.«

Erna zog ein Taschentuch aus ihrer Weste und tupfte sich die Augen trocken. Sie wusste nicht, ob sie die grausame Wahrheit glauben oder doch lieber auf ein Missverständnis oder irgendeinen dummen Zufall hoffen sollte. Es fiel ihr schwer, sich mit der Tatsache abzufinden, eine verlassene, geschwängerte Mittellose zu sein. Nach all ihren Träumen von den gelben Ostersträuchern im Garten, dem roten Häuschen mit weiß eingefassten Fenstern, der glücklichen Familienidylle in einem neuen Land, drohte ihr das gleiche Schicksal wie einst ihrer Mutter. Einfältig war sie gewesen. Es hätte ihr sofort eigenartig erscheinen müssen, als Ole gesagt hatte, sie würden sich erst in Königsberg treffen. Er hätte dort angeblich noch zu tun, bevor sie aufbrechen würden. Ein rechtschaffener Mann würde seine schwangere Frau nicht allein auf eine so lange Reise schicken. Doch in ihrer Hochstimmung hätte sie alles geglaubt, solange es sie in Oles Arme gebracht hätte. Sie war blind vor Liebe gewesen. Blind und dumm. Sie musterte Frau Mühlinghaus mit nassen Augen. Aus deren Gesicht war die Strenge gewichen. Sie schenkte Erna einen aufmunternden Blick. Das war alles, was sie der jungen Frau, außer dem Zimmer für eine Nacht, anbieten konnte.

* * *

»Wir haben alles entdeckt. Du wolltest dich wohl davonschleichen mit deinem Diebesgut, und jetzt wagst du es zurückzukommen? Auch noch schwanger. Eine Schande, so was!«

»Wie bitte? Ich verstehe nicht.«

Erna stand mit ratlosem Blick und vor Scham glühenden Wangen vor Frau Hoffmann. Sie hatte die Haushälterin angefleht, ihr den Arbeitsplatz zurückzugeben, ihr in ihrer Not eine helfende Hand zu reichen, doch nun, nach diesen unglaublichen Anschuldigungen, versagte Erna die Stimme.

»Hast du gedacht, es würde nicht auffallen, wenn Bücher in der Bibliothek fehlen? Eine freche Diebin bist du, nichts sonst!«

»Aber ...« Erna stockte. »Ich habe kein Buch gestohlen, Frau Hoffmann. Nein, ganz bestimmt nicht.«

»Dann kannst du mir sicherlich erklären, wie drei Romane in die Schublade deines Nachttisches kommen konnten?«

Erna stöhnte, ihr Mund klappte auf, und sie fing an, vor Aufregung schwer zu atmen. Sie hatte der Sucht nach Büchern nicht widerstehen können. Jede Woche war sie in die Bibliothek geschlichen und hatte sich anfangs eines, später zwei, zuletzt gar drei Bücher ausgeliehen. Doch jedes Mal hatte sie die wertvollen Stücke wieder an exakt denselben Platz zurückgestellt, von dem sie sie entnommen hatte. Konnte es sein, dass sie das in ihrer Vorfreude auf die Reise, in ihrem Liebeswahn, ihrer Aufregung einfach vergessen hatte? Vergessen hatte, die letzten Bücher zurückzubringen?

»Frau Hoffmann, ich bitte Sie, Sie müssen mir glauben. Ich hatte nie vor, ein Buch zu behalten. Ich habe sie nur geliehen und gelesen. Ich habe sie gehütet wie meinen Augapfel und immer wieder zurückgebracht.«

»Unerhört! Was fällt dir ein? Diese Bücher sind nicht dein Eigentum. Du hast nicht das Recht, sie zu nehmen, nicht einmal das Recht, darum zu bitten.«

»Frau Hoffmann, es tut ...«

»Nein! Kein Wort mehr! Ich möchte nichts hören. Du bist verlogen und falsch, und du hast einen schlechten Charakter und lässt dich unverheiratet schwängern. Hier gibt es keinen Platz für dich. Du kannst sofort wieder gehen.«

Ernas Herz pochte. Sie legte die Hand auf ihren Brustkorb, der sich stoßweise auf und ab bewegte. Es schmerzte sie, als

Diebin bezeichnet zu werden, obgleich sie sich nie etwas zuschulden hatte kommen lassen. In ihrer Verzweiflung suchte sie nach den richtigen Worten, doch sie ahnte, dass die Haushälterin immer nur auf die Gelegenheit gewartet hatte, sie vor die Tür zu setzen, und kein noch so herzzerreißendes Flehen sie umstimmen würde.

»Ich möchte mit dem Herrn Anwalt sprechen. Er hat gewiss Verständnis für meine Situation und trägt mir meine Lesefreude nicht nach.« Sie zwang sich, gefasst und selbstbewusst zu klingen, erntete aber nur Ablehnung für ihr dreistes Auftreten.

»Nur über meine Leiche. Verschwinde! Und hör endlich auf, so vornehm daherzureden. Das macht aus dir immer noch keine feine Dame.«

Die Haushälterin schob Erna mitsamt ihren Koffern unsanft aus dem Haus. Noch bevor sie etwas erwidern konnte, hatte Frau Hoffmann die Tür hinter sich geschlossen und ließ die junge Schwangere allein auf der Treppe stehen.

8

Königsberg, Ostpreußen, November 1914

Erna stützte sich erschöpft an der Mauer ab. Sie krallte die Fingernägel in den brüchigen Mörtel und krümmte sich vor Schmerz. Ihr Atem ging schwer, und die Krämpfe kamen in bedrohlich kurzen Abständen. Der Gestank von fauligem Fisch, Unrat und Urin stieg ihr in die Nase. Doch die Brücke bot Schutz vor dem unaufhörlichen Regen, der seit Tagen auf die preußische Stadt niederprasselte. Die trockene Stelle am Fluss war ihr einziger Zufluchtsort. Sie legte die Arme schützend auf ihren Bauch und hob den Blick. Unter der Brücke lungerte ein Bettler herum, der abwesend in die Wogen des Pregels starrte und ihre Anwesenheit ignorierte.

»Bitte.« Erna keuchte und streckte die Hand Hilfe suchend nach der einzigen Person aus, die sich bei diesem traurigen Wetter im Freien befand. »Bitte, helfen Sie mir!«

Der Mann reagierte nicht, zog nur den zerschlissenen Mantel enger um seinen abgemagerten Körper.

»Hallo! Bitte, mein Herr.«

War es die ungewohnte Anrede, das Flehen in der Stimme oder doch die Lautstärke, mit der Erna sprach – der Bettler wandte ihr mit einem Mal den Blick zu. Sie fiel auf die Knie, versank im matschigen Boden, kauerte sich zusammen und wartete erneut eine Wehe ab. Als sie wieder etwas zu Atem kam, stand der ärmliche Mann vor ihr. Sein Haar war verfilzt und ebenso schmutzig wie sein bärtiges Gesicht. Aber in seinen grünen Augen lag etwas Gutmütiges.

Erna hatte keine Zeit, darüber nachzudenken, ob es klug gewesen war, einen obdachlosen Bettler um Hilfe zu bitten, doch es gab nichts, was er ihr nehmen konnte, noch nicht einmal ihre Würde. Seit Tagen strich sie in Königsberg herum, auf der Suche nach Nahrung und Obdach. Die Leute straften sie mit angewiderten Blicken, jagten sie fort, manche gaben ihr ein Stück altes Brot oder einen fauligen Apfel. Zu Beginn ihrer Schwangerschaft hatte sie sich in ihrem Heimatort noch mit Hilfsdiensten über Wasser halten können. Doch ihr Schicksal hatte sich in dem kleinen Dorf herumgesprochen, man hatte sie wie eine verstoßene Diebin, eine mittellose Dirne behandelt. Frau Hoffmann hatte den Rest dazu getan, ihren Ruf zu vernichten. Die Leute, die sonntäglich in der Kirche Nächstenliebe versprachen und Erna im nächsten Moment mieden wie des Teufels Brut, waren ihr nichts mehr wert. Ihre wenigen Freunde hatte sie verloren, Arbeit wurde ihr, wohin sie auch ging, verwehrt. Das Dorf im Norden der Provinz war nicht mehr das Zuhause gewesen, das ihr einst Geborgenheit gegeben hatte, und so war sie südwärts in die Anonymität Königbergs geflüchtet. Entgegen ihrer Hoffnung hatte jedoch die einst so verlockende Stadt für Mittellose ebenso wenig zu bieten. Eine hochschwangere Frau galt als arbeitsunfähig, jeder Arbeitgeber handelte sich mit ihrer Anstellung nur Schwierigkeiten ein und hütete sich davor, ein Risiko einzugehen.

»Was is'n mit dir, hä?« Der Bettler hatte nur mehr wenige schwarz verfaulte Stummel im Mund, die neben der fehlenden Körperpflege zu dem üblen Geruch, den er ausströmte, beitrugen.

Erna zwang sich ein Lächeln ab. »Ich erwarte ein Kind.«

»Ein Kind? Was? Jetzt? Hier?«

»Es sieht ganz danach aus. Auch wenn mir jeder andere Platz lieber wäre.«

»Was soll ich'n da tun?« Er war nun hellwach, ein wenig nervös fingerte er an seinen Mantelknöpfen herum und wägte die ihm zur Verfügung stehenden Möglichkeiten ab: weglaufen, Hilfe holen, selbst helfen.

Erna sagte nichts. Sie wollte nicht allein sein, keine Angst mehr haben und fürchtete mit jedem weiteren Wort, den Mann zu vertreiben. Seit Tagen hatte sie nichts Ordentliches gegessen, war herumgelaufen und hatte die Nächte frierend unter Brücken verbracht.

Der Bettler kratzte sich nachdenklich seinen Bart. Es war ihm deutlich anzusehen, dass ihm die Situation missfiel, doch er brachte es nicht übers Herz, die schwangere Frau im Morast liegen zu lassen. Er stöhnte, blies seinen Ärger mit einem derben Laut aus seiner Brust und lief los, um nach Hilfe zu suchen. Gewiss würde es kein Leichtes sein, als zerzauster, übel riechender Bettler irgendwo Gehör zu finden. Er war es gewohnt, dass Menschen einen Bogen um ihn machten. Der einzige Ort, auf den er ein wenig Hoffnung setzte, war das Armenhaus am Stadtrand, obwohl die Aufseherin eine unfreundliche, gierige Frau war, die heimlich einen Teil der Spenden für ihren Eigenbedarf abzweigte. Die Bewohner des Hauses hielt sie kurz –

waren sie nicht bereit mitzuarbeiten, wurden sie auf die Straße gesetzt. Vor allem lebten im Armenhaus verwahrloste Waisenkinder, die in den königlichen Waisenhäusern keinen Platz fanden, Bettler, Arbeitslose und ältere Menschen, die man von der Straße haben wollte. Sie fristeten ein erbärmliches Dasein in dem Haus, ein Leben, auf das der Mann gerne verzichtete, solange das Leben unter der Brücke auf irgendeine Art noch erträglicher war. Die Stadt und wohlhabende Gutsleute unterstützten die Einrichtung finanziell. Aufgrund der zunehmenden Armut in der Stadt war die Anzahl der Plätze begrenzt. Meist war das Haus überfüllt, doch es bot sich keine andere Lösung an. Missmutig zog der Bettler los und ließ Erna unter der Brücke zurück.

»Wir sind voll.« Noch bevor die Aufseherin des Armenhauses ihn zu Wort kommen ließ, machte sie Anstalten, die Türe wieder zu schließen. Entschlossen schob der Mann seinen Fuß in den Türspalt und funkelte die feiste Gestalt böse an.

»Ich komm nicht wegen mir. Da ist 'ne Frau, die kriegt ein Kind. 'n ganz junges Ding. Liegt unter der Brücke und jammert.«

Die Aufseherin musterte den Mann unschlüssig. »Wo unter der Brücke?«

»In der Stadt.«

»Und sie hat dich geschickt?«

»Nein, aber was soll ich denn mit so 'ner jungen Dirne anfangen? Die verreckt mir noch da unten.«

»Wie gesagt, wir sind voll.«

Der Bettler baute sich entschlossen mit verschränkten

Armen vor der Aufseherin auf und funkelte sie von oben herab mit wütendem Blick an. »Sie kommen auf der Stelle mit! Vorher rühr ich mich hier nicht weg. Schließlich kriegen Sie Geld, um solchen Leuten wie dieser Frau zu helfen.«

»Und?«

»Ich weiß, was Sie mit 'nem Teil von dem Geld machen. Tabak und Wein kriegen die Armen bestimmt nich' von Ihnen.«

Die Aufseherin verzog verärgert das Gesicht und wandte sich um. »Gottfried, Ludwig, kommt! Wir müssen etwas erledigen.«

Zwei junge Männer tauchten aus dem Dunkel des Hauses auf und streiften den Bettler mit gelangweilten Blicken.

»Wir müssen in die Stadt. Da liegt eine Frau unter der Brücke in den Wehen.«

»Ist das unser Problem?«

Als hätte die Aufseherin des Armenhauses nie etwas anderes im Sinn gehabt, als der werdenden Mutter zu helfen, schubste sie ihre Söhne grob an. »Bewegt euch!«

Erna hatte die Welt um sich vergessen. Sie hörte den Regen nicht, der auf die Wasseroberfläche des Flusses prasselte, sie spürte weder die Kälte, die in ihre Glieder kroch, noch den zähen Matsch, der an ihrem Kleid klebte. Ihr Körper war ein einziger stechender Schmerz. Die Wehen kamen in bedrohlich kurzen Abständen. Hätte sie es irgendwie verhindern können, dieses Kind zur Welt zu bringen, sie hätte alles dafür getan, um nicht hier draußen zu gebären.

Was für ein Leben konnte sie dem armen Geschöpf bieten? Auf der Straße geboren, um dann zu frieren und zu hungern vom ersten Tag seines Lebens an, als Bastard einer mutmaßlichen Diebin. Das Schicksal des Kindes war besiegelt, und Erna sah es als gerechte Strafe für ihr sündiges Verhalten.

Als sich ihr einige Personen näherten, wandte Erna ihnen keinen Hilfe suchenden Blick mehr zu. Die Leute würden mit angewiderten Blicken vorbeigehen, ihre Kinder eiligst weiterschieben, damit sie schnell dem grausigen Anblick dieses heruntergekommenen Wesens unter der Brücke entkommen und in ihr warmes, trockenes Heim zurückkehren könnten. Im selben Augenblick, als sie das dachte, griffen zwei kräftige Arme nach ihr, ein zweites Händepaar fasste ihre Fesseln, und sie wurde wie ein Kartoffelsack auf einen Leiterwagen geschwungen.

»Nein, nein ...« Ihre Stimme war schwach. Dann kam die nächste Wehe, und sie schrie verzweifelt ihren Schmerz hinaus.

»Hör auf zu brüllen, oder willst du hier krepieren?« Die Söhne der Aufseherin warfen achtlos eine durchnässte Wolldecke auf die Schwangere und brachten den Wagen in Bewegung.

»Alles in Ordnung. Ich hab Hilfe geholt.« Der Bettler legte seine Hand beruhigend auf Ernas Schulter und lächelte sie an, wobei er seine schwarzen Zahnstummel zeigte. Erna ekelte sich bei diesem Anblick und murmelte rasch ein leises »Danke.« Bevor sie die Augen schloss und sich auf dem Wagen ins Armenhaus bringen ließ.

* * *

Erschöpft und schmutzig betrat Erna den Schlafsaal und ließ sich auf ihre Matratze fallen. »Wie geht es meiner Kleinen?«

Erna arbeitete hart. Sie wollte ihr Bett in dem Armenhaus nicht verlieren, und solange sie Geld verdiente, wurde sie nicht fortgeschickt. Sie schrubbte Böden, schaufelte Unrat hinter dem Haus weg, wusch und bügelte, hackte und schleppte Holz oder sammelte umherliegende Kohlen ein, die von den Kohlenwagen heruntergefallen waren. Es gab keine Arbeit, die sie ablehnte, und die Aufseherin des Armenhauses nutzte jede Möglichkeit, um die junge Mutter mit Arbeit zu überhäufen, da Erna nie widersprach. Immer wenn sie einer Arbeit nachgehen musste, bei der sie ihre kleine Tochter nicht mit einem Tragetuch an die Brust binden konnte, kümmerte sich ihre Bettnachbarin Dotty um den Säugling.

Mit Ernas Tochter in den Armen saß Dotty auf dem Bett, wiegte sie sanft hin und her und lächelte mit ihren eingefallenen Lippen, die sich um den zahnlosen Mund kräuselten. »Sie hat Hunger.«

Erna öffnete ihre Bluse, nahm der Frau ihre Tochter ab und legte sie an die pralle Brust. »Ich hab mir heute dreimal die Milch ausgestrichen und Tücher in das Kleid gestopft, damit ich nicht vollends auslaufe.«

»Sei froh, dass du genügend Milch hast. So verhungert die Kleine nich'.«

Erna nickte und fuhr mit dem Zeigefinger über die Stirn des Kindes.

»Sag mal, deine Tochter hat immer noch keinen Namen. Wir können doch nicht immer ›die Kleine‹ zu ihr sagen.«

Erna seufzte. Ole und sie hatten darüber gesprochen, wie ihr Kind einmal heißen würde: Anders oder Ebba. Es waren schwedische Namen, passend zu der neuen Heimat. Ein bitteres Lächeln huschte über Ernas Lippen. Natürlich sprach nun, da Ole sie sitzen gelassen hatte, alles dagegen, ihrer Tochter einen schwedischen Namen zu geben. Doch insgeheim hatte sie sich eine glaubhafte Geschichte zurechtgelegt, in die sie sich Nacht für Nacht mit solcher Inbrunst hineinträumte, dass sie am Morgen Fantasie nicht mehr von Realität unterscheiden konnte. So bereitete es ihr keine Schwierigkeiten, die erfundene Geschichte glaubwürdig klingen zu lassen. Und dazu musste ihr Kind eben einen schwedischen Namen bekommen. »Ebba, sie wird Ebba heißen.«

»Wie?«

»Das ist ein schwedischer Name. Weißt du, ihr Vater war Schwede. Er hat den Namen ausgesucht.«

»Du weißt, wer ihr Vater war?«

Ernas Stirn legte sich in Falten, und sie strafte Dotty mit einem verärgerten Blick. Selbst wenn ihr Kind unehelich war, so bedeutete das nicht zwangsläufig, dass sie ihr Geld als Dirne verdient hatte. Sie schämte sich bei dem Gedanken, dass auch die anderen Bewohner des Hauses so denken könnten.

»Natürlich weiß ich, wer ihr Vater war. Er war Schwede. Wir waren verheiratet«, log sie. »Wir wollten in ein Häuschen auf dem Lande ziehen. Aber der Krieg ist uns dazwischengekommen.«

Dottys Augen weiteten sich. Sie schob ihren Kopf näher an Ernas Bett, um der Geschichte besser folgen zu können. »Der Krieg?«

»Ja, mein Mann wurde einberufen und fiel in einer der ersten Schlachten.«

»Oh mein Gott, wie schrecklich!«

Erna nickte mit dramatischer Miene. Sie zog ihre Tochter mit einem sanften Ruck von ihrer Brust und legte sie auf der anderen Seite an.

»Ja, so war das. Er hat sich so sehr auf unser Kind gefreut. Doch dann ist er gefallen.«

»Nein! Du Arme.«

Erna genoss die Rolle der Geschichtenerzählerin. Die Worte waren wie eine Erlösung von all den schlechten Erinnerungen und dem boshaften Gerede über sie.

Dotty schüttelte bedauernd den Kopf. »Dass er als Schwede überhaupt einberufen wurde …«

Erna wurde heiß und kalt zugleich. Das hatte sie nicht bedacht, es war ein dunkler Fleck in ihrer schönen Erzählung. Doch sie hatte genügend Bücher mit dramatischen Liebes- und Familiengeschichten gelesen, um sich in Sekundenschnelle eine passende Erklärung auszudenken, und Dotty war zu einfältig, um irgendetwas aus ihrem Munde anzuzweifeln.

»Nun, Ole hat sich vor unserer Heirat einbürgern lassen.«

»Nein, so etwas! Was für eine traurige Geschichte«, murmelte Dotty und tätschelte Erna die Hand.

9

Königsberg, Ostpreußen, Frühling 1915

Die russischen Truppen waren im Laufe der ersten Kriegsmonate siegreich vertrieben worden, nachdem sie einige Städte im Osten und Süden der Provinz besetzt gehalten hatten. Erna hatte den Frontverlauf und die Berichte über die Schlachten, die schöngefärbte Propaganda, genauestens verfolgt. Als sie von den schrecklichen Zuständen in manchen Dörfern las, die von den Russen zerstört worden waren, breitete sich eine Gänsehaut auf ihrem Körper aus. Erna litt lange Zeit unter Albträumen, die russische Armee würde es bis nach Königsberg schaffen. Doch seit März 1915 war es ruhig geworden in Ostpreußen, und die Front hatte sich immer weiter in Richtung Osten verlagert. Der Krieg hatte sich vom deutschen Boden verabschiedet und wütete nun in anderen Staaten. So breitete sich das trügerische Gefühl aus, dass alles bereits vorbei wäre. Doch immer noch waren die ostpreußischen Männer an der Front, und jede Woche flatterten Todesnachrichten in das Haus vieler Ehefrauen und Mütter.

Erna schloss die zwei Tage alte Zeitung, die sie auf dem Markt gefunden hatte. Sie stank streng nach Fisch, dennoch schob sie die Blätter unter ihre Schürze. Sie blickte um sich, um sich zu vergewissern, dass sie niemand beim Lesen beobachtet hatte, der der strengen Aufseherin des Armenhauses Bericht erstatten könnte. Sie war die Einzige im Haus, der das Interesse der jungen Frau an der gedruckten Schrift missfiel, dennoch lauschte auch sie neugierig, wenn Erna über den Verlauf des Krieges berichtete.

Die junge Frau hatte sich an das Leben im Armenhaus gewöhnt. Sie hatte die Aufseherin überredet, ihr neben den alltäglichen Arbeiten auch anspruchsvollere Tätigkeiten zu übertragen. Sie genoss besonders die Tage, an denen sie den Auftrag bekam, auf dem Markt und beim Bäcker einzukaufen, weil sie sich dank ihrer Rechenfähigkeit nicht so leicht übers Ohr hauen ließ. Das kam in Zeiten des Hungers nicht selten vor.

In jenem Frühjahr war Ostpreußen ausgeplündert worden. Die Russen hatten auf ihren Vormärschen Pferde, Schweine und Kühe von den Höfen beschlagnahmt oder nach Russland getrieben. Dabei handelte es sich nicht um einige wenige, sondern um Hunderttausende Stück Vieh. Das hatte zur Folge, dass das Volk hungerte, vor allem in den Städten. Viele Fischer waren im Krieg, so waren auch ihre Waren zur Mangelware geworden. Die Preise der noch nicht rationierten Lebensmittel vervielfachten sich, und nicht selten wurden Fäuste eingesetzt, um den letzten Fisch zu ergattern. Seit Januar wurden Brotmarken verteilt, wenig später gab es Marken für nahezu alle Lebensmittel.

Für die meisten Menschen war es eine Bürde, stundenlang in der Warteschlange auszuharren für ein Stückchen Brot. Erna störte es nicht. Doch an diesem Montag ging sie leer aus. Es gab nichts mehr, was sie für die Bezugsscheine oder die wenigen Münzen, die sie in der Tasche hatte, hätte erwerben können. Ihre Tochter, die sie in einem Tuch eng an den Körper gebunden hatte, jammerte und strampelte aus Protest. Ernas Milch war aufgrund der Mangelernährung von Tag zu Tag weniger geworden.

Sie stieß einen tiefen Seufzer aus, setzte sich auf die Mauer und ließ ihre Beine über dem Wasser des stinkenden Kanals baumeln. Die kleinen Holzboote schaukelten sanft auf den Wogen des Pregels, auf dem die Lichtpunkte der reflektierten Sonnenstrahlen tanzten. Es war ruhig geworden auf dem Fischmarkt, die letzten Stände wurden abgebaut, und das dreiste Katzenvieh schlich langsam hinter den finsteren Hausecken hervor, um die Reste der Fische von den Pflastersteinen zu lecken. Auch der Kohlmarkt auf dem gegenüberliegenden Kneiphofufer hatte sich bereits aufgelöst. Erna hob den Blick und sah in der Ferne die erhabene Kuppel der Neuen Synagoge im Sonnenlicht glänzen, die den tristen Kriegstagen mit ihrer Schönheit trotzte. Die prachtvollen Bauwerke in Königsberg, das Schloss, der Dom oder die Schule auf Kneiphof hatten Erna vor Ebbas Geburt dazu verleitet, in diese Stadt, die mit ihrer Schönheit blendete, zu flüchten. Seither verging kaum ein Tag, an dem sie sich nicht fragte, ob ihre Entscheidung richtig gewesen war.

Erna öffnete das Tragetuch, setzte Ebba auf ihren Schoß und musterte sie mit liebevollem Blick. Das zierliche Mädchen hatte die hellblauen Augen seines Vaters geerbt, was Erna jedes Mal einen schmerzvollen Stich versetzte, wenn sie ihre Tochter betrachtete. Sie hoffte, dieses Gefühl irgendwann abschütteln zu können, doch noch war der Schmerz über das erlittene Schicksal zu groß.

Das Wasser klatschte rhythmisch gegen die Mauer, bespritzte Ebbas Beinchen und entlockte der Kleinen ein verzücktes Quietschen. Nur wenige Minuten wollte Erna hier verharren, sich der trügerischen Idylle hingeben, bevor sie heimkehren und sich einer scharfen Rüge der Aufseherin des Armenhauses stellen würde. Sie war heute spät dran gewesen, weil sie ihre Nase wieder einmal zu tief in die gefundene Zeitung gesteckt hatte und in die Welt der geschriebenen Worte eingetaucht war. Sie ärgerte sich über sich selbst, mussten doch nun alle Bewohner, einschließlich ihrer Tochter, ihretwegen mit wässriger Suppe auskommen.

»Fräulein Erna?«

Die junge Mutter wandte überrascht den Kopf. Überrascht und gleichermaßen schockiert betrachtete sie die ordentlich gekleidete Frau, die vor ihr stand. Ihr Herz begann zu pochen, und im selben Moment schämte sie sich für ihr schäbiges Äußeres.

»Frau Mühlinghaus.« Sie stand auf, setzte Ebba auf ihre Hüfte und lächelte Oles ehemalige Vermieterin verlegen an.

»Das ist aber schön, Sie zu sehen.«

»Wie geht es Ihnen, mein Kind?«

»Mir geht es gut, vielen Dank.«

Frau Mühlinghaus neigte den Kopf und schenkte Erna ein mitleidiges, verständnisvolles Lächeln. Nicht nur an der Kleidung war zu erkennen, unter welchen Entbehrungen die junge Frau zu leiden hatte. Aus der einst gut genährten, hübschen Person war eine dürre, schmuddelige Gestalt geworden. Erna wusste den Blick zu deuten und strich sich verlegen ihr Haar aus der Stirn.

»Und das muss wohl Ihre Tochter sein.«

»Ja, das ist Ebba.«

»Ebba? Ein schwedischer Name, nicht wahr?«

Erna fuhr die Schamesröte ins Gesicht, und sie senkte verlegen den Blick. Ihre zurechtgestrickte Geschichte vom gefallenen Soldaten, an die sie in der Zwischenzeit selbst schon glaubte, zerbröckelte wie altes Mauerwerk, und sie sah sich an die schrecklichen Tage erinnert, in denen sie Ole so hinterhältig betrogen hatte.

»Ein hübscher Name. Wissen Sie, ich habe so oft an Sie gedacht. Ich bin nicht stolz darauf, dass ich Ihnen in Ihrer Not nicht geholfen habe.«

»Aber das haben Sie doch. Sie haben mir Oles Zimmer für eine Nacht angeboten.«

Die ältere Dame stieß einen Laut der Verärgerung aus und schüttelte den Kopf. »Ein recht dürftiges Hilfsangebot, wie ich meine. Nur einige Tage später habe ich versucht, Sie zu finden.«

Erna hob überrascht den Blick. »Warum?«

»Ich hatte ein schlechtes Gewissen. Auch ich bin letztendlich auf Oles nettes Wesen hereingefallen. Er hat mich ebenso getäuscht wie Sie.«

Erna schwieg. Sie strich ihrer Tochter durchs Haar und bemühte sich, aufkommende Tränen zu unterdrücken. Sie fühlte sich immer noch schäbig wegen ihres Fehltritts, doch sie liebte ihre Tochter zu sehr, um sich ihrer zu schämen.

»Ich danke Ihnen. Das ist sehr nett. Dennoch hätte ich mich ihm ...« Sie räusperte sich und setzte ihren Satz in gedämpftem Tonfall und mit vor Scham glühenden Wangen fort. »... nicht hingeben dürfen.«

»Das war ein Fehler, Sie haben recht, Fräulein Erna. Aber Sie sind nicht die einzige Frau, der so etwas passiert. Nun sehen Sie doch nur, wie hübsch Ihre kleine Tochter ist.«

Erna nickte gerührt und lächelte. »Was für ein Zufall, dass wir uns hier begegnen. Was führt Sie nach Königsberg?«

»Ich bringe Waren vom Land in die Stadt. Wir draußen im Dorf haben noch genug, auch wenn es neue Abgabequoten gibt, muss bei uns niemand Hunger leiden.«

»Nein?«

»Verstehen Sie mich nicht falsch. Auch bei uns hat der Krieg seine Spuren hinterlassen. Es sah sehr trostlos aus. Die Russen hatten den Bauern bei uns im Dorf alles genommen. Doch dann wurden den Landwirten Hilfslieferungen aus dem Reich geschickt. Pferde, Vieh, Stroh, Heu und vor allem Saatgetreide. Zwar ist es schon recht spät für die Bestellung der Felder, trotzdem haben die Bauern es noch geschafft, einen großen Teil ihrer Äcker einzusäen.«

Erna dachte an das hübsche Häuschen, das Frau Mühlinghaus bewohnte, umsäumt von einem großen Gemüsegarten und Beerensträuchern, und an das Dorf, in dem sie einst die Einkäufe für die Anwaltsfamilie getätigt hatte. Ihre Erinnerungen schienen wie aus einem anderen Leben. Das satte Grün der Wiesen, die sanfte Brise, die von der Küste her wehte und die salzige Luft bis weit ins Land hinein trug, die gelb leuchtenden Getreidefelder und die Heuwagen, die über die staubige Straße rollten und den herrlichen Duft von getrocknetem Gras hinter sich herzogen.

»Auf dem Land sind die meisten Menschen zu Selbstversorgern geworden. Natürlich ist da die Abgabe- und Erfassungspflicht, doch es gibt Möglichkeiten, diese zu umgehen.« Frau Mühlinghaus zwinkerte verschwörerisch. »Sie sollten aufs Land ziehen, Fräulein Erna. In der Stadt ist das Leben zu hart.«

»Ich kann nicht in das Dorf zurück.« Erna küsste ihre Tochter auf die Stirn. Niemals würde sie ihrem Kind die Demütigung antun, als Tochter einer Diebin und Dirne abgestempelt zu werden.

Frau Mühlinghaus zog die Stirn kraus und nickte langsam. »Ich verstehe. Aber vielleicht in ein anderes. Gehen Sie fort aus Königsberg. Sie sind eine kluge junge Frau. Es muss sich doch jetzt, wo so großer Mangel an Arbeitskräften herrscht, eine Stelle für Sie finden lassen. Die meisten Männer sind im Krieg. Besonders auf dem Land benötigt man dringend Erntehilfe.«

Erna musterte die ältere Frau neugierig. Sie dachte über ihre Worte nach, doch ihre Furcht, wieder in der Obdachlosigkeit zu enden, war zu groß.

»Ich habe Angst. Wenn es nicht klappt, verliere ich erneut alles, was ich habe. Das kann ich meiner Tochter nicht antun.«

»Entschuldigen Sie, wenn ich so direkt bin, aber was haben Sie denn? Ein Leben in Armut sollte nicht Ihre Zukunft sein. Ich werde sehen, ob ich etwas für Sie tun kann, Fräulein Erna.«

Die Augen der jungen Frau weiteten sich. Die Möglichkeit, dieser Armut zu entkommen, schien am Horizont auf. Doch sie wollte sich nicht darauf einlassen, ihr Herz mit Hoffnung zu erfüllen, um dann wieder enttäuscht zu werden. Sollte Frau Mühlinghaus es ernst meinen und tatsächlich eine bessere Arbeitsstelle für sie finden, so wäre sie bereit, Königsberg den Rücken zu kehren. Die einst von ihr geliebte Stadt hatte lange schon ihren Zauber verloren und ihr hässliches Gesicht offenbart.

10

Königsberg, Ostpreußen, Sommer 1915

Die Wochen vergingen, und mit ihnen schwand Ernas Hoffnung, je wieder von Frau Mühlinghaus zu hören. Der Juli zog ins Land, heißer und trockener als das Jahr zuvor. Das Wetter, das abseits der großen Städte zum Aufenthalt im Freien verlockte, hieß in Königsberg, beißenden Gestank und sich stauende Hitze zu ertragen. Nur kurzfristig hatte sich die Versorgungslage gebessert, doch nun drohte durch die andauernde Dürre eine Missernte. Die Preise stiegen in ungewohnte Höhen, die Mengen auf den Bezugskarten wurden Monat für Monat gekürzt, und Kartoffeln, die zu den wichtigsten Grundnahrungsmitteln der Städter zählten, waren rar.

Erna tauchte ihre Hände in den Waschtrog und fühlte sich augenblicklich an die komfortable Bottichwaschmaschine im Gutshaus des Anwalts erinnert. Obwohl viele Jahre ins Land gegangen waren, musste hier im Armenhaus immer noch die Wäsche per Hand erledigt werden. Die Aufseherin hatte über dem Waschtrog ein Plakat aufgehängt, auf dem in großen roten Buchstaben stand: *Spare Seife.* Erna überflog die Zeilen darunter. *Tauche nie die Seife ins Wasser, wirf Seifenreste nicht weg, vermeide überflüssiges Schaumschlagen, halte den Seifennapf stets trocken.* Die junge Frau musste schmunzeln. Abgesehen davon, dass in diesem Haus niemand außer ihr und der Aufseherin des

Lesens mächtig war, wurde schon seit Wochen keine Seife mehr für das Waschen der Wäsche verwendet. Die Fette und Öle, aus denen die Seife hergestellt wurde, waren einfach zu rar und zu teuer. Stattdessen benutzte Erna Holzasche und Sand, Bürste und Bimsstein, was den Waschvorgang erheblich in die Länge zog.

Ebba saß auf dem Holztisch, auf dem sich die schmutzige Wäsche türmte, und strampelte vergnügt mit ihren nackten Beinchen. Sie war acht Monate alt, und zwar wegen der kargen Ernährung abgemagert, aber dennoch bei guter Gesundheit. Erna begann ein Lied für ihre Tochter zu summen, als im selben Moment die Tür der Waschküche aufgerissen wurde. Erika, eine alte, pockennarbige Bewohnerin des Hauses starrte Erna mit offenem Mund an.

»Was ist los?«

»Komm schnell! Dotty geht's schlecht.«

Erna trocknete ihre Hände, wischte sich den Schweiß von der Stirn und packte ihre Tochter. »Wo ist sie?«

»Sie liegt im Schlafraum.«

Erna eilte schnellen Schrittes die Treppen hinauf und stieß die Türe auf. »Dotty?« Sie erntete nur ein schmerzgeplagtes Keuchen als Reaktion auf ihr Rufen. Die neugierigen Bewohner des Armenhauses hatten sich in sicherer Entfernung um die Kranke versammelt und drängten sich aneinander, um einen Blick zu erhaschen. Neben Dotty lag eine schmutzige Stoffwindel, an manchen Stellen mit rotem Blut getränkt. Erna setzte ihre Tochter auf ein abseits stehendes Bett, schob sich durch die gaffende Menge und blieb regungslos vor der Patientin stehen. »Erika, was ist das für Blut?«

»Ihr Blut.«

»Woher kommt es? Hat sie sich verletzt?«

In diesem Moment verkrampfte sich Dottys Körper, sie bäumte sich auf und begann heftig zu husten.

»Sie hustet Blut?« Erna sah sich hektisch unter den versammelten Leuten um, deren angstvolle Blicke starr auf den Boden gerichtet waren, bemüht, jede Verantwortung von sich zu weisen. Manche hörten den entsetzten Unterton in Ernas Stimme und nahmen einen weiteren Schritt Abstand zu der Kranken.

Erna hatte die letzten Wochen bis spätabends gearbeitet, war früher aufgestanden als alle anderen, um einen guten Platz in der Brotschlange zu ergattern, und hatte in den letzten Tagen keine Zeit gefunden, mit Dotty zu plaudern. Zudem schlief sie seit einiger Zeit mit Ebba in dem Raum, in dem die Waisenkinder untergebracht waren. Verzweiflung und Scham, ihre Freundin im Stich gelassen zu haben, krochen in ihr hoch und drohten ihre Brust zu erdrücken. Niemand hatte sie über Dottys Zustand unterrichtet. Sie zog eine von Ebbas bespuckten Stoffwindeln aus ihrer Schürze und band sie sich um den Mund. Sie trat auf Dotty zu und zog die löchrige, vor Schmutz stinkende Decke zurück. Niemand hatte ihre Bettwäsche gewaschen oder ihre Unterwäsche, und der Kittel, den sie darüber trug, roch streng nach Exkrementen. »Mein Gott, Dotty!«

Erna wandte sich mit empörtem Ausdruck zu den anderen um.

»Warum habt ihr Dotty nicht geholfen? Ihr müsst doch gemerkt haben, dass sie krank ist.«

»Was hat'se denn?« Erika schniefte und wischte sich mit dem Handrücken über die feuchte Nase.

»Keine Ahnung, aber wir müssen es herausfinden. Vielleicht ist es ansteckend. Hat sie gegessen?«

»Nee, seit Tagen schon nich'.«

»Und Fieber?«

»Keine Ahnung. Nur in der Nacht schwitzt sie wie 'n Schwein.«

Erna strafte die Frau mit einem scharfen Blick, scheuchte die Schaulustigen aus dem Raum, holte heißes Wasser und einen Lappen und zog die Decke vom Bett. Vorsichtig rollte sie Dotty von einer Seite auf die andere, um geschickt das verschmutzte, stinkende Laken unter ihr wegziehen zu können. Sie legte notdürftig ein löchriges Tuch unter den fiebernden Körper. Als sie die geschwächte Frau gewaschen hatte, breitete sie unter großer Anstrengung ein frisch gewaschenes Laken auf das Bett, packte den Wäschehaufen und schleppte ihn in die Waschküche.

Bevor sie ihre Tochter anfasste, wusch sie ihre Hände mit Holzasche und heißem Wasser.

Als sie die Wäsche erledigt hatte, wusch sie sich erneut, kämmte ihr Haar, steckte es hoch und band sich ein Kopftuch um. Sie strich ihr mit Flicken übersätes Kleid glatt und stieß einen verzweifelten Seufzer aus. Ihr Anblick war ernüchternd. Erna brachte ihr Kind zu den älteren Waisenkindern, bevor sie sich auf den Weg ins städtische Krankenhaus machte. Ihr war bewusst, dass sie wahrscheinlich keine Gelegenheit finden würde, vorzusprechen, doch sie wollte es zumindest versuchen. Das war sie Dotty schuldig.

Die Krankenschwester musterte Erna mit unverhohlenem Abscheu. Doch noch bevor sie die Möglichkeit nutzte, die große Eichentüre des Krankenhauses wieder zu schließen, war Erna in das Haus geschlüpft. Sie hatte geahnt, dass es einer gewissen Dreistigkeit bedurfte, um etwas zu erreichen.

»Also, so geht das nun wirklich nicht, mein Fräulein.« Die Schwester stemmte empört die Arme in die Seite.

»Bitte, schenken Sie mir nur kurz Gehör. Ich will weder Almosen noch eines Ihrer Betten belagern. Ich brauche einzig Ihren geschätzten Rat.«

Überrascht über die gewählte Ausdrucksweise der heruntergekommenen Frau, hob die Schwester die Augenbrauen. Sie atmete tief ein, sah sich unsicher um. »Fünf Minuten«, erwiderte sie mit gedämpfter Stimme.

»Danke. Meine Freundin hat Fieber, isst seit Tagen nichts, leidet unter starkem Husten und spuckt Blut. Was könnte das sein?«

Die Krankenschwester war mit einem Mal hellwach und benötigte keine zwei Sekunden, um die Frage zu beantworten. »Tuberkulose. Wo befindet sich die Kranke? Sie muss sofort isoliert werden.«

»Im Armenhaus«, erwiderte Erna und fixierte die Schwester mit selbstsicherem Blick.

Diese zog den Kopf zurück und nahm einen Schritt Abstand, als wäre allein die Tatsache ansteckend, einer Frau aus dem Armenhaus gegenüberzustehen. »Sie müssen jetzt wirklich gehen, junge Frau.«

»Ich bitte Sie, Schwester. Was soll ich tun? Ist es ansteckend? Wird sie sterben?«

»Es ist hoch ansteckend, und ich werde es dem Arzt melden. Aber die Menschen im Armenhaus haben ja kein Geld, und da die hygienischen Zustände wohl kaum zu verbessern sind, bin ich nicht sehr zuversichtlich.«

»Heißt das, der Arzt wird uns aufsuchen?«

»Wohl kaum«, sagte die Schwester lachend und mit überheblichem Unterton in der Stimme. »Sie sollten sie ins Siechenhaus bringen, damit sie von den anderen isoliert ist.«

»Ins Siechenhaus? Dahin bringt man Menschen doch nur zum Sterben. Soll das bedeuten, dass sie die Menschen im Armenhaus nicht behandeln möchten, nur weil sie mittellos sind?«

»Ein Armenhaus ist nun mal ein Armenhaus. Armut ist meist selbst verschuldet und geht mit Faulheit einher.«

Erna schnaufte ihre Entrüstung aus ihrer Brust und baute sich vor der Frau auf. »Es ist unerhört, was Sie da von sich geben. Die meisten Menschen, die dort leben, wurden vom Schicksal schwer getroffen. Wie können Sie all die Leute verurteilen? Wer unter euch ohne Sünde ist, der werfe den ersten Stein – Johannesevangelium, Kapitel acht. Sie gehen doch zum Gottesdienst?« Die Frage kam nahezu vorwurfsvoll, um die Schwester an ihre christlichen Pflichten zu erinnern.

Die Frau errötete und nickte langsam. Das Selbstbewusstsein und die gebildete, schlagfertige Art der jungen, doch recht unansehnlichen Dame verunsicherten die Pflegerin, und so verharrte sie sprach- und regungslos mit unentschlossenem Gesichtsausdruck.

Erna senkte den Blick. »Wenn Sie schon nicht bereit sind zu helfen, sagen Sie mir zumindest, was ich tun kann, außer meine Freundin ins Siechenhaus zum Sterben zu bringen«, fuhr sie in flehendem Ton fort.

Die Krankenschwester musterte die hartnäckige Frau. Ihre Beharrlichkeit verärgerte und beeindruckte sie zu gleichen Teilen. Die Gesichtszüge der Schwester wurden etwas sanfter. Sie nickte schließlich. »Achten Sie auf Sauberkeit. Lüften Sie regelmäßig. Kochen Sie die Wäsche der Erkrankten aus, und halten Sie Abstand. Isolieren Sie die Infizierten so gut wie möglich, damit sich nicht alle anstecken, und kochen Sie frische Kuhmilch ab.«

»Milch?«

»In frischer Kuhmilch können sich Krankheitserreger befinden. Aber es werden sich trotzdem viele anstecken. Und nun gehen Sie, Fräulein. Ich kann Ihnen nicht mehr sagen.«

Erna knickste, so wie sie es im Hause des Anwalts gelernt hatte, bedankte sich und lief davon.

* * *

Erna hatte alle Ratschläge der Krankenschwester befolgt, doch die träge Bewohnerschaft des Armenhauses belächelte sie, anstatt sie zu unterstützen. Erst als sich die Krankheit ausbreitete und mehrere davon betroffen waren, kam die Aufseherin, die nun selbst befürchtete, sich anzustecken, auf Erna zu. Gemeinsam versuchten sie, das Haus einigermaßen sauber zu halten, schrubbten die Böden, ließen frische Luft in die dunklen, stinkenden Gemäuer, verjagten Ratten und erschlugen Kakerlaken. Erna entkleidete ein Kind nach dem anderen, stellte es in einen Bottich mit warmem Wasser und begann die Läuse aus dem verfilzten Haar abzuzupfen, bevor sie es wusch und den Körper abschrubbte. Manchem Gör schnitt sie kurzerhand die verdreckten Locken ab, da kein Durchkommen mit Kamm oder Bürste möglich war und sich die Dreckklumpen nicht mehr aus den Strähnen entfernen ließen. Niemals würde sie ihr Mädchen so verkommen lassen, fluchte Erna, während sie in die ahnungslosen Augen der ebenso verschmutzten Mütter blickte. Dass Hygiene und Gesundheit voneinander abhingen, überstieg die Vorstellungskraft der Frauen, die über Ernas plötzlichen Sauberkeitswahn immer noch belustigt den Kopf schüttelten.

Erschöpft sank Erna auf einen Stuhl neben Dottys Bett. Sie tauchte einen Lappen in kaltes Wasser und kühlte die Stirn der Kranken.

»Erna?«

»Ja, ich bin es, Dotty. Ich bin hier. «

»Nein. Du steckst dich an. Geh!«

»Nein, Dotty! Ich bleibe.«

Dotty stöhnte.

»Wen hat's noch erwischt?«, keuchte sie. Erna seufzte. Langsam begann sie die Namen der Erkrankten aufzuzählen. Während sie sprach, liefen Tränen über ihre Wangen.

Keuchend fasste Dotty ihre Freundin beim Handgelenk.

»Ebba?«

»Es geht ihr gut. Ich habe sie aus dem Schlafraum rausgebracht, ihre Decke in die Waschküche gelegt. Da schläft sie jetzt mit mir.«

Erna sammelte sich, schluckte Trauer und Tränen hinunter, schenkte Dotty ein freundliches Lächeln und ergriff ihre Hände. Sie wich nicht von ihrer Seite, bis Dotty wenig später ihren letzten Atemzug tat und starb.

Wie besessen rieb sich Erna mit der Bürste, nahezu kochendem Wasser und Holzasche die Hände sauber. Sie zitterte am ganzen Körper, und ein Tränenschleier lag vor ihren Augen. Trotz ihrer Bemühungen war Dotty gestorben. Alle Anstrengungen, ihrer Freundin zu helfen, waren vergebens gewesen. Sie musste diese Krankheit eindämmen, sonst waren die Bewohner des Hauses verloren und mit ihnen sie selbst und ihre Tochter. Erna durfte den Mut nicht verlieren, nicht aufgeben. »Wir schaffen es, wir werden es schaffen.« Während sie ihre Finger rot schrubbte, murmelte sie sich unaufhörlich Mut zu, als sie plötzlich eine Hand auf ihrer Schulter spürte.

»Komm, Erna. Deine Hände sind sauber genug. Wir müssen den Totengräber holen.« Der Ton der Aufseherin war ungewohnt sanft, und in ihren Worten klang Angst mit.

»Wo wird Dotty beigesetzt?«, schluchzte Erna.

Die Aufseherin wandte sich ab. »In einem Armengrab. Sie besaß doch nichts.«

»Bekommt sie einen Gottesdienst?«

»Wo denkst du hin? Wir müssen froh sein, dass man sie abholt.«

»Wenigstens ein Gebet, den Segen des Pfarrers ...«

»Nein!«

Erna sah die Aufseherin ungläubig an, rauschte an ihr vorbei und kehrte in den Schlafsaal zurück. Jemand hatte

Dotty gänzlich mit einer Decke bedeckt, sodass sich ihre abgemagerte Gestalt unter dem Stoff abzeichnete. Erna sank vor dem Bett der Toten auf die Knie, schloss die Augen und begann ein Gebet zu sprechen. Als sie zum Amen ansetzte, hörte sie, dass um sie herum eine Gruppe das Amen wiederholte. Erna wandte sich um. Die Bewohner, die noch bei Gesundheit waren, standen in sicherem Abstand zum Bett der Toten und hatten die Blicke auf Erna gerichtet. Gebrochene, hoffnungslose Menschen, erfüllt von Angst und der Hoffnung, Erna könnte ihnen helfen.

Doch sie konnte es nicht. In den nächsten Tagen raffte die Krankheit zehn Menschen dahin, darunter drei Kinder. Ebba war immer noch wohlauf. Erna nahm ihr Kind täglich mit auf den Markt, stellte sich mit dem Mädchen in die langen Warteschlangen und war froh um jeden Moment, den sie abseits des verseuchten Armenhauses verbringen konnte. Sie hatte schon lange keine Zeitung mehr gelesen. Zu sehr hatte die Krankheit ihre Zeit in Anspruch genommen. Doch sie wusste, dass der Krieg, wenn auch abseits von Ostpreußen, in Europa immer noch wütete. Heftiger als je zuvor.

11

Königsberg, Ostpreußen, Sommer 1915

Die wachsende Hungersnot entkräftete die ohnehin schon geschwächten Menschen, die mit Erna in dem Armenhaus wohnten, noch weiter. Die befürchtete Missernte war eingetreten, und es hieß, Gott würde die Menschen für die Kriegssünden strafen. Erna schüttelte darüber verärgert den Kopf. Wann immer das Volk vor Unerklärlichem stand, war es angeblich der Zorn Gottes, der es strafte.

Sie hatte den Küchendienst übernommen, nachdem die Köchin ebenfalls erkrankt war. Im ersten Moment dachte sie, es wäre der Dampf der dünnen Suppe oder die heißen Temperaturen, die sie zum Schwitzen brachten. Sie wischte sich ihr Gesicht mit ihrer Schürze ab, schob den Topf zur Seite und sank auf einen Stuhl. Als sie zu husten anfing, schob sie es auf die Anstrengung und den Rauch in der Küche. Doch der Husten wurde stärker, und bald litt sie unter Schmerzen in der Lunge. Erna ging vor das Haus, lehnte sich an die Wand und vergrub ihr Gesicht in ihren Händen. Sie suchte nach Ausreden, um sich selbst zu beruhigen, doch tief in ihrem Innersten wusste sie, dass die Schwindsucht sie gepackt hatte. Es war ein Wunder gewesen, dass sie so lange gesund geblieben war, trotz des engen Kontaktes zu den Kranken. Ihr Blick wanderte zum Himmel und folgte den zarten weißen Wolkenschleiern, die über das tiefblaue Firmament zogen. »Mutter, hilf mir! Was soll ich nur tun? Was wird aus Ebba?«, flüsterte sie vor sich hin.

Als hätte ihre Mutter ihr Flehen erhört, kam ihr plötzlich die einzig mögliche Lösung in den Sinn. Sie lief in die Kammer der Aufseherin, kramte unerlaubterweise in deren Schublade und holte ein Blatt Papier heraus. Auf dem Tisch standen Feder und Tinte, doch sie waren selten benutzt worden. Auf der Metallspitze klebte eingetrocknete blaue Flüssigkeit. Erna kratzte die Reste der verkrusteten Tinte von dem Schreibgerät, öffnete das Tintenfass, tauchte die Feder hinein und begann zu schreiben.

Sehr geehrte Frau Mühlinghaus,

es war schön, Sie im Frühjahr wiederzusehen. Leider hatten wir seither nicht mehr das Glück, uns zu treffen. Ich wende mich an Sie in meiner tiefsten Not und bitte Sie inständig, mir zu helfen. Im Armenhaus wütet die Schwindsucht. Trotz aller getroffenen Vorkehrungen konnten wir zahlreiche Todesfälle nicht verhindern. Nun hat die Krankheit auch mich ereilt, und ich weiß, dass mir nur wenige Wochen bleiben.

Ich bitte Sie, nein, ich flehe Sie an, sich um Ebba zu kümmern. Sie ist ein gutes Kind und kann nichts für ihre sündige Mutter. Finden Sie einen besseren Platz für meine Tochter. Sie soll nicht in diesem Haus ihr Dasein fristen. Ich weiß mir keinen Rat und kenne außer Ihnen niemanden. Mir ist bewusst, was ich von Ihnen verlange, doch ich kann nicht von dieser Welt gehen, ohne zu wissen, dass es Ebba gut gehen wird.

Herzlichst
Ihre
Erna Nilsson

In den darauffolgenden Tagen wurde Ernas Husten stärker, und sie litt immer öfter unter Atemnot. Hilflos versuchte sie, ihre Tochter von sich fernzuhalten, indem sie sie in die Waschküche einschloss. Das kleine Mädchen krabbelte auf dem kalten Erdboden herum und brüllte voller Verzweiflung nach ihrer Mutter. Außer sich und völlig verwirrt schlug sie mit ihrem Köpfchen immer wieder auf den Boden.

»Ebba, alles ist gut. Mami ist hier vor der Tür.«

Das Kind hielt nur kurz inne, lauschte einen Moment, bevor es erneut aus voller Kehle zu schreien begann. Vollends aufgelöst schnappte sie nach Luft, als sie Ernas Stimme ein weiteres Mal vernahm, kroch zu der abgeschlossenen Türe und schlug mit den kleinen Fäustchen dagegen.

»Ebba, nein. Mami ist krank. Ich kann jetzt nicht zu dir, aber ich bin hier.«

Die Kleine plapperte unaufhörlich Silben, die dem Wort »Mama« ähnelten, was Ernas Schmerz noch unerträglicher machte.

»Du kannst sie doch nicht ewig da drin einschließen!« Die Aufseherin musterte Erna streng.

»Ich muss es tun. Wenn Ebba sich ansteckt, würde ich das nicht ertragen.«

»Die Wäsche muss ausgekocht werden. Du weißt, wie wichtig das ist.«

»Ich kann nicht zu meiner Tochter. Es geht einfach nicht.«

»Dann werde ich die Wäsche machen. Und jetzt verschwinde!«

Erna war dankbar, doch zugleich zerriss es ihr Herz, Ebba mit der Aufseherin allein lassen zu müssen. Sie fasste sich an ihre schmerzende Brust, keuchte und krümmte sich unter einem heftigen Hustenanfall, bevor sie in den Schlafsaal ging, um sich in ihr Bett zu legen. Als sie zitternd vor Kälte und vollends geschwächt die zerschlissene Wolldecke über ihren Körper zog, überkam sie mit einem Mal der grauenvolle Gedanke, dass sie dieses Bett vielleicht nie wieder verlassen würde. Sie schloss die Augen und tauchte ein in eine Welt, in der Traum und Realität verschwammen und sich im Delirium der Schmerz mit der Schönheit der Erinnerung vermengte.

* * *

Erna öffnete die Augen. Die ungewohnte Helligkeit der weiß gekalkten Wände blendete sie. Es roch sauber. Durch das geöffnete Fenster drang kühle Luft, die den Duft von Heu und geschnittenem Holz mit sich trug. Ihren ersten Gedanken, dass sie gestorben und im Himmelreich gelandet war, verwarf sie schnell wieder, als sie Geräusche hörte, die vorbeifahrenden Kutschen ähnelten. Sie blinzelte und wandte den Kopf. Neben ihrem standen mehrere ebenso weiße Metallbetten, bezogen mit sauberen Laken. Die

Waschschüssel neben ihrer Schlafstätte war mit frischem Wasser gefüllt, ein Lappen hing über den Rand, ein Stück Seife daneben. Manche Betten waren leer, andere von Schlafenden belegt. Erna zog sich an dem über ihr hängenden Dreieck hoch. Als sie langsam zur Besinnung kam, fiel ihr Ebba ein. Sie blickte sich hektisch im Krankenzimmer um, dessen ungewohnte Sauberkeit sie blendete und ihr Angst einjagte. Solch gepflegte Krankenanstalten kosteten ein Vermögen.

»Entschuldigen Sie, bitte.«

Die Patientin im Nachbarbett wandte ihr den Blick zu. »Ach, Sie sind aufgewacht.«

»Ich habe eine Tochter. Sie hört auf den Namen Ebba. Blondes Haar, blaue Augen, neun Monate alt.«

Die Frau schenkte ihr ein wissendes Lächeln. »Ja, ja, meine Liebe, machen Sie sich keine Sorgen. Ihre gute Tante sorgt für das Kind.«

Erna legte die Stirn in Falten und schüttelte verwirrt den Kopf. Im selben Augenblick betrat eine Krankenschwester den Raum. Ihr bodenlanges Leinenkleid schwang elegant im Takt ihres Schrittes. Auf der weißen Schürze, die sie darüber trug, prangte ein rotes Kreuz. Die Tracht war schlicht und nicht neu, doch auf Erna wirkte sie nicht minder edel als die Abendrobe einer Dame. Als der Blick der Frau auf die erwachte Patientin fiel, weiteten sich die Augen der Krankenschwester. Sie schenkte Erna ein aufmunterndes Lächeln.

»Oh! Guten Tag, junge Frau. Seit wann sind Sie wach?«

Erna, die die rüde Abweisung der letzten Schwester noch gut in Erinnerung hatte, sah sich unsicher um, ob sie gemeint war. Sie räusperte sich und antwortete in zaghaftem Ton: »Ich bin eben aufgewacht, Schwester.«

»Wie schön. Und wie geht es Ihnen?«

»Ich …« Sie stutzte verwirrt. »… suche meine Tochter. Bitte, wissen Sie, wo meine Tochter Ebba ist?«

»Aber ja, Frau Nilsson. Ihre Tochter ist in guten Händen, keine Sorge. Ihre Tante kümmert sich um sie.«

Die besagte Tante stiftete erneut Verwirrung bei Erna. Doch die Schwester hatte sie mit ihrem Namen angesprochen, also beschlich sie die leise Hoffnung, dass es sich bei der geheimnisvollen Verwandten um Frau Mühlinghaus handelte. Es gab keine andere Möglichkeit. Erna scheute sich, nachzufragen und ihre Tarnung platzen zu lassen. »Ich muss zu meiner Tochter«, sagte sie.

Erna hatte immer noch im Ohr, wie Ebba hilflos gegen die verschlossene Türe trommelte und nach ihrer Mutter schrie.

»Kommt nicht infrage! Sie müssen sich erholen. Mit Schwindsucht ist nicht zu spaßen. Sie müssen Gott danken, dass sie überlebt haben. Frau Mühlinghaus kommt um drei Uhr. Natürlich darf die Kleine nicht herein, aber Ihre Tante wird Ihnen gewiss über den Zustand des Mädchens berichten.«

Erna sank erschöpft in ihre Kissen. Sie fand keine Worte, um ihre Dankbarkeit auszudrücken.

Die Schwester stellte die Kanne mit heißem Wasser neben Ernas Bett auf den Nachttisch. »Leider nur heißes Wasser mit einigen Kräutern. Aber das wird ihrer Brust guttun.«

Erna folgte der Schwester mit ihrem Blick und erstarrte überrascht, als sie ein braunes, sauberes Leinenkleid über dem Stuhl an ihrem Bett hängen sah.

»Dieses Kleid hat Frau Mühlinghaus für Sie gebracht«, erklärte die Schwester.

Neben dem Stuhl lag ein kleines, in Leder eingebundenes Buch. Erna streckte den Arm aus und griff danach. Sie strich behutsam über den Einband, öffnete es und sog den Geruch der Seiten ein. *»Huckleberry Finn«,* flüsterte sie, und ein flüchtiges Lächeln huschte über ihre Lippen.

Frau Mühlinghaus kam wie versprochen um drei Uhr. Ihr Gesicht hellte sich auf, als sie sah, dass Erna bei Bewusstsein war. Sie legte das Leinenkleid beiseite und ließ sich auf den Stuhl nieder. Erna fühlte einen dicken Kloß im Hals und fürchtete, in Tränen auszubrechen, sobald sie den Mund öffnen würde. Frau Mühlinghaus legte ihre Hand auf Ernas.

»Danke«, flüsterte die junge Frau mit zitternder Stimme.

»Wie schön, dass es Ihnen besser geht. Ebba ist wohlauf.«

Erna nickte. »Ich kann das nicht bezahlen.« Sie errötete.

Frau Mühlinghaus wich ihrem Blick aus und sah aus dem Fenster. Sie hatte nicht den Mut, Erna anzusehen. »Ich habe einen Brief von Ole bekommen. Er ist in Amerika, schreibt aber nichts Genaues über seinen Aufenthaltsort. Etwas Geld war für Sie dabei.«

Erna wartete auf eine Regung in ihrer Brust, ein Kribbeln in ihrer Magengrube, irgendetwas. Doch nichts geschah. Sie musterte Frau Mühlinghaus, die gespannt auf ihre Reaktion wartete. Nach einem kurzen Moment nickte sie mit gleichgültiger Miene. »Gut«, sagte sie, setzte sich aufrecht ins Bett und kommentierte Oles Nachricht nicht weiter.

»Ich habe auch eine Stelle für Sie gefunden, wo Sie sich vorstellen können. Es wäre, sollten Sie die Arbeit bekommen, möglich, bei der netten Dame mit Ihrer Tochter zu wohnen. Doch es ist nicht in Königsberg. Das Haus der Familie liegt an der Küste, etwas östlich von Cranz. Am Kurischen Haff würde es ihrer Tochter sicherlich gefallen, und Ihrer geplagten Lunge täte die frische Meeresluft gut. Dort ist es wunderschön.«

Erna sah ihre Wohltäterin ungläubig an. Als diese mit einem zuversichtlichen Lächeln nickte, drückte Erna voller Zuneigung ihre Hand. Die Tränen begannen zu fließen, und sie kümmerte sich nicht mehr darum, versuchte nicht einmal, sie zu verbergen. Sie konnte ihre Dankbarkeit nicht in Worte fassen. Es sah aus, als hätte sie es geschafft, das Elend hinter sich zu lassen. Ole war unwichtig. Ihre Tochter würde es gut haben, und das war das Einzige, was zählte.

12

Bei Cranz, Ostpreußen, November 1915

Frau Silbermann, eine junge, bieder gekleidete Frau, musterte Erna mit prüfendem Blick. Sie neigte den Kopf, als sie die einjährige Ebba sah, die ihr fröhlich glucksend die offenen Ärmchen entgegenhielt.

»Nein, nein, Ebba.« Peinlich berührt drückte Erna die Arme ihrer Tochter hinunter. Sie wusste den Gesichtsausdruck der Frau mit dem strengen Äußeren nicht zu deuten und wollte auf keinen Fall, dass Ebbas Verhalten dazu führte, dass sie abgewiesen wurde. Sie hatte das neue Kleid, ein abgetragenes von Frau Mühlinghaus, gewaschen und gebügelt, ihr Haar ordentlich hochgesteckt, so wie sie es früher im Haus der Anwaltsfamilie getragen hatte, und den Schmutz unter den Fingernägeln herausgekratzt. Doch die Tuberkulose und die jahrelange Unterernährung hatten ihren Körper ausgezehrt, und das war nicht zu verbergen. Sie war blass und abgemagert, und ihre Adern schimmerten bläulich unter ihrer weißen Haut. So musste sie versuchen, mit ihrer Höflichkeit und ihrem Auftreten zu punkten.

Ernas Koffer war schon lange auf fragwürdige Weise aus dem Waisenhaus verschwunden. So hatte sie als Abschiedsgeschenk, oder besser gesagt als Ersatz für den entwendeten Koffer, eine alte Holztruhe mit Eisenbeschlägen von der Aufseherin bekommen. Der Transport der Kiste war beschwerlich, doch Erna war dankbar, ihre wenigen Besitztümer darin verstauen zu können. Während der vielen Monate ihrer Genesung hatte sie mit ihrer Tochter die Holzkiste abgeschliffen und mit bunten Blumen bemalt, was ihr ein etwas ansehnlicheres Äußeres verlieh. Dennoch offenbarte die Art, wie sie ihre Habseligkeiten transportierte, ihre Mittellosigkeit.

Unschlüssig verharrte Frau Silbermann einen Moment, ließ ihren Blick von Erna über die alte Holztruhe schweifen, bevor sie die Tür etwas weiter aufzog und mit einladender Geste den Gast hereinbat. »Nun, dann treten Sie ein, Frau Nilsson.«

Erna hatte sich so sehr auf eine Abweisung eingestellt, dass sie einen Laut der Verwunderung ausstieß und einen Moment regungslos stehen blieb, unfähig, sich zu bewegen.

»Frau Nilsson?«

»Ja. Vielen Dank, Frau Silbermann.«

Ebba gluckste zufrieden, als ihre Mutter die schöne Villa betrat. Immer noch verunsichert, ob die Dame sie nur hereinbat, weil es draußen regnete, und ihr dann trotzdem mitteilen würde, dass sie die Arbeit mit einem kleinen Kind nicht bekommen würde, oder ob dies tatsächlich der erste Schritt in ein neues Leben war, sah sie sich in der Eingangshalle um. Bisher hatte sie es nie über die Schwelle einer Tür geschafft. Ein Blick auf das Kleinkind auf ihrem Arm hatte stets ausgereicht, um sofort abgewiesen zu werden. Dennoch nahm sie Ebba immer zu den Vorstellungsgesprächen mit, um nicht falsche Tatsachen vorzutäuschen.

Sie folgte der Dame eine breite Marmortreppe hinauf in das obere Geschoss, wo sie den Salon betraten. Der Raum war kostspielig möbliert, und im Kamin knisterte ein Feuer, das eine wohlige Wärme verbreitete. Das Knacken des brennenden Holzes war das einzige Geräusch. Eine angenehme Stille, die Erna vermisst hatte. Sie schloss die Augen und atmete den Geruch des Raumes ein: Holz, Möbelpolitur und Lavendel. Wehmütig erinnerte sie sich an ihr altes Zuhause, wobei sie zwangsläufig auch an ihre Mutter denken musste. Sie hatte beinahe vergessen, wie schön manche Menschen wohnten und wie gut sie, obwohl nur im Kellergeschoss, einmal gelebt hatte.

»Bitte, nehmen Sie Platz«, riss Frau Silbermann Erna aus den Gedanken. Sie wies auf einen der mit rot-goldenem Stoff gepolsterten Stühle, die an einem dunklen Chippendale-Esstisch standen, und setzte sich ebenfalls. Schließlich neigte sie den Kopf und lächelte Ebba an. »Na, wie heißt du denn, mein Kind?«

»Ebba. Sie heißt Ebba, Frau Silbermann.«

»Ebba? Ein eigentümlicher Name.«

Erna räusperte sich, bevor sie begann, in kurzen Sätzen, aber dieses Mal ohne Dramatik, ihr teilweise erfundenes, aber mit Frau Mühlinghaus abgesprochenes Schicksal zu erzählen. Sie ließ auch ihr Leben im Armenhaus nicht aus, doch Frau Silbermann schien darüber bereits informiert zu sein. Die Dame des Hauses sah ihr Gegenüber mitleidig an.

»Ein tragisches Schicksal. Gott hat Sie einer harten Prüfung unterzogen, meine Liebe.«

Erna nickte und ließ den Blick durch den Raum schweifen. Er blieb an dem siebenarmigen Leuchter, der auf dem Kaminsims stand, hängen. »Ich bin keine Jüdin«, sagte sie.

Sie erntete ein Schulterzucken. »Nun, wenn Sie unsere Religionszugehörigkeit nicht stört, soll das kein Problem sein. Es ist ja nicht so, dass nur Juden für Juden arbeiten dürfen, nicht wahr?«

Erna errötete und schämte sich für die unüberlegten Worte. Sie wusste, dass die jüdischen Speisen auf besondere Art zubereitet wurden, und noch war ihr nicht klar, welche Aufgaben ihr zugeteilt werden würden, wenn sie die Anstellung bekäme. In diesem Moment betrat eine junge Frau mit einem kleinen Jungen auf dem Arm den Raum. Er war ein wenig älter als Ebba und nuckelte an einer mit brauner Flüssigkeit getränkten Stoffwindel. Frau Silbermann schenkte dem Kind einen liebevollen Blick.

»Hier ist ja mein David. Haben Sie Dank, liebe Anne.« Sie nahm dem Kindermädchen den Jungen ab und setzte ihn auf ihren Schoß. »Anne, unser Kindermädchen, wird uns leider verlassen, und deshalb suche ich nach Ersatz. Ich war zwar etwas unschlüssig, da Ihre Tochter noch sehr jung ist, aber vielleicht ist gerade das auch von Vorteil für meinen Sohn. Als Kindermädchen würde Ihnen ein eigenes Bett in Davids Kinderzimmer zustehen. Einen eigenen Raum können wir Ihnen leider nicht anbieten. Wie wir das allerdings mit Ebba lösen, müssen wir noch überlegen.«

Kindermädchen? Erna verschlug es die Sprache. Noch nie hatte man ihr so eine Aufgabe zugetraut. Sie war geübt im Putzen, Kochen, Waschen und Bügeln.

»Frau Mühlinghaus meinte, sie wären die beste Kraft, die ich finden könnte. Fleißig, zuverlässig, darüber hinaus belesen, nicht ungebildet und natürlich erfahren, da sie ein eigenes Kind in ähnlichem Alter haben.« Frau Silbermann musterte Erna mit einem erwartungsvollen Blick. »Was sagen Sie, Frau Nilsson?«

»Sie meinen, ich kann die Stellung tatsächlich haben?«

»Nun, ich würde vorschlagen, wir vereinbaren eine Probezeit, um zu sehen, wie es mit Ihrer Tochter und meinem Sohn klappt und ob Sie Ihren Pflichten neben Ihrer Mutterrolle nachkommen können. Ich denke, dass wir Frauen im Krieg zusammenhalten müssen. Mein Mann ist ebenfalls an der Front. Doch sein Leben wurde bislang verschont.«

Erna schenkte der Frau ein dankbares Lächeln. Sie vereinbarten Arbeitszeit, Aufgabengebiete und Bezahlung, die in Kriegszeiten nicht mehr war als ein geringes Taschengeld. Doch das war Erna einerlei. Von einem Tag auf den anderen war das Leben lebenswert, und trotz der Entbehrungen, die das Volk in Kriegszeiten ertragen musste, blickte sie von diesem Tag an wieder mit Zuversicht in die Zukunft.

Die jüdischen Gebräuche, Gebete, Feste und Speisenzubereitung waren für Erna gewöhnungsbedürftig. Die Familie war nicht übermäßig religiös, doch sie hielt sich an die Regeln ihres Glaubens und besuchte einmal pro Woche die Synagoge. Erna lernte alles über die Kippa, die Gebetsriemen und den Tallit, einen jüdischen Gebetsmantel. Sie beschloss, ihr neues Leben als Bereicherung und Erweiterung ihres Horizontes zu sehen und sich nicht an den neuen Regeln, die im Hause Silbermann galten, zu stoßen.

Ihre Dienstherrin behandelte sie mit Respekt und erlaubte den Kontakt zwischen Ebba und David.

Die Aufgaben, die Erna zugeteilt wurden, erledigte sie ohne Schwierigkeiten. Der Tag begann mit dem Frühstück, das David, wie alle Mahlzeiten, im Kreise seiner Familie und Erna mit Ebba in der Küche einnahm. Danach verließ Erna mit den Kindern das Haus für einen Spaziergang oder hielt sich im Garten des Anwesens auf. Im Schatten einer großen Eiche las sie den Kindern aus Büchern vor, erzählte ihnen Geschichten oder beobachtete die zwei beim Spielen. David war stets sauber zurechtgemacht. Er trug Hemd und Hose, zu besonderen Anlässen auch gerne einen Matrosenanzug. Ebba hingegen hatte meist ein einfaches Leinenkleidchen an, auch wenn Erna immer wieder etwas Neues für sie nähte. Wäre da nicht der Unterschied der Kleidung gewesen, hätten die beiden Geschwister sein können, doch Erna legte sehr viel Wert darauf, dass Ebba begriff, dass sie lediglich die Tochter einer Bediensteten im Haus war. Das Leben bei den Silbermanns kam Erna fast unwirklich vor. Obwohl der Krieg Lebensmittelknappheit und eine Zeit der Ungewissheit, Angst und Entbehrung mit sich brachte, fühlte sie sich so sicher wie nie zuvor in ihrem Leben.

* * *

Als sich der Krieg dem Ende zuneigte und jedem Deutschen klar wurde, dass keine Chance mehr auf einen Sieg bestand, kehrte Herr Silbermann von der Front zurück. Eine Verwundung hatte seinen Heimaturlaub ermöglicht, und bald wurde klar, dass der Mann nicht wieder an die Front zurückkehren würde. In dem Rückkehrer erkannte Erna anfangs nicht den Mann, den ihr Frau Silbermann beschrieben hatte. Er hatte nichts mit dem stattlichen, selbstbewussten Arzt zu tun, den sie sich ausgemalt hatte. Sein Körper und Geist waren vom Krieg gezeichnet. Er litt Nacht für Nacht unter Albträumen, sprach wenig und zog sich die meiste Zeit in sein Arbeitszimmer zurück. Erna hatte von den schrecklichen Zuständen an der Front gehört und von den Männern, die verändert heimkehrten und nicht wieder in ihr altes Leben zurückfanden. Sie bedauerte Frau Silbermann, die ihren Mann liebevoll umsorgte und dafür ausdruckslose Blicke erntete.

Erst Monate nach seiner Rückkehr richtete Herr Silbermann erstmals das Wort an Erna. Er drückte ihr sein Beileid und seinen Respekt für ihren verstorbenen Ehemann Ole aus. Es war für Erna ein Schlag ins Gesicht, gleich beim ersten Gespräch an ihr Lügengespinst erinnert zu werden, doch Herr Silbermann nahm ihre Betroffenheit als natürliche Trauer.

»Es freut mich, Herr Silbermann, dass sie wohlbehalten zurückgekommen sind. Ihre Frau war sehr besorgt um sie und umso glücklicher, als Sie fast unversehrt wieder heimgekehrt sind.«

»Unversehrt ...« Sein Blick wanderte abwesend an die Decke des Zimmers. »An manchem Tag hätte ich wohl lieber mit Ihrem Ehemann getauscht.«

Erna sog entsetzt die Luft ein. »Aber Herr Silbermann! Das dürfen Sie doch nicht sagen. Sie sind am Leben. Ihre Frau und Ihr Sohn brauchen Sie.«

Er nickte. »Natürlich, Sie haben recht, Erna. Es ist wohl nicht sehr einfühlsam von mir, so zu reden.«

Erna dachte an die Schreie, die Nacht für Nacht bis ins Kinderzimmer drangen, an die schrecklichen Zustände, die den Mann packten und aus ihm einen anderen Menschen machten. Einen, den sie und auch seine Familie manchmal gar fürchteten. Es war eine schreckliche Zeit für Frau Silbermann und David. Doch die Zeit heilte auch die Wunden des Arztes. Jahr für Jahr kehrte immer mehr von seinem ursprünglichen Charakter und Charme zurück, und das Monster, das die Gräuel der Giftgasangriffe und Amputationen erlebt hatte, verschwand langsam.

* * *

Ebba wuchs zu einem kräftigen, hübschen Mädchen heran, dessen goldblonde Locken jeden entzückten. Als Ebba und David älter wurden, zog Erna mit ihrer Tochter in das Kellergeschoss des Hauses. Es wäre nicht länger angebracht, die zwei Kinder in einem Zimmer zu belassen, stellte Frau Silbermann fest, ohne herablassend zu wirken. Schon bald half Ebba ihrer Mutter bei der Erledigung der täglichen Arbeiten. Aufgrund der wirtschaftlich misslichen Lage des Landes musste selbst die Arztfamilie Silbermann etwas sparen, und das tat sie beim Personal. Da Frau Silbermann allerdings Ernas Arbeitskraft, Loyalität und Bildung schätzte, war sie die Letzte, die um ihre Stellung fürchten musste. Dennoch erhielt sie Zusatzaufgaben, Tätigkeiten im Haushalt und Näharbeiten, die sie neben der Kinderbetreuung ausführen musste. Das alles störte Erna nicht. Sie war glücklich, sah mit Freude ihr Kind aufwachsen und fasste endlich neuen Mut und Zuversicht. Nun würden die schwarzen Tage ihres Lebens wohl endgültig hinter ihr liegen.

13

Lidingö, Schweden, Februar 2015

»Habt ihr eine handbemalte Holzkiste gefunden?«

Magnus und Inga warfen sich einen fragenden Blick zu und betrachteten schweigend den ungeordneten Haufen an Gerümpel. Zerfledderte Bücher, abgeschlagene Bilderrahmen, alte Kleidungsstücke, Puppen und Küchenutensilien häuften sich auf dem großen Esstisch. Die Gegenstände waren mit einer dicken Staubschicht überzogen und verströmten einen muffigen Geruch, der sich im Ess- und Wohnzimmer ausbreitete.

»Nein, Mama. Keine Kiste«, antwortete Inga, ging zum Schlafzimmer, öffnete die Tür einen Spalt und lugte hinein. Pernilla saß an Kalles Seite und flößte ihm vorsichtig einige Schlucke Wasser ein. »Opa? Ich wusste nicht, dass du schon wach bist. Du kannst dir nicht vorstellen, was wir alles gefunden haben.« Sie lachte auf, doch auf Kalles Gesicht erschien ein verkrampfter, ängstlicher Ausdruck. »Was ist denn, Opa? Wir werfen nichts weg, ohne dich zu fragen. Versprochen.«

Der alte Mann schob sich mit einiger Kraftanstrengung in eine aufrechte Sitzposition und schüttelte den Kopf. Seit er seiner Familie die Nachricht seiner Krankheit überbracht hatte, hatte sich sein gesundheitlicher Zustand täglich verschlechtert. Die Wochen liefen wie Sand durch ein Sieb, seit Magnus und Inga begonnen hatten, die Dachkammer zu durchforsten, und oft wünschte Inga, die Zeit mit aller Gewalt anhalten zu können, um das unabänderliche Schicksal ihres Großvaters abzuwenden.

Die Arbeit war eine heilsame Abwechslung, doch sie hatte sich als mühsamer als erwartet herausgestellt und erforderte mehr Zeit, als Inga und Magnus neben dem Beruf aufbringen konnten. So beschränkte sich Inga auf kurze Besuche und Telefonate während der Woche und wartete auf die freitägliche Ankunft ihres Bruders, um die Dachkammer weiter zu durchstöbern.

Pernilla kümmerte sich um die Keller- und Wohnräume. Um die ständige Sorge um ihren Vater zu lindern, hatte sie die Krankenpflegerin, die Kalle täglich versorgte, angewiesen, sie sofort zu benachrichtigen, sollte ihr Vater sie brauchen oder sich sein Zustand rasant verschlechtern. Mittlerweile kamen Kalles Worte nur noch unter großer Anstrengung über seine Lippen, und er musste während eines Satzes immer wieder innehalten, um neue Kraft zu schöpfen.

Pernilla wandte ihrer Tochter den Blick zu. »Dein Großvater hat irgendetwas von einer alten, bemalten Holzkiste erzählt.«

Inga schaltete das Licht ein und trat mit schwerem Herzen an das Bett ihres Großvaters, um herauszufinden, ob er fantasierte, träumte oder bei klarem Bewusstsein war. Kalle holte tief Luft und bemühte sich, seinen Worten eine Stimme zu geben. »Schon gut, Opa. Streng dich nicht an. Es ist schon wieder dunkel draußen. Wir müssen ohnehin aufhören für heute. Das Licht in der Dachkammer ist zu schwach. Außerdem bin ich total verdreckt und müde. Ich freu mich auf eine Dusche.«

Kalle seufzte und räusperte sich. Gerade als Inga sich wieder auf den Weg ins Wohnzimmer machen wollte, krallte er sich an ihrem Ärmel fest, und ihr wurde bewusst, dass ihr Großvater voll und ganz anwesend war.

»Inga. Die Kiste.« Kalle stöhnte.

»Wir haben noch keine Kiste gefunden, Opa. Bist du sicher, dass es eine gibt?«

»Dunkles Holz ... mit Eisenbeschlägen ... und mit Blumen bemalt.«

»Was ist denn in dieser Kiste? Warum ist sie dir so wichtig?«

Kalle sackte in seine Kissen zurück und atmete angestrengt. »Nicht aufmachen.«

»Ja, aber ...«

»Nein!«

Es bereitete Kalle Mühe, seiner Stimme eine gewisse Strenge zu verleihen, die allerdings Wirkung zeigte und Inga verblüffte. Sie zog überrascht die Augenbrauen hoch. Kalle wich ihrem fragenden Blick aus, woraufhin sie stumm und ein wenig gekränkt nickte.

»Ist gut, Opa.« Ingas Augen wanderten stumm über den geschwächten Körper des alten Mannes. Gebannt verharrte sie an der Bettkante, in der Hoffnung, eine Gefühlsregung auf seinem Gesicht zu erkennen, doch er wandte sich ab, sah wortlos aus dem Fenster in die Dunkelheit, bis er erschöpft seine Augen schloss. Sie würde heute nichts mehr über diese Kiste erfahren. Mit einem unangenehmen Gefühl in der Brust verließ Inga das Schlafzimmer und kehrte zu Magnus zurück.

Auf dem Heimweg nach Stockholm lenkte Magnus das Auto geschickt über die spiegelglatte Straße, die von hohen Nadelbäumen gesäumt war.

»Eine wunderschöne Insel, findest du nicht?« Inga wartete auf eine Reaktion und legte nach einigen stummen Sekunden ihrem Bruder die Hand auf die Schulter.

Magnus zog die Brauen hoch. »Willst du mich überreden, das alte Haus zu nehmen?«

Inga wandte sich ab und senkte die Stimme. »Ich finde es einfach nur sehr idyllisch hier.« Sie zog die Hand zurück und sah aus dem Fenster. »Es macht mich so traurig. Meine ganze Kindheit lebt in diesem Haus, die vielen Spielsachen und alten Bücher, die wir gefunden haben. Es war so schön, sich an die Zeit zu erinnern.«

Magnus verlangsamte das Tempo, als er zu der blinkenden Ampel des Bahnübergangs kam. Nachdem das Auto zum Stillstand gekommen war, musterte er Inga. Seine Schwester, die sonst Ruhe und Selbstsicherheit ausstrahlte, wirkte seit Tagen wie ein rastloses Kind. »Erinnerungen leben im Herzen, Inga. Sie wohnen nicht in diesem Haus, sondern in deinem Kopf.«

Inga nickte, schwieg aber, bemüht, den Kloß in ihrem Hals zu ignorieren. Die Schranken hoben sich, und das blinkende Licht erlosch. »Was das wohl für eine Holzkiste ist?«, wechselte sie das Thema.

»Keine Ahnung. Was soll es schon sein? Irgendein alter Kram eben. Persönlich wahrscheinlich.«

»Opa ist eigenartig, seit er von seiner Krankheit weiß. Diese Geheimniskrämerei. Ich kenne ihn so gar nicht.

Warum sagt er nicht, was in dieser Kiste ist? Ein merkwürdiges Verhalten, findest du nicht?«

»Nun«, erwiderte Magnus, passend zu seiner typisch praktischen Denkweise, »er schließt mit der Welt und seinem Leben ab. Ich denke, es ist normal, wenn man da ein bisschen seltsam wird. Du interpretierst da zu viel rein. Außerdem strengt ihn das Sprechen sehr an. Das hast du doch gemerkt.« Magnus erhöhte das Tempo, als er über die mehrspurige Brücke fuhr. Zehn Minuten später parkte er den Wagen vor Ingas Wohnhaus in der Innenstadt. »Es ist schade um das Haus, du hast recht. Aber es ist alt, und niemand von uns kann sich eine Renovierung leisten. Und ich komme sicher nicht nach Stockholm zurück. Ich bin glücklich in Göteborg.«

»Aber vielleicht nach dem Studium, du ...«

»Nein, Inga. Ich komme nicht zurück.«

Inga sah ihren Bruder eine Weile an und nickte dann stumm. Sie schob den Gedanken an das Haus ihres Großvaters beiseite und beschloss, sich auf die Suche nach der Holzkiste zu konzentrieren. Während der letzten Woche hatte sie das Geheimnis um diese Truhe nicht mehr losgelassen, und sie war sogar unter der Woche in die Kammer hinaufgestiegen, um weiteres Gerümpel zu entfernen, hatte sie jedoch nicht gefunden.

* * *

Inga fing schon an, an der Existenz der geheimnisvollen Kiste zu zweifeln, als sie sie eines Tages plötzlich unter den alten Rosshaarmatratzen, die in der hintersten Ecke des

Dachbodens lagen, entdeckte. In diesem Moment fühlte sie sich wie ein Kind, das ein buntes Osterei in einem Busch im Garten gefunden hat. Behutsam strich sie über das alte Holz. Ihr Herz klopfte heftig, und sie fasste sich aufgeregt an die Brust, während sie die Malerei auf der Kiste betrachtete. Nachdenklich neigte sie den Kopf und wischte sich die staubigen Hände an ihrer Hose ab. Die Blumenbemalung war schlicht, fast ein wenig kitschig. Simple Blütenköpfe mit bunten Lackfarben aufgemalt. Ein wertvoller Kunstschatz war das eindeutig nicht. Es musste, wie vermutet, der Inhalt sein, der von so großer Bedeutung war. Sie verspürte ein aufgeregtes Kribbeln in den Fingern und war für einen kurzen Moment versucht, den Deckel zu öffnen, bevor sie sich sammelte. Sie fasste die Truhe bei den seitlichen Griffen und hob sie hoch. Vorsichtig zwängte sie sich entlang der Wand an den Rosshaarmatratzen vorbei durch ihr altes Kinderzimmer und stieg die Treppe hinunter. Mit einem Ächzen setzte sie die Kiste auf dem Esstisch ab. Sie warf einen Blick ins Wohnzimmer, wo Magnus auf dem Sofa einen Mittagsschlaf hielt. Pernilla war losgefahren, um Pizza für alle zu besorgen. Inga hörte das Knarren des Bettes, dann ein Keuchen aus dem Schlafzimmer. Ihr Großvater war wach.

»Opa?«

Die Pflegeschwester zog die Schlafzimmertür auf und musterte Inga mit fragendem Blick. »Frau Johansson, ihr Großvater hat nach Zettel und Stift verlangt. Er ist aus irgendeinem Grund ganz aufgeregt. Ich glaube, er will unbedingt etwas aufschreiben.«

Inga nickte und eilte zum Schreibtisch, um die erbetenen Sachen zu holen. Bevor sie das Schlafzimmer betrat, zog sie die Schwester zur Seite. Sie bemühte sich, ihrer Stimme einen gefassten Tonfall zu verleihen. »Er ist schon so schwach. Es geht so schrecklich schnell. Wie lange hat er noch, Schwester?«

Die Frau lächelte mitleidig und zuckte mit den Schultern. »Das kann niemand sagen. Aber nutzen Sie die Zeit, solange Ihr Großvater ansprechbar ist. Wenn ich die Dosis heraufsetzen muss, kann es sein, dass Herr Johansson die meiste Zeit schläft. Er hat doch noch sehr viele helle Momente und kann noch mit ihnen sprechen.«

Inga nickte und betrat den dunklen Raum. Sie öffnete die Jalousien und setzte sich an den Rand des Bettes. »Hier, Opa, Stift und Zettel. Komm, ich helfe dir, dich aufzusetzen.« Sie fasste dem alten Mann unter die Arme und hob ihn in eine sitzende Position.

Kalle hatte an Gewicht verloren. Er aß kaum noch etwas. Dennoch strahlte er immer noch die bekannte Ruhe aus, als wollte er sich vom herannahenden Tod nicht einschüchtern lassen.

Inga stand auf und eilte ins Esszimmer, um die bemalte Holztruhe zu holen. »Sieh mal, was ich gefunden habe. Ganz schön groß und schwer.«

Schlagartig kehrte Farbe und Leben in Kalles Gesicht zurück. Seine Lippen formten Worte, tonlose Worte. Inga schüttelte den Kopf und stellte die Kiste auf die freie Seite des Doppelbettes.

»Was sagst du, Opa? Wie bitte?«

Behutsam berührte der alte Mann das dunkle Holz. Er schien die Kiste sofort wiedererkannt zu haben und versuchte, sie näher an sich heranzuziehen. Inga betrachtete ihn stumm. Ein unheimliches Gefühl beschlich sie, und sie wagte nicht, die Stille zu durchbrechen. Unter großer Kraftanstrengung drehte Kalle den Schlüssel, der in dem alten Schloss steckte, öffnete die rostigen Metallschnallen, und Inga half ihm, den Deckel hochzuheben. Mit einem tiefen Seufzer ließ er beide Hände auf die Brust sinken. Inga spähte neugierig in die Kiste, die bis zum Rand mit Heften, Briefen, Büchern, Bilderrahmen und kleinen Stößen alter Fotografien, die mit Seidenbändern sorgfältig zusammengebunden waren, gefüllt war. Waren das ihre Mutter, ihr Bruder, vielleicht sie als kleines Kind? Nein, durchfuhr es Inga. Die Aufnahmen stammten aus einer Zeit, als Inga noch nicht geboren war. Großvaters Verwandte. Er hatte nie von ihnen erzählt. In der Hoffnung auf neue Familiengeschichten lächelte Inga erwartungsvoll und schaute ihren Großvater auffordernd an. Doch statt Freude sah sie Verzweiflung. In Kalles Augen standen Tränen, seine Lippen zitterten, und in seinem Gesichtsausdruck lag eine unendliche Traurigkeit, die Inga nicht an ihm kannte.

»Opa? Was ist denn?«, flüsterte Inga.

Er hob überrascht den Kopf, als hätte er die Anwesenheit seiner Enkelin vergessen. Flüchtig wischte er mit den Handflächen über das Gesicht und räusperte sich. Es hatte den Anschein, als wollte er sprechen, doch die Worte kamen nicht über seine Lippen. »Ich muss ... muss dir ... etwas ... erzählen.«

Er atmete schwer, fasste in die Kiste und holte einen Stoß mit Bildern heraus. Mit zitternden Händen hielt er Inga die Fotos hin. Vorsichtig öffnete sie die Schleife und reichte ihrem Großvater die Ansichtskarte, die obenauf lag. Wortlos und angespannt betrachtete er sie. Langsam zog er sie zu seinen Augen und lächelte zaghaft. Er zeigte Inga die Abbildung einer idyllischen Landschaft. Strand, sanfte Hügel, Gräser. Beinahe hörte man das Meer rauschen.

»Hier ... komme ich her.« Er tippte mit dem Finger auf die Karte.

Inga sah mit aufkeimender Beunruhigung auf das Bild und schüttelte verwirrt den Kopf. Kalle seufzte leise, als er mit einer sachten Bewegung ein Collier aus der Kiste zog und es mit sehnsüchtigem Blick besah.

»Wie wunderschön.« Verblüfft griff Inga vorsichtig nach dem Schmuckstück. Jeder der honigfarbenen Steine war mit Silber eingefasst und zu einem Collier zusammengefügt worden.

»Bernstein«, flüsterte Kalle.

»Opa, wem ... wem gehörte diese Kette?«

Er reagierte nicht, blickte nur wie verzaubert auf das Collier und hielt das Schmuckstück gegen das Licht, was die Steine zum Leuchten brachte. Inga warf erneut einen Blick auf die Postkarte.

»Bernstein wurde in Ostpreußen verarbeitet. Wunderschöne Schmuckstücke. Palmnicken war berühmt dafür.«

»Aber ... ich verstehe das nicht. Du kommst doch aus Berlin – da gibt es keinen Strand, soviel ich weiß. War das etwa euer Sommerhaus? Und wo ist überhaupt Palmnicken?«

Kalle schüttelte langsam den Kopf und tippte auf die Ansichtskarte. »Hier … war ich …« Er holte Luft, atmete dreimal tief ein. »… zu Hause.«

Inga versteifte sich und starrte ihren Großvater fassungslos an. »Nicht in Berlin? Aber du hast doch immer erzählt, dass du nach dem Krieg vor den Russen geflohen bist, die Berlin besetzt hielten. Ich war doch sogar in der deutschen Hauptstadt, um deine Heimat kennenzulernen. All die Geschichten, als ich ein Kind war, über Berlin und den Krieg.«

Kalle senkte den Blick und schüttelte den Kopf. Er schloss die Augen. »Nein, das hab … ich euch nur erzählt.« Er tippte wieder auf die Postkarte. »Hier …«

»Ja, aber wo ist das denn?« In Ingas Stimme schwang Ungeduld und Verärgerung mit. Sie war enttäuscht, kam sich verhöhnt vor, auf den Arm genommen, belogen.

»Ostpreußen«, flüsterte Kalle.

»Ostpreußen?« Inga sank in sich zusammen. Was war schlimm an Ostpreußen? Warum war es notwendig, deswegen zu lügen? Ihr erster, schrecklicher Gedanke war, dass ihr Großvater auf irgendeine Weise mit dem Naziregime zu tun gehabt hatte. Doch sie verwarf ihn sofort wieder. Das war nicht möglich. Dafür kannte sie ihn, seine aufopfernde Gutmütigkeit und seine große Toleranz zu gut. »Aber warum hast du das nicht erzählt? Weiß Mama, dass du aus Ostpreußen kommst?«

Er seufzte nur und schüttelte den Kopf.

Inga konzentrierte sich und ging in Gedanken die Deutschlandkarte durch. Sie hatte vor langer Zeit die Bundesländer, die alten und die neuen, auswendig gelernt, um sich ein Bild von der ehemaligen Heimat ihres Großvaters machen zu können. Das, was in den schwedischen Schulen über deutsche Geografie gelehrt wurde, war dürftig. »Ich kann mich nicht erinnern. Wo liegt Ostpreußen? Wie heißt dieses Bundesland heute?«

Mit mitleidigem Blick lächelte Kalle seine Enkeltochter an und schüttelte den Kopf.

Eingeschnappt hob sie das Kinn. »Warum siehst du mich so an? Ich bin Schwedin. Hättest du mehr von deiner früheren Heimat erzählt, wüsste ich, wo Ostpreußen liegt.«

Magnus betrat mit der Krankenschwester den Raum. »Ostpreußen gibt es nicht mehr.«

Überrascht musterte Inga ihren Bruder. »Ach ja?«

»Schon lange nicht mehr. Seit dem Zweiten Weltkrieg. Das Gebiet gehört heute zu Polen, Russland und Litauen.«

»Litauen«, wiederholte Inga verblüfft.

Kalle nickte seinem Enkel zufrieden zu.

»... wo ich geboren bin, ist heute ... russisch. Eine Exklave. ›Oblast Kaliningrad‹« Kalle hustete, keuchte und atmete tief durch. Behutsam bettete er das Bernsteincollier auf das Kissen neben sich und sank erschöpft zusammen.

»Genug, Frau Johansson. Ihr Großvater strengt sich zu sehr an. Er muss sich ausruhen«, sagte die Krankenpflegerin.

»Nein!« Der alte Mann stieß das Wort energisch hervor und klammerte sich an Ingas Arm fest.

»Damals sagte man Königsberg.« Er war den Tränen nahe und stieß den Satz ohne Unterbrechung heraus.

Verwirrt nahm Inga wahr, wie schwer es ihrem Großvater fiel, über seine Vergangenheit zu sprechen. Sie legte ihm behutsam die Hand auf die Schulter. »Opa, was auch immer passiert ist. Du kannst es uns erzählen. Alles über deine ehemalige Heimat und über deine Familie. Du hattest doch Familie, nicht wahr, Eltern, Brüder oder Schwestern? Und warum du uns alles verschwiegen hast. Weshalb die erfundene Geschichte von Berlin?«

»Ich wollte ... vergessen. Keine Nachforschungen ...«

»Nachforschungen?« Ingas Verwirrung wuchs, und sie wich unwillkürlich ein Stück zurück. »Was für Nachforschungen? Du warst doch nicht etwa bei den Nazis?«

Kalle schwieg.

Magnus näherte sich dem Bett. »Opa, warst du ein Nationalsozialist?«

Sie versuchten, in seinem Blick zu lesen. Inga verengte die Augen und studierte seine Regungen im Gesicht. Irgendetwas verunsicherte sie. Er antwortete nicht, doch eine schwer zu deutende Strenge schlich sich in seine Züge. Was war es bloß, das den kranken Mann so sehr bedrückte?

»Opa?«

Kalles Gesicht war versteinert. Er starrte auf seine Hände und schwieg.

14

Gut von Bergen, nahe Cranz, Ostpreußen, Sommer 1929

»Dietrich, ich bitte Sie, holen Sie meinen Sohn aus dem Dreck, und bereiten Sie ihm ein Bad. Wir erwarten schließlich heute Abend Besuch. Es ist sein zwölfter Geburtstag, da sollte er doch etwas ansehnlich aussehen. Und es wäre mir recht, wenn Ihr Sohn meinen Jungen nicht immer zu den schmutzigsten Tätigkeiten verführen würde.«

Dietrich folgte dem Blick seiner Dienstherrin, die kopfschüttelnd aus dem Fenster sah. Johann saß auf dem Kiesweg und schnitzte mit kindlicher Begeisterung an einem Stock, den er sich ohne Zweifel vorher aus dem Wald geholt hatte, was man an der mit Matsch verschmierten Hose erkennen konnte. Neben ihm hockte Karl, Dietrichs Sohn, ebenso vertieft in eine Schnitzarbeit.

Der Diener deutete eine Verneigung an. »Gewiss, Frau von Bergen. Es tut mir sehr leid. Ich hole den jungen Herrn und werde sogleich die Kinderfrau bitten, ein Bad einzulassen und für geordnete Kleidung zu sorgen.«

Dorothea von Bergen nickte, hob mit gespitzten Lippen das Kinn und wandte sich ab. Während Dietrich den Salon verließ, schmunzelte er in sich hinein, wollte doch der jüngste Spross der Familie so gar nicht der strengen Etikette seiner Mutter folgen, wofür der Diener Verständnis aufbringen konnte. Schließlich hatte auch er einen Sohn, der zwar mehr Freiheiten genießen durfte, dafür aber häufiger bei der Arbeit helfen musste.

Vor fünfzehn Jahren hatte Dietrich seine Frau Helga, die nebenbei auch Kammerzofe der Dame des Hauses war, geheiratet. Die Familie lebte seither in einem kleinen Häuschen auf dem Grundstück des Gutes. Dietrichs Sohn konnte die Wünsche und Träume eines Zwölfjährigen nur allzu gut verstehen. Ebenso wie Karl seinen Freund beneidete, so wünschte sich Johann auch, nur für einen Tag die Freiheiten Karls zu genießen. Wenn Dorothea von Bergen einmal besonders starr an ihren Prinzipien festhielt, kam es sogar dazu, dass Dietrich den jungen Herrn bedauerte, was allerdings nicht im Widerspruch zu seiner tiefen Ergebenheit gegenüber der Familie von Bergen stand.

Dietrichs Eltern waren Russen gewesen, doch schon lange vor dem Großen Krieg hatte es die Familie ins deutsche Kaiserreich gezogen, wo Dietrichs Vater bei den von Bergens Arbeit gefunden hatte. Seine Loyalität während des Großen Krieges galt stets Deutschland, was sich trotz der dramatischen Verluste des Landes bis zuletzt nicht geändert hatte. Das Einzige, was ihm von der alten Heimat geblieben war, war die russische Sprache, die er neben der deutschen fließend und akzentfrei beherrschte und an seinen Sohn Karl weitergab. Trotz der Heirat hatte Helga die weibliche Form des Namens nicht übernommen. Sie hieß Sokolow ebenso wie ihr Mann, und das war in ihren Augen gut und richtig so. Letztendlich waren beide Deutsche, ebenso wie ihr Sohn.

»Herr Johann, Ihre Mutter bittet Sie, sich ins Haus zu begeben und für den Abend vorzubereiten. Und du, mein Sohn, solltest zusehen, dass du so schnell wie möglich nach Hause kommst. Ich habe dir schon oft gesagt, dass Frau von Bergen es nicht schätzt, dass du so viel Zeit mit Herrn Johann verbringst. Mutter benötigt sicher deine Hilfe.«

Johann hob den Blick, strich sich sein aschblondes Haar aus der Stirn und musterte den Diener mit einer Mischung aus Unverständnis und Verärgerung. »Dietrich, bitte nennen Sie mich doch nicht Herr Johann, und geben Sie Karl keine Schuld. Ich habe ihn von zu Hause abgeholt. Er saß sehr artig bei seinen Schulaufgaben. Sie müssen also wohl oder übel mich schelten und nicht ihn.«

Dietrich lächelte und deutete mit geneigtem Kopf zum Hauseingang. »Es ist Ihr Geburtstag, da sollten Sie nett aussehen. Hannah wird sich um Ihre Kleidung und das Bad kümmern.«

Johann sprang auf die Füße und klopfte sich den Staub von der Hose. »Wahrscheinlich kommen ohnehin nur alte Leute. Manche kenne ich nicht mal. Das einzig Gute sind die Geschenke, nicht wahr, Dietrich?«

»Und die Torte nicht zu vergessen, Herr Johann.«

Mit gespielt empörtem Blick stützte der Junge die Arme in die Hüften. »Noch einmal: Bitte nennen Sie mich nicht Herr Johann. Das klingt, als wäre ich hundert.«

Er wandte sich zu Karl um und verabschiedete sich von seinem Freund. Es ärgerte und beschämte ihn, dass seine Mutter den Klassenunterschied zwischen den beiden Jungen so hervorkehrte. Karl war sehr gut erzogen, gebildet und höflich. In Johanns Augen gab es keinen Grund, nicht mit ihm zusammen seine freien Stunden zu verbringen, und er wusste, dass sein Vater, Alfred von Bergen, ebenso dachte.

Das war auch der Grund, warum Dietrich seinem Sohn nicht wirklich böse war.

»Nun denn, auf in die Höhle des Löwen«, murmelte Johann.

Der Diener lächelte, lehnte den geschnitzten Stock an die Hausmauer und führte den Jungen hinein.

Die Torte hatte tatsächlich alle Erwartungen übertroffen, doch die Freude darüber währte nur kurz, da sich die Erwachsenen nach kürzester Zeit politischen und geschäftlichen Themen zuwandten und den eigentlichen Grund des Zusammenkommens, Johanns Geburtstag nämlich, vergaßen. In einen dunkelblauen Anzug gezwängt, saß der Zwölfjährige vor seinem Teller und schob sich missmutig den letzten Bissen Torte in den Mund.

»Johann!« Seine Mutter bedeutete ihm mit gespitzten Lippen, sich aufrecht hinzusetzen. Er straffte seinen Körper und seufzte in sich hinein. Erschöpft von den anstrengenden Gesprächen, die er bei Tisch führen musste, griff er nach dem kristallenen Wasserglas und nippte daran. Über die flackernden Kerzen, die polierten Weingläser und den üppigen Blumenschmuck in der Mitte der Tafel hinweg musterte er die Gesichter der erschienenen Gäste. Mit unverhohlener Bewunderung beobachtete er seine beiden älteren Schwestern, die mit der Etikette und der höflichen Konversation nicht die geringsten Probleme hatten, sie sogar genossen, nach links und rechts lächelten, dezent mit dem Kopf nickten und hin und wieder an angebrachten Stellen über banale Witze schmunzelten. Dorothea von Bergen betrachtete sie mit Stolz. Der Hausherr erhob sich nach dem Dessert und lud, wie meist im Anschluss an das Essen, seine männlichen Gäste ein, ihm in den Salon zu folgen, um Zigarren zu rauchen und über Männerthemen zu diskutieren. Dann endlich könnte Johann sich der angenehmen Seite des Abends zuwenden und mit seinen Geschenken spielen.

Dietrich zog mit elegantem Schwung den Stuhl zurück, während sich Gräfin von Bergen erhob. Der Anblick ihres extravaganten Abendkleids, das nach einem Modell einer Pariser Modezeitschrift von ihrer Schneiderin angefertigt worden war und dem angesagten, femininen Stil entsprach, rief einige Ohs und Ahs hervor. Erneut erntete sie bewundernde Blicke, als sie den Herren, während sie sich umwandte, ihr Rückendekolleté präsentierte. An ihrem Hals prangte ein prachtvolles Bernsteincollier, ein Erbstück ihrer Mutter, das in Palmnicken gefertigt worden war. Dorothea von Bergen strich über die üppigen Rüschen des kobaltblauen Kleides, die ihre Beine bis zum Knöchel umspielten. Angetan von der Pariser Mode genoss es die Dame des Hauses, neue, teure Stücke anfertigen zu lassen. Sie zog die banalen Themen den dramatischen Nachrichten der miserablen Wirtschaftslage im Lande vor. Sie hatte genug von Krise und Armut, die sich in unnatürlicher Geschwindigkeit auf der Welt ausbreiteten, und verschloss davor bewusst die Augen. Natürlich gab es hie und da Einschränkungen, und wie wehmütig erinnerte sie sich an die Zeit vor dem Großen Krieg. Doch noch gab es Gelegenheiten, die es ihr erlaubten, solch elegante Kleider zu tragen.

»Mein Sohn.« Alfred von Bergen fixierte Johann mit festem Blick. »Da heute dein zwölfter Geburtstag ist, darfst du mit uns kommen.«

»Und eine Zigarre rauchen?«, erwiderte Johann mit geweiteten Augen und erntete Gelächter.

»Nun, ich denke, da müssen wir wohl noch etwas warten. Aber du kannst dich an den Gesprächen beteiligen. Je früher du etwas von der Weltpolitik erfährst, desto besser.«

Johann blickte Hilfe suchend zu seiner Mutter. Sie nickte ihrem Sohn zu, wobei sie kaum merklich mit den Schultern zuckte. »Wenn Vater es wünscht.« Er starrte seine Mutter an, als hätte sie ihn in einen Abgrund gestoßen und nicht einmal die Hand nach ihm ausgestreckt. »Johann, du sollst mit Vater gehen«, sagte sie bestimmt, um das Zögern des Jungen zu beenden.

Johann stand auf und verneigte sich kurz vor seiner Mutter. »Danke für den Kuchen und die Geschenke, Mutter.«

Sie lächelte und sah ihrem Sohn nach, der mit unsicherem Schritt hinter seinem Vater herging.

Johann versuchte, den Gesprächen mit höchster Aufmerksamkeit zu folgen, doch die Begriffe, mit denen jongliert wurde, waren ihm gänzlich unbekannt. Er nickte höflich, nippte an seinem Wasserglas und hüstelte wegen des stickigen Zigarrenqualms, der den Salon bald ausfüllte.

»Neun Jahre ist es nun her. Neun Jahre sind wir abgeschnitten von Deutschland. Welche Ungerechtigkeit!« Alfred von Bergen musterte seinen Sohn. »Du, mein Junge, wirst eines Tages für Gerechtigkeit sorgen und zurückerobern, was unser ist.«

Johann starrte seinen Vater mit fragendem Blick an, während zustimmendes Gemurmel aufflammte. »Entschuldigung, ich verstehe nicht, Vater …«

»Wann warst du zuletzt im hinteren Arbeitszimmer, mein Sohn?« Der Junge zuckte mit den Schultern. »Du kennst mit Sicherheit das Plakat, das an der Innentür des Schrankes angebracht ist.«

»Ich erinnere mich nicht.« Das Arbeitszimmer wagte Johann nicht zu betreten, abgesehen davon, war es langweilig, vollgestopft mit schwieriger Literatur, Sachbüchern und verstaubten Werken bekannter Dichter.

»Meine Herren, lassen Sie uns die Füße ein wenig vertreten.« Mit wissendem Lächeln erhoben sich die Männer und folgten dem Hausherrn in sein Arbeitszimmer. Es war dunkel, nur ein kämpferischer Sonnenstrahl zwängte sich zwischen den schweren grünen Brokatvorhängen hindurch, brachte den Staub zum Tanzen und schenkte dem Raum zumindest so viel Licht, um sich darin orientieren zu können. Alfred von Bergen schritt auf das Fenster zu und zog die Gardinen zurück. Die sanfte Abendsonne des endenden Sommertages tauchte alles in ein freundlich warmes Licht. Auf dem Schreibtisch türmten sich Mappen, Geschäftsbücher und lose Blätter. »Entschuldigen Sie die Unordnung, meine Herren.« Alfred von Bergen näherte sich dem Wandschrank, wandte sich seinem Sohn zu und winkte ihn heran. Feierlich zog er die rechte Schranktür auf und gab den Blick auf ein Plakat frei, ein Protestplakat aus dem Jahre 1920. *Ostpreußen wird vom Reiche abgeschnürt!*, stand darauf.

Johann hob die Augenbrauen. Das schon wieder, dachte er gelangweilt. Nun gut. »Ich weiß, Vater, früher waren wir ein Land und mit unserem Mutterland Deutschland verbunden, und seit dem Großen Krieg sind wir durch den Korridor getrennt, obwohl wir noch zu Deutschland gehören«, trug er artig vor.

Zufrieden nickte Alfred von Bergen. »Du warst damals noch zu klein. Ach, wenn du wüsstest, wie es hier zur Sache ging.« Die Männer nickten. »Es wurde gekämpft, protestiert. 97 Prozent der Bevölkerung sprachen Deutsch. Der polnische Korridor hat uns abgeschnitten. Wir sind eingeklemmt zwischen Litauen und Polen wie eine kleine Insel, die noch zu Deutschland gehört. Ein vergessenes Etwas. Eine Schande.«

Dieser Schlag – keiner der fünf anwesenden Männer hatte ihn je verwunden. Johann nickte und betrachtete die Gesichter, in denen sich Traurigkeit mit wieder aufkeimender Empörung abwechselte.

»Was für eine ungerechte Einverleibung. Damals hätten die Siegermächte reagieren müssen«, erwiderte ein grauhaariger Herr. Möglicherweise entstammte er einem befreundeten Adelsgeschlecht, doch Johann waren Name und Stellung der Person entfallen.

»Wie wahr, wie wahr«, sagte sein Vater.

Johann schielte auf die Standuhr, ohne zu vergessen, Interesse zu heucheln. Er überlegte, wie lange er noch in den Fängen der Erwachsenen verharren musste, um sich alte Geschichten und das Wehklagen alter Männer anzuhören.

Der Anwalt, Doktor Waltenstein, ein freundlicher Herr, dessen Name sich Johann gemerkt hatte, strich über seine silbern glänzende Krawatte. »Was haben wir noch in der Schule gelernt? Schönen Gruß aus Nimmersatt ...«, sinnierte er mit melancholischem Blick.

»... wo's Deutsche Reich sein Ende hat!«, vervollständigte Johann beiläufig den Reim und erntete ein anerkennendes Lächeln.

»So? Lernt man also auch heute noch in der Schule, wo das Reich einst endete. Das ist gut.« Graf von Bergen nickte, angetan von den Worten seines Sohnes. Er strich sich mit der beringten Hand über seinen Kinnbart und musterte Johann eindringlich. »Du bist meine Zukunftshoffnung, Junge. Irgendwann wird der Tag kommen, an dem die Uhren wieder für uns schlagen und wir die Niederlage des Großen Krieges verkraftet haben. Und dann holen wir uns wieder, was unser ist.«

15

Gut von Bergen, nahe Cranz, Ostpreußen, Sommer 1929

Johann lief. Seine Füße trugen ihn über den Kies, der unter seinem Gewicht knirschte, durch das große schmiedeeiserne Tor, hinter dem die weiten Wiesen und Felder ihres Besitzes lagen. Er rannte immer noch, getrieben von einer unbändigen Energie und einem inneren Drang, einer Sehnsucht nach Freiheit. Erst als sich die Lunge durch ein unangenehmes Stechen bemerkbar machte und ihn zwang, endlich stehen zu bleiben, durchzuatmen, hielt er an. Er winkte den Arbeiterinnen auf den Feldern zu, Bäuerinnen, die mit ihren Rechen das getrocknete Gras zu Haufen türmten. Das Land stand unter dem Glanz der Herbstsonne, die es in sanftes Licht tauchte. Noch wenige Minuten, dann würde er die Küste erreichen und dann, dann vielleicht würde er sie sehen. Er hatte keine Möglichkeit unversucht gelassen, jeden freien Moment genutzt, um den engen Mauern seines Zuhauses, das ihn mit jedem Tag mehr zu erdrücken drohte, zu entkommen. Den Vorträgen seines Vaters, den Ermahnungen seiner Mutter und den Belehrungen des Hauslehrers. Das dürfe man nicht, das gehöre sich nicht, schließlich sei er der Spross eines ehemaligen Adelsgeschlechtes. Der einzig männliche, in dessen Händen die Zukunft der Familie liege – irgendwann. Wenn er groß wäre. Aber das war er nicht. Er war ein Kind und wollte ein Kind sein. Er war nicht der Nachkomme, der den Vorstellungen seiner Mutter entsprach. »Das wird schon noch«, hatte sein Vater sie zu beschwichtigen versucht. »Gib ihm Zeit. Er ist eben etwas unreif.« Doch den gut gemeinten Beschwichtigungen seines Vaters zum Trotz fühlte er keinerlei Zuneigung zu einem Leben, wie es seine Eltern führten. Im Gegenteil. Er spürte den unweigerlichen Wunsch auszubrechen und beneidete Jungen wie Karl, denen es vergönnt war, ein normales Leben zu führen, eine öffentliche Schule zu besuchen, Freunde aus dem Dorf zu haben.

Er erreichte die Küste, als die Sonne am Zenit stand. Das gleißende Sonnenlicht spiegelte sich auf der Wasseroberfläche und blendete seine Augen. Die sanften Wogen brachten die Lichtpunkte zum Tanzen, spielten mit ihnen und zauberten ein vollkommenes Bild. Nur ein leichtes Lüftchen wehte und trug den salzigen Duft der See übers Land und in Johanns Nase. Der Strand war menschenleer. Er sank auf den weichen Boden, legte sich auf den Rücken, lauschte den Wellen und ließ seine Hände mit geschlossenen Augen über den feinen Sand wandern.

»Du wirst deine schönen Kleider beschmutzen.«

Johann erstarrte, wartete, lauschte, scheute sich aber davor, die Augen zu öffnen.

»Warum liegst du hier? Willst du mir nicht antworten?«

Wieder die Stimme. Er hielt sich schützend die Hand über die Augen, erkannte jedoch nur dunkle Umrisse einer zierlichen Gestalt im Gegenlicht. Sie war es. So lange hatte er auf die Gelegenheit gewartet, mit ihr zu sprechen. Aber nie hatten die Worte, die er sich zurechtgelegt hatte, ihren Weg zu seinem Mund und zu ihr gefunden.

»Äh, ich … also, ich weiß nicht.« Er stammelte und ärgerte sich im selben Moment über seine Unbeholfenheit.

Sie musterte ihn, neigte den Kopf und zuckte mit den Achseln. »So schöne Kleider. Schade darum.«

»Ach, es sind doch nur Kleider.«

Sie schüttelte nachdenklich den Kopf. »Das würdest du nicht sagen, wenn du sie schon mal selbst hättest waschen müssen.« Sie lächelte.

Es war kein boshaftes, neidisches Lächeln. Eher ein untergebenes, das von vornherein den Klassenunterschied zwischen den beiden Kindern deutlich machte. Johann stand auf, klopfte sich den Sand von seiner Hose und richtete sich auf. Er beäugte sie eindringlich, ließ den Blick hinaufwandern von ihren nackten Füßen über ihr kariertes Baumwollkleid, unter dem sich erste weibliche Wölbungen abzeichneten, bis zu ihrem Gesicht. Obwohl er größer war, wirkte sie etwas älter als er.

Verlegen strich sie sich einige Strähnen ihres rotblonden Haares aus der Stirn, die sich aus ihren dicken Zöpfen gelöst hatten. »Ich kenne dich. Du bist öfter hier, aber meistens ist noch jemand dabei. Ein anderer Junge«, fuhr sie fort.

Er errötete. Sie hatte Karl und ihn bemerkt, wie sie auf den Dünen gelegen und sie beobachtet hatten. An manchen Tagen eine ganze Stunde lang. Dann war sie wieder gegangen, hatte mit ihren nackten Füßen Spuren im nassen Sand hinterlassen. Er verharrte stets an der Stelle, bis die Wellen die Abdrücke weggeschwemmt hatten, und ärgerte sich, dass er kein Wort mit ihr gewechselt hatte. Bis Karl ihn zum Heimgehen gedrängt hatte. Doch nicht heute, nein. Heute stand sie vor ihm. Keck und anmutig wie immer.

Johann hob den Blick und blinzelte in die Sonne. »Ich bin hier, sooft ich kann. Meistens ist Karl, mein Freund, dabei. Aber heute muss er auf den Feldern helfen.« Er seufzte und fuhr fort. »Ich mag das Haff und den Strand. Man fühlt sich so frei.«

Ihre Augen verengten sich. »Ja, ich weiß, was du meinst. Aber ich dachte, du kommst aus einem vornehmen Haus. Also bist du doch frei.«

Johann lachte laut auf. Ja, so dachten die Menschen. Geld, Wohlstand, ein schönes Haus. Nichts war es für ihn wert. Verbote hier und da, sein Leben verplant von dem ersten Schrei nach seiner Geburt bis zu seinem Tod. Er streckte dem Mädchen die Hand entgegen. »Ich bin Johann, und ich mag es nicht, reich zu sein.«

Nun war es an ihr zu lachen. Ein entzückendes Lachen, das ihr mit Sommersprossen übersätes Gesicht, noch hübscher machte. Sie drückte seine Hand. »Du bist ein komischer Kerl. Wie kann man es nicht mögen, reich zu sein? Oder wäre es dir lieber, jetzt mit deinem Freund zu tauschen und Heu auf einen Wagen zu schippen?«

Darüber hatte Johann nicht nachgedacht, und er kam sich dumm vor.

In Gedanken versunken strich sie den Sand von Johanns Hemd, als sie plötzlich zurückschreckte. »Verzeih. Ich, ich wollte nicht ...«

Johann winkte ab und lächelte. »Wie heißt du?«

»Ebba. Ich wohne im Dorf. Meine Mutter arbeitet als Dienstmagd und Kinderfrau bei der Arztfamilie Silbermann.

Wenn ich groß bin, darf ich vielleicht in ihre Fußstapfen treten.«

»Ebba. Den Namen kenne ich nicht.«

Sie nickte, als würde sie diese Worte öfter hören. Johann hob auffordernd die Augenbrauen.

Nach einer kurzen Pause erklärte sie zögernd: »Mein Vater war Schwede. Daher der Name.«

»Ah! Das tut mir leid. Du sagst ›war‹. Wie ist er gestorben?«

Ebba streifte ihn kurz mit ihren kornblumenblauen Augen, wandte den Kopf zum Wasser und betrachtete die sanften Wellen, als brächten sie die Antwort auf seine Frage.

Sie hatte die wahre Geschichte ihrer Herkunft erst vor Kurzem erfahren. Ihre Mutter hatte zeit ihres Lebens versucht, sie mit einer traurigen Erzählung über den tragischen Kriegstod ihres Vaters zu trösten. Doch dann hatte sich Frau Mühlinghaus verplappert, die nette, steinalte Freundin ihrer Mutter. Sie war etwas verwirrt in ihren späten Jahren und verwechselte Ebba häufig mit ihrer Mutter. So war es geschehen, dass sie ohne Absicht von diesem Ole gesprochen hatte und davon, wie enttäuscht sie gewesen war, dass er sich nach Amerika aufgemacht und Erna schwanger sitzen gelassen hatte.

Johann wusste Ebbas Schweigen zu deuten und biss sich auf die Zunge. »Entschuldige, bitte. Das war indiskret.«

»Hmm? Was?«

Hastig fuhr er sich durchs Haar, eine Geste, die er immer machte, wenn er verlegen war, und lief vor Scham rot an. »Ich meine damit, dass es mich nichts angeht.«

Belustigt über seine grundlose Verlegenheit, schürzte sie die Lippen. »Mein Vater ist im Großen Krieg gefallen. Wir sprechen zu Hause nicht darüber. Ich muss zurück. Mutter wird böse, wenn ich nicht rechtzeitig da bin. Ich habe nur eine Stunde frei jeden Tag.« Er nickte und senkte enttäuscht den Kopf. Sie zuckte mit den Schultern. »Tja, so ist das mit der Freiheit bei armen Leuten.«

»Ebba, es tut mir leid, ich wollte nicht den Eindruck ... also, ich wollte nicht überheblich sein.«

»Ach was, warst du doch gar nicht.« Sie schenkte ihm ein zuckersüßes Lächeln und knickste übertrieben. »Auf Wiedersehen, mein Herr.«

Er lachte. Bevor er etwas erwidern konnte, stob sie durch den Sand davon. »Ebba!« Sie wandte sich um. »Wann kommst du wieder zum Strand.«

»Immer wenn mich meine Füße hierher tragen.«

»Wann sehen wir uns das nächste Mal?«

Ebba zuckte mit den Schultern. »Ich weiß es nicht.«

»Aber ich will dich wiedersehen.«

»Mach dir keine Sorgen. Es gibt immer ein nächstes Mal«, rief sie, winkte und verschwand im Gegenlicht der grellen Mittagssonne.

* * *

Karl trank den letzten Schluck der heißen Schokolade und wischte sich den Milchbart mit dem Handrücken von den Lippen.

»Köstlich, Frau Nilsson, ganz köstlich.«

Erna schmunzelte und musterte die zwei Jungen, die ihre Tochter mit ins Haus der Familie Silbermann gebracht hatte. »Schön, wenn es schmeckt. So, und ihr seid nun also die neuen Freunde von Ebba.« Karl und Johann nickten eifrig und lächelten das Mädchen an. »Meine Tochter hat ja schon viel von euch erzählt. Eigentlich spricht sie von nichts anderem mehr und vergisst leider manchmal darüber ihre Arbeit.«

»Mutter!« Ebba schüttelte verlegen den Kopf.

»Das bedaure ich, und es war gewiss nicht meine Absicht, Sie zu verärgern, Frau Nilsson.«

Erna hielt inne und sah Johann mit nachdenklichem Blick an. »Entschuldige, mein Junge, wie war noch mal dein Name?«

»Johann.«

»Johann ... und weiter?«

Ebba verengte die Augen und funkelte ihre Mutter böse an.

»Johann von Bergen«

»Und ich bin Karl Sokolow«, ergänzte Karl der Vollständigkeit halber.

Erna wurde blass. »Johann von Bergen? Der Sohn von Alfred und Dorothea von Bergen?«

Eine Weile herrschte betretenes Schweigen in der Küche, und Johann fühlte sich, als müsste er sich seiner Herkunft schämen. Er nickte und sah Hilfe suchend zu Karl.

»Dachte ich mir doch, dass diese gewählte Ausdrucksweise nicht von irgendwoher kommt. Schön, Sie bei uns zu haben, junger Herr. Wissen Ihre Eltern, wo Sie sich aufhalten?«

Johann rollte verärgert die Augen. Herr Johann und Sie – mit einem Mal war die gemütliche Stimmung dahin.

Karl lächelte seinem Freund zu. »Aber natürlich, Frau Nilsson«, erwiderte er in betont gelassenem Tonfall. »Wissen Sie, ich bin der Sohn des Hausdieners, und wir sind sehr gut befreundet. Sie brauchen also nicht zu befürchten, dass Familie von Bergen den Kontakt zu uns einfachen Leuten ablehnt«, log er. Er war sich wohl bewusst, wie Dorothea von Bergen zu Johanns Freizeitaktivitäten stand.

Erna nickte, doch immer noch war sie sich nicht sicher, ob sie sich einen so vornehmen Freund in Ebbas Bekanntenkreis wünschte. Ihre Tochter würde vielleicht verblendet von dem Reichtum, und letztendlich wäre sie dann doch nicht mehr wert als eine einfache Küchenmagd. Diese Demütigung wollte Erna ihrem Kind gern ersparen.

»Mama, mach dir keine Sorgen. Johann ist ein ganz normaler Junge, ebenso wie Karl. Warum darf er denn keine Freunde haben?«

Erna betrachtete den adeligen Spross, der mit geröteten Wangen in seinen Kakao starrte. »Haben Sie denn keine anderen Freunde, Herr Johann?«

Der Junge hob den Kopf und sah die Frau mit einem flehenden Blick an. »Bitte, Frau Nilsson, nennen Sie mich einfach Johann, und sagen Sie Du zu mir.«

»Aber …«

»Ich bitte Sie! Ich möchte kein junger Herr sein. Nie darf ich mit anderen Kindern spielen, immer heißt es, ich solle Haltung bewahren. Ich darf mich nicht schmutzig machen und werde zu Hause von einem Privatlehrer unterrichtet.

Die Kinder aus dem Dorf halten Abstand zu mir. Ich habe nur Karl und jetzt ... Ebba.« Er lächelte das Mädchen verlegen aus dem Augenwinkel an. Sie strahlte zurück, offenbar höchst erfreut über seine Worte.

Erna seufzte. Der Junge tat ihr leid. Vielleicht wäre es ja auch von Vorteil, ihre Tochter in guter Gesellschaft zu wissen, obgleich der Klassenunterschied zwischen Ebba und Johann trotz guter Bildung ihrer Tochter offensichtlich war. »Nun gut, dann bitte ich Sie«, sie sah ihn schmunzelnd an, »ich bitte ... dich, meiner Tochter stets vor Augen zu halten, dass deine Welt nicht die unsere ist.« Ebba verdrehte die Augen. »Natürlich seid ihr hier jederzeit willkommen, solange ihr Ebba nicht von ihrer Arbeit abhaltet.«

Karl zuckte mit den Schultern. »Nein, ich muss ja auch zu Hause mithelfen. Johann kennt das.«

Erna ließ den Blick von einem Kind zum nächsten wandern und nickte schließlich zufrieden, während sie dampfenden Kakao in die Tassen nachschenkte.

Es verlangte einiges an Geschick, die Freundschaft zu Ebba vor Johanns Eltern geheim zu halten. Doch die Stunden, die die drei Freunde gemeinsam am Strand verbrachten, zählten zu Johanns wertvollsten Momenten, und so hatte er keine Skrupel, seiner Mutter die neue Bekanntschaft vorzuenthalten. Da sie sich bereits an der Freundschaft zu Karl stieß, würde Dorothea von Bergen den Kontakt zu der Tochter eines Kindermädchens gewiss nicht billigen. Johann und Karl waren hingerissen von dem Mädchen mit den goldblonden Locken, das neben ihrem entzückenden

Lachen auch mit einem scharfen Verstand überzeugte. Aus anfänglichem Spiel wurde bald liebevolles Necken. Als Ebbas Körper im Laufe der Jahre langsam weibliche Formen annahm, begannen die Jungen um ihre Gunst zu wetteifern. Karl begriff schnell, dass er verloren hatte und Ebba sich eindeutig zu Johann hingezogen fühlte, obgleich sie in Karl den vertrauensvolleren Freund sah. Einen, dem sie alles erzählen konnte. Auch Dinge, die sonst nur Mädchen interessierten. Ein richtig guter Freund. Doch Freundschaft war nicht Liebe. Auch wenn es nur eine unschuldige, fast kindliche Liebe war, derer sich die beiden jungen Menschen noch gar nicht richtig bewusst waren.

16

Lidingö, Schweden, Februar 2015

Kalle zog nachdenklich den rechten Mundwinkel hoch und setzte ein bitteres Grinsen auf. »Ein Nazi? Nein ...« Er schwieg einen Moment und sah in die entsetzten Augen seiner Enkeltochter. »Aber ich ... musste ... in den Krieg, sei...seine Befehle ausführen.« Kalle senkte den Blick.

»Hitlers Befehle? Hast du Juden und Gefangene getötet und gefoltert? Warst du bei der Partei?«

»Mein Gott, Inga, hör doch auf.« Magnus ließ sich neben seiner Schwester auf dem Bett nieder. »Opa ist krank. Er soll sich nicht aufregen.«

Kalle schloss die Augen und schüttelte den Kopf. »Nein ... ich ... mochte Hitler nicht.«

»Ich glaube, ich wäre niemals für diesen Verbrecher in den Krieg gegangen«, murmelte Inga.

Kalle musterte seine Enkelin mit erschöpften, liebevollen Augen und ließ jede Bemühung unversucht, die damalige Situation zu erklären. Magnus fixierte seinen Großvater mit zuversichtlichem Blick, während er seine Schwester aufklärte, was mit Deserteuren im Zweiten Weltkrieg geschehen war.

»So einfach war das nicht, Inga. Manche Kriegsverweigerer kamen in ein Lager, andere wurden umgebracht.«

Inga verzog entsetzt das Gesicht und fühlte sich schuldig. Sie schämte sich für ihre Naivität, ihren Großvater angeklagt zu haben. Sie nahm die Ansichtskarte vom Stapel und betrachtete die nächste Fotografie. Zwei Jungen grinsten sie schelmisch an, Arm in Arm, als könnte nichts auf der Welt ihre Freundschaft erschüttern. »Wer ist das?«

Kalle versuchte zu lächeln, doch Sprechen und Lachen schienen ihm große Anstrengung und Schmerzen zu bereiten. Dennoch fuhr er stockend fort. »Mein Freund … und …« Er stöhnte und bedeutete Inga, das Bild zu wenden.

Sie befolgte die Anweisung und las die in alter Schrift geschriebenen Worte: *Karl und Johann, 1929*. Sie lächelte. »Karl – dein deutscher Name. Das bist du mit deinem Freund? Damals wart ihr etwa zwölf Jahre alt. Lange vor dem Zweiten Weltkrieg.« Inga zeigte Magnus die vergilbte Fotografie. »Welcher der zwei Jungen bist du? Ich denke mal …«

Kalle sank in die Kissen und schnaufte erschöpft. Er schüttelte unmerklich den Kopf und schloss die Augen.

»Komm, Inga, lassen wir Opa schlafen.«

Als Inga nach der Kiste griff, legte Kalle den Arm darum und schüttelte den Kopf.

»Nein. Später …«, flüsterte er und zog den sperrigen Kasten näher zu sich heran. »Das … ist … privat.«

»Darf ich mir diese Fotos ansehen, Opa?«, fragte Inga und deutete auf den Stoß, den Magnus in den Händen hielt. Kalle nickte.

»So, jetzt aber raus hier«, sagte die Krankenpflegerin und unterstrich ihre Worte mit einer energischen Handbewegung. »Ihr Großvater braucht Ruhe.«

Inga ließ sich neben ihrem Bruder auf dem Sofa nieder, rührte stumm in ihrem Kaffee und sah starr vor sich hin. »Er hat uns belogen. Jahrelang.«

»Ach, Inga. Das ist doch egal. Ob nun Berlin oder Ostpreußen.«

»Ja, aber warum?« Inga musterte ihren Bruder. »Was hat er für einen Grund, uns so ein Märchen aufzutischen?«

»Ich weiß es nicht, aber er wird es uns noch erzählen.«

»Ich hoffe, dass er das noch kann«, erwiderte Inga mit belegter Stimme.

Magnus senkte betroffen den Blick und nickte. Er nahm die alten Fotos und betrachtete erneut die beiden Jungen. »Die sehen ganz schön vornehm aus für die damalige Zeit. Also, von armen Bauern stammt unser Großvater sicherlich nicht ab. Und sieh nur hier.« Magnus hielt Inga ein weiteres Bild hin.

»Oh!« Sie nahm das Foto und senkte überrascht den Kopf. Es zeigte eine prächtige Villa. Rosen rankten sich über die Fassade des Hauses, das von einem gepflegten Garten umgeben war. Man benötigte ein wenig Fantasie, um sich das Gutshaus in voller Farbenpracht vorzustellen. »Was für ein wunderschönes Gut. Aber haben in solchen Riesenvillen denn nicht nur Adelige gewohnt? War unser Großvater gar ein Graf oder so etwas?«

Magnus schmunzelte bei der Vorstellung. Er drehte das Foto um: *Gutshaus der Familie von Bergen. 1921,* stand dort.

»Aha. Familie von Bergen. Noch nie gehört. Also leider doch kein Graf. Aber vielleicht hat er da gewohnt.«

»Oder seine Eltern haben dort gearbeitet. Gibt es ein Bild von Opas Eltern?« Magnus zog ein Foto nach dem anderen vom Stoß. Es waren Landschaftsaufnahmen, Bilder von einer Kirche, einer Schule, einem Strand, einem Dorfplatz. Hübsche Fachwerkhäuser, gepflasterte Straßen – idyllische Ansichten.

»Hier. Das könnten sie doch sein.« Magnus wendete eine Fotografie, auf der ein Mann in dunklem Anzug und eine Frau in einem schwarzen Dienstbotenkleid mit einer weißen Spitzenschürze zu sehen waren.

»Oder sind das unsere Urgroßeltern?« Inga hatte schon das nächste Bild in der Hand. »Hier. Auf diesem steht: Alfred von Bergen und seine Frau Dorothea von Bergen.«

Magnus sah das Foto einen Moment lang an. Der gut gekleidete Herr, der mit scharfem Blick in die Kamera schaute, und die vornehme Dame in dem bodenlangen Kleid mit edlen Rüschen hatten etwas Befremdliches an sich. Die Fotografie war ein Abbild einer längst vergangenen Zeit, in der Herkunft und Wohlstand mehr Bedeutung hatten als Charakter und Werte.

»Adelig? Meine Güte. Die sehen aus wie unser Königspaar vor hundert Jahren.«

»Streng genommen gab es die Adeligen in Deutschland damals gar nicht mehr«, erwiderte Magnus.

Ingas Stirn legte sich in Falten, und sie warf ihrem Bruder einen fragenden Blick zu, in dem ein wenig Neid über sein Wissen, aber auch Bewunderung stand. »Warum nicht?«

»Deutschland war nach dem Ersten Weltkrieg keine Monarchie mehr. Deshalb wurde auch der Adel mehr oder weniger abgeschafft. Es hieß dann nicht mehr Graf Hans von Soundso, sondern Hans Graf Soundso.«

»Das ist lächerlich«, erwiderte Inga.

»Oh, Frau von Bergen war da sicher anderer Meinung. Sieh nur, wie streng sie in die Kamera blickt.«

»Du kennst dich gut aus.«

»Na ja, ich studiere Geschichte. Durch Opas Herkunft habe ich mich immer etwas intensiver mit der deutschen Geschichte beschäftigt.« Magnus kramte noch einmal das Foto der zwei Jungen hervor.

Inga wendete das Foto und las noch einmal die verblichene Schrift »Karl. So wurde Opa nie genannt. Ob Mama etwas davon weiß?«, murmelte sie, gewöhnt an die schwedische Form des Namens, Kalle.

»Glaub ich nicht. Wir fragen sie nachher. Sieh mal, dieser Johann könnte der Sohn der Adelsfamilie sein. Das Foto wurde auf dem Gut aufgenommen.«

»Das wäre wohl nicht ganz nach dem Geschmack der Gutsherrin gewesen. Ein Dienstbotenjunge und ihr vornehmer Sohn.«

Magnus musste bei dem Gedanken schmunzeln. »Weißt du, warum Opa uns jetzt plötzlich von seiner Vergangenheit erzählt? Er hatte jahrelang Zeit.«

»Er stirbt«, murmelte Inga mit gedämpfter Stimme, »und in der Kiste ist noch irgendwas. Schließlich gab es einen Grund, warum er die Berliner Kindheit erfunden hat. Opa will vielleicht, dass wir noch vor seinem Tod nach Ostpreußen fahren.«

Magnus hob erstaunt die Augenbrauen. »Was? Warum sollte er das wollen?«

»Damit wir seine Heimat kennenlernen.«

»Ach, seine Heimat gibt es nicht mehr. Heute sieht das alles anders aus, und niemand, den er gekannt hat, ist noch am Leben. Es hat keinen Sinn, nach Russland zu fahren. Großvater braucht uns hier. Wer weiß, wie lange er noch lebt.«

»Was ist los, Magnus? Du bist doch sonst so unternehmungslustig.« Inga stieß genervt die Luft aus.

»Du stellst dir das zu einfach vor. Russland war Ostblock, jahrzehntelang. Dort steht kaum noch ein Haus aus der Zeit Ostpreußens. Königsberg wurde total zerbombt. Die Deutschen wurden vertrieben oder umgebracht. Viele Menschen haben jahrelang versucht, irgendwelche Angehörigen zu finden, aber bis in die Neunzigerjahre war nicht mal ein Kontakt in die Sowjetunion möglich. Das Kaliningrader Gebiet war streng bewacht und vom Westen total abgeschnitten. Erst ab 1991 konnte man mit vielen bürokratischen Hürden einreisen.«

»Wir könnten im Internet nachforschen.«

»Ja. Machen wir das.« Magnus nickte. »Aber du musst dich schon ein wenig gedulden. Ich fahre sicherlich nicht aufs Geratewohl nach Russland, und das solltest du auch nicht.« Plötzlich stutzte er. Auf seinem Gesicht breitete sich ein ungläubiger Ausdruck aus, und er zog das Foto in seiner Hand näher heran. »Ist das Oma?«

»Was? Zeig her.« Inga nahm ihrem Bruder ungeduldig das Bild aus der Hand.

»Aber …« Sie stockte. Der Mode nach zu urteilen, stammt das Bild aus den Neunzigern. »Das ist doch dort. Derselbe Dorfplatz. Diese Häuser sind neu, aber sieh doch nur! Die Kirche und hier diese zwei Gebäude.« Sie nahm das Schwarz-Weiß-Foto von dem Dorfplatz noch einmal zur Hand verglich die Abbildungen.

Auf Magnus' Gesicht breitete sich ein erstaunter Ausdruck aus. »Oma hat es gewusst. Und sie waren sogar dort. Aber wann? Ich kann mich nicht an eine Reise nach Russland erinnern. Du vielleicht?«

Inga schürzte nachdenklich die Lippen und schüttelte den Kopf. »Sie haben es vor uns geheim gehalten. Alle beide. Eigenartig.«

»Das war sicher schwierig, Anfang der Neunziger. Es gab kein Internet, und in Russland war alles noch auf Kommunismus eingestellt. Ob sie etwas gefunden haben?« Magnus zog das Foto vom Stapel, woraufhin ein zusammengefalteter Zettel zum Vorschein kam.

Ingas Augen weiteten sich, und sie sah ihren Bruder auffordernd an. »Mach schon, was steht drauf?«

»Meinst du, wir sollten das lesen? Es sind Opas Sachen. Vielleicht ein Brief, das ist privat.«

»Ach was.« Getrieben von ihrer unbändigen Neugierde, nahm Inga den Zettel und faltete ihn behutsam auf. Auf dem Papier standen einige Adressen. »Hier steht auch noch etwas über die Familie von Bergen. Dorothea von Bergen, Alfred von Bergen, Käthe, Gertrud und Johann.«

»Johann, der Junge auf dem Foto. Also war Opas Freund tatsächlich der Sohn des reichen Gutsherrn. Wie spannend! Ob unsere Großeltern auch nach der Familie von Bergen gesucht haben? Vielleicht gibt es noch Nachfahren.«

»Was interessiert mich die Adelsfamilie. Opa war ein Einzelkind, seine Eltern sind lange tot, und die einzigen Nachfahren sind wir. Also, wonach sollten wir suchen?«

Inga fühlte quälende Ungewissheit in sich aufkeimen, die sich von Sekunde zu Sekunde steigerte. »Wie kannst du sicher sein, dass Großvater ein Einzelkind war? Das hat er nie gesagt.«

Ihr Blick wanderte durch den Raum und blieb am Bücherregal hängen. Zu selten hatte sie Großvaters Büchern, die penibel alphabethisch geordnet im Regal aufgereiht waren, Beachtung geschenkt. Doch nun stachen ihr sofort einige Buchrücken ins Auge. »Sieh nur. *Kaliningrad – Stadtführer, Ostpreußen – verlorene Heimat, Die verlorenen Kinder aus Königsberg.* Da sind jede Menge Bücher über Ostpreußen. Das ist mir nie aufgefallen.« Sie stand auf, zog einen Bildband mit alten Fotografien der bekanntesten Städte und Landschaften Ostpreußens aus dem Regal und begann ihn aufmerksam durchzublättern. »Wunderschön! Dieser Strand. Wie heißt das ... Kurische Nehrung. Da sieht es ja aus wie in der Sahara. Das würde ich mir wirklich gern mal ansehen. Und vielleicht finde ich ja doch noch irgendjemanden, der Opa kannte.«

Magnus knurrte, verärgert über den unaufhörlichen Tatendrang seiner Schwester. »Ich sage dir, das ist Geld- und Zeitverschwendung. Viele sind geflohen, gestorben oder haben andere Namen, russische nehme ich an. Opa hat doch sicherlich schon alles versucht. Hier gibt es so viel zu tun, und Mama braucht dich auch.«

Inga stand auf und stemmte die Arme in die Hüften. Ihre Unternehmungslust war geweckt. Sie musste noch mehr herausfinden, noch einmal mit Kalle sprechen. Irgendwann, davon war sie jetzt überzeugt, würde sie mit ihrem Bruder in die alte Heimat ihres Großvaters reisen.

»Entschuldigen Sie ...« Die Krankenschwester näherte sich zögernd dem Geschwisterpaar.

»Ja?« Inga erhob sich und sah die Frau neugierig an.

»Ihr Großvater hat hier noch etwas für Sie aufgeschrieben. Es ist ihm ziemlich schwergefallen. Aber ich glaube, es ist ihm sehr wichtig, dass Sie diesen Zettel bekommen.«

Inga trat zu der Pflegerin und nahm gespannt das Stück Papier entgegen, auf dem Kalle mit zittriger Handschrift eine Internetadresse notiert hatte. Sie runzelte die Stirn und hielt ihrem Bruder den Zettel hin. »Das ist doch ein Chatroom, oder? Opa hat im Internet gechattet? Das kann doch nicht sein.«

»Unser alter Großvater. Da siehst du mal, wie sehr du ihn unterschätzt.«

Ingas Verblüffung war ihr deutlich anzusehen. Wie auch ihr Bruder hatte sie angenommen, der veraltete Computer, der seit Jahren im Wohnzimmer stand, wäre eher Dekoration als Arbeitsmittel.

Die Krankenschwester nickte wissend. »Aber ja. Ihr Großvater hat sich sogar mein Tablet ausgeliehen. Ich dachte, Sie wüssten das. Er hat jeden Tag mit meiner Hilfe Zeit im Internet verbracht. Jetzt geht das aber leider nicht mehr. Es ist zu anstrengend für ihn.«

Die Geschwister wechselten einen ungläubigen Blick. Während Inga immer noch den Zettel anstarrte, war Magnus bereits zu seiner Tasche geeilt, um seinen Laptop zu holen. Er tippte den Namen des Chatrooms, der sich mit Ahnenforschung in Ostpreußen befasste, ein und blätterte durch die Seiten.

»Und?« Inga stellte sich hinter ihren Bruder und überflog die Seite.

»Hier sind unendlich viele Einträge. Jeder sucht irgendwen. Keine Ahnung, ob Opa selbst gechattet hat oder ob er nur die Einträge gelesen hat. Ich finde hier auf jeden Fall keinen Kalle Johansson.«

»Und einen Karl Sokolow? Opa hieß früher nicht Johansson, zumindest das hat er erzählt. Er hieß Sokolow und hat seinen Namen in Schweden geändert.«

»Natürlich, du hast recht, hm ... Nein, auch kein Karl Sokolow. Aber sieh nur, wie viele Menschen verschollene Vorfahren suchen. Unglaublich!«

»Wir brauchen Opas Benutzernamen. Ansonsten können wir mit diesem Chatroom nichts anfangen. Vielleicht können wir noch mal mit ihm reden.«

»Heute nicht mehr«, wehrte die Krankenschwester ab. »Er schläft, und das sicher für einige Stunden.«

Inga nickte, notierte sich die Internetadresse und den E-Mail-Kontakt und vereinbarte mit ihrem Bruder, sich am nächsten Wochenende wieder auf Lidingö zu treffen.

Kalle öffnete die Augen und starrte an die Decke. Es war dunkel, doch seine Gedanken waren klar. Nur das Licht der Straßenlaterne schimmerte durch die zugezogenen Vorhänge und malte Lichtbilder an die Zimmerdecke. Der Schmerz in seiner Brust erschwerte ihm das Atmen. Wie viel hätte er dafür gegeben, noch einmal einen Tag ohne Qual zu erleben, die klare skandinavische Winterluft durch seine Lungen strömen zu lassen – ohne beißenden Schmerz. Der alte Mann fasste keuchend auf die andere Seite des Bettes und zog sich mit letzter Kraft in sitzende Position. Er öffnete den Deckel der Truhe und zog von ganz unten mit zielsicherem Griff eine alte Fotografie heraus. Mit einiger Anstrengung streckte er sich, knipste die Nachttischlampe an, setzte die Brille auf und betrachtete die Personen auf dem Bild mit geneigtem Kopf und einem wehmütigen Lächeln auf den Lippen. Das Mädchen war etwa vierzehn Jahre alt. Ihr dichtes blondes Haar leuchtete in der Abendsonne, und sie trug es zu zwei dicken Zöpfen geflochten. Das Bild war eine Schwarz-Weiß-Fotografie, doch Kalle wusste, dass das Haar des Mädchens einen rot-goldenen Schimmer hatte, als trüge es den Staub der Sonne in sich. Ihr Lachen war so keck, dass Kalle es förmlich aus dem Bild schallen hören konnte. Neben dem Mädchen stand ihre Mutter. Den Arm liebevoll auf die Schulter ihrer Tochter gelegt, lächelte sie zaghaft in die Kamera. Die zweite Hand hatte sie unter ihrer weißen Dienstbotenschürze verborgen, ebenso wie ihr Haar unter einem Spitzenhäubchen versteckt war. Er spürte seinen Herzschlag laut in seinen Ohren pochen, seufzte tief und lächelte die beiden Frauen an. Schließlich drehte er das Foto um, obwohl er die Worte, die auf der Rückseite standen, immer noch auswendig konnte. Er hatte sie nie vergessen, so oft schon hatte er sie gelesen und sich dabei ihre Stimme vorgestellt. Stumm betrachtete er die schwungvoll geschriebenen Buchstaben und bewegte dabei tonlos die Lippen: *Blick mit Zuversicht nach vorn! Es gibt immer ein nächstes Mal! Ebba*

Er öffnete die Nachttischlade und zog den Computer heraus. Mit zitternden Händen und einem pochenden Schmerz in den Schläfen tippte er den Namen des Chatrooms in die Adressleiste ein. Ohne allzu große Erwartungen überflogen seine Augen die neuesten Einträge. Er hielt inne, zog den Bildschirm näher heran und las die Zeilen erneut. Sein Blut fing an, laut in den Ohren zu rauschen, und sein altes Herz klopfte gegen seine Brust. Er las die Worte ein weiteres Mal, schüttelte ungläubig den Kopf und fasste zitternd vor Anstrengung nach Stift und Papier. Er kritzelte zwei Wörter auf einen Zettel, sank erschöpft in die Kissen und schloss die Augen. Er hasste es, nicht mehr Herr über seinen Körper zu sein, doch im Moment überwog die Aufregung über die Worte, die er soeben gelesen hatte, und die Angst, zu schwach zu sein, um seiner Familie klarzumachen, was diese Worte bedeuteten.

17

Gut von Bergen, nahe Cranz, Ostpreußen, September 1935

»Wie abscheulich!« Alfred von Bergen schob seine Brille auf der Nase zurecht. Er überflog den Zeitungsartikel erneut, legte das Blatt auf den Tisch vor sich und wandte seinen Blick zum Fenster.

Seine Frau hob den Kopf von ihrer Stickarbeit. Sie musterte ihn mit einer gewissen Skepsis, bevor sie mit leicht gelangweiltem Unterton in der Stimme erwiderte: »Sollte ich verstehen, worum es geht?«

»Mich befremdet dieses Vorgehen der Nationalsozialisten. Ich hatte so viel Hoffnung in Hitler gesetzt. Es gab einen ambitionierten Plan, Arbeitsplätze zu schaffen. Er wird uns endlich wieder ans Deutsche Reich anbinden, da bin ich mir sicher. Mir gefallen allerdings diese eigentümlichen Vorschriften nicht, die von Jahr zu Jahr strenger werden. Sieh dir nur diese Rassengesetze an. Das ist doch Unsinn.«

»Mein Lieber, du weißt, ich interessiere mich nur am Rande für Politik.« Sie wandte sich wieder ihrer Stickarbeit zu. Alfred von Bergen erhob sich, ging auf seine Frau zu und hielt ihr das Blatt vor ihr Gesicht. »Dann solltest du dich eben etwas mehr dafür interessieren.«

Dorothea von Bergen zog erstaunt die Augenbrauen hoch. Sie warf einen kurzen Blick auf die Titelseite der Tageszeitung, wo über die Verabschiedung der Nürnberger Gesetze berichtet wurde. »Viele unserer Bekannten aus gutem Hause finden Gefallen an den Plänen und Vorhaben Adolf Hitlers. Ich denke, du gehst mit ihm sehr streng ins Gericht. Wobei ich dieses einfache Volk, das er so sehr unterstützt, nicht gerade schätze. Mit den Juden kann ich ebenso wenig anfangen.«

Alfred von Bergen musste sich beherrschen, nicht die Stimme zu erheben. Er schrieb es dem Unwissen seiner Frau zu, dass sie sich zu solch unüberlegten Aussagen hinreißen ließ, vor allem da sie außer einer Anwaltsfamilie kaum Juden zu ihrem Bekanntenkreis zählten. »Du vergisst dich, meine Liebe. Solche Worte sind deiner nicht würdig. Bitte denke daran, dass einer meiner engsten Freunde, Doktor Waltenstein, ebenfalls der jüdischen Gemeinde angehört. Es ist erschreckend, welchen Weg sein Leben in den letzten Jahren genommen hat. Du solltest nicht unbedacht solchen Unsinn reden. Wer ist er denn schon, dieser Hitler – ein ungebildeter Mann, noch nicht einmal Deutscher. Nein, ein Österreicher. Soll das unser neuer ›Kaiser‹ sein? Er manipuliert die Masse, und die Adeligen, die zu ihm halten, hoffen nur auf Macht und Geld. Dafür bin ich nicht zu haben. Wenn ich jemandem meine Treue schwöre, dann unserem Altkaiser Wilhelm II. Dabei bleibe ich, und das solltest du auch!«

Dorothea legte pikiert die Hand auf die Brust, schluckte und schwieg. An ihrer Gesichtsfarbe war zu erkennen, wie verwundert und brüskiert sie über die zurechtweisenden Worte ihres Mannes war. Sie wich beleidigt seinem strengen Blick aus.

»Entschuldige den harten Ton, meine Liebe«, sagte Alfred von Bergen. »Aber ich denke, wir dürfen uns nicht von schönen Worten verführen lassen. Wir zählen nicht zur breiten Masse und sollten kritisch sein. Es geht hier immer noch um Menschen.«

Seine Gattin schwieg. Alfred wusste, dass sie eine schlechte Meinung von Juden hatte, auch war ihr Doktor Waltensteins Gesellschaft stets ein Dorn im Auge gewesen. Dennoch war auch sie immer noch Bewunderin des Altkaisers. Demokratie war ihr zuwider und hatte sich ihrer Meinung nach in den letzten schweren Jahren selbst ad absurdum geführt.

Dorothea fand nach einem kurzen Augenblick der Verwirrung zu ihrem Selbstbewusstsein zurück. »Auch du solltest deine Worte mit Bedacht wählen. Heutzutage wird man schnell für kritische Aussagen verhaftet. Und nur ein Wort zu deinem Freund Doktor Waltenstein ... Meine Eltern hätten jeglichen Kontakt zu Anwälten und ihresgleichen nicht einmal in Betracht gezogen. Daher wäre auch die Frage der Religion niemals ein Thema gewesen. Der deutsche Adel ist protestantisch, allerhöchstens katholisch im Süden des Landes.«

Alfred stöhnte. Wieder einmal musste seine Frau betonen, dass sie einem deutschen Adelsgeschlecht entstammte und zum Missfallen ihrer Eltern unter ihrem Stand geheiratet hatte. Dabei war seine Familie wohlhabend gewesen. Neureiche und Juden wurden in Adelskreisen seit je mit einem abschätzigen Blick betrachtet, doch in Zeiten der Wirtschaftskrise war es oft das Geld, das über einen Menschen entschied. Alfred hatte klein beigegeben und den

Familiennamen seiner Gattin angenommen, damit sie weiterhin das wichtige ›von‹ in ihrem Namen tragen könnte, auch wenn der Adel seine Blütezeit schon lange hinter sich hatte. Daran galt es seine Frau allerdings immer wieder zu erinnern. »Meine Gute, deine Eltern stammten aus einer anderen Zeit, der Generation vor dem Großen Krieg. Adel hatte dazumal einen anderen Stellenwert. Auch mich haben sie nicht akzeptiert, wenn ich dich daran erinnern darf.«

Sie schürzte die Lippen, und wieder legte sich jener Ausdruck auf ihr Gesicht, in dem die Sehnsucht nach der guten, alten Zeit abzulesen war. Obgleich sie damals noch ein kleines Kind gewesen war, waren die Tage, in denen die deutsche Monarchie noch in ihrer Blüte stand, fest in ihrem Gedächtnis verankert.

»Kurzum, Dorothea, ich finde diese Rassengesetze abscheulich und bin der Meinung, sie haben Waltenstein wirklich genug angetan. Er hat sozusagen schon sein Leben verloren. Erst die Boykottierung aller jüdischen Läden, dann die Studienbegrenzung für Juden, das Berufsverbot für jüdische Beamte, das Verbot, als Soldat zu dienen und in Presseberufen zu arbeiten. Was hat er denn noch?«

Dorothea von Bergen widersprach nicht. Sie schwieg, wohl wissend, dass ihr Mann auf seinem Standpunkt beharren würde. »Wo treibt sich unser Sohn nur wieder herum?«, wechselte sie in bewusst beiläufigem Ton das Thema.

Alfred legte das Blatt zur Seite und blickte aus dem Fenster.

»Johann ist bereits ein junger Mann«, fuhr seine Frau fort, »und er hat noch immer nicht den Ernst des Lebens erkannt. Ich finde, dass er zu viel seiner Zeit außer Haus verbringt.«

»Er wollte mit Karl zum Strand.«

»Wieder mit dem Sohn unseres Dieners. Wie unpassend.« Dorothea hüstelte. Erneut hatte sie das Bedürfnis, einen Vortrag über angemessenes Benehmen zu halten, doch sie wusste, die Geduld ihres Ehemannes war zur Genüge strapaziert, und die Freundschaft der beiden Jungen bestand, seit sie Kleinkinder waren. Niemand würde das jemals ändern können. Tatsächlich stieß sich die ehemalige Gräfin nicht mehr daran, aber es gehörte einfach zur Etikette, darauf hinzuweisen, dass die Verbindung unschicklich war. »Ich hoffe nur, er vernachlässigt seine Studien nicht«, schloss sie, legte das Nähzeug zur Seite und erhob sich. Sie nickte ihrem Mann zu und verließ, immer noch den Ausdruck der Kränkung auf ihrem Gesicht, den Salon.

* * *

Karl saß mit ausgestreckten Beinen am Strand und ließ die sanften Wellen über seine Zehen rollen. Das Wasser war kühl und ließ den herannahenden Herbst erahnen. In seinen Händen hielt der Junge ein Buch über die Geschichte des Großen Krieges und genoss die ruhigen Stunden, die er wie gewöhnlich in der Nähe von Johann verbrachte – lesend oder einfach in der Sonne liegend. Manchmal war es ihm auch lästig, seinen Freund und dessen Treffen mit

Ebba zu decken. Doch das war etwas, was Freunde füreinander taten, und Johann hatte ihm oft genug einen Gefallen erwiesen, um sich zu bedanken.

Karl hatte das große Glück, eine höhere Schule besuchen zu dürfen. Er arbeitete oft nachmittags, um ein bisschen Geld dazuzuverdienen, das er seinen Eltern gab. Dietrich und Helga sparten für das Studium ihres Sohnes, ein lang gehegter Traum Karls. Noch konnte niemand mit Gewissheit sagen, ob er ihn je würde verwirklichen können, doch Johann versprach, seinem Freund jegliche Unterstützung anzubieten, die ihm möglich war. Es hatte seine Vorteile, mit einem wohlhabenden Jungen befreundet zu sein.

Karl wandte seinen Blick zu der kleinen Bootshütte, in der sich sein Freund mit Ebba traf. Er zwang sich dazu, sich nicht auszumalen, was da drinnen vor sich ging. Mit Eifersucht hatte er feststellen müssen, dass ihm das hübsche Mädchen mit dem kecken Grinsen und dem goldblonden Haar immer noch gefiel und sein Blut in Wallung brachte. Doch sie hatte nur Augen für Johann, sah in Karl nur den treuen Freund, der er immer gewesen war, niemals mehr. Das schmerzte ihn, da er eigentlich der Attraktivere der beiden Jungen war, und so mutmaßte er an manchen Tagen, dass Ebba auch an Johanns Wohlstand Gefallen fand. Dann wieder schämte er sich für diese Gedanken und versuchte, seinem Freund die Liebe zu gönnen. Er hatte versucht, sich mit anderen Mädchen aus dem Dorf abzulenken, aber auch wenn sie hübsch und liebenswürdig waren, so reichten sie dennoch nicht an Ebbas Scharfsinn, vereint mit Charme und Schönheit, heran. Und so dauerten seine Liebeleien nie lange, sondern blieben unbedeutende Episoden in seinem Leben. Einige Minuten verharrte sein Blick auf der Bootshütte, bis er ihn endlich abwandte und sich seufzend wieder seiner Lektüre widmete.

* * *

Johann fuhr mit der Nasenspitze an ihrem Hals entlang, vergrub sein Gesicht in ihrem Haar und atmete dessen Duft ein. Dieser vermischte sich mit der salzigen Seeluft und dem Geruch des feuchten Holzes der Boote, die in der Hütte gelagert wurden. Quarzkristalle des feinen Sandes glitzerten auf ihrer samtweichen Haut. Nur ihre Hände waren von der Arbeit gezeichnet. Er küsste die Hornhaut auf den Handflächen. Behutsam strich er über ihren Oberschenkel, ihre Taille bis zu ihrem Dekolleté. Sie drückte ihren schlanken Körper enger an ihn und stöhnte leise, als Johann zärtlich mit den Fingerkuppen am Ausschnitt ihres Kleides entlangfuhr. Er spürte eine Erektion und schob seinen Körper etwas zurück. Es war ihm unangenehm, doch Ebba legte die Arme um ihn und zog ihn zu sich heran. Sie schien seine Erregung zu genießen. Der junge Mann fingerte ungeschickt an den obersten Knöpfen ihres Kleides herum, schlüpfte unter den Stoff und streichelte langsam und sacht ihre Brust. Auf ihrer nackten, heißen Haut konnte er ihren Herzschlag spüren. Er nahm ihre Brustwarze zwischen seine Finger und war entzückt, als sich diese aufrichtete.

Ebba sog die Luft ein und schob ihn sanft von sich, als wäre sie plötzlich zur Besinnung gekommen. Er sah in ihre Augen, die ihn unsicher musterten. Sie konnten sich nicht mehr so häufig sehen. Die Vorwände, unter denen er das Haus verließ, wurden von Mal zu Mal unglaubwürdiger, und Karl hatte seltener Zeit, um die Treffen zu decken. Immer häufiger fürchtete Johann, seine Mutter würde Verdacht schöpfen, dass er sich heimlich mit einem Mädchen traf. Umso größer waren die Freude und die Lust, die er empfand, wenn sie Zeit fanden, sich in ihrer Bootshütte am Strand zu verabreden.

Ebba legte die Hand auf sein Gesicht und schüttelte den Kopf. Er küsste sachte die Innenseite ihrer Handfläche.

»Aber, Ebba, wir haben doch so lange darauf gewartet«, flüsterte er. »Du wolltest doch auch ... oder nicht?«

Sie sah ihn unsicher an. »Doch, natürlich will ich. Ich hab nur schreckliche Angst. Was, wenn etwas passiert oder jemand dahinterkommt, dass wir uns treffen? Dann würde ich allein dastehen, und meine Mutter würde mich hinauswerfen.«

Er richtete sich auf und sah sie verstört an. »Wer sollte dahinterkommen? Karl verschafft mir ein sicheres Alibi. Und selbst wenn meine Eltern dahinterkämen – ich würde dich nie im Stich lassen, nie alleinlassen, egal, was die anderen sagen. Egal, ob sie mir alles nehmen, mich enterben. Versteh doch, ich liebe dich.«

Sie hob den Blick und sah ihn mit ungläubigen Augen an. »Was sagst du?«

Er strich mit dem Zeigefinger über ihre Lippen. Sein Herz klopfte gegen seine Rippen. Er konnte es selbst nicht fassen, dass diese Worte so schnell über seine Lippen gekommen waren. Dennoch waren sie nicht gelogen. Sie brachte ihn um den Verstand, es fiel ihm schwer, nicht an sie zu denken, sie nicht zu begehren. »Ich liebe dich, Ebba«, wiederholte er mit heiserer Stimme.

Das Mädchen schloss die Augen, küsste seinen Finger, seine Hand und führte sie wieder an ihre Brust. Sie zog ihn zu sich und küsste ihn, erst zärtlich, dann leidenschaftlicher. Ihr Atem wurde schwerer, und sie war benommen von dem wunderbaren Gefühl, das ihren Körper erfüllte. Er schälte sie aus ihren Kleidern und streichelte behutsam ihre nackte Haut. Seine Hand schob sich langsam zwischen ihre Beine. Er war unerfahren, hatte sich aber im Freundeskreis Ratschläge geholt, was Frauen gefiel, wo man sie anfassen musste, damit es ihnen ebensolche Lust bereitete. Als er ihr überraschtes Zucken bemerkte, seufzte er zufrieden. Schließlich hob er ihr Kinn und sah sie mit fragendem Blick an.

»Ja«, flüsterte sie, »ich liebe dich auch.«

18

Gut von Bergen, nahe Cranz,
Ostpreußen, Juli 1938

Der Hass der Nationalsozialisten auf den jüdischen Teil der Bevölkerung gipfelte in einem allgemeinen Berufsverbot. Alfred von Bergen beobachtete die Zunahme der Braunhemden in den Straßen, die mit Gewalt Menschen vor sich hertrieben, Geschäfte und Restaurants überfielen. Willkürlichkeit stand an der Tagesordnung, und der Teil der deutschen Bevölkerung, der Hitler nicht zujubelte, schwieg aus Angst.

Alfred von Bergen nippte an seinem Cognac und ging mit einem Ausdruck des Bedauerns seinem Freund Simeon Waltenstein entgegen. »Es tut mir schrecklich leid, dass wir es nicht geschafft haben, diese ganzen Ungerechtigkeiten gegen dich und deine Glaubensgenossen einzudämmen.«

Der jüdische Anwalt zuckte mit den Achseln. »Es freut mich, dass es in unserem Ort immer noch ein wenig Loyalität zu uns Juden gibt. Denk nur an den Frühling vor vier Jahren, als Hitler aufgerufen hat, unsere Geschäfte zu boykottieren. Viele haben sich ihm widersetzt und erst recht bei Juden eingekauft. Zumindest die ersten Monate, bis der Druck und die Furcht vor den Nazis zunahmen.« Sein Blick wurde wehmütig. »Damals hatten wir noch Hoffnung. Doch nun, lieber Alfred, nachdem uns schließlich das Recht auf Berufsausübung endgültig genommen wurde, sehe ich keine andere Möglichkeit.«

Alfred nickte. »Es wird nicht einfach sein, Deutschland zu verlassen.«

»Ich habe die Reichsfluchtsteuer entrichtet. Das konnte ich – dank deiner Liebenswürdigkeit, mir meine Stadtwohnung abzukaufen.«

»Worüber ich immer noch im Streit mit meiner Gattin liege, leider.« Die Diskussion mit Dorothea war eine unschöne, lange und ihrerseits tränenreiche gewesen. Die Eheleute waren auf dem Weg, sich mehr und mehr voneinander zu entfernen. Für Alfred gab es keinen Zweifel, kein Zögern, seinem Freund zu helfen. Auch wenn das Familienvermögen während der Wirtschaftskrise auf einen Bruchteil des einstigen geschrumpft war, war dennoch genug da, um die Stadtwohnung seines Freundes zu erwerben.

»Du musst Geduld mit ihr haben«, entgegnete Waltenstein. »Es war kein lukratives Geschäft für euch und hat dich außerdem als Judenfreund gebrandmarkt.«

Alfred schnaubte. »Als deinen Freund. Was kümmert mich die Religionszugehörigkeit, Teufel noch mal!«

Waltenstein hob überrascht die Augenbrauen, woraufhin Alfred zu einer beschwichtigenden Geste ansetzte. »Verzeih, mich ärgert nur dieser Weg, den Hitler einschlägt. Er könnte so vieles besser machen, doch diese Politik treibt uns noch in einen Krieg.«

»Glaubst du?«

»Nun, lange wird es nicht dauern, und die Faschisten werden in Europa zu viel Macht besitzen – zumindest in den Augen der Engländer, Franzosen oder Amerikaner.«

»Gebe Gott, dass du unrecht hast.«

Alfred von Bergen seufzte. »Ja, möge Gott uns beistehen. Ein Glück, dass du noch ausreisen kannst.«

Waltenstein zog missbilligend den Mundwinkel hoch. Ein deutliches Zeichen, dass er dies nicht als Glück empfand, noch nicht zumindest. »Nun, es Glück zu nennen liegt wohl im Auge des Betrachters.«

Alfred nahm einen Schluck. »Wann geht dein Schiff nach New York?«

»Morgen früh.«

»Deine Frau wird gewiss sehnsüchtig auf dich warten.«

Waltenstein lächelte. Es war ein befreiendes, unbesorgtes Lächeln, das für einen Augenblick das Gesicht jenes fröhlichen Mannes zeigte, der er einst gewesen war. »Ja, zwei Jahre sind eine lange Zeit. Ich hoffe, ich erkenne meine Söhne noch. Aus den Briefen meiner Frau lese ich, dass Amerika ein interessantes Land sein muss, auch wenn meine Familie mit Heimweh zu kämpfen hat.«

Die zwei Männer musterten sich, jeder mit unterschiedlichen Gedanken, die Zukunft betreffend, beschäftigt. In beiden Seelen brannte die Ungewissheit, wohin Deutschland gehen würde.

Der stille Moment wurde im nächsten Augenblick jäh unterbrochen, als die Tür aufflog und Johann unangekündigt in den Salon stürmte. Sein Gesicht war gerötet und ließ die Aufregung des jungen Mannes erahnen. Er hielt kurz inne, als er Doktor Waltenstein sah, straffte seinen Körper und deutete einen kleinen Diener an. »Oh, Verzeihung, Doktor Waltenstein, Vater. Ich hoffe, ich störe nicht.«

»Das tust du gewiss«, erwiderte sein Vater in schroffem Ton. »Und das auf recht unhöfliche Art und Weise. Darf ich dich daran erinnern, dass es angebracht ist, zu klopfen oder zumindest langsam einen Raum zu betreten, vor allem wenn ein Gast zugegen ist?«

Johann atmete schwer. Er war den langen Weg vom Dorf bis zum Gut gelaufen.

Waltenstein machte eine wegwerfende Handbewegung und lächelte ihn an. »Nun, Johann, nichtsdestoweniger freut es mich, dich noch einmal zu sehen, bevor ich meine Reise nach Amerika antrete. Was für ein stattlicher Mann doch aus dir geworden ist.«

In der Tat war Johann in den letzten zwei Jahren wieder einige Zentimeter gewachsen und überragte seinen Vater nun um eine halbe Kopflänge. Sein aschblondes Haar trug er kurz, meist verzichtete er zum Ärger seiner Mutter auf Hut und Krawatte. Der Rebell der Familie, wie ihn sein Vater liebevoll nannte, hatte dennoch seine Ausbildung mit Auszeichnung abgeschlossen und studierte an der renommierten Universität in Königsberg. Ebenso wie sein bester Freund Karl, für den die Aufnahme auf die Universität mit weitaus größeren Hürden und finanziellen Schwierigkeiten verbunden gewesen war. Dennoch waren die zwei jungen Männer nach wie vor eng befreundet, und Karl hatte bis heute Stillschweigen über die immer noch fortwährende Liebesbeziehung zwischen Johann und Ebba gewahrt.

Zu Dorothea von Bergens Unmut hatte Johann keine militärische Laufbahn eingeschlagen. Sie war in der alten Zeit verhaftet, in der Adelssprösslinge meist Militärs oder

Diplomaten wurden. Seit 1919 mit dem Ausrufen der Weimarer Republik sämtliche Vorrechte des Adels aufgehoben worden waren, litt die Gräfin von Bergen unter dem langsamen Sterben ihres Standes. Alfred sah die Entwicklung pragmatischer. Die Zeiten wandelten sich, und Alfred von Bergen sah mit Genugtuung, dass sein Sohn sich fügte und mit Zuversicht einer anderen Zukunft entgegenblickte, einer Zukunft, in der Adel vielleicht keinen Stellenwert mehr haben würde. Johann schien Geld und Macht nicht viel Bedeutung beizumessen. Eine Eigenschaft, die seine Mutter mit Missmut, sein Vater mit Stolz beobachtete.

Der erhitzte junge Mann wischte sich den Schweiß von der Stirn und räusperte sich. »Sie verlassen uns, Doktor Waltenstein? Jetzt schon?«

»Besser jetzt als zu spät. Ich glaube, es kann nur noch schlimmer werden. Es ist sinnlos, weiterhin auf ein Wunder zu hoffen. Mir wurde Berufsverbot erteilt.«

Johann wandte sich seinem Vater zu. »Aus diesem Grund wollte ich mit dir sprechen, wenn du etwas Zeit erübrigen könntest.«

Alfred zog überrascht die Augenbrauen hoch und sah von seinem Gast zu seinem Sohn. »Nicht jetzt, Johann.«

Johann bedachte seinen Vater mit einem flehenden Blick, sah jedoch, dass die Chancen eines Gespräches unter vier Augen gleich null waren, und setzte sich seufzend auf das Sofa. »Natürlich, Vater. Entschuldigung.« Er stützte das Kinn in die Hände und bemühte sich, seine Aufregung im Zaum zu halten.

»Mein Junge«, sagte Doktor Waltenstein, »was ist denn geschehen? Du scheinst verzweifelt.«

Tatsächlich stiegen Johann Tränen in die Augen. Verärgert rieb er sie mit Daumen und Zeigefinger weg und hoffte auf einen Themenwechsel.

Durch Waltensteins Bemerkung war Alfred von Bergen aufmerksam geworden. Erstaunt musterte er seinen Sohn. »Johann, was ist los? Was hast du mit dem Berufsverbot für Juden zu schaffen? Gibt es Probleme auf der Universität? Ich habe mich schon gewundert, dass du so häufig zu Hause bist.«

»Es betrifft nicht mich, Vater«, murmelte der junge Mann unsicher. Er fühlte sich mit einem Mal nicht mehr wohl in seiner Haut und wünschte, er hätte Ruhe bewahrt und etwas zugewartet. Er atmete tief ein, setzte sich aufrecht hin und überlegte, ob tatsächlich die Zeit reif war, seinen Vater mit der skandalträchtigen Wahrheit zu konfrontieren. Doch nun, da er vorgeprescht war, gab es kein Entkommen mehr. Die beiden Männer hielten ihn mit erwartungsvollen Blicken gefangen.

»Vielleicht ist es dir unangenehm, mit deinem Vater vor mir zu sprechen. Ich sollte gehen«, sagte der jüdische Anwalt.

Johann schnellte hoch. »Nein, bitte, Doktor Waltenstein. Bleiben Sie. Vielleicht wissen Sie Rat.«

Der Mann neigte den Kopf, verengte die Augen und betrachtete Johann mit Neugierde. »Ich weiß nicht, inwieweit ich irgendjemanden noch beraten könnte. Worum geht es, mein Junge?«

Johann schluckte. Erneut traten Schweißperlen auf seine Stirn. Er wich dem Blick seines Vaters aus und sprach mit leiser Stimme. »Es geht um eine gute Freundin aus dem Dorf.

Eine sehr gute Freundin. Eigentlich ist es eher meine Freundin.« Johann hob den Kopf und sah seinen Vater an. Er nahm dessen versteinerte Miene wahr. Doch die Anwesenheit seines Freundes würde Alfred daran hindern, ihm eine Szene zu machen. »Ihre Mutter hat bis zum heutigen Tag bei Familie Silbermann gearbeitet. Sie kennen die Arztfamilie gewiss. Herr Silbermann hat 1937 seine Krankenkassenzulassung verloren, nun auch seine Zulassung zur Berufsausübung. Somit ist er praktisch arbeitslos.«

Doktor Waltenstein nickte wissend, während Alfred entsetzt die Luft einsog. 1937! Sollte sein Sohn schon längere Zeit eine Beziehung zu einer jungen Dame aus dem Ort haben, die er seiner gesamten Familie verheimlicht hatte?

»Da vorher schon kaum noch Patienten zu ihm kamen, hat er schließlich Ebbas Mutter entlassen«, fuhr Johann fort.

»Ebba? Wer ist Ebba?« In Alfred von Bergens Frage schwang unüberhörbarer Zorn mit.

»Ich habe Ebba vor Jahren am Strand kennengelernt. Sie ist die Tochter von Frau Silbermanns ...« Er zögerte. »... Kammerzofe und arbeitet ebenfalls in dem Haus.«

Alfred schnellte hoch. »Soll das heißen, dass du dich seit Jahren mit einer jungen Frau aus dem Dorf herumtreibst? Einem Dienstmädchen, das noch dazu für eine jüdische Familie arbeitet?«

Doktor Waltenstein hob die Augenbrauen und spitzte gekränkt die Lippen.

Im selben Moment erfasste Alfred die Bedeutung seiner Worte und sah seinen Freund mit versöhnlichem Blick an.

»Verzeih, lieber Simeon, so war das nicht gemeint. Ich … ich bin sprachlos. Was ist mit deinen Studien, Johann? Ist diese Frau der Grund, weshalb du so häufig heimkommst?«

Der jüdische Anwalt räusperte sich. Sein Unbehagen, in eine persönliche Angelegenheit geraten zu sein, war offensichtlich. »Ich denke, ich muss nun wirklich gehen. Lieber Johann, ich wüsste nicht, wie ich dir behilflich sein könnte.«

»Aber, Herr Doktor Waltenstein, ist es tatsächlich so, dass Herr Silbermann nicht wieder praktizieren darf? Nie wieder? Gibt es keine Hoffnung, dass Frau Nilsson ihre Anstellung wiederbekommt?«

»Frau Nilsson ist die Mutter deiner … ähm … deiner Bekannten?«, erkundigte sich der Anwalt. Johann nickte. »Mein Junge, es ehrt dich, dass du dieser Dame helfen möchtest, aber gäbe es Hoffnung, würde ich mein Heimatland, das ich immer noch liebe, nicht verlassen. Nein, es fällt mir schwer, das so offen zu sagen, aber ich bin sicher, Herr Silbermann wird seinen Beruf nicht weiter ausüben dürfen, und für deine Bekannte wäre es das Beste, das Haus so schnell wie möglich zu verlassen. Die Leute sind nicht nett zu Judenfreunden.« Er legte Johann die Hand auf die Schulter. »Leb wohl. Ich wünsche dir viel Glück für deine Zukunft.« Er wandte sich seinem Freund zu, in dessen Miene Wut und Verzweiflung tobten. »Lebe auch du wohl und geh nicht zu hart mit deinem Sohn ins Gericht. Er ist ein guter Junge«, fügte er leise hinzu.

Alfred von Bergen brachte seinen Gast zur Tür, eilte in den Salon zurück und baute sich vor seinem Sohn auf.

»Was sollte das? Bist du von Sinnen? Bereitet es dir Freude, mich vor meinem Freund zu brüskieren?«

»Ich brüskiere niemanden, Vater. Hier geht es um Menschen, die Hilfe brauchen. Frau Nilsson ist verzweifelt. Wovon soll sie leben? Wo soll sie wohnen? Sie findet keine neue Stelle, und weil sie für einen Juden gearbeitet hat, wird sie sogar von manchen Leuten geächtet.«

Alfred erhob die Stimme. »Du hast dich nicht um solche Menschen zu kümmern, Johann. Sie ist eine Dienstbotin, ebenso wie ihre Tochter. Mit diesen Frauen hast du nichts gemein. Ich bin entsetzt, dass du dich seit Jahren mit diesem ... diesem Mädchen triffst und es uns verheimlichst.«

»Sie ist nicht irgendein Mädchen, Vater. Wir treffen uns seit meinem zwölften Lebensjahr. Ich kenne ihre Mutter und auch Frau Silbermann. Es sind gute, fleißige Menschen.«

Alfreds Augen weiteten sich. »Willst du andeuten, dass du mit dieser Dirne ein Verhältnis hast?«

Johann erhob sich ebenfalls. Er sah seinem Vater mit festem Blick in die Augen. »Nenne Ebba nicht Dirne, Vater.«

»Ich verbiete dir, sie noch einmal zu sehen, sonst ...«

»Sonst was?«

Alfred errötete. Er war Widerspruch nicht gewohnt, und das absonderliche, respektlose Benehmen seines Sohnes schmerzte ihn.

»Vater, wenn du mich enterben willst, verjagen willst, nur zu. Ich bin ein erwachsener Mann, und ich liebe Ebba seit vielen Jahren. Ich werde sie nicht im Stich lassen. Eigentlich hatte ich auf deine Unterstützung gehofft. Du hast immer gesagt, jeder Mensch ist wertvoll, egal, woher er stammt. Waren das leere Worte?«

Alfred schluckte. Er senkte betroffen den Blick. Sein Sohn verwendete seine eigenen Aussagen gegen ihn, sein eigen Fleisch und Blut. Wie hatte es nur so weit kommen können? »Ich nehme an ...«, sagte er mit betont gedämpfter Stimme, »... es gibt einen Grund für dein eigenartiges Benehmen. Solltest du dieses Mädchen in Schwierigkeiten gebracht haben, so werden wir ihr einen gewissen Betrag anbieten, der ...«

»Vater!« Johanns Körper versteifte sich. »Ebba ist nicht schwanger. Sie und ihre Mutter sind in Not. Sie haben weder Arbeit noch Geld. Es geht nicht um eine schnelle Affäre. Begreifst du nicht?«

Alfred von Bergen verkrampfte sich und musterte seinen Sohn mit sichtbarem Entsetzen. Wortlos griff er zum Cognacglas, leerte es in einem Zug und verließ den Raum ohne weiteren Kommentar.

Johann lag lange wach. Schon seit Tagen fand er kaum noch Schlaf. Mit seinen einundzwanzig Jahren, seiner kräftigen Statur und der guten Ausbildung war er prädestiniert für ein hohes Amt in der Armee. Man munkelte nicht mehr, man sprach im gebildeten Freundeskreis offen über die immer größer werdende Wahrscheinlichkeit eines Krieges. Was würde geschehen, wenn tatsächlich ein Krieg ausbrechen würde? Ich müsste den Treueeid auf Hitler schwören, durchfuhr es Johann. Er wälzte sich auf die andere Seite des Bettes und starrte in das dunkle Zimmer. Nun denn, wenn es so kommen sollte, würde er für sein Land kämpfen. Johann wünschte sich ebenso wie sein Vater, endlich wieder ans Mutterreich angegliedert zu werden.

Auch wenn er die Zeit der Monarchie nicht miterlebt hatte, so war er doch von der Einstellung seiner Eltern geprägt. Der Versailler Vertrag 1919 nach dem Ende des Großen Krieges war in Johanns Augen schlichtweg ungerecht gewesen und hatte Ostpreußen in nie zuvor da gewesene wirtschaftliche Schwierigkeiten gebracht. Dafür würde er kämpfen, käme es dazu, an die Front rücken zu müssen.

Ein stechender Schmerz durchfuhr ihn, als er an Ebba dachte. Was sollte bloß aus ihr und ihrer Mutter werden? Er musste etwas unternehmen, möglichst schnell. Noch bevor es zu einem Krieg kam, noch bevor er an die Universität zurückkehrte. Gleich morgen würde er noch einmal mit seinem Vater sprechen, nahm er sich vor. »Gleich morgen«, murmelte er, schloss die Augen und fiel endlich in einen unruhigen Schlaf.

19

Gut von Bergen, nahe Cranz,
Ostpreußen, 1. September 1939

Dorothea von Bergen öffnete ihren trockenen Mund, versuchte, die spröden Lippen mit ihrer Zunge zu befeuchten, und stöhnte. Johann kühlte ihre Stirn mit feuchten Tüchern und betupfte die Lippen mit Fettsalbe. Der Zustand seiner Mutter hatte sich in den letzten Tagen drastisch verschlechtert, und aufgrund der Vertreibung und des Berufsverbotes der Juden war es äußerst schwierig geworden, gute medizinische Betreuung zu erhalten. Manche der jüdischen Ärzte praktizierten heimlich, doch das war mit großen Gefahren verbunden, sowohl für den Arzt wie auch für den Patienten.

»Warum ... warum bist du hier?« Die Kranke atmete schwer, tastete nach der Hand ihres Sohnes, während sie ihn verwirrt musterte.

»Mutter, du bist krank. Ich bin hiergeblieben, um dich zu pflegen. Weißt du nicht mehr?«

»Mein guter Junge.« Sie bemühte sich, ihre Hand auf die seine zu legen, was ihr eine große Kraftanstrengung abverlangte.

»Vater hat nach Doktor Siebenstein schicken lassen. Er wird bald hier sein.«

Wäre seine Mutter wohlauf gewesen, hätte sie sich mit aller Kraft gegen die Behandlung von einem jüdischen

Arzt gewehrt. Doch jetzt stöhnte sie nur leise, zu schwach, um zu widersprechen.

»Es wird alles gut werden, Mutter. Mach dir keine Sorgen.« Johanns Blick wanderte über die hagere Gestalt, die sich unter der Decke abzeichnete. Dorothea von Bergen hatte seit Beginn der Erkrankung rasch an Gewicht verloren, und sie hatte hohes Fieber. Der vor zwei Wochen konsultierte Arzt hatte verunsichert gewirkt und von einem grippalen Infekt gesprochen, der wohl schnell vorübergehen würde. Er hatte eine Medizin und Wadenwickel verordnet, doch Johann und sein Vater hatten mit Besorgnis feststellen müssen, dass das Fieber nicht gesunken war und es keinerlei Anzeichen einer Besserung gab.

Johann fühlte sich hilflos und schämte sich, dass sich seine Gedanken häufig um Ebba drehten statt um die Genesung seiner Mutter. Er flößte seiner Mutter gerade ein wenig Wasser ein, als sein Vater ins Zimmer stürzte, bleich und verschwitzt, mit verstörtem Ausdruck in seinem Gesicht.

»Komm in den Salon und schalte das Radio ein, mein Sohn, rasch!«

Johann folgte ihm. Er drehte am Knopf des Volksempfängers, bis die klare Stimme des Führers zu hören war. Seine Augen weiteten sich.

»Reichstagsrede von heute«, sagte Alfred von Bergen.

Johann nickte und lauschte Hitlers Worten.

»Seit Monaten leiden wir alle unter der Qual eines Problems, das uns auch der Versailler Vertrag, das heißt das Versailler Diktat, einst beschert hat«, rief der Führer, »eines Problems, das in seiner Ausartung und Entartung für uns unerträglich geworden war. Danzig war und ist eine deutsche Stadt. Der Korridor war und ist deutsch. Alle diese Gebiete verdanken ihre kulturelle Erschließung ausschließlich dem deutschen Volke. Ohne das deutsche Volk würde in all diesen östlichen Gebieten tiefste Barbarei herrschen.«

Alfred zuckte mit den Schultern. Er konnte Hitler in diesem Punkt nicht widersprechen, entsprach dessen Meinung zu diesem Thema doch genau der seinen, wenn auch der Graf die Ostvölker nicht als Barbaren bezeichnet hätte.

Johann schnaubte ungehalten. »Er ist schlau«, bemerkte er. »Er weiß genau, was er sagt und wann er es sagt.«

Alfred legte den Zeigefinger an die Lippen, stand auf und stellte sich neben das Radio, um Hitlers Worte besser verstehen zu können.

»Wie immer habe ich auch hier versucht, auf dem Wege friedlicher Revisionsvorschläge eine Änderung des unerträglichen Zustandes herbeizuführen ...« Mit gut überlegten Worten erklärte Hitler, wie hartnäckig und grenzenlos seine Friedensbemühungen gewesen waren.

Johann schenkte seinem Vater ein sarkastisches Lächeln, während sie weiter der Rede lauschten.

»Ich muss hier eines feststellen: Deutschland hat diese Verpflichtungen eingehalten. Die Minderheiten, die im Deutschen Reich leben, werden nicht verfolgt. Es soll ein Franzose aufstehen und soll behaupten, dass etwa im Saargebiet die dort lebenden fünfzigtausend oder hunderttausend Franzosen unterdrückt, gequält oder entrechtet werden.«

Alfred lachte laut auf und schüttelte den Kopf. »Unerhört! Dass er es wagt, so etwas von sich zu geben. Lässt in

Massen Regimegegner ermorden, Juden und Homosexuelle, sie wegsperren, quälen und foltern von seinen hirnlosen Braunhemden verhaften – aber Franzosen verfolgt er nicht.«

»Vater, beruhige dich. Das führt doch zu nichts.« Johann versuchte, die erbosten Zwischenrufe seines Vaters auszublenden. Er erschauderte, als ihm klar wurde, worauf der Führer hinauswollte.

»Polen hat heute Nacht zum ersten Mal auf unserem eigenen Territorium auch mit bereits regulären Soldaten geschossen. Seit 5.45 Uhr wird zurückgeschossen! Und von jetzt an wird Bombe mit Bombe vergolten! Wer mit Gift kämpft, wird mit Giftgas bekämpft. Wer selbst sich von den Regeln einer humanen Kriegsführung entfernt, kann von uns nichts anderes erwarten, als dass wir den gleichen Schritt tun. Ich werde diesen Kampf, ganz gleich gegen wen, so lange führen, bis die Sicherheit des Reiches und bis seine Rechte gewährleistet sind …«

»Mein Gott, Vater! Das bedeutet, wir befinden uns im Krieg.« Johann fuhr hoch und strich sich nervös mit den Händen durchs Haar.

»Alles Lüge!« Alfred fuchtelte aufgebracht mit den Händen herum.

In Johanns Augen lag ein ungläubiger, beinahe fassungsloser Ausdruck. »Wie konnten die Polen das nur tun? Warum haben sie angegriffen?«

»Es ist mit Sicherheit die Unwahrheit, mein Sohn. Dieser Überfall auf den Radiosender war ganz sicher fingiert. Alles Schwindel. Polen hätte uns nie angegriffen. Das wäre doch Selbstmord.«

Johann starrte seinen Vater voll Entsetzen an. »Du wirkst so überzeugt …«

Alfred von Bergen senkte den Kopf. »Hör zu, Johann. Es sind Vermutungen, doch du solltest so etwas niemals laut aussprechen, wenn dir dein Leben lieb ist. Hitler hat seinen Feldzug gegen Polen von Ostpreußen aus gestartet. Deshalb habe ich von den Plänen Hitlers erfahren, und deshalb glaube ich, dass alles eine Täuschung war. So will man den Hass auf das polnische Volk nähren und unsere Kriegserklärung rechtfertigen.«

Johann verzog das Gesicht zu einer angewiderten Grimasse. »Ich nehme an, du hofierst immer noch Nazigrößen und spielst ihnen Ergebenheit zum Führer vor.«

»Ich bin Generalmajor, Johann. Was erwartest du von mir?«

»Du könntest dich unter Angabe irgendeines Vorwandes zumindest zurückziehen. Das wärst du deinem Freund Doktor Waltenstein schuldig.«

Der Graf griff zu einer Flasche Branntwein – eine der letzten, die er in seinem Keller versteckt gehalten hatte –, und füllte ein Glas bis zur Hälfte. Er leerte es in einem Zug und ließ sich auf einen rot gepolsterten Ohrensessel nieder. »Zweifle niemals an meiner Loyalität zu Waltenstein!« Alfred fixierte seinen Sohn mit strengem Blick. »Setz dich, Johann, und bevor du weitersprichst, hör mir genau zu.« Der junge Mann erhob keinen Widerspruch und folgte der Aufforderung seines Vaters. »Es gibt verschiedene Möglichkeiten des Widerstandes. Der offene, unüberlegte, für jeden erkennbare, der dich sofort zum Feind des Regimes macht und dich ins Gefängnis bringt …« Johanns Augen weiteten sich.

»Oder jener, der nicht offensichtlich ist, im Geheimen stattfindet und für den die richtigen Kontakte von großer Bedeutung sind.«

»Du meinst ...«

»Ja, das meine ich, Johann. Und mehr darfst du nicht wissen. Aber um authentisch zu wirken, ist es wohl unumgänglich, sich auch hin und wieder von seinem eigenen Sohn zurechtweisen zu lassen.« Johann schwieg, und Alfred von Bergen genoss den kurzen Moment der Genugtuung. »Jedes Mitwissen bringt dich in Gefahr. Aber sei dir sicher, dass ich nicht aufseiten der Nationalsozialisten stehe, auch wenn es hin und wieder den Anschein haben wird.«

Der Jubel, der auf Hitlers Ausruf »Sieg Heil!« aus dem Radio tönte, unterbrach das Gespräch der beiden Männer.

»Du weißt, dass sie dich einberufen werden, Johann?« Der junge Mann nickte. »Du wirst für unser Vaterland kämpfen, für die Rückgabe des Korridors und der polnischen Gebiete, die einst zu Deutschland gehörten. Denn das ist es, was wir seit Jahren verfolgen, wofür es sich auch lohnt zu kämpfen.«

Johann schnaubte voller Verachtung. »Und wenn ich mich weigere, für Hitler an die Front zu ziehen?«

»Dann giltst du als Deserteur und wirst erschossen.«

Die ungeschönten Worte aus dem Mund seines Vaters trafen Johann wie ein Schwall kalten Wassers ins Gesicht. Doch sie brachten ihn wieder zur Besinnung, und er verwarf jeglichen Gedanken an Fahnenflucht. Er schaltete das Radio aus und blickte aus dem Fenster des Salons. Der Herbst war in rasender Geschwindigkeit ins Land gezogen und tauchte die norddeutsche Landschaft in leuchtende Farben. Die Sonne blinzelte durch die dichte, tief liegende Wolkendecke und zauberte für einen Moment ein unwirkliches Bild. Eine trügerische Idylle, die Johann für einige Sekunden den Alltag vergessen ließ. Eine ungewisse Zukunft lag vor ihm, und er konnte nicht umhin, mit Sorge darauf zu blicken.

* * *

Dorothea von Bergen hatte die Welt friedlich, fast unbemerkt, verlassen. Plötzlich und zum Schrecken aller, die auf eine schnelle Genesung gehofft hatten, war sie für immer eingeschlafen. Vater und Sohn hatten es unterlassen, sie am Sterbebett über den Kriegsausbruch zu unterrichten, und so war sie ohne Sorge um ihre Lieben gestorben. Das Begräbnis hatte bereits zwei Tage nach Dorotheas Tod stattgefunden.

Die Bediensteten des Gutes liefen seither mit betretenen Gesichtern herum, weil sie um ihre Zukunft bangten. Jetzt, da die Kinder erwachsen waren und das Land vor einem Krieg stand, hielt Alfred von Bergen fünfzehn Angestellte für übertrieben, aber er besaß ein ausgeprägtes Pflichtgefühl seiner Dienerschaft gegenüber. Die Arbeitslage war zwar besser geworden. Die neuen Autobahnen, die im Auftrag des Führers erbaut wurden, boten allerdings ebenso wenige Arbeitsmöglichkeiten für sein Hauspersonal wie die vakant gewordenen Rechtsanwalt- und Doktorstellen der vertriebenen und ausgewanderten Juden. Also entschloss sich Alfred gegen jede Vernunft, seine Dienstboten,

Haushälterinnen und Gehilfen zu behalten, mit gekürzten oder gar keinem Gehalt. Kost und Logis würden zumindest geboten.

Johann hieß die Entscheidung gut. Auch wenn er bald an die Front müsste und sich somit fünfzehn Personen nur noch um seinen Vater und das Gut kümmern würden.

Dietrich betrat leise den Salon und ließ seinen Blick durch den Raum schweifen. Er entdeckte den jungen Herrn am Fenster. »Darf ich Ihnen Kaffee oder Tee bringen, Herr Johann?«

Johann fuhr überrascht herum. »Dietrich! Verzeihen Sie, ich war in Gedanken.« Er stockte und betrachtete den Diener. Seit seiner Kindheit war dieser Mann der Familie treu ergeben. Der Todesfall musste auch ihn hart getroffen haben. »Darf ich Sie etwas fragen, Dietrich?«

»Aber natürlich.«

Johann trat einen Schritt auf ihn zu und sah ihn einige Sekunden erwartungsvoll an. »Sie haben von meiner Herzensdame gehört, nehme ich an?«

Verlegen wich Dietrich seinem fragenden Blick aus, während er beiläufig über sein Jackett strich. »Ähm, ja. Bedauerlicherweise gab es da vor etwa einem Jahr – wie soll ich es ausdrücken? – unpassendes Gerede unten in der Küche.«

»Nun, lieber Dietrich, das muss Ihnen nicht unangenehm sein, denn meine Zuneigung zu jener jungen Dame ist ungebrochen. Mehr noch, ich möchte sie zu mir auf das Gut holen.«

Dietrich erschrak. Sein Mund klappte auf, und er schloss ihn wieder, ohne dass ein Laut entwichen wäre.

»Mein Vater war bereits vor einem Jahr strikt dagegen. Ihm war klar, dass meine Mutter dem niemals zugestimmt hätte. Doch ich weiß, er hat ein gutes Herz, nicht wahr, Dietrich? Sonst hätte er wohl nicht alle Angestellten behalten.«

Der Diener nickte ergeben, fühlte sich dennoch nicht wohl in seiner Haut und wartete stumm darauf, dass sein Herr fortfahren würde.

»Ich bitte Sie, Dietrich, Sie kennen mich seit meiner Geburt, und ich bin etwas unschlüssig, wie ich auf meinen Vater zugehen soll. Meinen Sie, er wird einwilligen? Ist es verfrüht, ihn so kurz nach Mutters Tod auf Ebba anzusprechen?«

Johann hoffte auf eine ehrliche Reaktion, obwohl er an Dietrichs Blick erkennen konnte, wie überrascht er war. »Ich weiß, die Frage ist unangemessen. Aber ich bitte Sie, vergessen Sie Ihre und meine Stellung, und antworten Sie als Freund.«

Dietrich fühlte sich geschmeichelt. Er zuckte mit den Achseln. »Sie müssen wissen, dass Ihr Vater annimmt, Sie hätten sich aufgrund eines Versprechens ihrerseits von der jungen Dame getrennt.«

Johann nickte betreten. »Ich weiß, aber das habe ich nicht. Das hätte ich nie getan. Ich besitze immer noch Anstand. Es wäre taktlos und verantwortungslos gewesen, Ebba alleinzulassen.«

»Ihr Vater ist ein guter Mensch. Er hat sich immer um alle gekümmert, war gerecht und entschied niemals unüberlegt. Wenn Sie Ihrem Herrn Vater Ihren Wunsch behutsam vortragen, so wird er wohl einwilligen. Doch wenn Sie erlauben, möchte ich Ihnen einen Rat geben.«

»Bitte, nur zu.«

»Nehmen Sie die junge Dame mit, stellen Sie sie Ihrem Vater vor, und überzeugen Sie ihn von ihrem freundlichen Wesen. Ihr Herr Vater war damals in tiefer Sorge, dass die junge Dame nicht zu Ihnen passt.«

»Ach ja? Das heißt wohl, Sie haben schon mit ihm über mich gesprochen.«

Wieder wich der Diener verlegen Johanns Blick aus und nickte.

»Haben Sie Dank, Dietrich. So werde ich es machen. Mein Vater wird sich ebenso wenig wie ich Ebbas Charme und Liebenswürdigkeit entziehen können.«

Er wandte sich ab, doch sein Gewissen war noch nicht beruhigt. Johann hatte mit Zustimmung und Geld seines Vaters ein Zimmer für Ebba und ihre Mutter gemietet. Die Beziehung sollte Johann als Gegenleistung abbrechen, was er über ein Jahr lang vorgetäuscht hatte. Doch nun musste die Wahrheit ans Licht. Es war seine Pflicht, für Ebbas Wohlergehen zu sorgen, noch bevor er in den Krieg ziehen würde. Seit zwei Tagen lastete ein Wissen auf seinen Schultern, das ihm den Schlaf raubte. Es blieb ihm nicht viel Zeit, seinem Vater die Wahrheit zu beichten.

20

Lidingö, Schweden, Februar 2015

Inga klopfte den Schnee von ihren Stiefeln und seufzte erschöpft. Sie versuchte alles in ihrer Kraft Stehende zu tun, um ihren Arbeitsplatz früher verlassen und ihrem Großvater täglich am späten Nachmittag einen Besuch abstatten zu können. Ingas Mutter Pernilla war tagsüber bei Kalle, soweit es ihre Arbeit zuließ. Sie lebte etwas außerhalb der Stadt und hatte einen täglichen Weg von etwa einer Stunde zurückzulegen. Als Inga den warmen Vorraum betrat und ihr der Duft von frisch gebrühtem Kaffee entgegenströmte, lächelte sie erleichtert in der Gewissheit, ihren Großvater in guten Händen zu wissen. Die junge Krankenschwester kam Inga entgegen und fasste nach ihrem Mantel.

»Schön, Sie zu sehen, Fräulein Inga, ihre Mutter ist einkaufen gefahren und kommt erst morgen wieder. War es ein anstrengender Arbeitstag?«

Inga nickte kurz, vermied aber ganz nach ihrer geradlinigen Art jeden Small Talk. »Ja, danke. Wie geht es ihm?«

»Seit gestern ist Ihr Großvater leider nur einmal kurz aufgewacht. Er wirkt sehr müde und erschöpft, und die Schmerzen setzen ihm zu.« Die bestürzte Trauer in ihrer Stimme machte Inga sofort klar, dass es mit ihrem Großvater schneller bergab ging als erwartet.

»Wie kann man ihm helfen?«

Die Schwester schüttelte den Kopf. »Man müsste die Schmerzmitteldosis erhöhen, aber noch ist Ihr Großvater von Zeit zu Zeit ansprechbar. Diese Momente sollten Sie nutzen.«

Ingas Augen füllten sich mit Tränen, und die Krankenschwester wollte sich schon dezent abwenden, um die junge Frau mit ihrer Trauer allein zu lassen. Im selben Augenblick hielt sie inne. »Ach, übrigens, Ihr Großvater muss irgendwann letzte Nacht munter gewesen sein. Heute Morgen fand ich ihn mit dem Laptop auf dem Schoß. Dieser Zettel lag bei ihm.« Sie reichte Inga das Blatt, auf dem in zittriger Schrift ein Name notiert war.

»Martha Sokolowa?« Inga zuckte verblüfft mit den Schultern. »Sokolow ... der gleiche Name. Das ›a‹ ist ja nur die weibliche Endung. Keine Ahnung, wer diese Martha ist. Hat er denn irgendetwas gesagt?«

»Nein, leider. Heute noch nicht.«

»Und meine Mutter?«

»Sie hat auch erwähnt, dass ihr Großvater früher Sokolow hieß, aber das war alles, was sie dazu gesagt hat.«

Ungeduldig streifte Inga die Stiefel von ihren Füßen und ging geradewegs ins Schlafzimmer ihres Großvaters. Sie näherte sich dem Bett und betrachtete ihn liebevoll, strich sacht über sein Gesicht und berührte mit den Fingerkuppen die tiefen Furchen seiner Haut, die sein fortgeschrittenes Alter offenbarten. Er reagierte weder auf Ansprache noch auf Berührung.

Nachdenklich ließ sich Inga auf der Bettkante nieder und drehte den Zettel in ihrer Hand hin und her. »Was willst du uns nur sagen, Opa? Wer ist diese Martha Sokolowa?« Sie schüttelte enttäuscht den Kopf, als weiterhin jede Reaktion ausblieb, und schluckte den dicken Kloß in ihrem Hals hinunter. Mit Tränen in den Augen erhob sie sich und verließ das Zimmer.

Eine scharfe Brise wehte vom Wasser her an die Küste und brachte den frisch gefallenen Pulverschnee zum Tanzen. Inga stand auf dem Felsen, nicht weit vom Haus ihres Großvaters entfernt, und blickte auf das unruhige Meer und die darauf treibenden Eisschollen. Das Wasser klatschte regelmäßig an die schroffen Felsen, und es klang wie der rhythmische Herzschlag des Ozeans. Das gleichmäßige Geräusch wurde von dem grellen Kreischen der Möwen begleitet, die über Ingas Kopf hinwegsegelten und auf die Abendfähre warteten, um ihr aufs offene Meer hinaus zu folgen. Auf der Wasseroberfläche funkelten die Reflexionen der untergehenden Wintersonne, die die felsige Küste in ein sanftes Licht tauchten. Die eisige Kälte und der böige Wind ließen Inga trotz Schal und Mantel frösteln. Sie saugte das beruhigende Bild in sich auf. Es gab ihr das Gefühl der Beständigkeit. Die gleichen Gerüche und Geräusche wie vor zwanzig Jahren, die kreischenden Vögel, die Tag für Tag ihr Lied sangen, die gezackten Felsen und der salzige Hauch auf ihrer Haut.

Inga versuchte ihre Gedanken zu ordnen und sich mit der Tatsache abzufinden, dass ihr Großvater den Anblick der untergehenden Sonne auf der Insel Lidingö nie wieder sehen würde. Sie vermisste Sven, ihren Ex-Freund, seine beruhigenden Worte, seine Nähe und Liebe und drohte in der Trauer zu versinken. Bevor sie sich auf den Weg zur

Küste gemacht hatte, hatte sie ihr Glück erneut in dem Chatroom versucht, in dem ihr Großvater registriert war. Er bot eine Masse von Anfragen forschender Nachfahren, verzweifelt Suchender, doch nur wenige Erfolgsmeldungen. Den Namen Martha Sokolowa konnte Inga nicht ausfindig machen. Trotz der herannahenden Dämmerung setzte sie ihren Weg zu dem kleinen Bootshafen fort und versuchte, die beruhigende Wirkung der Natur in sich eindringen zu lassen. Als sie nach einer Stunde zu Kalles Haus zurückschlenderte, entdeckte sie die Krankenschwester mit suchendem Blick auf der Türschwelle. Sie beschleunigte ihren Schritt.

»Schwester Camilla? Ist er wach?«, rief sie aus einiger Entfernung.

Die Pflegerin nickte mit bedauerndem Gesichtsausdruck. »Er ist bei Bewusstsein, doch ich fürchte, dass der Arzt die Dosis erhöhen muss. Er klagt über schreckliche Schmerzen.«

Inga schob sich eilig an der Krankenschwester vorbei und betrat den abgedunkelten Raum. Ihr Großvater stöhnte, streckte aber, als er Inga entdeckte, die Hand nach ihr aus.

»Opa, ich bin hier.« Sie ließ sich an der Bettkante nieder und fasste nach seiner faltigen Hand.

»Opa, dieser Zettel … Martha Sokolowa, wer ist das?« Kalle stöhnte, sein Atem wurde schneller, als Inga den Namen aussprach. Als er erneut versuchte, Worte zu formen, sackte er kraftlos in sich zusammen.

»Mar…tha …«

Inga schluckte und drückte die Hand ihres Großvaters.

»Ja, Opa«, sagte sie leise. »Mama und ich dachten, es wäre vielleicht eine Verwandte von dir. Du hattest doch einen anderen Namen, bevor du nach Schweden gekommen bist, nicht wahr?«

Die Antwort war ein schwaches Nicken. Kalle starrte an die Decke. Zu Ingas Überraschung füllten sich die alten Augen mit Tränen, und sie hoffte, dass es nicht von Schmerzen verursachte Tränen waren. Zu gern hätte sie gewusst, welche Bilder Kalle eben vor sich sah, was ihm so schwer zu schaffen machte, ob er noch klar bei Verstand war. Plötzlich fasste Kalle erneut Ingas Hand.

»Bitte ... sucht ... sie.«

»Suchen? Wir sollen nach Martha suchen? Meinst du das, Opa? Lebt sie denn noch?«

Er bäumte sich auf und stöhnte wieder, doch es schien Inga, als hätte sie ein unscheinbares Nicken wahrgenommen.

»Schwester Camilla, bitte kommen Sie!«

Die junge Frau öffnete mit Schwung die Tür, zog die Vorhänge zur Seite und ließ den schwachen Schein der Straßenlaternen in den Raum. »Wir sollten Ihren Großvater an dem wunderschönen Abend teilhaben lassen, meinen Sie nicht, Fräulein Inga? Es wird eine sternenklare, wunderbare Nacht.«

»Ich kann das nicht länger mit ansehen. Er hat schreckliche Schmerzen.« Die Krankenschwester nickte mit nüchternem Blick und näherte sich ihrem Patienten.

»Herr Johansson, der Arzt sieht gleich morgen früh nach Ihnen und wird die Dosis neu einstellen. Dann wird es Ihnen besser gehen.«

»Morgen früh? Aber er kann doch unmöglich die Nacht so durchstehen.«, sagte Inga verzweifelt.

Die Schwester bedeutete Inga mit einer auffordernden Handbewegung, ihr in das Wohnzimmer zu folgen. »Ich kann das nicht allein entscheiden. Es tut mir leid, wir müssen bis morgen warten.«

Inga verschränkte die Finger und presste sie verzweifelt auf ihre Lippen. Sei stark, reiß dich zusammen, dachte sie und nickte. »Ich rufe meine Mutter an. Danke für Ihre Hilfe.« Sie wandte sich rasch ab, eilte die Treppe hinauf in ihr altes Kinderzimmer und ließ sich schluchzend auf das Bett fallen. Mit jeder Träne löste sich der harte Klumpen in ihrer Brust auf, und sie nahm sich Zeit, in ihrem Weinen Erleichterung zu finden. Erst spät wählte sie Pernillas Nummer.

»Wir wussten, dass es so kommt, Inga. Auch Opa wusste das.«

Einige Sekunden herrschte Stille zwischen den beiden.

»Hast du etwas über diese Martha herausgefunden?«, wechselte Pernilla das Thema, in der Hoffnung, ihre Tochter ein wenig auf andere Gedanken zu bringen.

Inga räusperte sich. »Ich glaube, wir hatten recht. Es ist wohl irgendeine Verwandte. Vielleicht hat Opa herausgefunden, dass sie doch noch am Leben ist. Er hat gesagt: Bitte sucht sie.«

»Bitte sucht sie? Er hat gesprochen?«

»Das Sprechen fällt ihm schwer. Ich glaube, er möchte dass wir diese Martha ausfindig machen, bevor er stirbt.«

Pernilla reagierte mit nachdenklichem Schweigen.

»Du oder ich?«, unterbrach Inga die Stille.

»Du willst nicht wirklich nach Russland fahren?«

»Mir ist egal, wer von uns fährt. Aber wenn es Opas letzter Wunsch ist, dann werde ich es machen. Kannst du dir Pflegeurlaub nehmen?«

»Das hatte ich ohnehin vor«, erwiderte Pernilla ohne Zögern. »Aber dir ist klar, dass dein Opa sterben könnte, während du fort bist?«

Inga schwieg. Sie war sich dessen bewusst, doch nicht nur Kalles Wunsch, auch die in ihr tobende Neugierde trieben sie dazu, diese Reise in Erwägung zu ziehen.

»Hör zu Inga, ich regle morgen alles in der Arbeit und komme danach direkt nach Stockholm. Mein Chef weiß bereits, dass mein Vater krank ist. Er ist auf einen eventuellen Dienstausfall vorbereitet.«

Inga rieb sich die müden Augen, überlegte, ob sie doch Wimperntusche auftragen sollte, verwarf aber den Gedanken und nippte an ihrem dampfenden Kaffee. Entschlossen, die Reise nach Russland zu unternehmen, machte sie sich auf den Weg zu einem Reisebüro, das auf Ostreisen spezialisiert war. Auf ihrem Gang durch die noch unbelebte Innenstadt keimten Zweifel in ihr auf. Niemand würde sie in dem unbekannten Land erwarten, niemand begleiten. Weder Magnus noch Pernilla hatten für Ingas Vorhaben, Hals über Kopf nach Russland zu reisen, große Begeisterung gezeigt. Inga gab sich von den Argumenten ihrer Familie unbeeindruckt. Sie hatte nicht das Gefühl, mehr Zeit für die Vorbereitung zu brauchen. Zeit war rar. Durch die Sanduhr ihres Großvaters rieselten die letzten Körner. Zu oft war Inga ihre Ungeduld zum Verhängnis geworden, dennoch war sie kein Mensch unüberlegter Taten. Ihre Freunde schätzten sie als vorsichtige und gut organisierte Frau. Die Verunsicherung grub sich nun langsam durch ihren Kopf und machte sich dort breit, begleitet von Sorge und Aufregung. In ihr flammte Verärgerung auf, dass ihre Familie es geschafft hatte sie zu irritieren. Sie nahm ihre Fellmütze ab und stopfte sie in den Ärmel ihres pelzgefütterten Steppmantels und betrat das Reisebüro.

»Ein Visum?« Inga stieß entnervt die Luft aus.

»Tja, tut mir sehr leid, Frau ...« Der Mann warf einen flüchtigen Blick auf ihren Pass. »... Frau Johansson. Sie müssen das Visum bei der russischen Botschaft beantragen. Das kann einige Tage, sogar Wochen dauern. Die Einreise ist recht kompliziert. Einen Moment, bitte.« Er drehte den Flachbildschirm zu sich, tippte einige Wörter, nickte vielsagend und wandte sich wieder Inga zu. »Sie brauchen das Visumformular, ein Passfoto, die Auslandskrankenversicherung, ein Versicherungskartenformular und natürlich den Reisepass, des Weiteren eine Einladung.«

»Eine Einladung?«

»Ja, die bekommen Sie bei der Botschaft – eine sogenannte Touristeneinladung.«

Inga schnaubte. »Meine Güte, ich will ja keine Atombombe einführen.«

Der Mann verzog den Mund zu einem verständnisvollen Lächeln, während er einige Seiten für Inga ausdruckte. »Bitte sehr, hier sind alle Informationen, die sie benötigen. Wenn sie das Visum haben, können Sie auch hier den Flug buchen. Zu dieser Jahreszeit sind die Flüge nach Kaliningrad nicht ausgebucht.«

Inga nahm enttäuscht die Zettel entgegen, ließ es jedoch nicht zu, dass sich Entmutigung in ihr breitmachte. Entschlossen stieg sie vor dem Gebäude in ein Taxi, überlegte einige Sekunden und bestimmte schließlich, nach einem kurzen Blick auf die ausgedruckten Seiten, das Ziel ihrer Fahrt.

»Zur russischen Botschaft, bitte. Gjörwellsgatan 31.«

* * *

Eingedeckt mit Reiseführern, geschichtlichen Büchern, Bildbänden über das alte Königsberg und entliehenen Zeitschriften über das ehemalige Ostpreußen stand Inga vor Kalles Tür. Die Handtasche, in der sie das am Morgen ausgestellte Visum verstaut hatte, drückte sie an sich, als enthielte sie Geheimdokumente. Wehmütig betrachtete sie den Garten ihres Großvaters. Die Buschwindröschen unter den Obststräuchern würden noch einige Zeit brauchen, bevor sie ihre Köpfchen aus der gefrorenen Erde steckten, und von den ersten Knospen auf den Bäumen war noch nichts zu sehen. Die Sonne hatte mit gemäßigten Temperaturen das Eis der Ostsee zwar zum Schmelzen gebracht, aber von warmen Frühlingstemperaturen, die sich langsam von Süden her über den Rest Europas ausbreiteten, war hier in Skandinavien nichts zu spüren. Das traurige Gefühl, ihr Großvater würde das Erwachen des Frühjahrs nicht mehr erleben, überkam sie. Erst Ende April verabschiedete sich das schwedische Volk Jahr für Jahr singend vom Winter.

Von Schwermut erfasst, drückte Inga auf die Klingel und wartete. Beruhigt nahm sie die Schritte der Krankenschwester wahr, die sich langsam der Türe näherten. Pernilla hatte sich Pflegeurlaub genommen und unterstützte sie nun. Magnus versuchte, einmal pro Woche seinen Großvater zu besuchen, ebenso wie Nachbarn und Freunde, die ihre Hilfe anboten. An manchen Tagen wurde es regelrecht eng in dem Häuschen auf der Insel.

Kalle nahm trotz starker Medikamente mit zaghaftem Lächeln den Besuch wahr, doch die Beunruhigung rund um jene rätselhafte Martha hatte ihn seit Wochen vollends in Besitz genommen. Er sprach kaum noch, doch sobald Worte über seine Lippen kamen, bat er mit flehendem Blick darum, jene Frau aus Russland zu suchen.

Schwester Camilla zog mit Schwung die Tür auf und begrüßte Inga mit einem Lächeln.

Magnus trampelte mit ein paar Zetteln in der Hand die Holztreppe herunter und umarmte Inga mit überschwänglicher Freude. »Inga! Endlich! Ich glaube, ich hab Opa in dem Chatroom gefunden. Sieh nur.«

Ingas Augen weiteten sich, als ihr Bruder sein Tablet zwischen den Zetteln hervorzog. Sie setzten sich auf das Sofa, und Inga richtete ihren Blick gebannt auf den Bildschirm.

»Ein Freund hat mir geholfen. So konnte ich den Zugang ohne Benutzernamen und Kennwort knacken. Opa hat nur einen einzigen Eintrag geschrieben«, sagte Magnus. Nach einigen schnellen Klicks erschien Kalles Nachricht auf dem Bildschirm.

Mein Name ist Kalle Johansson. Ich suche nach Freunden, Bekannten oder Verwandten der Familien von Bergen und Sokolow. Die Familien wohnten bis 1945 auf einem Gut un-

weit von Cranz. Ich würde mich über jede Antwort und Hilfe freuen.

»Das hat Opa geschrieben am … Moment … 22. Januar 2010.«

»Aber das ist ja Jahre her. Kein Wunder, dass wir den Eintrag nicht gefunden haben«, erwiderte Inga verblüfft.

»Richtig, aber lies mal die Antwort.«

Lieber Herr Johansson, ich kenne eine Martha Sokolowa, deren Eltern vor dem Krieg auf dem Gut der Familie von Bergen gearbeitet haben. Falls Sie noch Interesse haben, nehmen Sie doch bitte Kontakt mit mir auf.

»Vom 30. Januar 2015. Unglaublich!«

Magnus grinste seine Schwester zufrieden an. »Na, was sagst du jetzt? Opa hat diese Antwort gelesen und versucht uns seither mitzuteilen, dass es noch einen Nachfahren in Russland gibt. Vielleicht war Opa gar kein Einzelkind. Diese Martha könnte auch eine Nichte oder eine Cousine sein. Was meinst du?«

»Wir müssen ihn fragen.«

»Er spricht schon seit Tagen kaum, und wenn, dann nur wirres Zeug. Besser, wir antworten dieser Dame aus dem Chatroom.«

Inga stützte ihren Kopf in ihre Hand und klopfte nachdenklich mit den Fingern auf die Wange. »Lass uns die Kiste öffnen und die restlichen Fotos und Briefe ansehen, und dann schreiben wir eine Antwort.«

Magnus erforschte überrascht die Gesichtszüge seiner Schwester. Schließlich zuckte er mit den Achseln und nickte. Die Geschwister schlichen zum Schlafzimmer, schoben die Tür einen Spalt auf und lugten in den Raum.

Kalle atmete schwer, wobei seine Lunge bei jedem Atemzug ein rasselndes Geräusch von sich gab.

Inga näherte sich auf Zehenspitzen, musterte ihren schlafenden Großvater und strich ihm behutsam über den Unterarm. »Opa? Opa, kannst du mich hören?«

Magnus schüttelte den Kopf. »Lass ihn schlafen. Er wird schon wieder aufwachen.«

»Aber die Kiste, Magnus. Wir müssen ihn doch fragen.« Inga fasste unter das Bett und zog die bemalte Holzkiste hervor. Sie strich über die raue Oberfläche und legte nachdenklich den Zeigefinger auf ihre Lippen. »Wenn ich diese Reise nach Kaliningrad unternehmen soll, dann muss ich es so bald wie möglich tun. Ich habe das Visum bekommen und mir Reiseführer und Stadtpläne besorgt. Ich könnte jederzeit den Flug buchen.«

»Dann tu es, Inga. Ich bleibe mit dir in Kontakt und rufe dich an, sobald ich etwas Neues erfahre.«

Ingas Blick war immer noch auf die Holzkiste gerichtet. Sie versuchte das Kribbeln in ihren Fingern zu ignorieren. In ihr tobte die Versuchung, sich auf den Inhalt zu stürzen und hemmungslos in der Kiste zu kramen. Ihr Blick wanderte zu ihrem Bruder, der sie mit gespitzten Lippen und einem unsicheren Ausdruck auf dem Gesicht ansah.

Er zuckte mit den Schultern. »Ich glaube, er hätte nichts mehr dagegen. Schließlich möchte er, dass wir Martha finden. Dafür brauchen wir Informationen.«

Inga nickte und versuchte den Deckel anzuheben. »Abgeschlossen? Ja, aber ...« Auf ihrem Gesicht machte sich ein enttäuschter Ausdruck breit, und sie rüttelte etwas fester an dem Deckel. Möglicherweise klemmte er nur. »Wo hat

Opa den Schlüssel hingesteckt. Sie war doch schon offen.« Sie schnaufte verärgert und ließ ihre Hände entmutigt in ihren Schoß sinken.

»Wenn er die Kiste abgeschlossen hat, dann möchte er definitiv nicht, dass wir uns seine Sachen ansehen. Sobald er aufwacht, fragen wir ihn. Lass uns noch einmal die Fotos durchsehen, ob wir ein Mädchen entdecken, das eventuell diese Martha sein könnte.«

Sie gingen Foto für Foto durch. Während Magnus alle Namen, die auf den Rückseiten der Bilder standen, sorgfältig notierte, tippte Inga die Orte in die Suchmaschine ein und schrieb die heute russischen Ortsnamen auf ein Blatt. Dann kreiste sie die Orte mit rotem Stift auf der Karte ein.

»Verdammt, das wird schwierig. Ich kann ja nicht mal die Schrift lesen.«

»Hier Inga, sieh dir das Foto an. Die Dienerschaft und die vielen Kinder in der vorderen Reihe.«

Ingas Blick wanderte langsam von einer Person zur nächsten. »Das könnten unsere Urgroßeltern sein, die Sokolows. Ich glaube, dass Opa tatsächlich Sokolow hieß. Hier ist er mit seinem Freund Johann. Diese Kinder könnten auch die Kinder der anderen Bediensteten oder der Herrschaft sein. Ich kann das an der Kleidung nicht erkennen.«

»Ohne Opa werden wir das nicht herausfinden.« Magnus nahm die Fotografie, ging zum Drucker und scannte das Bild ein. »Nimm alles mit nach Kaliningrad. Ich scanne die Fotos ein, und dann kann ich ihn danach fragen, wenn er bei Bewusstsein ist.«

Schwester Camilla lehnte im Türstock und lauschte interessiert dem Gespräch. Überrascht, da sie ihre Anwesenheit nahezu vergessen hatten, hoben Inga und Magnus die Köpfe, als sich die Frau mit einer Frage an sie wandte.

»Entschuldigen Sie meine Neugierde. Ihr Großvater ist Deutscher. Warum hieß er dann Sokolow?«

»Seine Eltern stammten aus Russland. Das hat er uns erzählt, und der Name Sokolow passt zu der Geschichte. Aber er selbst wurde schon in Deutschland geboren. Als er nach Schweden geflüchtet ist, hat er seinen Namen geändert. Ich denke, ein russischer Name kam nach dem Krieg wohl nicht so gut an«, erläutert Magnus und deutet auf das Sofa.

»Aber bitte, Schwester Camilla, setzen Sie sich doch zu uns. Sie gehören ja schon fast zur Familie.«

Die Frau lächelte zaghaft und nahm neben Inga Platz, die die vollendete Namensliste betrachtete, die alle Informationen enthielt, die sie den Fotorückseiten entnommen hatte.

»Das ist nicht gerade viel …«, seufzte Inga und sank tiefer in die Rückenkissen des Sofas. »Nun gut, wir werden sehen, was wir daraus machen können.«

21

Gut von Bergen, nahe Cranz, Ostpreußen, März 1940

Karl stand an die Wand des Gutshauses gelehnt, einen Grashalm lässig im Mundwinkel kauend, und musterte seinen Freund.

Es fiel Johann schwer, im Blick seines Freundes zu lesen, doch es schien ihm kein vorwurfsvoller, eher ein ratloser Blick, mit dem er ihn stumm betrachtete. »Was sollen wir tun?«, fragte er.

»Wir werden einberufen, das ist dir doch klar.«

»Natürlich. Ich bin nicht dumm.«

Karl nahm den Grashalm aus dem Mund, richtete sich auf und schnalzte ungehalten mit der Zunge. »Irgendwann musste das ja passieren. Soll ich mit meinem Vater reden? Er wird bestimmt nicht einberufen, wegen seiner Kriegsverletzung aus dem Großen Krieg. Außerdem ist er zu alt. Er kann ihr helfen.«

»Ich habe schon mit Dietrich gesprochen.«

Karl nickte überrascht. »Und, was meint er dazu?«

»Er sagt, ich solle meinem Vater Ebba vorstellen. Aber er weiß nicht, dass …«

»Dass sie schwanger ist?«, ergänzte Karl.

Die bedrückende Last auf Johanns Herzen spiegelte sich in seinem verzweifelten Gesichtsausdruck wider. Er lehnte sich mit einem tiefen Seufzer gegen die Wand und schloss die Augen. Einige Minuten herrschte Schweigen.

»Darf ich ehrlich sein?«, durchbrach Karl plötzlich die Stille.

Johann nickte und bedeutete seinem Freund mit einer auffordernden Geste fortzufahren.

»Dein Vater wird Ebba mögen. Sie ist …« Karl sog leise die Luft ein und ärgerte sich, als er bei dem Gedanken an Ebba errötete. »… wunderbar. Deine Mutter war diejenige, die so großen Wert auf den Stand und die Herkunft legte. Aber jetzt braucht ihr euch ja nicht mehr zu sorgen, weil sie …« Er stockte, als ihm bewusst wurde, wie geschmacklos seine Worte waren. Es war abscheulich, auf diese Weise über den Tod Frau von Bergens zu sprechen, als wäre ihr Ableben für Johann ein Gewinn.

»… sie nicht mehr am Leben ist, meinst du?«

Karl senkte den Blick. »Tut mir leid«, murmelte er. »Ich wollte nicht taktlos sein. Sag deinem Vater einfach die Wahrheit. Er wird es schon irgendwie verkraften.«

Johann nickte, umarmte seinen Freund und klopfte ihm freundschaftlich auf den Rücken. »Danke, Karl. Ich bin sehr froh, einen so treuen Gefährten zu haben. Ich werde Ebba holen. Am besten, ich bringe es rasch hinter mich. Eines noch …«

»Ja?«

»Falls mir im Krieg etwas zustößt, würdest du dich um Ebba und mein Kind kümmern? Mein Vater ist alt. Er wird nicht ewig leben.«

Karl schwieg. Sein Herz begann so laut zu pochen, dass

er befürchtete, Johann könnte den Sturm in seinem Inneren hören. Um Ebba kümmern? Wie konnte er seinem besten Freund dieses Versprechen geben? Er, der sich dazu zwang, diese Frau nicht zu lieben, der versuchte, sich mit anderen Mädchen abzulenken? Ebba saß in seinem Kopf, als hätte sie ihn verhext, und er begehrte sie, als gäbe es keine andere Frau auf dieser Welt. Der räumliche Abstand seit Beginn des Studiums hatte ihm gutgetan. Doch wie konnte er Johann zusichern, sich um sie zu kümmern? Für einen Augenblick, einen Sekundenschlag, sah er das Bild vor sich: Ebba und er, gemeinsam Arm in Arm, bis er beschämt feststellte, dass diese Vorstellung nur durch Johanns Tod Realität werden könnte. Verlegen wich er dem Blick seines Freundes aus.

»Karl? Du ... du müsstest sie doch nicht gleich heiraten. Das habe ich nicht gemeint. Natürlich sollst du eine eigene Familie gründen. Aber ich bitte dich als meinen besten Freund, nach ihr zu sehen, wenn ich fallen sollte. Ihr soll es gut gehen, und sie hat doch sonst niemanden. Ich dachte, ihr versteht euch gut?«

Karl nickte stumm.

»Nun lass den Kopf nicht hängen. Wir werden überleben und noch Freunde sein, wenn wir alt und grau sind. Und jetzt wünsch mir Glück. Ich gehe zu meinem Vater und erzähle ihm von Ebba, bevor er es von einem Klatschweib aus dem Dorf erfährt.«

Wieder nickte Karl und sah Johann nach, wie er mit entschlossenem Blick zu den Stallungen ging, um sein Pferd satteln zu lassen.

Als Johann das Haus der Silbermanns erreichte und sich elegant vom Sattel schwang, fiel ihm sofort die Schmiererei auf dem Eingangstor ins Auge. Mit weißer Farbe war neben dem Schriftzug »Jude« ein Davidstern aufgemalt. Ein beklemmendes Gefühl machte sich in seiner Brust breit, und er hastete mit einem beherzten Satz die drei Stufen zum Eingangstor der eleganten Arztvilla hinauf, auf denen er einige Blutsflecken entdeckte. Er klopfte an die Tür und drückte, nachdem er keine Reaktion wahrgenommen hatte, die Klinke nach unten. Das Haus war nicht abgesperrt.

Frau Silbermann saß neben ihrem Mann auf dem Boden und verdeckte mit ihrem Körper die Sicht auf die liegende Gestalt. Nur hin und wieder wurde die beängstigende Stille durch ein leises Schluchzen und Wimmern unterbrochen. Als sie Johanns Schritte auf den knarrenden Eichendielen hörte, schreckte sie hoch und wandte sich mit panischem Blick zu ihm um. Ihre Augen waren vom Weinen gerötet, ihr Haar, das sie sonst ordentlich hochgesteckt trug, war zerzaust und die hochgeschlossene seidene Spitzenbluse mit Blut befleckt.

Johann fuhr sich verwirrt durchs Haar. »Frau Silbermann?« Er räusperte sich, um seiner belegten Stimme mehr Kraft und Zuversicht zu verleihen. »Was ist geschehen?«

Die Frau schüttelte stumm den Kopf, erschauderte und begann am ganzen Körper zu zittern. Im selben Moment betraten Erna und ihre Tochter Ebba das Zimmer.

»Johann!« Ebba lief auf den jungen Mann zu und drückte sich an seine Brust.

Er legte zärtlich die Hände um ihren Körper und sah über

ihre Schulter in Ernas zermürbtes Gesicht. »Frau Nilsson, was, um Himmels willen …«

Erna stellte die Waschschüssel, die sie in Händen trug, und das Verbandszeug auf den kleinen Tisch im Salon. Sie schwieg, tauchte einen Lappen in das warme Wasser und begann Herrn Silbermanns Wunden zu reinigen. Erst jetzt fiel Johanns Blick auf den jüdischen Arzt. Sein Gesicht war zugeschwollen, die Lippe aufgeplatzt und sein Körper übel zugerichtet. Die Kleidung war ihm teilweise in Fetzen vom Leib gerissen worden, und der Geruch, den er ausströmte, ließ vermuten, dass jemand auf ihn uriniert hatte.

»Mein Gott, Herr Silbermann.« Johann schob Ebba sanft von sich, hockte sich zu dem Arzt und half Erna dabei, seine Wunden zu reinigen und zu verbinden. Seine Frau schälte ihn aus der zerrissenen Kleidung. Der nackte Oberkörper war von heftigen Schlägen und Tritten schwer gezeichnet. Niemand hatte die Kraft, ein weiteres Wort auszusprechen. Johann hatte viele Fragen, doch er wusste, dass niemand reden würde. Es war offensichtlich, was geschehen war. Die beschmierte Tür, die Wunden, die übel riechende Kleidung. Alles deutete darauf hin, dass Doktor Silbermann in die Hände einer Gruppe Braunhemden geraten war. Vielleicht waren es auch nur einige Männer von nebenan gewesen, die einst die Dienste des Doktors in Anspruch genommen hatten und ihn heute »Judensau« schimpften. Es hatte länger gedauert als im Rest Deutschlands, wo bereits im Jahr von Hitlers Machtergreifung Geschäfte mit Davidsternen beschmiert worden waren. Nun war die trügerische Ruhe auch in Ostpreußen vorbei, und der

Judenhass hatte die abgelegene Region mit voller Wucht erfasst.

Nachdem Johann geholfen hatte, den Mann auf sein Bett zu hieven und zu verarzten, zog ihn Ebba aus dem Raum. In der Küche setzten sich die zwei Frauen und Johann um den Tisch und starrten einige Minuten regungslos vor sich hin, bevor Erna endlich zu erzählen begann. »Er hat es gerade noch über die drei Stufen zur Eingangstür geschafft, dann ist er zusammengebrochen. Übel zugerichtet.« Sie schüttelte den Kopf und hob den Blick. Die bestürzte Trauer in Ernas Stimme machte Johann klar, wie hoch sie ihren Arbeitgeber schätzte und wie sehr sie der Vorfall schmerzte. »Er hat einfach nicht aufgehört, Patienten zu versorgen. Sie kamen immer noch, obwohl sie wussten, dass er nicht praktizieren darf, und er meinte, solange er gesund wäre, würde er den Menschen helfen. Es wäre seine Pflicht, das zu tun.«

»Ein ehrenvoller Mann«, erwiderte Johann.

»Hm, oder ein leichtsinniger.« Ernas Stimme hatte sich mit einem Mal verändert und einen anklagenden Ton angenommen. Sie klopfte ungeduldig mit den Fingern auf die Tischplatte und sah zwischen Johann und ihrer Tochter hin und her. In ihrem Blick lag tiefe Besorgnis und ein Hauch von Zorn, den Johann an dieser ihm so vertrauten Frau nicht kannte. Instinktiv wandte er den Kopf ab. Ihn beschlich das unangenehme Gefühl, dass Frau Nilssons Verstimmung nicht nur mit Herrn Silbermanns Schicksal zu tun hatte. Erna hob das Kinn und versuchte Johanns Blick zu fixieren. In ihr tobten Wut und Enttäuschung, und sie musste sich beherrschen, um nicht taktlos zu werden.

»Leichtsinnigkeit ist ein schlimmes Übel«, fuhr sie fort und wartete, bis der junge Mann sie wieder ansah.

Seine Augen waren vor Erstaunen geweitet, doch diesmal hielt er ihrem Blick stand. »Frau Nilsson, sind Sie etwa der Meinung, Herr Silbermann hätte sich nicht ...«

»Herr Silbermann? Ich spreche nicht von Herrn Silbermann, und das weißt du nur zu gut.«

Ebba sank in ihrem Stuhl zusammen. Am liebsten wäre sie vor Scham unter den Tisch gekrochen. Doch Ernas Zorn würde bald der Erbitterung weichen. Ebba wusste das und versuchte, Zeit zu schinden. »Mutter, ich mache uns eine Tasse Tee. Du bist sicherlich erschöpft.«

»Tee?« Erna war über dieses beiläufige Angebot so überrascht, dass der wütende Ausdruck aus ihrem Gesicht wich. »Du willst jetzt Tee kochen?«

Ebba stand auf und nickte stumm. Sie griff zum Teekessel und füllte ihn mit Wasser. Johann und Erna beobachteten sie schweigend. Als sie in aller Ruhe Teetassen auf den Tisch zu stellen begann, wurde ihre Mutter ungeduldig.

»Setz dich. Der Tee kann warten.« Ebba sank folgsam auf den Stuhl. »Was habt ihr euch nur dabei gedacht? Johann, ich hätte mehr Verantwortung von dir erwartet. Ich kenne dich, seit du ein Junge warst. Ich dachte, du hättest Anstand und Würde.«

Johann griff nach Ebbas Hand und nickte ihr zuversichtlich zu. Das Selbstbewusstsein in seinem Blick machte Ebba neuen Mut. Er räusperte sich und setzte zu seiner Verteidigung an. »Frau Nilsson, ich nehme an, Sie spielen darauf an, dass Ebba guter Hoffnung ist.« Erna erwiderte nichts. Ihr Blick blieb starr auf Johann gerichtet.

»Ich versichere Ihnen, dass ich zu Ebba und unserem Kind stehen werde. Ich verlasse Ihre Tochter nicht, ich werde sie selbstverständlich heiraten und für sie sorgen.«

»Pfff«, Erna stieß ärgerlich die Luft aus.

»Frau Nilsson, ich bitte Sie. Warum haben Sie kein Vertrauen zu mir? Was denken Sie nur von mir?«

»Mein Leben hat mich gelehrt, keinem Menschen zu vertrauen, schon gar nicht denen, die Geld haben.«

»Wie bitte?« Johann sah sie verblüfft an. »Was meinen Sie damit?«

»Mutter, bitte.« Ebba bedachte Erna mit einem schmerzvollen, fast schon flehenden Blick.

Doch diese schüttelte entschlossen den Kopf. »Du willst diesen Mann heiraten, Ebba. Möchtest du mit einer Lüge in die Ehe gehen?«

»Einer Lüge?« Johann löste seine Hand und musterte Ebba unsicher.

Sie sank auf dem Stuhl zusammen und wischte die Tränen weg, die ihr in die Augen traten. Schließlich fasste sie sich. »Mein Vater ist nicht im Krieg gefallen, weißt du«, sagte sie leise. »Er ... er hat meine Mutter schwanger sitzen lassen.«

»Ach!« Johann sah verwundert von Mutter zu Tochter.

Erna räusperte sich. »Ich habe Ebba lange in dem Glauben gelassen, ihr Vater sei ein Kriegsheld gewesen. So lange, dass ich selbst schon daran geglaubt habe. Doch ich stamme aus einem kleinen Ort, in dem jeder meine Geschichte kennt. Es könnte durchaus sein, dass dein Vater etwas über uns in Erfahrung bringen möchte, wenn du meine Tochter heiraten willst. Es wäre eine Schande für deine Familie. Nicht nur eine Dienstbotentochter, auch noch ein Bastard von einer Frau, die lange Zeit im Armenhaus in Königsberg gelebt hat.«

»Im Armenhaus?« Johann stutzte, hin- und hergerissen zwischen Verwunderung und Wut. »Ich hatte ja keine Ahnung.«

Erna nickte. »Ich weiß, und das war auch gut so. Ich bin durch die Hölle gegangen, und meine einzige Hoffnung war, dass es Ebba einmal besser ergehen würde. Ich habe für sie geschuftet, ihr eine Schulbildung ermöglicht. Und nun das.«

Ebba fühlte sich miserabel. Sie wusste um die tiefe Liebe ihrer Mutter, die alles für sie aufgeben würde, und es war ihr zuwider, sie so zu kränken.

Johann nickte nachdenklich. Seine Brust hob und senkte sich, und in ihm tobte die Enttäuschung. Er liebte diese junge Frau und wusste nicht, was ihn mehr ernüchterte: der Gedanke, dass sie ihn jahrelang belogen hatte, oder die Tatsache, dass sie glaubte, das Schicksal ihrer Mutter hätte seine Liebe zu ihr geschmälert. Die Gesellschaft würde sich ohnehin den Mund über das Paar zerreißen, gleichgültig, woher Ebba kam. In den Augen der höheren Gesellschaft war sie eines Gutsbesitzers nicht würdig, und die Dienerschaft würde ihre Liebe zu ihm als skandalös betrachten. Er erinnerte sich an die Dekadenz seiner Mutter und die Gleichgültigkeit, die sie für ärmere Menschen empfunden hatte. Er ging noch einmal in sich, um sich seiner Wahl sicher zu sein. Doch sosehr er auch überlegte, ein Leben ohne Ebba stand für ihn nicht zur Debatte. Es dauerte eine Weile, Minuten beißender Stille, in denen Johann schweigend auf seine verschränkten Hände blickte. Dann seufzte er. »Frau Nilsson, ich kann nicht leugnen, dass ich enttäuscht bin. Doch Ebbas Herkunft ist mir gleichgültig. Mich stört eher das mangelnde Vertrauen in mich.« Er schluckte hörbar, starrte wieder vor sich hin, bis er endlich seine Geliebte ansah. In ihren Augen schimmerten Tränen. »Ihre Tochter ist belesen, fleißig und demütig. Was könnte man als Mann mehr wollen. Ich wünschte nur, Ebba hätte mir von Beginn an die Wahrheit gesagt.«

Ebba zog den Kopf zwischen die Schultern und wich mit tränennassen Augen seinem Blick aus.

»Dein Vater wird nicht so denken«, fuhr Erna mit fester Stimme fort. Die Geschichte hatte sie gelehrt, auf Sentimentalitäten zu verzichten und die kalte Wahrheit zu akzeptieren. Diese zwei Welten passten nicht zueinander.

»Und wenn schon. Dann muss er sich an den Gedanken gewöhnen. Die Zeiten ändern sich. Der Adel hat längst nicht mehr die Bedeutung von einst.« Johann schüttelte den Kopf. »Ich stehe zu Ebba.«

»Ha!« Erna lächelte bitter. »Wenn du wüsstest, wie gut ich diesen Satz kenne.« Sie ergriff Johanns Hand, eine eigentümliche Geste, die den jungen Mann verwirrte. »Verzeih meine Offenheit, aber ich glaube, du siehst das zu naiv. Auch ich war einmal so alt wie du, und, oh mein Gott, was war ich blauäugig und dumm. Hör mir zu. Dein Vater könnte dich enterben, mit gutem Recht.« Johann zuckte mit den Schultern. »Du wirst in den Krieg ziehen und Ebba zurücklassen. Der Krieg wird dich verändern.

Und was, wenn du …« Erna stockte, wusste aber, dass sie die Wahrheit aussprechen musste. »Viele junge Männer sind im letzten Krieg gefallen. Was würde dann aus Ebba?«

»Ich lasse mir etwas einfallen. Sie kennen meinen Vater nicht. Er ist ein guter Mensch.« Johann nickte, als müsste er sich selbst von seinen Worten überzeugen.

»Das mag ja sein. Aber Frau Silbermann kann mich nicht mehr bezahlen. Ich kann nicht hierbleiben und muss mich zum Freiwilligendienst im Lazarett melden. Verstehst du? Ich werde nicht da sein. Ich hatte vor, Ebba mitzunehmen, aber nun wird daraus wohl nichts.«

Ebba schluchzte auf. Die ganze Zeit über hatte sie geschwiegen. Sie wusste von den Plänen ihrer Mutter, doch nun, da alles so unverblümt ausgesprochen wurde, packte sie die Angst. Ihre Mutter war immer an ihrer Seite gewesen. Sie konnte sich ein Leben ohne sie und ohne Johann nicht vorstellen.

Erna schüttelte verärgert den Kopf, legte dann aber besänftigend die Hand auf Ebbas Haar. »Beruhige dich. Du bist doch kein kleines Kind mehr. Schließlich wirst du Mutter. Du schaffst das. Es wird nicht einfach, aber das hättet ihr vorher bedenken müssen. Man kann viel ertragen, mein Kind.«

Ebba zog ein Taschentuch aus ihrer Schürze und wischte sich das Gesicht trocken. Unsicher musterte sie Johann. Würde er tatsächlich bei ihr bleiben? Sie heiraten? Dann betrachtete sie wehmütig ihre Mutter, diese starke Frau, die ihr Leben lang gestrampelt hatte, um ihren Kopf über Wasser zu halten. Obwohl sie noch jung war, lagen tiefe Falten um ihre Augen. Sie sah müde und abgekämpft aus.

Ebba stellte sich ihre Mutter als junge, schwangere Frau vor. Sie hatte einst die gleichen Träume und große Zukunftspläne gehabt und war von der Wirklichkeit überrumpelt worden.

22

Gut von Bergen, nahe Cranz, Ostpreußen, März 1940

Alfred von Bergen war sprachlos, als er die junge Dame, adrett zurechtgemacht, jedoch zweifellos in Erwartung eines Kindes, vor sich stehen sah. Aus ihrem Gesicht war alle Farbe gewichen, und die vibrierenden Lippen ließen eine hohe Anspannung vermuten.

»Vater, ich bin gekommen, um dir heute etwas zu gestehen.«

Alfred wandte seinem Sohn und der jungen Frau den Rücken zu, allem Anschein nach, um seinen Ärger vor ihren Augen zu verbergen, und blickte aus dem Fenster des Salons.

»Ich hoffe, du verstehst, dass es für mich nicht möglich war, Ebba einfach im Stich zu lassen, nachdem du ihr und ihrer Mutter das Zimmer zur Verfügung gestellt hast. Wir sind dir dafür sehr dankbar.« Johann vernahm ein verächtliches Schnauben und sah Ebba neben sich zusammenzucken. »Vater, ich bitte dich. Das Kind, das in Ebba heranwächst, ist dein Enkelkind. Ich möchte nicht, wie du sicherlich verstehen wirst, dass mein Sohn oder meine Tochter in höchst ärmlichen Verhältnissen leben muss. Ich habe heute die Einberufung erhalten und keinen anderen Ausweg gesehen, als dich erneut um Unterstützung zu bitten und an dein gutes Herz zu appellieren.«

Alfred drehte sich schlagartig um und musterte seinen Sohn mit einer Mischung aus Besorgnis und Wut. »Du bist einberufen worden?«

»Ja, Vater. Heute Morgen.«

»Ist es also so weit.« Alfred hob den Blick und musterte Ebba eingehend. Er hatte sie damals, als die Liaison aufgekommen war, kurz zu Gesicht bekommen, doch musste er zweifellos feststellen, dass sie sich sehr zu ihrem Vorteil entwickelt hatte, auch wenn er schon beim ersten Treffen eine gewisse Sympathie für die junge Frau gehegt hatte. »Beruhigen Sie sich, junge Frau. In Ihrem Zustand ist Aufregung nicht gut«, sagte er zu Ebba, die unter seinen prüfenden Augen zu zittern begonnen hatte und gegen aufsteigende Tränen ankämpfte.

Johann lächelte. Das Eis war gebrochen, auch wenn gewiss eine Schelte unter vier Augen folgen würde. Dietrich hatte recht behalten. Herr von Bergen würde seinem Sohn eine Szene vor den Augen Ebbas ersparen.

»Die Welt verändert sich, wie wahr, wie wahr«, sagte Alfred von Bergen. »Was wir heute noch haben, kann morgen schon verloren sein.« Nach einer kurzen Pause fuhr er fort. »Ich möchte hier keine falschen Tatsachen vortäuschen. Meine Gattin, Gott hab sie selig, würde sich, wenn sie es wüsste, vor Entsetzen im Grabe umdrehen. Es ist unentschuldbar, dass du mein Vertrauen missbraucht hast, und ich bin zutiefst enttäuscht.« Johann holte zu einer Erwiderung aus, die sein Vater mit einer eindeutigen Handbewegung untersagte. »Dennoch. Wir befinden uns im Krieg. Gott helfe, dass wir dich gesund wiedersehen. Ich werde nicht im Streit mit dir auseinandergehen und dieses Kind ...

Es ist wohl überflüssig, dich im Nachhinein für deine Unachtsamkeit zu schelten. Mir ist klar, was dir am Herzen liegt, und ich bin gewillt, dir diesen Wunsch zu erfüllen.« Er wandte sich Ebba zu. »Ich werde Sie weiterhin finanziell unterstützen. Es muss allerdings niemand wissen, dass sie ein Kind erwarten.«

»Nein.« Johanns Antwort kam spontan und ohne Zögern.

»Was soll das heißen, mein Sohn? Ihr wollt mein Geld nicht?«

»Frau Erna, Ebbas Mutter hat sich freiwillig als Krankenschwester gemeldet. Ebba wäre in der Stadtwohnung ganz allein, Vater.«

»Worauf willst du hinaus?«

Johann zögerte kurz. Er schätzte sein gutes Verhältnis zu seinem Vater, doch er wusste, dass er es mit seiner Bitte aufs Spiel setzte. »Ich möchte, dass Ebba zu uns auf das Gut zieht.«

Alfred stieß einen unkontrollierten Schreckenslaut aus und starrte seinen Sohn an. »Wie bitte? Das kann nicht dein Ernst sein.«

»Doch, Vater. Es ist mein voller Ernst.«

»Aber das ist doch unmöglich. Alle würden von eurem Verhältnis erfahren. Das Umfeld würde diese Beziehung zwischen euch beiden niemals gutheißen, kurz gesagt als skandalös bezeichnen. Man wird sich hüten, dich, den Spross eines einstigen Adelsgeschlechtes, in Begleitung einer Dienstmagd einzuladen, und es ist nur zu hoffen, dass diese Beziehung nicht von beruflichem Nachteil für dich sein wird.«

»Du weißt, dass mir das Umfeld gleichgültig ist. Ebba ist nicht bloß irgendein Verhältnis. Wir werden heiraten.«

»Was?« Es war zu viel des Guten. Alfred von Bergen tat einen Schritt zurück und sah seinen Sohn mit Entsetzen an. »Johann, wie kannst du nur?«

»Du meinst, zu meiner Liebe und meiner Verpflichtung stehen?«

Alfred schüttelte den Kopf und wich dem entschlossenen Blick seines Sohnes aus. »Geht! Lasst mich allein! Ich muss nachdenken.« Die Worte klangen barsch und kühl.

Ebba stand hilflos mit tränenfeuchten Augen neben Johann. Der nickte und zog sie sanft aus dem Raum. Als er die Flügeltür hinter sich schloss, brach sie in Schluchzen aus.

»Er hat kaum ein Wort mit mir gesprochen.«

»Mach dir keine Sorgen, Liebste. Gib ihm etwas Zeit. Es war ziemlich viel auf einmal. Du musst ihn verstehen. Mutters Tod, meine Einberufung, unsere Beziehung und plötzlich ein Enkelkind. Man braucht schon einen guten Magen, um das zu verdauen.«

»Du hättest viel früher mit ihm sprechen sollen.«

Johann nickte schuldbewusst. Er wusste, es machte auf Ebba den Eindruck, als hätte er sich ihrer geschämt.

»Es tut mir leid, du hast recht.« Er zog sie an sich und schloss sie in seine Arme. Ihr Haar duftete nach Seife, ebenso wie ihre frisch gewaschene Kleidung. Seine Liebe zu ihr wurde noch größer, als ihm bewusst wurde, wie sehr Ebba sich bemüht hatte, einen guten Eindruck bei Alfred von Bergen zu hinterlassen. Noch während er sie eng umschlungen hielt, öffnete sich die Flügeltür, und Johanns Vater musterte das Paar.

Die Strenge war aus seinem Blick gewichen, und er bedeutete ihnen, noch einmal einzutreten. Er räusperte sich und fixierte die junge Frau mit einem mitleidigen Blick, als er ihre feuchten Augen sah. »Es tut mir leid, Fräulein Ebba. Mein Benehmen ließ etwas zu wünschen übrig. Ich hätte Ihnen gerne diese Szene erspart, hätte mein Sohn mich darauf vorbereitet. Wie geht es Ihnen?«

Ebba zog überrascht die Augenbrauen hoch und lächelte zaghaft. »Vielen Dank, Herr von Bergen, ich bin wohlauf.«

»Wissen Sie, ich habe mich eben an eine Szene aus meiner Jugend erinnert, in der ich der unerwünschte Gast war, und zwar im Hause meiner Schwiegereltern. Ich kann also gut nachfühlen, wie es Ihnen im Moment geht.«

»Tatsächlich? Wie das?« Ebba war so verblüfft von der Offenbarung, dass ihr die Frage einfach über die Lippen gerutscht war.

Alfred lächelte bitter und nickte. »Meine Frau stammte von einem Adelsgeschlecht ab, und ich war eben nur der wohlhabende Nachkomme eines Gutsbesitzers.« Er atmete tief aus und sah von Ebba zu seinem Sohn. Schließlich nickte er. »Also gut. Sie können auf dem Gut einziehen. Allerdings bestehe ich darauf, dass Sie und Ihr Kind im Dienstbotentrakt wohnen.«

Ebba schenkte dem Grafen einen dankbaren Blick, während die Anspannung endlich von ihr abfiel.

»Denken Sie nur nicht, dass es einfach wird. Auch die Dienerschaft meines Hauses wird die Beziehung zu meinem Sohn als Skandal betrachten. Ein uneheliches Kind mit dem Sohn des Hausherrn.«

»Wenn du einverstanden bist, Vater, werde ich Ebba noch vor meinem Aufbruch heiraten. Mein Kind soll einen rechtmäßigen Vater haben. Schnelle Eheschließungen sind in diesen Tagen keine Seltenheit.«

Alfred hob das Kinn. »Du erfragst nicht wirklich meine Erlaubnis?«

»Ich könnte mit gutem Gewissen in den Krieg ziehen, und ja, Vater, ich bitte dich um Erlaubnis.«

Der Graf strich mit Zeigefinger und Daumen über sein Kinn. »Ich bin nicht gewillt, der jungen Dame mein Gut zu vererben, im Falle deines …« Er konnte die Worte nicht über seine Lippen bringen und schüttelte den Kopf.

»Nein. Natürlich nicht. Sollte ich fallen, bitte ich dich nur, für mein Kind und meine Frau zu sorgen. Es soll ihnen gut gehen.«

Alfred von Bergen seufzte. »Du verlangst viel von mir. Zu viel an einem Tag.«

Johann nickte. »Ja, Vater. Doch wer weiß, wie viele Tage ich noch habe.«

Der Graf setzte zu einer Erwiderung an, schwieg aber, da ihm bewusst wurde, dass Johann die Wahrheit ausgesprochen hatte, die er nicht hören wollte. »So soll es denn sein, mein Junge. Du solltest jedoch mit mehr Selbstvertrauen in den Kampf ziehen. Ich bin zuversichtlich, dass du wohlbehalten zurückkommst.«

* * *

Die Trauung musste so schnell wie möglich stattfinden. Da seine Schwestern sich nicht in der Lage sahen, so kurzfristig anzureisen, hatte sich Johann die Teilnahme der Dienerschaft gewünscht, was zu einer großen Aufregung unter den Angestellten führte. Man hatte nichts Passendes anzuziehen, und in der kurzen Zeit war kaum eine große Hochzeitstafel mit erlesenen Speisen zu arrangieren. Johann sah das, im Gegensatz zu dem Hausdiener Dietrich, mit Gelassenheit. Er bevorzugte einen bescheiden gedeckten Tisch in Zeiten des Krieges und legte keinen Wert auf die Garderobe der Dienerschaft. Dennoch herrschte in den Tagen vor dem Fest Chaos im Untergeschoss.

Obwohl Alfred von Bergen Gewissheit hatte, dass seine verstorbene Ehefrau die Ehe nicht gebilligt hätte, sprang er über seinen Schatten, wählte eines ihrer teuren Kleider aus dem Schrank und ließ Ebba rufen. »Wird Ihre Mutter zu der Hochzeit kommen?«, fragte er.

Ebba stand mit hochrotem Kopf und demütig gebeugter Haltung vor dem Hausherrn. Als er sie zu sich gebeten hatte – allein, ohne ihren zukünftigen Gatten, hatten die Haushälterin und die Küchenmagd sie mit einem gehässigen Grinsen bedacht. Sie wusste, dass über sie geredet wurde und man ihr das Glück nicht nur missgönnte, das Gesinde des Hauses fand die Verbindung schlichtweg unschicklich. Einzig Dietrich und seine Frau Helga akzeptierten die junge Frau und setzten sich für sie ein. Dietrich betonte, dass der junge Herr seine Wahl bewusst getroffen habe, und das bereits vor vielen Jahren. Ebba war aus hartem

Holz geschnitzt, ließ sich nicht beirren, blieb bescheiden und demütig und dankte dem Personal bei jeder Gelegenheit für die ihr entgegengebrachte Freundlichkeit.

»Ja, Herr von Bergen, wenn es Ihnen recht ist, wird meine Mutter zur Hochzeit erscheinen.« Sie überlegte bei jedem Satz, wählte die Worte mit Bedacht und bemühte sich, die Sprache des Hausherrn zu imitieren.

»Hast du dir überlegt, was du zu der Vermählung tragen wirst?«

Ebba hob den Blick. Ihre Wangen schimmerten rot, doch sie versuchte, ihre Aufregung zu verbergen. Natürlich hatte sie keine passende Garderobe, eigentlich wusste ihr zukünftiger Schwiegervater das, und sie grübelte über den Beweggrund der Frage nach. Schließlich räusperte sie sich und stieß einen kaum hörbaren Seufzer aus. »Nein, Herr Graf, ich habe nur mein Sonntagskleid. Aber meine Mutter ist eine gute Näherin und hat sich angeboten, das Kleid heute noch etwas umzuändern.«

Alfred von Bergen nickte, wandte sich um und hob den Kleiderbügel mit dem bodenlangen Seidenkleid seiner verstorbenen Gattin hoch. Ebbas Augen weiteten sich. Er ging einige Schritte auf die junge Frau zu und legte das Kleid an ihren Körper. »Es müsste passen, wenn Ihre Mutter einige Änderungen vornehmen würde, wäre es gewiss einwandfrei. Ich wünsche, dass die Frau meines Sohnes angemessen gekleidet ist. Es ist beschämend genug, dass mein Sohn und Sie mich jahrelang belogen haben.«

»Natürlich«, flüsterte Ebba. Sie berührte sachte den hellblau schimmernden Stoff, fuhr vorsichtig über den perlenbestickten Kragen und die Seidenschleife, die unter der

Brust gebunden werden und ihren kleinen Bauch problemlos kaschieren würde. Der Ausschnitt war dezent, wie es sich für ein Brautkleid gehörte, und mit einigen Kniffen könnte das Schultertuch, das ebenfalls über dem Bügel hing, zu einem Schleier umgeändert werden. Noch nie hatte Ebba ein prachtvolleres Kleidungsstück angefasst. Der Stoff glitt durch ihre Finger und schmiegte sich angenehm an ihre Haut. Fassungslos senkte die junge Frau den Kopf. Sie hätte kein Entgegenkommen, schon gar nicht ein so großzügiges Angebot erwartet. Ihr stiegen Tränen in die Augen, und sie bemühte sich, den Kloß in ihrem Hals loszuwerden, um endlich auf respektvolle Art etwas erwidern zu können. »Herr von Bergen, wie kann ich Ihnen nur danken, Ihre Großzügigkeit, dieses wundervolle Kleid. Ich weiß nicht, ob ...«

Er hob gebieterisch die Hand. »Das können Sie. Nehmen Sie es an, aber seien Sie sich dessen sicher, dass ich das in erster Linie für meinen Sohn tue und um unserem Hause weiteren Klatsch zu ersparen.«

»Natürlich.« Beschämt wich Ebba dem Blick des älteren Herrn aus.

»Ich meine das nicht abwertend, Sie sind gewiss eine fleißige Person, doch meine Frau hätte diese Hochzeit mit allen Mitteln zu verhindern gewusst, und mich plagt insgeheim das Gefühl, etwas hinter ihrem Rücken zu tun. Doch ich ...« Er stockte. »... ich bin mir bewusst, dass mein Sohn Sie liebt, Ebba. Meine Frau und ihre Familie waren damals eher an meinem Geld interessiert. Liebe spielte keine Rolle.«

»Ja, aber, ich dachte ...«

»Sie meinen, wegen des ›von‹ im Namen. In den Jahren der Wirtschaftskrise haben viele Familien von hohem Stand ihr gesamtes Vermögen verloren. Ebenso die Eltern meiner verstorbenen Gattin.« Alfred sah zur Decke und lächelte. »Mein Schwiegervater hatte sein ganzes Vermögen in ein amerikanisches Unternehmen gesteckt. In ein einziges. Eine Dummheit, die er bitter bezahlen musste. Die amerikanische Börse brach zusammen, und die Familie verlor nahezu alles.«

Ebba nickte schüchtern, wagte aber nicht, etwas zu erwidern.

Alfred schüttelte bedauernd den Kopf. Er war wohl etwas ausgeufert in seinen Erklärungen, die für diese junge Dame weit über ihrem Bildungsniveau lagen. »Entschuldigen Sie, natürlich können Sie das nicht wissen. In Amerika …«

»… gab es 1929 einen Börsenkrach, der zu der großen Wirtschaftskrise in Europa führte. Doch, ich habe davon gelesen, Herr von Bergen.« Sie schwieg verlegen, aber aber den sprachlosen Gesichtsausdruck ihres Gegenübers.

»Ich bin beeindruckt, Fräulein Ebba. Nun weiß ich auch, was mein Sohn an Ihnen findet. Sie hatten wohl eine gute Lehrerin.«

»Meine Mutter. Sie ist vernarrt in Bücher und Zeitungen. Das hat sie mir wohl vererbt.«

Er nickte zufrieden und wandte sich ab.

* * *

Die ehemalige Kammerzofe Frau von Bergens, Karls Mutter Helga, steckte die letzte Nadel in Ebbas Haar, strich den Schleier zurecht und betrachtete die Braut zufrieden im Spiegel. Johann hatte sein Zimmer bereits für das Eheleben vorbereitet, auch wenn sein Vater weiterhin darauf bestand, dass Ebba im Untergeschoss bei den Bediensteten leben sollte. Solange er hier war, durfte sie zumindest während des Tages sein Zimmer nützen.

»Sie sehen hinreißend aus, wenn ich das sagen darf, Fräulein Nilsson.«

Ebba blickte die Kammerzofe verwirrt an. »Ähm, mir wäre es doch sehr recht, wenn Sie mich weiterhin Ebba nennen würden, Helga.«

Die Frau schüttelte den Kopf und legte die restlichen Haarnadeln auf die Frisierkommode, die Johann für Ebba in sein Zimmer hatte bringen lassen. »Sie werden die Gattin des jungen Herrn sein, Fräulein Nilsson. Damit werden Sie zu meiner Vorgesetzten. Diese höfliche Anrede steht Ihnen zu, und ich werde Sie natürlich auch so nennen.«

Ebba senkte beschämt den Blick. »Ich bin doch keine Dame der oberen Gesellschaft. Ich war eine Küchenmagd, nicht mehr.«

»Es spielt keine Rolle, was Sie waren. Der junge Herr hat Sie ausgewählt. Nehmen Sie die gehässigen Kommentare vom Personal nicht so wichtig. Die Dienerschaft wird sich an die Situation gewöhnen, und ich werde sie immer wieder darauf aufmerksam machen, dass Neid eine Sünde ist und sie ihren Arbeitsplatz auch Ihrem Auftauchen zu verdanken haben.«

»Bitte tun Sie das nicht.«

Helga schüttelte mit einem sanften Lächeln den Kopf. »Seien Sie stolz. Sie werden eine gute Herrin werden. Jetzt, wo Herr von Bergen seine Gattin verloren hat, wird er bald froh sein, Sie als Schwiegertochter an seiner Seite zu haben.«

»Was macht Sie so sicher?« Ebba musterte die Kammerzofe mit neugierigem Blick.

»Sie haben die andere Seite kennengelernt, was könnte Sie noch erschüttern?« Helga lächelte voller Zuversicht.

»Wie gut Sie zu mir sind. Sie und Ihr Mann Dietrich haben mich von Anfang an mit Respekt behandelt. Ich danke Ihnen dafür.«

Helga nickte und besah zufrieden die Braut. »Karl schätzt sie sehr. Er hat viel über Sie erzählt.«

Ebba lächelte wissend. »Ja, sie sind sehr gute Freunde, Johann und Karl. Und nun müssen beide an die Front.« Sie seufzte. »Ich hoffe so sehr, dass Johann gesund zurückkommt. Ich will ihn nicht verlieren.« Sie strich über den seidenweichen Stoff ihres Kleides. »All das gehört mir nicht, und wenn er im Kampf fällt, dann ...«

»Nein, ich bitte Sie, Fräulein Nilsson. Es bringt Unglück, so etwas zu sagen. Wir werden Karl ziehen lassen, wie es alle Mütter und Väter tun, und wir wollen daran glauben, dass er wohlbehalten zurückkommt.«

Die junge Braut wandte sich der Kammerzofe zu, nahm sie an den Händen und schenkte ihr einen vertrauensvollen Blick. »Ja, natürlich. Das wollen wir.«

»Außerdem ...«, setzte Helga an.

»Ja?«

»Außerdem erwarte auch ich ein Kind.«

Ebbas Mund klappte auf. Sie betrachtete Helga ein wenig verstört. Diese war etwa so alt wie ihre Mutter. In diesem Alter noch ein Kind zu bekommen war ungewöhnlich.

Die Kammerzofe errötete. »Es kam ziemlich überraschend. Eigentlich wollten Dietrich und ich immer viele Kinder, doch wir haben uns damit abgefunden, dass Gott uns nur einen Sohn geschenkt hat. Und jetzt schließlich ...«

»Aber das ist doch fantastisch, Helga. Unsere Kinder werden gemeinsam aufwachsen – wie Karl und Johann.«

»Ja«, sagte Helga, und ihr Gesicht bekam einen weichen, liebevollen Ausdruck.

»Das ist gut«, murmelte Ebba und seufzte glücklich, als es an der Tür klopfte. Neugierig wandten sich die beiden Frauen um.

»Herr von Bergen!«, rief Helga verwundert aus.

»Ja, ich weiß, ich sollte mich von der hübschen Braut überraschen lassen«, sagte er lächelnd, »aber ich hätte noch ein kleines Geschenk für meine Schwiegertochter. Würden Sie uns entschuldigen, Helga?«

Die Kammerzofe nickte und verließ den Raum.

»Sie sehen sehr hübsch aus«, sagte Herr von Bergen. Ebba senkte verlegen den Kopf. »Ich habe etwas für Sie. Es ist ein Erbstück meiner Frau. Es gehörte ihrer Mutter, und nun soll es Ihnen gehören.« Vorsichtig wickelte er ein Bernsteincollier aus einem Seidentuch.

Ebba sog hörbar die Luft ein, als sie das Schmuckstück sah, und strich voller Ehrfurcht über die honiggelben Steine. »Es ist wunderschön.«

Alfred von Bergen lächelte zufrieden und bedeutete ihr, sich umzudrehen.

Als das Collier um ihren Hals lag, traten der jungen Braut Tränen in ihre Augen. »Ich danke Ihnen«, flüsterte sie.

Johanns Vater nickte, verschränkte etwas verlegen die Hände und betrachtete das Collier im Spiegel. »Es steht Ihnen gut. Es stammt aus Palmnicken. Dort wird von jeher Bernstein verarbeitet. Seit drei Generationen ist das Schmuckstück nun in Familienbesitz. Ich hoffe, Sie tragen es mit Stolz.« Bei diesen Worten berührte er Ebba freundschaftlich an der Schulter und verließ den Raum.

In diesen turbulenten Zeiten so kurzfristig einen Fotografen zu engagieren war schwierig, und dennoch hatte der Graf alles in Bewegung gesetzt, um einen zu finden. Ein junger, gut gekleideter Herr mit Kamera und Ausrüstung befand sich unter der Hochzeitsgesellschaft und maß mit kundigem Auge die Lichtverhältnisse für eine schöne Fotografie in prachtvollem Ambiente. Alfred von Bergen stand mit gefasster Miene vor der ersten Reihe der Kapelle, deren Bänke bis auf den letzten Platz besetzt waren. Ebbas Mutter Erna hielt sich demütig im Hintergrund, während Alfreds Blick an ihr haften blieb und er sie mit Neugierde musterte. Sie hatte das Kleid seiner Frau in ein entzückendes Modell für Ebba umgewandelt, und es sah in Kombination mit dem Schleier aus wie aus einer aktuellen Modezeitschrift. Alfred zwinkerte zufrieden, als er seine zukünftige Schwiegertochter den Gang entlangschreiten sah, und vergaß für einige Sekunden seinen Ärger und seine Kränkung. Die Dienerschaft war herausgeputzt und nahm mit neidvollen Blicken an der Trauung teil.

Ebba ging mit klopfendem Herzen ihrem Bräutigam entgegen, der sie mit den verliebten Augen eines Vierzehnjährigen anschaute. Dietrich hatte sich nach anfänglichem Einspruch bereit erklärt, die Braut zum Altar zu führen. Eine sehr ungewöhnliche Situation, dennoch war es der ausdrückliche Wunsch Johanns gewesen, der in Dietrich einen seiner ältesten Vertrauten sah. Über Ebbas Vater wurde nicht gesprochen. Sie hatten sich darauf geeinigt, die wahre Geschichte zu verheimlichen und ihn wieder zu einem Gefallenen des Großen Krieges zu machen, und hatten damit nebenbei Ernas Ehre gerettet.

Als Johann vorsichtig den Schleier seiner Braut anhob, entdeckte er das Collier seiner Mutter. Sein Blick wanderte zu seinem Vater, der ihm zufrieden zunickte. Er sah in die vertrauten Augen seiner zukünftigen Frau, und alle Zweifel, die ihn bis zuletzt beschlichen hatten, verflogen. Sie würde eine wundervolle Gattin und Mutter sein, ob mit oder ohne Titel, das Gut mit Geschick und Güte durch den Krieg führen und seinem Vater auch ohne seine Anwesenheit tatkräftig zur Seite stehen.

23

Kaliningrad, Russland, März 2015

Als sie aus dem Flughafengebäude trat, rieb sich Inga verschlafen die Augen. Ein eisiger Wind fuhr ihr durchs Haar. Sie hob den Kopf, um die dämmrige Umgebung zu begutachten. Kurz entschlossen stieg sie in ein wartendes Taxi und ließ sich ins Zentrum der Stadt bringen. Sie blätterte in dem deutschsprachigen Reiseführer ihres Großvaters, der allerdings aus den Neunzigerjahren stammte. Während der Wagen durch die noch schlafenden Vorstädte kurvte, musterte der Fahrer seinen Gast und dessen Lektüre im Rückspiegel.

»Sind Sie Deutsche?«

Inga hob den Blick. Nach allem, was sie über die Verbrechen der Nazis in Russland gelesen hatte, fühlte sie sich plötzlich unwohl, fast ein bisschen schuldig. »Nein, ich bin Schwedin. Aber mein Großvater ist Deutscher, und ich habe Deutsch studiert. Daher kann ich die Sprache. Wie kommt es, dass Sie Deutsch sprechen?«

»Ach, nicht gut. Mein Freund kann Deutsch. Er macht Führungen auf Deutsch, *you know? Tourist guide.*«

»Ach? Das ist ja interessant.«

Der Taxifahrer lächelte und nickte ihr zu. »Sind Sie das erste Mal in der Stadt?«

Inga bejahte.

»War früher schön. Heute ist die Altstadt nicht mehr da ...«

Inga stutzte und musterte den Fahrer mit Skepsis. Sie wandte den Blick aus dem Fenster, wo sich zwischen graue Plattenbauten hin und wieder alte, verfallene Backsteingebäude drängten, die zweifellos aus der deutschen Zeit der Stadtgeschichte stammten und im krassen Gegensatz zu der trostlosen kommunistischen Bauweise standen. Inga kannte die schlichten, farblosen Betonbauten, die jeglichen Klassenunterschied verbergen sollten, von ihren Reisen nach Ostdeutschland in den frühen Neunzigerjahren. Sie verkrampfte sich, als sie in banger Erwartung auf das Zentrum zufuhren. Sie kramte die alte Postkarte heraus, auf der das damals noch deutsche Königsberg in seiner atemberaubenden Schönheit erstrahlte. Vor einem Dom in altdeutscher Backsteingotik standen, aufgereiht wie Puppenhäuschen, malerische Fachwerkbauten mit geschwungenen Giebeldächern, die sich an das Ufer des Pregels schmiegten. Der Taxifahrer hielt vor dem Hotel und reichte Inga eine Visitenkarte mit dem Namen seines Freundes. Guter Geschäftsmann, dachte Inga und lächelte dem Taxifahrer zufrieden zu. Sie wollte nicht von vornherein ausschließen, eine Stadtführung zu machen. Vielleicht war das sogar eine gute Idee, um sich auf die Stadt und deren Geschichte einzustimmen. Fremdenführer wussten meist gut über die Vergangenheit einer Stadt Bescheid. Sie nahm die Karte, zahlte und stieg aus.

Inga wusste selbst nicht, warum sie trotz ansprechender Website ein typisch östlich geprägtes Haus erwartet hatte. Entgegen ihren Erwartungen war es ebenso hübsch wie auf den Abbildungen im Internet. Die Straßenbeleuchtung spiegelte sich auf den nassen Pflastersteinen vor dem Hotel, das mit seinem Fachwerkstil sehr an das alte Königsberg erinnerte. Obwohl es etwas kostspieliger als die anderen Unterkünfte in Kaliningrad war, hatte sich Inga für dieses Hotel entschieden, das ganz in der Nähe des noch erhaltenen Doms direkt am Ufer des Pregels stand. Auch die Innenausstattung zeugte von gutem Geschmack. In dem Bemühen, Historisches zu erhalten, wirkte es allerdings teilweise etwas überladen, wie Inga fand.

Eine lächelnde Dame empfing sie und begrüßte sie freundlich in tadellosem Englisch. Inga nahm den Schlüssel entgegen und begab sich auf ihr Zimmer. Die kleinen Fenster eröffneten einen Blick auf die beleuchtete Stadt. Inga kniff die Augen zusammen und verharrte einen Moment vor der Aussicht. Rechts auf der kleinen Flussinsel lag der hell erleuchtete Dom, auf dem gegenüberliegenden Ufer standen hässliche Plattenbauten sowie moderne Hochhäuser, die aussahen, als würden sie dem antiken Gebäude auf der Insel frech ins Gesicht lachen. Es hatte den Anschein, als wären die Häuser, eines von ihnen Ingas Hotel, die einzigen hübschen Gebäude in der näheren Umgebung. Sie wirkten verloren und unpassend mit ihrer deutschen Architektur, den alten roten Ziegeldächern und dem Fachwerk. Inga ließ sich nach einer heißen Dusche auf ihr Bett fallen und hob den dicken Ordner, in dem sie alle Erinnerungen ihres Großvaters gesammelt hatte, aus ihrem Koffer. Ehrfurchtsvoll strich sie über die alten Fotografien und Postkarten und holte ein beschriebenes Blatt heraus, auf dem sie in Kleinstarbeit mit ihrer Mutter und Magnus sämtliche Namen von den Fotos und Briefen, die sie bisher zu Gesicht bekommen hatten, aufgeschrieben hatte. Ganz oben auf der Liste standen die Namen Dietrich und Helga Sokolow, Kalles Eltern und somit Ingas Urgroßeltern. Inga zog das alte Bild der Dienerschaft hervor und betrachtete die besagten zwei Personen. Sie waren damals – die Fotografie stammte aus dem Jahr 1929 – um die dreißig gewesen, schätzte Inga. Die beiden konnten also unmöglich noch am Leben sein. Doch irgendwelche Nachkommen der Familie wohnten möglicherweise noch im Land.

Und dann war da noch die rätselhafte Martha Sokolowa, deren Namen Kalle unter größter Anstrengung eines Nachts auf einen Zettel gekritzelt hatte. Die Frau musste auf irgendeine – wenn auch entfernte – Art mit ihm verwandt sein. Wo sollte Inga beginnen? Es war ein schwieriges Unterfangen, in einem unbekannten Land, dessen Sprache sie nicht beherrschte, nach längst vergessenen Schicksalen zu suchen. Inga fuhr mit dem Zeigefinger die Liste entlang und hielt plötzlich bei einem Namen inne: *Ebba Nilsson, verheiratete von Bergen, Frau des jungen Grafen Johann.* Sie hob den Blick und sprach den Namen einige Male vor sich hin. Inga und Magnus hatten ihn von einer Glückwunschkarte abgeschrieben, auf der dem frisch vermählten Ehepaar gratuliert worden war. Fotografien von Ebba Nilsson hatten sie bisher noch keine gefunden. Möglicherweise befand sich noch etwas in der versperrten Kiste. Inga kratzte sich nachdenklich an der Stirn. Ebba Nilsson – das war eindeutig ein schwedischer Name. Aber da war noch etwas anderes. Sie kannte ihn, hatte ihn schon einmal gehört, doch sie wusste weder wo noch wann. Vielleicht spielte ihr auch nur ihre Fantasie einen Streich. Nilsson war nun wirklich kein seltener Name in Schweden, Ebba hingegen war in ihrer Kindheit nicht modern gewesen. Sie konnte sich an keine Schulfreundin erinnern, die so hieß.

Inga zuckte mit den Schultern. Sie blätterte ihre Aufzeichnungen durch und las ein bisschen im Reiseführer, bis sie schließlich, erschöpft von der langen Reise, in einen tiefen Schlaf fiel.

* * *

Das neunjährige Mädchen schlüpfte unter die Treppe, wo ein Schuhregal angebracht war, und zwängte sich in den Spalt zwischen dem Möbelstück und der Wand. So konnte sie im Vorbeigehen niemand sehen. Schon oft hatte sie sich hier versteckt und ihre Mutter zur Weißglut gebracht. Sie kaute an ihrer Lakritzstange und lauschte den aufgebrachten Stimmen, die aus dem Wohnzimmer nebenan kamen. Opa und Oma hatten Streit. Das kam nicht oft vor, und niemals geschah es vor den Ohren der Kinder. Gerade deshalb war es so spannend. Inga wollte wissen, worum es ging, worüber sich Erwachsene stritten, obwohl sie sich dessen bewusst war, dass Oma und Opa es nicht schätzten, ohne ihr Wissen belauscht zu werden. Sie spitzte die Ohren. Opas Stimme war ruhig, doch Oma war aufgebracht. Sie hörte ihre Schritte. Sie lief im Zimmer auf und ab, während sie vor sich hin schimpfte.

»Sag mir sofort ihren Namen. Ich möchte wissen, wie sie hieß.«

»Nun beruhige dich doch, Liebes. Es spielt doch keine Rolle. Sie ist schon lange tot.« Opas Stimme klang besorgt.

Inga schob den Rest der Lakritzstange in ihren Mund und kramte in ihrer Süßigkeitentüte, die sie jeden Samstag von Oma bekam.

Nun wurde Omas Stimme ruhiger. »Warum hast du mir das alles verschwiegen? Ich kann das einfach nicht verstehen. Bitte sag mir, wie sie hieß.«

Opa schwieg einen Augenblick, seufzte und erwiderte schließlich: »Sie hieß Ebba Nilsson.«

»Ebba Nilsson? Ein schwedischer Name?«

»Ja, ihr Vater war Schwede.«

»Nein, so was!« Oma klang fassungslos.

»Bist du deswegen nach Schweden geflüchtet, Kalle?«

»Ich weiß es nicht. Vielleicht. Aber wenn, dann war es unbewusst. Schweden war ein neutrales, modernes Land. Das gefiel mir. Ich habe dir das doch schon alles erzählt.«

»Ebba Nilsson. War sie hübsch?«

Kalle schnaufte. »Lena, ich bitte dich. Bist du etwa eifersüchtig?«

»Und wenn schon. Schließlich hast du mir diese Frau verschwiegen. Also, wie sah sie aus?«

»Was soll denn das bringen? Aber gut, wenn es dir so wichtig ist. Ich habe eine Fotografie. Einen Moment, ich hole sie.«

Als Opa aus dem Wohnzimmer kam, hörte er wohl ein auffälliges Schmatzen. Er bückte sich und entdeckte seine Enkeltochter zusammengekauert unter der Treppe. »Inga! Was machst du hier? Wie lange bist du schon da?«

»Inga?« Oma kam aus dem Wohnzimmer. »Inga Johansson. Wie oft habe ich dir schon gesagt, dass man Leute nicht belauscht. Dieses Gespräch war nicht für deine Ohren bestimmt.«

Inga krabbelte unter der Treppe hervor und sah schuldbewusst zu Boden. »'tschuldigung«, sagte sie leise und schluckte das Gummidrops hinunter, das noch in ihrem Mund war. Oma nickte und sah verunsichert zu ihrem Mann. »Aber …«, fuhr Inga fort, »wer ist denn nun diese Ebba Nilsson, Oma?«

Opa stieß einen Schreckenslaut aus, doch Oma nahm Inga bei der Hand und hockte sich zu ihr. »Diese Frau war eine sehr gute Freundin deines Großvaters. Leider ist sie schon lange gestorben, weißt du. Aber jetzt komm. Lass uns Köttbullar machen, bevor du dir noch mit den Süßigkeiten den Magen verdirbst. Deine Mama kommt bald, um dich abzuholen.«

* * *

Inga öffnete die Augen. Es war noch Nacht. Vor ihren Augen sah sie ihre Großmutter in die Küche entschwinden, es war ihr, als könnte sie die gebratenen Köttbullar riechen. Doch dann erkannte sie die Umrisse des Hotelzimmers, und das Bild ihrer Großmutter verschwand. Sie setzte sich auf, knipste die Nachttischlampe an, griff nach einem Stift und einem Zettel und schrieb: *Ebba Nilsson, Freundin von Opa – Streit mit Oma, nicht vergessen: Opa fragen.* Sie stöhnte und ließ sich wieder in ihre Kissen fallen. Der Traum war so real gewesen, so nah. Sie hatte das Parfum ihrer Großmutter riechen, den Klang ihrer Stimme hören können, es war ihr fast, als hätte sie noch den salzigen Geschmack der Lakritzstange im Mund. Ebba Nilsson. Sie wusste, dass sie diesen Namen schon einmal gehört hatte.

Damals hatte sie ihn sogar in ihr Tagebuch geschrieben. Sie war verunsichert gewesen. Die Stimme ihrer Großmutter hatte so verletzt geklungen, und niemand hatte ihr je Auskunft über die geheimnisvolle Frau gegeben. Warum war Oma aufgebracht gewesen? Hatte Kalle etwa ein Verhältnis mit dieser Frau gehabt? War das der Skandal, den er verheimlichen wollte? »Dienersohn spannt reichem Erben Ehefrau aus«. Das wäre in der heutigen Zeit ein gefundenes Fressen für die Boulevardpresse. Inga schüttelte lächelnd den Kopf. Ihre Fantasie ging wieder einmal mit ihr durch. Ebba Nilsson. Damit würde sie beginnen. Mit Ebba Nilsson aus Ostpreußen.

Ratlos, welchen Weg sie als Erstes einschlagen sollte, kramte Inga in ihrer Handtasche nach dem Stadtführer. Das Tageslicht hatte das wahre Antlitz Kaliningrads offenbart. Ein Kaliningrad, das mit dem Königsberg auf der alten Postkarte nichts mehr gemein hatte. Sie stand vor dem Hotel und hielt die alte Abbildung der Stadt hoch. Vergebens suchte sie die hübschen Fachwerkhäuser, die sich an das Ufer schmiegten. Die Stadt hatte ihr Gesicht gewandelt. Nur den Dom auf dem ehemaligen Kneiphof erkannte Inga wieder und einige alte Häuser am Ufer, die ebenso verloren wirkten wie ihr Hotel.

Während sie den Reiseführer der russischen Stadt durchblätterte, flatterte die Visitenkarte des Taxifahrers, die sie am Vortag gedankenverloren in das Buch gesteckt hatte, auf den Boden. Inga bückte sich, hob sie auf und studierte erneut Name und Adresse besagten Freundes, eines Touristenführers, der die deutsche Sprache beherrschte. Mochte es Glück oder Schicksal sein, es war auf jeden Fall ein Wegweiser. Die erste Entscheidung war ihr abgenommen worden. Kurz entschlossen winkte sie ein Taxi herbei und zeigte dem Fahrer die Adresse des Touristenbüros.

Obwohl ein Schild, das über der Tür hing, das Rauchen verbot, empfing sie ein Schwall rauchiger Luft, der aus einem der hinten gelegenen Räume drang. Inga ließ den Blick kurz über die geöffneten Schalter gleiten und ging zielsicher auf eine junge Dame zu, die konzentriert in einer Zeitschrift blätterte und ihr Eintreten entweder ignoriert oder nicht wahrgenommen hatte. Inga grüßte auf Englisch. Die Frau hob etwas desinteressiert den Blick und erwiderte einige Worte auf Russisch. Inga schüttelte bedauernd den Kopf und legte die Visitenkarte auf den Tisch: *»Can I speak to this man, please?«*

Die Überraschung war auf dem Gesicht der Frau ablesbar. Sie nickte: *»Yes, yes. Andrej«,* stand auf und verschwand in einem anderen Raum. Als sie wiederkam, folgte ihr ein dunkelhaariger, groß gewachsener Mann um die dreißig, der Inga freundlich anlächelte.

»Good Morning, can I help you? I'm Andrej Sirinkow.« Er reichte ihr die Hand und musterte sie neugierig.

»Guten Tag. Mein Name ist Inga Johansson. Ihr Freund hat mir gestern während einer Taxifahrt Ihre Visitenkarte gegeben und gesagt, dass Sie Führungen auf Deutsch anbieten würden.«

Das Gesicht des Mannes hellte sich auf, und er antwortete in nahezu akzentfreiem Deutsch. »Ja natürlich, sehr gerne. Bitte nehmen Sie Platz. Es gibt Bustouren um 14 und um 17 Uhr.«

»Ich hätte gern heute eine Privatführung«, unterbrach Inga ihn. »Allein, verstehen Sie? Sie sprechen so gut Deutsch. Ich würde mich sehr freuen, wenn Sie das übernehmen könnten.«

»Eine private Führung? Ich weiß nicht, ob ich jetzt so einfach weg kann. Da muss ich meinen Chef fragen.« Andrej verzog nachdenklich den Mund und bat Inga, einen Augenblick Platz zu nehmen. Es dauerte nur wenige Minuten, bis er mit einem Lächeln auf den Lippen zurückkehrte. »Mein Chef ist einverstanden. Es ist zurzeit wenig los, wissen Sie. Allerdings ist der Preis höher.« Er schob Inga einen Zettel hin, auf dem ein Betrag notiert war, und sah sie mit erwartungsvollem Blick an.

Inga neigte den Kopf, las die Summe und nickte. Der Preis war tatsächlich wesentlich höher, dennoch nicht mit dem Preisniveau in Schweden zu vergleichen. »Ist gut. Wie lange hätten Sie für mich Zeit?«

»So lange Sie wollen. Eine Halbtagestour oder auch eine Tagestour, wenn Sie Fragen haben.«

»Ja, die habe ich«, erklärte Inga.

»Suchen Sie nach der Vergangenheit?«

Erstaunt hob Inga den Blick. Andrej lächelte. Es war ein warmes Lächeln, jenseits von Spott oder Hohn.

»Viele Deutsche kommen und wollen etwas über ihre Vorfahren herausfinden. Aber ich muss Sie vorwarnen. Meistens sind sie enttäuscht. Von dem alten Königsberg ist nicht mehr viel übrig.«

»Ich bin Schwedin«, sagte Inga.

»Ach? Aber Sie sprechen so gut Deutsch.«

»So wie Sie«, entgegnete Inga lächelnd.

»Meine Großmutter ist Deutsche und hat mich aufgezogen. Sie ist eine der wenigen, die nach dem Krieg hiergeblieben sind, und sie hat mit mir immer Deutsch gesprochen. Heimlich, wenn wir allein waren. In der Öffentlichkeit kam das nicht so gut an, aber heute wird es geschätzt, wenn man neben Englisch eine zweite Fremdsprache beherrscht.«

»Bei mir war es mein Großvater, der mir die deutsche Sprache beigebracht hat. Er ist hier geboren.«

Die beiden wechselten einen verschwörerischen Blick. Sie hatten etwas gemeinsam, und das machte den jeweils anderen interessant. Inga stand auf und schüttelte dem Mann die Hand.

»Also, abgemacht. Eine Privatführung. Ich könnte jetzt gleich«, murmelte er mit einem beiläufigen Blick auf seine Armbanduhr.

»Das ist hervorragend«, erwiderte Inga. Sie bemühte sich nicht, die Aufregung in ihrer Stimme zu verbergen.

Sie wartete, bis Andrej Mantel und Mütze geholt hatte und sie hinausbegleitete. Der Wind pfiff eisig über den Platz, jagte Schneeflocken vor sich her und vergraulte jede Lust zu verweilen. Schlotternd wickelte sich Inga den Schal um den Hals und zog die Mütze weiter ins Gesicht.

Trotz der kalten Temperaturen begannen Inga und Andrej ihre Stadtführung zu Fuß. Der russische Reiseführer erzählte zuerst ein wenig von sich, von seiner Kindheit bei seiner Großmutter und seiner Arbeit, die er sehr liebte. »Kaliningrad hat eine unverwechselbare Architektur, viele Denkmäler und Parks. Wir haben auch einen großen Zoo, der sehr bekannt ist, aber das alte Zentrum der Stadt gibt es eigentlich nicht mehr.«

Sie schlenderten zu der kleinen Flussinsel, auf der der prachtvolle Dom stand. Er strahlte in dunkelroten Backsteinen und wirkte wie ein Bauwerk einer anderen Stadt, das hierher gehievt worden war.

»Dort, wo Ihr Hotel liegt, und hier auf dieser kleinen Insel befand sich einst der schönste Teil Kaliningrads, die Altstadt. Die Dominsel, Kneiphof genannt, war das Herz der Stadt und ganz dicht bebaut. Hier war das Viertel der Kaufleute. Früher gab es fünf Brücken, die auf die Insel führten, diese hier, auf der wir uns befinden, heißt Honigbrücke und ist die einzig erhaltene. Sie hat einen Klappmechanismus, doch der ist leider außer Betrieb.«

Inga betrachtete die etwas rostige Eisenbrücke, die auf die Insel führte.

»Verliebte werfen hier Münzen in den Pregel, und wenn sie sich aus den Augen verlieren, werden sie sich in Königsberg wiederfinden. Bei der Renovierung der Brücke wurden unzählige alte Münzen gefunden ... Münzen von verliebten Paaren.«

Inga lachte. »Eine nette Geschichte.«

Andrej grinste.

»Was ist mit all den alten Häusern geschehen?«

»Sie wurden während des Bombardements der Engländer in der Nacht auf den 30. August 1944 zerstört. Alles ist niedergebrannt, auch von den Straßenzügen ist leider nicht mehr viel zu sehen.«

Sie gingen um den Dom herum, der in einer weitläufigen Grünanlage stand, und hielten vor dem Grabmal

Immanuel Kants inne. Obgleich es sehr kühl war, lag ein Blumenstrauß davor. Inga schaute Andrej fragend an.

»Brautpaare legen hier am Tag ihrer Hochzeit ihre Blumen nieder«, erklärte er. »Das ist ein alter Brauch.«

Inga schoss einige Fotos. Andrej erzählte von der alten Universität aus dem sechzehnten Jahrhundert, die auch den Brandbomben zum Opfer gefallen war. Immer wieder zog er alte Aufnahmen aus seiner Tasche, die zeigten, wie großartig die vernichteten Gebäude einst gewesen waren. Für Inga war es wie eine Zeitreise in eine längst vergangene Epoche, von deren Schönheit kaum etwas erhalten geblieben war.

»Wie schade, dass so viel zerstört wurde«, murmelte Inga. »Was geschah nach dem Krieg? Mein Bruder hat mir erzählt, dass Ostpreußen aufgeteilt wurde.«

»Das ist richtig. Die Siegermächte haben sich Ostpreußen geteilt. Den größten Teil erhielt Polen, den mittleren Teil mit Königsberg, also Kaliningrad, bekam die Sowjetunion, und das Memelland ging zurück an Litauen, das ja auch eine Sowjetrepublik war.«

»Und wie ging es dann weiter?«

»Es kamen Siedler aus Russland nach Kaliningrad. Alles war zerstört. Die Menschen hatten weder Strom, noch gab es ein Kanalnetz. Damals glaubten die Offiziere und Soldaten, dass sich Deutschland Königsberg mit Sicherheit zurückholen würde.«

»Tatsächlich? Das wusste ich nicht.«

»Es war ja auch nicht so. Man dachte damals, dass der Verbleib des Territoriums in irgendeinem späteren Friedensvertrag neu geregelt würde. Deshalb begannen die

Offiziere und Mannschaften, alles, was im Land geblieben war zu zerstören oder abzutransportieren – falls die Deutschen doch wiederkommen würden. Alles Deutsche wurde außerdem als Zeichen des Faschismus angesehen.«

»Aber diese Bauwerke sind doch viel älter.«

»Ja, das stimmt. Es gab auch viele kluge Königsberger Gelehrte, die Briefe verfassten und sich für den Erhalt der Bauwerke einsetzten, aber leider umsonst ...«

»Und warum ist der Dom stehen geblieben?«

Andrej lächelte. »Eine gute Frage. Hier ist Kant begraben. Und Kant hat Ansätze in seinen Schriften, die dem sozialistischen Gedankengut nahekommen. Darum haben sie es damals nicht gewagt, das Grab des großen Philosophen zu sprengen.«

Inga erwiderte das Lächeln. Auf der gegenüberliegenden Seite der Insel entdeckte sie ihr Hotel.

»Da ist mein Hotel. Also sind doch einige alte Häuser erhalten geblieben.«

Andrej lächelte. »Nein, das Fischdorf ist nachgebaut. Es ist ganz neu. Wie gesagt, hier gibt es außer dem Dom nichts Altes.«

Inga betrachtete die Häuserzeile mit einer Mischung aus Verblüffung und Enttäuschung. Sie betraten den wundervollen Dom, der heute nur noch als Konzerthalle diente. Die prächtige Orgel war beeindruckend, und Inga wünschte, sie hätte mehr Zeit, um eines der berühmten Orgelkonzerte erleben zu können. Als sie wieder auf den Ausgang zugingen, entdeckte Inga eine kleine Fotoausstellung der Stadt in einer Nebenkapelle. Sie blieb vor dem Bild der Stadt aus dem Jahre 1910 stehen, auf dem Frauen in langen

Kleidern und mit Sonnenschirmen am Arm von Männern in Anzügen und Hüten flanierten, während Kinder in Matrosenanzügen oder Kleidchen um sie herumsprangen.

Andrej trat zu ihr. »Hübsch, nicht wahr?«

Inga nickte stumm. Sie ging zum nächsten Bild aus dem Jahre 1939. Immer noch war die Stadt in perfektem Zustand, obwohl schon alle Zeichen auf Krieg standen. Doch noch wussten die Menschen nicht, was sie erwartete. Ihr Blick blieb an einem jungen Mann hängen, der etwa zwanzig Jahre alt war. Sie starrte auf die Gestalt und dachte über die unbeschwerte Fröhlichkeit nach, die sie ausstrahlte. Damals war ihr Großvater etwa in diesem Alter gewesen. Ob er auch so unbeschwert durch die Straßen geschlendert war, unwissend, was ihm bevorstand und dass es die letzten Jahre waren, die er in seiner Heimat verbringen würde?

Andrej berührte sie sacht an der Schulter. »Inga? Alles in Ordnung?«

»Ja, sehen Sie, diese Person hier? Sie ist etwa so alt wie mein Opa damals. Das ist verrückt, aber irgendwie sehe ich ihn in diesem Mann.«

Andrej blieb nicht verborgen, dass sie Tränen in den Augen hatte. »Kommen Sie«, sagte er, »gehen wir weiter, wir haben noch viel vor.«

Sie verließen den Dom und spazierten Richtung Norden.

»Königsberg war eine traumhaft schöne Stadt«, sagte Inga versonnen.

Interessiert lauschte sie Andrejs Ausführungen. Er hatte eine fesselnde Art zu berichten und machte aus unscheinbaren Bauwerken, an denen Inga vorbeigelaufen wäre,

Gebäude, über die es sich zu erzählen lohnte. Bald vergaß Inga den eisigen Wind und die hässlichen Plattenbauten. Sie war ganz versunken in der Stadtgeschichte Kaliningrads. Vor ihren inneren Augen sah sie die alten Mauern der Stadt, die zerstörten Gebäude und die Kunstschätze, die lange verschwunden waren. Sie war gefangen von den Worten Andrejs, der mit der gleichen Leidenschaft erzählte wie einst ihr Großvater. Seine Geschichten galten jedoch nicht Hexen und Geistern, sondern einer Stadt, die es schon lange nicht mehr gab, die mehr durchlebt hatte als jede andere, die Inga kannte, und in der man an jeder Hausecke alte Geschichte fand.

24

Vor Leningrad, Russland, Juli 1941

Nachdem Johann und Karl in der Grundausbildung Frühsport, Exerzierdienst, Gefechts-, Schießübungen und Waffenkunde nach einem starren Dienstplan absolviert hatten, waren sie zuerst an die Front nach Frankreich geschickt worden. Im Juni 1941 hatte sie ein überraschender Führerbefehl ganz plötzlich an die neue Ostfront gebracht. Die beiden jungen Männer waren verunsichert. Wie ihre Kameraden wussten sie von dem Nichtangriffspakt mit Russland und konnten es nicht fassen, dass Stalin ihn missachtet hatte.

Johann, der sich einen baldigen Heimaturlaub erhofft hatte, um endlich sein Kind sehen zu können, verlor den Mut. Er hatte seit Monaten nichts von Ebba gehört und wusste nicht, ob seine Briefe den Weg nach Hause fanden. Bis jetzt war die Hoffnung, seine Familie bald wiederzusehen, die Kraft gewesen, die ihn Tag für Tag vorantrieb. Doch das russische Reich war so unendlich groß, der Weg, der vor ihnen lag, so weit. Johann war klar, dass es keine Hoffnung auf ein Wiedersehen in naher Zukunft mehr gab.

»Wir werden das schaffen«, sagte Karl, riss seinen Freund aus den Gedanken und reichte Johann eine Flasche Korn und eine Zigarette. »Du wirst sehen, Weihnachten sind wir wieder zu Hause.«

In seiner Stimme lag jedoch keine Zuversicht. Johann sah ihm in die Augen. Beide wussten, dass sie sich nur gegenseitig Mut zusprachen und in Wahrheit die gleichen Ängste hatten.

Johann zog den Mundwinkel leicht nach oben. »Hast recht. Zumindest sind wir zusammen. Was für ein Glück, dass sie uns nicht getrennt haben.«

Karl zog an seiner Zigarette. »Russland! Das hätt ich im Leben nicht geglaubt, dass sie uns dahin bringen.«

Johann zuckte mit den Achseln. »Auf jeden Fall ein riesiges Land.«

»Ja, riesig«, murmelte Karl und wich Johanns Blick aus, damit er die Ungewissheit in seinen Augen nicht sehen konnte.

In Russland angekommen, wurden Karl und Johann dann doch getrennt und zwei verschiedenen Heeresgruppen zugeteilt. Johanns Trupp stieß Richtung Norden vor und Karls Trupp Richtung Moskau.

Die Heeresgruppe Nord bewegte sich weiter Richtung Leningrad. Keiner wusste, was auf die Soldaten zukommen würde, und die Männer rechneten jeden Tag mit dem großen Widerstand oder irgendeiner Falle, die ihnen die Russen stellen würden. Der Großteil der Soldaten war zu Fuß unterwegs, motorisierte Einheiten waren in der Minderheit. Selbst für einen durchtrainierten, körperlich gesunden Mann wie Johann war der Marsch anstrengend. Über Blasen an den Füßen und Schmerzen in den Waden wurde ebenso wenig gesprochen wie über die Ungewissheit, was ihnen bevorstand. Die gesamte Kriegsausrüstung wurde mit Pferden transportiert, und die Straßen waren in einem denkbar schlechten Zustand, mit jenen in Frankreich nicht zu vergleichen. Johann wusste, dass die Heeresgruppen Süd und Mitte besser ausgestattet waren, doch im Vergleich zu dem, was ihnen die Russen momentan entgegensetzten, waren sie immer noch im Vorteil.

Im Juli erreichte Johanns Kompanie die Stadt Riga. Er staunte, als er und seine Kameraden von der Bevölkerung jubelnd begrüßt wurden. Die Menschen sahen die Deutschen als Befreier, war Riga doch seit 1940 von Russland besetzt. Johann blickte lächelnd über die winkenden Massen und nahm verblüfft Blumen von Frauen entgegen, die die Soldaten als Retter feierten. Er wechselte mit seinen Kameraden einen belustigten Blick und genoss das Gefühl, nicht abgelehnt und geächtet, sondern gefeiert zu werden. Der Russlandfeldzug begann ihm zu gefallen.

Mit unfassbarer Geschwindigkeit überrannten die deutschen Soldaten die russischen Stellungen. Die russischen Soldaten wirkten desorientiert, und das Gerücht ging herum, Stalin hätte die Kommandeure verhaften und erschießen lassen, da er ihnen die Schuld an dem Erfolg der Deutschen und am Versagen der russischen Armee gab.

Die Heeresgruppe Nord befand sich im Siegestaumel. Es war wie ein Rausch, von dem sich auch Johann anstecken ließ. Alle Soldaten waren sich nun sicher, dass bis Weihnachten der Krieg vorbei sein würde, und Johann stellte sich bereits das Fest mit seinem Sohn und seiner geliebten Frau unter einem prächtigen Weihnachtsbaum vor. Er vermisste seine Familie, versuchte, nicht an seinen Sohn zu denken, und hoffte, dass die Vorhersagen und Planungen der Heeresführung eintreten würden. Dann stünde einer glücklichen Familienvereinigung in einigen Monaten nichts im Wege.

Johann dachte oft an Karl, der mit der Heeresgruppe Mitte gegen Moskau zog. Unter Johanns Kameraden war man sich mittlerweile sicher, dass die Russen kein Feind auf Augenhöhe waren und auch die Heeresgruppe Mitte ähnliche Erfolge erzielte. Als der August anbrach, hatte Johanns Kompanie Estland erreicht. Der Sommer war trocken und heiß und verwandelte die Wege und Straßen in Staubpisten. Der aufgewirbelte Staub erschwerte die Sicht und das Atmen. Die Augen und die Lunge brannten den Männern.

»Hier«, rief Johann seinem Kameraden zu und reichte ihm ein feuchtes Halstuch. »Wickle dir das um Mund und Nase. Das erleichtert das Atmen.«

»Verdammter Staub«, schimpfte der Soldat und tat es Johann gleich. Die Gesichter und Uniformen waren bald mit einer grau-weißen Staubschicht bedeckt. Durch die Staubwolken sah Johann, dass einige Fahrzeuge liegen geblieben waren. Er näherte sich einem Lkw.

»Was ist los?«, erkundigte er sich.

»Verdammt, der Staub ruiniert die Motoren und das Getriebe. Es ist ganz feiner Staub. Er setzt den Fahrzeugen zu. Den Panzern soll es ebenso ergangen sein.«

Besorgt sah Johann zu den Fahrern der Wagen, die bei offener Motorhaube versuchten, die Schäden zu beheben. Er hob den Blick. Vor ihm lag eine unendliche Weite, eine Wüste aus Staub und Gras. Die Truppe bewegte sich zu langsam fort, kam teilweise zum Stehen. Die Staubwolken, die sie mit sich zogen, waren kilometerweit zu sehen. Für russische Flugzeuge waren die Truppen ein leichtes, schon aus großer Ferne sichtbares Ziel.

Johanns Befürchtungen bewahrheiteten sich rasch. Sobald die Russen näher kommende Staubwolken entdeckten, begannen sie mit massiven Luftangriffen. Als die Bombardierungen anfingen, wandelte sich das Gesicht des Blitzkrieges, wie ihn die Heeresführung nannte. Das schnelle Vorwärtskommen hatte hier und jetzt ein Ende, und erstmals verzeichneten die Deutschen größere Verluste. Die euphorischen Pläne hatten anders ausgesehen: Im Nu sollte die gesamte Heeresgruppe Nord Leningrad erreicht haben und mithilfe der finnischen Armee erobern. Die Finnen hatten im finnisch-russischen Winterkrieg Gebiete an Russland verloren, die sie sich wieder zurückholen wollten. Leningrad sollte als erste große russische Stadt fallen, noch vor Moskau. Johann wusste, dass Leningrad für Hitler das Symbol der russischen Revolution war und deshalb erobert werden musste.

Als sich Johanns Truppe nur noch zweihundert Kilometer von der Stadt entfernt befand, war die Euphorie unter Johanns Kameraden längst verflogen, und die Siegesgewissheit geriet ins Wanken.

»Der Spähtrupp ist auf russische Gefechtsvorposten gestoßen. Die sind meisterhaft getarnt. Man sieht nichts. Und auf manchen Bäumen sitzen Scharfschützen«, wurde Johann von einem heraneilenden Kameraden gewarnt.

Er kroch durch den Staub, duckte sich vor spritzenden Einschlägen rund um ihn und war Stunde um Stunde überrascht, immer noch am Leben zu sein. »Rauchschwaden!«, rief er seinen Kameraden zu, deren Blick seiner Hand folgte.

»Verdammt, sie brennen wieder Wälder nieder.«

Johann nickte, zog sich ein Baumwolltuch über Mund und Nase und robbte weiter vorwärts.

Der beißende Rauch setzte den Soldaten zu, außerdem fürchteten sie das Feuer, das sich in Windeseile ausbreitete. Johanns Augen brannten, er konnte kaum noch sehen, hatte Angst davor aufzustehen, doch es gab kein anderes Durchkommen. Er gab das Kommando und lief mit fünf seiner Kameraden los. Die Geschosse pfiffen durch den dichten Rauch und rissen einige Männer um. Johann lief weiter, den Kopf geduckt, nur den einen Gedanken im Kopf: »Ich muss es schaffen.« Er stürzte sich über die Böschung und robbte zu den anderen. Als er sich umwandte, sah er, dass er der Einzige der Gruppe war, der überlebt hatte.

Im September war der Durchbruch der Verteidigungslinie endlich geschafft. Es war ein strahlend schöner Tag, als sich erste deutsche Bomber der Stadt näherten. Die Flügel der Flugzeuge reflektierten die Sonnenstrahlen. Es sah aus, als würden sich leuchtende Lichtpunkte der Stadt nähern. Schon die ersten Bomben trafen die Ölraffinerie und die Lebensmittellager der Stadt. Johann würde das Bild der pechschwarzen Rauchschwaden, die in den strahlend blauen Himmel zogen und sich bedrohlich vor die Sonne schoben, niemals vergessen. Anfangs hatten er und seine Kameraden angenommen, es wäre das Ziel, Leningrad eiligst zu erobern, doch es war alles anders gekommen. Der Nachschub an Soldaten und Waffen von der Heeresgruppe

Mitte reichte nicht aus. Mehr noch wurde einige Wochen später der Abzug aller gepanzerten Fahrzeuge beschlossen, um den Vorstoß auf Moskau zu unterstützen. Johann fühlte sich vom Führer im Stich gelassen.

»Der Führer verurteilt uns zur Bewegungslosigkeit. Was sollen wir ausrichten ohne Panzer?« Johann spuckte verärgert aus und schlürfte an seiner Teetasse.

»Der Befehl lautet ab sofort, die Stadt Leningrad zu belagern«, murmelte ein junger Soldat neben Johann.

Johann kannte seinen Namen nicht, er fragte auch nicht mehr danach. Morgen schon konnte der Mann tot sein. Was brachte es also, Freundlichkeiten auszutauschen?

25

Kaliningrad, Russland, März 2015

Inga starrte aus dem Seitenfenster des Wagens auf die Häuser der trostlosen Vorstadt Kaliningrads. Andrej hatte sich in den Tagen seit ihrer Ankunft sehr viel Zeit für Inga genommen, um ihr seine Stadt zu zeigen. Inga genoss die Stunden mit dem Russen, der zu jedem Stadtteil eine Menge Geschichten kannte, ja fast wie aus einem Reiseführer vortrug, und verdrängte beinahe den wahren Grund ihrer Reise. Schon am zweiten Tag waren die beiden zum Du übergegangen, und Inga musste sich eingestehen, dass die Stunden mit ihrem russischen Fremdenführer der Höhepunkt ihres Tages waren. Er hatte Humor, war offen und gesprächig, hatte immer einen Scherz auf Lager und beeindruckte sie mit seinem Wissen über die Geschichte der Stadt und des Landes.

Inga begann jeden Tag mit einem köstlichen Frühstück im Hotel, dann versuchte sie Adressen und Telefonnummern von Namen, die auf ihrer Liste vermerkt waren, zu kontaktieren. Doch ihre Versuche waren nie von Erfolg gekrönt. Entweder gab es die Häuser oder die Bewohner nicht mehr, oder sie kämpfte mit der kyrillischen Schrift und der russischen Sprache. Ohne Andrej wäre sie verloren gewesen, denn kaum jemand hier war der englischen Sprache mächtig. Anfänglich empfand Inga es als Belastung, sich mit Händen und Füßen durch das Dickicht der fremden Sprache und Schrift zu kämpfen. Mittlerweile sah sie es als Herausforderung an, und es machte ihr Spaß, die schwierigen Buchstaben zu entziffern. Doch mehr als interessante Geschichte fand Inga nicht. Kaliningrad – das ehemalige Königsberg – schien die erste Sackgasse ihrer Reise zu werden.

Nach dem Mittagessen traf sie sich täglich mit Andrej, der ihr bei Übersetzungen behilflich war und ihr alle Ecken der Stadt zeigte, auch die nicht sehenswerten. Nun war sie bereits eine Woche in Kaliningrad, ohne Erfolge verzeichnen zu können. Doch zumindest lernte sie die ehemalige Heimat ihres Großvaters kennen, wobei ihr Andrej eine große Hilfe war. Sie veranstalteten Kaffee- und Esspausen an versteckten Orten und besuchten Lokale, Geheimtipps von Andrej, in denen es heimische Köstlichkeiten zu genießen gab und in denen der junge Russe freudig als alter Bekannter begrüßt wurde. Die Vertrautheit zwischen Inga und ihm wuchs, und bald fühlte es sich für sie an, als wäre Andrej ein alter Freund der Familie.

Der Stadtteil, in dem sie sich an diesem Tag befanden, bot wenig Schönes. Neben heruntergekommenen Wohnhäusern und ehemals hübschen Backsteinbauten, den wenigen erhaltenen Resten der im Krieg zerstörten Stadt, hockten die typischen Plattenbauten des Ostens. Die Schönheit Stockholms stand im krassen Gegensatz zu der Nüchternheit des einst kriegsgeplagten Kaliningrads. Die schwedische Hauptstadt wirkte fast vermessen perfekt mit ihren unbeschädigten Kulturschätzen und sauberen Hausfassaden. Diese Stadt hingegen bot ein Kontrastprogramm. Es gab Viertel wie Amalienau, die unversehrt den Krieg überstanden hatten. Die prächtigen Villen waren in der Gründerzeit erbaut worden und hatten nichts von ihrer Schönheit eingebüßt. Inga wurde bewusst, dass Königsberg eine sehr reiche Stadt gewesen war.

Sie sah zu ihrem Begleiter und lauschte, wie er mit Stolz von den Renovierungen berichtete, die hier in den ersten Jahren des neuen Jahrtausends durchgeführt wurden und immer noch andauerten. »In den Neunzigern war hier alles grau und hässlich. Doch seit damals verändert sich vieles.«

Im neuen Zentrum der Stadt besuchten sie die neue Erlöserkirche mit den fünf goldenen Kuppeln, die zweitgrößte Kirche Russlands, wie Andrej betonte. Inga bewunderte den Platz um die Siegessäule und das alte Gericht, das noch zu Königsberger Zeiten von einem deutschen Architekten erbaut worden war. Manches erinnerte sie an Berlin: der Kontrast zwischen alt und neu, Plattenbau und Backsteingotik, Ost und West vereint in einer Stadt.

»Wir sind heute eine russische Insel mitten in der EU, und bei uns sieht man auch den Einfluss Europas an jeder Ecke«, sagte Andrej lächelnd.

Inga wandte sich ab und versuchte, die Stadt mit den Augen ihres Großvaters zu betrachten. Sie stellte sich den Schock vor, den er erlitten haben musste, als er die Stadt kurz nach Fall des Eisernen Vorhangs gesehen hatte.

Andrej warf einen kurzen Blick auf seine Begleiterin, verlangsamte das Tempo und hielt schließlich an. »Ich kenne das. Dieses Gefühl, wenn man die alten Bilder sieht, nicht wahr?«

Inga nickte. »Ich bin irgendwie ratlos, wie ich weitermachen soll. Wo kann ich noch suchen? Welche Anlaufstellen gibt es noch?«

»Du musst in den Norden. Hier in Königsberg wirst du nichts mehr finden.«

»Wie ist es deiner Großmutter nach dem Krieg ergangen? Sie war doch auch Deutsche.«

»Sie war lange Zeit in Gefangenschaft. Die Frauen wurden zusammengetrieben und auf einen Wahnsinnsmarsch nach Sibirien geschickt. Irgendwie hat sie überlebt und meinen Großvater kennengelernt. Als sie heirateten, nahm sie den russischen Namen an, und ab diesem Moment war es einfacher für sie.«

»Unglaublich, dass sie praktisch den Feind geheiratet hat.«

Andrej lächelte verschwörerisch und schenkte seiner Begleiterin einen vielsagenden Blick. »Die Liebe geht manchmal seltsame Wege, nicht wahr?«

Inga errötete und senkte verlegen den Kopf. »Weißt du, mir war bewusst, dass es das alte Königsberg nicht mehr gibt. Trotzdem, jetzt, wo ich das alles sehe und die Geschichten höre ... In Deutschland war man bemüht, alte Gebäude und Kirchen wieder aufzubauen, zu erhalten.«

Andrejs Lippen verzogen sich zu einem bitteren Lächeln. Ingas Blick war gebannt auf seinen Mund gerichtet. Münder verrieten so viel. Schmerz, Kummer, Freude und Unwahrheit. Sie sah eine unendliche Traurigkeit.

»Der Kommunismus braucht keine Kulturschätze und schon gar keine deutschen.« Er seufzte. »Die Menschen mussten irgendwo leben. Plattenbauten waren billig und entsprachen dem Geist des Kommunismus. Die Leute in

Königsberg waren froh, ein Dach über dem Kopf zu haben.«

»Warum um alles in der Welt wollte irgendjemand nach dem Krieg hierher ziehen?«

Andrej sah seine Begleiterin erstaunt an. »Du stellst wirklich gute Fragen. Also, nicht alle sind freiwillig gekommen, weißt du. Viele wurden einfach aus Kolchosen abgezogen und verpflichtet. Andere ließen sich durch ein Versprechen locken. Es hieß, wer hierherkomme, dürfe drei Jahre steuerfrei leben. Nach dem Krieg war das Gold wert für die Menschen. Und schließlich gab es auch viele Offiziere und andere Leute vom Militär, die hier mit ihren Familien wohnten. Sie bekamen natürlich die schönen Villen, die noch standen.«

»Drei Jahre steuerfrei«, erwiderte Inga. »Das ist ja mal ein Angebot!«

Sie lachten beide.

»Die Sowjetunion hatte den Krieg gewonnen. Aber meine Großmutter meint heute noch, das Gefühl des Sieges wollte sich damals auch in Russland nicht so richtig einstellen. Die Entbehrungen und Verluste waren noch zu allgegenwärtig.«

»Deine Großmutter ist noch am Leben?«

»Aber ja. Sie ist 1926 geboren. Bald wird sie neunundachtzig Jahre alt.«

Inga sah Andrej einen Augenblick lang an. Dann wandte sie sich ab und schüttelte unmerklich den Kopf. Ein Kribbeln wanderte durch ihren Körper bei der Vorstellung, dass diese Frau möglicherweise ein ähnliches Schicksal durchlebt hatte wie Kalle.

»Hättest du Interesse, meine Großmutter zu treffen?«

Inga lächelte verlegen. Sie war ein offenes Buch, und Andrej versuchte gar nicht, zu verbergen, dass er ihre Gedanken lesen konnte. Seine Gastfreundlichkeit war fremd für Inga, die das russische Volk eigentlich als verschlossen und unfreundlich eingeordnet hatte. Sie schämte sich für ihre Vorurteile, fühlte sich aber zutiefst verunsichert durch die Nähe dieses Mannes, der ihr mit so viel Herzlichkeit begegnete. Es schien, als wollte Andrej sämtliche Vorurteile gegen Russland, die sich in westlichen Herzen fanden, mit Argumenten und Eindrücken verbannen.

»Glaubst du, deine Großmutter würde sich die Zeit nehmen? Ich möchte keine Umstände machen.«

»Aber ja, natürlich. Ich fahre am Wochenende zu ihr. Sie liebt es, Deutsch zu sprechen und an ihre frühere Heimat erinnert zu werden. Weißt du, alte Leute erzählen doch so gerne, und meistens hört ihnen niemand zu. Natürlich kann es etwas mühsam werden, denn mit achtundachtzig verliert meine Oma schon manchmal den Faden bei einer Erzählung.«

»Das macht nichts. Mein Großvater ist über neunzig. Ich bin das gewohnt.«

Andrej griff in seine Jackentasche und holte sein Handy heraus. Nach einigen russischen Sätzen wechselte er in die deutsche Sprache. Soweit Inga es beurteilen konnte, war das Interesse der alten Frau groß, denn Andrej lächelte und versuchte mehrmals, mit einigen netten Worten seine Großmutter in ihrem Erzählschwall zu stoppen.

»Nicht jetzt, Oma. Erzähl das doch alles meiner Bekannten. Wir sehen uns also am Wochenende. Bis dann, Oma.« Er legte auf und sah Inga zufrieden an.

»Meine Großmutter würde sich sehr freuen. Ich habe ihr erzählt, du seist eine Bekannte mit deutschen Wurzeln, und sie ist schon ganz aufgeregt. Sie ist wirklich eine nette Frau, aber sie hat mich aufgezogen, und sie macht sich immer Sorgen um mich, so als wäre sie meine Mutter und nicht meine Oma.«

Inga nickte verständnisvoll. Ihre Vorfreude, Andrejs Großmutter kennenzulernen, mischte sich mit einem Gefühl des Unbehagens. Bis zum Wochenende waren es noch fünf Tage, die sie nicht ungenützt verstreichen lassen wollte, während ihr Großvater daheim jeden Tag sterben konnte.

Andrej las ihre Gedanken an ihrem Gesicht ab. »Ist etwas nicht in Ordnung?«

»Nein, nein, alles bestens. Wirklich! Ich habe nur überlegt, wie ich die Tage bis zum Wochenende nutzen könnte.«

»Wie lange hast du vor hierzubleiben?«

»Nun ja, ich bin selbstständige Dolmetscherin. Das heißt, ich kann mir meine Arbeitszeit sehr gut einteilen. Aber ...«

»Ich versteh schon. Du willst hier nicht rumsitzen und Däumchen drehen.«

Inga musste grinsen, als sie die deutsche Redewendung aus dem Mund des jungen Russen hörte. »Nicht Däumchen drehen ... genau«, lachte sie. »Du sprichst wirklich hervorragend Deutsch, Andrej.«

»Es gibt noch so viel zu sehen, Inga. Wir können das

Bernsteinmuseum besuchen, ein Orgelkonzert im Dom, oder wir sehen uns das U-Boot beim Ocean-Museum an. Ich muss dir außerdem unbedingt die Dünenlandschaft bei der Kurischen Nehrung zeigen, die ist einzigartig, und Cranz solltest du schon sehen, nachdem dein Großvater von dort kommt …« Inga brach in Lachen aus. Er verstummte augenblicklich und sah sie mit einer Mischung aus Überraschung und versteckter Unsicherheit an. »Entschuldige, ich überfahre dich. Natürlich will ich mich nicht aufdrängen.«

Inga sah in seine Augen, die vor Erwartung und Freude leuchteten. »Du willst mir das wirklich alles zeigen? Hast du denn nichts Wichtigeres zu tun?«

Er zuckte mit den Schultern. »Nein, es gibt nichts zu tun. Hier sind kaum Touristen im Winter, mein Chef ist zufrieden, und es macht Spaß. Du interessierst dich für meine Geschichten, und ich spreche gerne Deutsch.« Er schwieg einen Moment. »Hast du heute Abend schon etwas vor?«, fragte er dann.

»Äh, nein. Warum fragst du?«

»Ich bin auf einer Vernissage eingeladen. Mein Freund ist Fotograf. Wenn du Lust und Interesse hast, könntest du mich begleiten.«

Inga studierte Andrejs Gesicht. Sie versuchte, darin zu lesen, zu verstehen, ob er mehr wollte, als nur einer einsamen Touristin den Abend etwas zu versüßen. Ihr Blick wanderte zu seiner rechten Hand, und als sie den goldenen Ring an seinem Ringfinger sah, beschlich sie ein unangenehmes Gefühl. Ein verheirateter, gut aussehender Mann bat sie, ihn zu einer Vernissage zu begleiten.

Andrej räusperte sich. »Inga, ich habe keine Hintergedanken. Es ist nur eine Fotoausstellung, nicht mehr. Aber es ist schon in Ordnung, entschuldige bitte. Ich wollte mich nicht aufdrängen.«

»Nein.« Inga lächelte. »Du drängst dich doch nicht auf.« Sie zuckte mit den Schultern. »Ich komme gerne mit.«

Andrej nickte, und auf seine Lippen schlich sich ein leises Lächeln.

* * *

Inga stöberte nervös in ihrem Kleiderschrank. Sie hatte nichts Schickes dabei, also ging sie nochmals zu dem Einkaufszentrum in der Nähe ihres Hotels und erstand ein schlichtes schwarzes Kleid. Sie duschte und schlüpfte danach in das neu erworbene Teil. Nachdenklich betrachtete sie sich von allen Seiten im Spiegel. Seit ihrer Trennung von Sven war sie nicht mehr ausgegangen. Sie seufzte und strich ihr Haar zurecht. »Was tust du denn hier, Inga?«, fragte sie ihr Spiegelbild und schüttelte den Kopf. Andrej war ein bemerkenswerter Mann, und sie nahm verstört zur Kenntnis, dass sie zu oft an den netten Russen dachte. Er war verheiratet. Der Ring an seinem Finger ließ keinen Zweifel zu. Sie schreckte zurück, als ihr Handy klingelte. Sie meldete sich und vernahm die Stimme ihrer Mutter am anderen Ende der Leitung.

»Hallo, mein Schatz.«

»Mama, wie geht es Opa?«

»Unverändert. Er schläft die meiste Zeit. Ich glaube, er hat noch nicht einmal registriert, dass du nicht mehr hier bist. Aber, wie geht es dir? Hast du etwas herausgefunden?«

»Nicht wirklich«, seufzte Inga. »Ich habe sehr viel über Kaliningrad erfahren und einen sehr netten Reiseleiter gefunden. Ich bin heute Abend mit ihm verabredet.«

»Tatsächlich?« Pernilla schwieg einen Moment, als würde sie auf einen Zusatz warten.

»Nicht, was du denkst, Mama. Er ist verheiratet. Er hat mich zu einer Fotoausstellung eingeladen.«

»Das ist doch sehr nett«, erwiderte Pernilla.

»Ja, das ist es. Aber, wie gesagt. Es ist nur eine Fotoausstellung, nicht mehr.« Inga vernahm ein leises Seufzen am Ende der Leitung. »Keine Sorge, Mama. Mir geht es sehr gut. Es macht Spaß, und es lenkt mich ab. Ich habe gar nicht mehr an Sven gedacht.«

»Na, siehst du. Ich wusste, du brauchst nur etwas Ablenkung.«

Inga nickte, versprach, sich wieder zu melden, und verabschiedete sich von ihrer Mutter. Sie musste sich beeilen. Sie betrachtete sich erneut mit kritischem Blick im Spiegel, schnappte ihren Mantel und machte sich auf den Weg.

Als sie aus dem Taxi stieg, fegte ein eisiger Wind durch die schmale Gasse. Der Wind wirbelte die Schneeflocken durch die Luft und trieb sie zwischen den Straßenlaternen hinauf in die Dunkelheit des Nachthimmels. Inga folgte ihnen mit ihrem Blick und sah sich dann unsicher um. Sie entdeckte Andrej, der in einen dicken Mantel und Schal gehüllt vor einer Eingangstür aus leuchtend rotem Holz auf sie wartete. Sie betrachtete ihn einen Moment lang, ohne sich zu bewegen.

Er lehnte an der Straßenlaterne, deren Licht sein Gesicht dezent beleuchtete. Es war kalt. Inga erschauderte, blieb aber immer noch stehen. Die Unsicherheit lähmte ihre Füße. Er drehte seinen Kopf zu ihr und sah durch den Dunst des Lichts zu ihr hinüber. Sie fühlte sich ertappt und setzte sich schließlich in Bewegung. Auf seinem Gesicht breitete sich ein warmes Lächeln aus, als sie sich ihm näherte. Nichts tat sich auf den Straßen, es fuhr kaum ein Auto. Die einzigen Geräusche waren das Stimmengewirr und die sanfte, klassische Musik, die aus dem Raum hinter der roten Holztür drangen. Sie blieb vor ihm stehen und sah ihn einige Momente stumm an.

»Es ist schön, dass du gekommen bist«, begrüßte er sie und öffnete die Tür, um sie einzulassen. Er nahm ihr den Mantel ab und ließ ungeniert seinen Blick über ihr Kleid wandern.

»Zu nobel?«, fragte Inga. Sein Blick verwirrte sie.

»Aber nein.« Andrej nickte ihr anerkennend zu. »Du siehst toll aus.«

Ein Flattern fuhr durch ihren Magen. Sie sträubte sich dagegen, ärgerte sich, wich seinem bewundernden Blick aus. Warum auch dieses Kleid? Sie sträubte sich gegen ihre Gefühlsregungen, doch ihr Körper gehorchte nicht. Sie sah in sein Gesicht, seine Augen, die zu ihr sprachen. Sie sprachen eindeutig von Zuneigung und Bewunderung. Inga ärgerte sich über ihre brennenden Wangen. Was war nur plötzlich mit ihr los? Ein Fremdenführer hatte sie zu einer Vernissage eingeladen. Es war nicht mehr als eine simple Einladung zu einer Abendveranstaltung. Er legte die Hand auf ihren Rücken und führte sie zu seinen Freunden. Die Hand brannte wie Feuer auf ihrer Haut. Sie fluchte in sich hinein. Andrej stellte ihr nacheinander seine

Freunde vor und führte sie von Fotografie zu Fotografie. Jedes Mal übersetzte er die Sätze, die der Künstler zu den einzelnen Werken äußerte.

Bald vergaß sie ihre Bedenken und beschloss, den Abend einfach nur zu genießen. Die Frage, wo Andrejs Frau steckte, brannte ihr unter den Fingernägeln, doch sie hielt es für indiskret, ihn danach zu fragen. Als sich die Veranstaltung ihrem Ende zuneigte, verließen Andrej und Inga die Galerie, und er brachte sie mit einem Taxi zum Hotel. Bei der Verabschiedung umarmte er sie kurz und bedankte sich für den netten Abend.

Inga betrat mit gemischten Gefühlen das Hotel. Sie war eine Menschenkennerin, konnte eigentlich Männer und deren Ambitionen gut einschätzen, doch bei Andrej stand sie vor einem Rätsel. Sie mochte ihn, genoss seine Gesellschaft, und wenn er nicht den Ring am Finger getragen hätte, wäre sie überzeugt gewesen, er würde sich um sie bemühen. Wie konnte sie sich nur so in einem Menschen täuschen? Verwirrt ging sie auf ihr Zimmer und ließ sich auf das Bett fallen. Sie nahm sich vor, etwas auf Abstand zu gehen, doch kurz bevor sie einschlief, ertappte sie sich dabei, wie sie an den morgigen Tag dachte und sich darauf freute, Andrej wiederzusehen.

26

Auf dem Weg zur Kurischen Nehrung, Russland, März 2015

Bevor sie zu Andrejs Großmutter fuhren, bestand er darauf, Inga die Kurische Nehrung zu zeigen. Laut dem Reiseführer ihres Großvaters sollte es sich hierbei um ein fantastisches Stückchen Natur handeln. Als die beiden sich der Stadt Selenogradsk näherten, richtete sich Inga interessiert auf. Ansehnliche, moderne Wohnhäuser säumten die Straßen.

»Wer wohnt hier?«, erkundigte sich Inga.

»Meistens sind es Russen, die sich hier in Selenogradsk – früher hieß es Cranz – eine Ferienwohnung gekauft haben. In den letzten Jahren wird der Bezirk Kaliningrad immer moderner, und wir haben viel Tourismus aus Russland.«

Andrej lenkte das Auto durch das Zentrum des Städtchens. Es bot ein vollkommen anderes Bild als Kaliningrad. An manchen Stellen wirkte es nahezu unberührt. Die meisten Häuser waren alt und hatten hübsche Gärten, Türmchen, Erker und Giebel. Irgendwann lenkte Andrej den Wagen scharf nach rechts auf die nicht allzu breite Nehrungsstraße, die wieder aus der Stadt hinausführte und bald in engen, unübersichtlichen Kurven verlief.

Inga sah aus dem Seitenfenster, wo die Landschaft langsam vorbeizog. Sie hatte Bilder von der einzigartigen Landbrücke gesehen, die das Meer von dem Haff trennte, konnte aber weder Ostsee noch Lagune erblicken. »Wo ist denn das Wasser?«

Andrej lächelte. »Von hier aus sind weder die Ostsee noch das Haff zu sehen. Du musst dich noch einen Moment gedulden.«

Dichte Mischwälder säumten den Weg und versperrten den Blick auf das Meer. Inga lehnte sich zurück. Andrej konzentrierte sich auf die Straße. Als sie sich einem Schlagbaum näherten, zückte er die Ausweise. Hier begann der Nationalpark. Nach einigen Kilometern erreichten sie eine Siedlung, die sich vom Haff bis zur Ostsee erstreckte. Nach einer kurzen Rast bei der leider im Winter geschlossenen Vogelwarte fuhren sie weiter bis zu einem hohen Aussichtspunkt. Nach dem etwa zehnminütigen Marsch standen die beiden auf einer überdachen Holzplattform, von der sich ihnen eine überwältigende Aussicht bot. Inga sog begeistert die Luft ein. Hier waren Haff und Ostsee zu gleicher Zeit im Blickfeld. Als sie die dazwischen liegenden Sanddünen sah, verstand sie, warum Andrej so darauf gebrannt hatte, ihr dieses Stückchen seiner Heimat zu zeigen. Die Gegend verzauberte mit einer großen Sanftheit und war zugleich schroff und ungeschliffen. Der Wind brachte verdorrte Gräser zum Tanzen, die zwischen Schnee- und Sandverwehungen hervorragten – ein hinreißendes Bild einer rauen Naturschönheit. Von der Aussichtsplattform wanderten sie über einen Holzsteig zu einem anderen Punkt.

»Im Sommer ist hier viel los«, erklärte Andrej. »Alles voller Touristen. Aber zu dieser Jahreszeit ist es hier einmalig schön.«

Eine kühle Brise, die den salzigen Duft des Meeres mit sich trug, fuhr Inga ins Gesicht und brachte sie zum Frösteln. Andrej trat zu ihr und legte ihr seinen Mantel um die Schultern. Für eine Weile ruhten seine Arme auf ihren Schultern. Inga genoss das Gefühl seiner Nähe und lehnte sich lächelnd an ihn.

»Es ist wunderschön«, murmelte sie und ließ ihren Blick über die wüstenähnliche Landschaft gleiten. Manche Dünen waren teilweise bewachsen, andere hatte der Wind zu kunstvollen Gebilden geformt. Ein solch beeindruckendes Naturschauspiel hatte sie in Europa noch nie gesehen.

Als Andrej und Inga einige Stunden später die unbefestigte Schotterstraße zum Haus von Andrejs Großmutter entlangfuhren, sahen sie die alte Dame bereits winkend und, wie es schien, unter großer Anstrengung auf sie zugehen. Als sie näher kamen, sah Inga, dass die Augen der Frau vor Freude glänzten und die Herzlichkeit, mit der sie empfangen wurden, nicht gespielt war. Die zierliche Frau mit den geröteten Wangen war Inga auf den ersten Blick sympathisch. Andrej parkte den Wagen, stieg aus und eilte seiner Großmutter entgegen.

»Oma, du sollst doch nicht ohne deinen Gehstock hinausgehen.«

Mit einer wegwerfenden Handbewegung wandte sich die alte Dame ihrem schwedischen Gast zu. »Wenn man älter wird, wissen Sie, junges Fräulein, dann wird man irgendwann wieder wie ein kleines Kind behandelt.«

Inga lächelte verständnisvoll und ging einige Schritte auf die Frau zu. »Wie schön, dass Sie Zeit für mich haben. Mein Name ist Inga Johansson.«

»Schön, Sie kennenzulernen. Ich habe ja so selten Besuch hier.« Die alte Dame lachte und zwinkerte Inga freundlich zu. »Aber nun kommen Sie herein.« In gebückter Haltung schlurfte sie zur Eingangstür. »Es ist sehr kalt und unfreundlich bei uns zu dieser Jahreszeit. Sie haben Glück, heute scheint wenigstens die Sonne. Aber im Sommer, wissen Sie,

Frau Johansson, da ist es wunderschön hier. Der Strand, die Natur.«

»Das kann ich mir gut vorstellen. Ich komme aus Schweden. Auch bei uns ist es im Februar sehr kalt. Die Sommer sind dafür umso wärmer. Aber bitte nennen Sie mich doch Inga.«

Die alte Dame nickte und ließ sich am Arm ihres Enkels ins Haus führen. »Ich habe eine Königsberger Mandeltorte gebacken. Ich hoffe, Sie mögen Süßes?«

»Oma, du hast gebacken?«, fragte Andrej erstaunt.

»Was denn, was denn? Darf ich jetzt nicht mal mehr etwas für Gäste vorbereiten?«

Andrej konnte die Sorge um seine Großmutter nur schwer verbergen. Er schwankte zwischen Verärgerung und Bewunderung für die starke, aber doch angeschlagene Frau. Seine Großmutter war vor einem Jahr schwer gestürzt, und der Arzt hatte ihr geraten, etwas kürzerzutreten. Seither lebte eine junge Pflegerin im Haus, die sich um sie kümmern sollte. Andrejs Großmutter lehnte Bevormundung und übertriebene Fürsorge entschieden ab und machte der eifrigen Krankenschwester seit ihrem ersten Arbeitstag das Leben schwer.

»Wo ist Karinina?«, erkundigte sich Andrej und schaute sich mit fragendem Blick um.

»Ich habe sie fortgeschickt.«

»Fort? Wohin?«

»Sie hat heute frei, und nun hör bitte auf mit der Fragerei. Ihr seid wohl nicht gekommen, um Karinina zu sehen.«

Wieder lächelte Inga. Ihr Großvater war um einiges älter und hatte bis vor kurzer Zeit allein gelebt. Inga konnte sich ausmalen, wie er früher auf eine ständig anwesende Krankenschwester reagiert hätte, wo er sich selbst heute trotz schwerer Krankheit noch sträubte, Hilfe anzunehmen. Sie betraten das Backsteinhaus.

Ingas Blick wanderte neugierig durch den Raum, in dem sich der Duft der frisch gebackenen Torte mit dem Geruch alten Gemäuers vermischte. An den Wänden hingen Familienbilder, darunter die alte Schwarz-Weiß-Aufnahme eines Hochzeitspaares. Der Bräutigam trug mit Stolz eine sowjetische Uniform und sah mit ernstem Blick in die Kamera, den Arm liebevoll um die Braut gelegt, in der Inga sofort Andrejs Großmutter erkannte. Die Gesichtszüge und das liebevolle Lächeln waren dieselben wie heute. Die fülligen, dunklen Locken waren ergraut, die Haut faltig. Dennoch konnte man nach wie vor erkennen, dass sie einmal eine attraktive junge Frau gewesen war. Neben dem Hochzeitsbild entdeckte Inga ein weiteres Foto, auf dem ein Paar abgebildet war. Sie ging etwas näher und erkannte Andrej. Er hatte die Arme um eine blonde Frau im Hochzeitskleid gelegt und lächelte in die Kamera.

Brüsk wandte sich Inga ab und ärgerte sich insgeheim über ihre Gefühlsregungen. Sie hatte gewusst, dass er verheiratet war. Sie benahm sich wie ein dummer Teenager. Was hatte sie sich bloß gedacht? Selbst wenn er nicht verheiratet wäre, so lebte er in Kaliningrad, und sie hatte ihr Leben in Stockholm. Mehr als ein flüchtiger Urlaubsflirt hätte nie entstehen können.

»Bitte, setzen Sie sich.« Andrejs Großmutter riss Inga aus ihren Gedanken und deutete mit einer einladenden Geste auf einen der Stühle um den Esstisch.

Das Mobiliar hatte gewiss schon bessere Tage gesehen, doch der Raum war liebevoll eingerichtet. Über der Essecke baumelten getrocknete Lavendelsträußchen von der Decke, deren zarter Duft im Raum hing. Im Kamin knisterte ein Feuer, das wohlige Wärme verbreitete. Inga setzte sich an den gedeckten Tisch und nahm dankbar Kaffee und Kuchen entgegen. Nach dem zweiten Stück Mandeltorte entspannte sich die Atmosphäre.

»Wie kommt es, dass Sie in Ostpreußen geblieben sind?« Inga hoffte, der alten Dame mit der Frage nicht zu nahe zu treten. Sie wollte das Eis brechen, bevor sie auf ihre persönliche Geschichte einging.

Andrejs Großmutter schien weder gekränkt noch überrascht. Ganz im Gegenteil – sie plauderte munter drauflos. »Mein Mann war der Grund. Ich habe als Krankenschwester in der Nähe der Front gedient. Er stammte aus Leningrad und hat dort seine gesamte Familie verloren.«

»Leningrad?«

»Heute heißt die Stadt wieder Sankt Petersburg.«

»Und sie haben sich in Ihren Mann verliebt. Aber er war doch der Feind.«

Die alte Frau wandte den Blick ab und tauchte ein in ihre Erinnerungen. Ihr Mund verzog sich zu einem sanften Lächeln, während ihr Blick ins Nichts gerichtet war. Inga malte sich aus, welche Bilder vor ihrem inneren Auge erschienen.

»Ja, er war der Feind. Aber er war auch ein Mensch, der Hilfe brauchte. Er hatte das Grauen erlebt. Seine ganze Familie starb einen schrecklichen Tod, während er gegen die Deutschen kämpfte.«

Inga sah sie fragend an. »Sie müssen entschuldigen, ich bin nicht sehr bewandert, was die Geschichte des Zweiten Weltkriegs angeht.«

»Das macht nichts.« Andrejs Großmutter seufzte. »Wissen Sie, die Stadt Leningrad wurde nicht erobert, sondern ausgehungert. Hitler war grausam. Er ließ Millionen von Menschen einkesseln, und sie hatten nichts zu essen. Sie können sich das Grauen nicht vorstellen. Die Menschen aßen Pferde, Ratten, schabten Kleister von den Tapeten, manche töteten gar, um die Leichen danach aufzuessen. Die Belagerung dauerte neunhundert Tage.«

»Was?« Inga verzog entsetzt und angewidert ihr Gesicht. »Ich habe davon noch nicht gehört, nur von Stalingrad.«

Geistesabwesend pickte die alte Dame mit dem Zeigefinger Krümel vom Teller auf. »Ich hoffe, ich langweile sie nicht mit meinen Geschichten.«

»Nein, auf keinen Fall. Erzählen Sie weiter.«

»Also, wir im Krankenlazarett haben nur am Rande mitbekommen, was los war. Aber als die Sowjets die Belagerung endlich sprengten und die Deutschen in die Flucht schlugen, mussten auch wir uns langsam zurückziehen. Ich bin nach Hause zurück. Aber dort war niemand mehr von meiner Familie.«

»Nein?«

»Alle waren geflohen. Als ich in meinem ehemaligen Zuhause ankam, traf ich auf meinen zukünftigen Mann und fünf andere russische Soldaten. Ich hatte schreckliche Angst. Aber ich hatte Glück. Einige der Soldaten belästigten mich, und mein späterer Mann kam mir zu Hilfe. Er wies sie zurecht und brachte mich in Sicherheit.

Er erzählte mir von dem schrecklichen Schicksal seiner Familie, und ich fühlte mit ihm. Egal ob Russe oder Deutscher, solch ein Leid hatte niemand verdient. Er war ein guter Mensch, und er war einsam. Nicht alle russischen Soldaten waren vergewaltigende Monster, wissen Sie? Wir verliebten uns, heirateten, ich nahm seinen Namen und die russische Staatsbürgerschaft an und durfte bleiben. Anfangs lebten wir noch auf unserem alten Hof, aber dann zogen wir in den Norden und bauten dieses kleine Häuschen, in dem ich noch heute lebe.«

Inga lächelte. »Schön.« Nachdenklich drehte sie die Kaffeetasse in ihrer Hand. Viele Fragen gingen ihr durch den Kopf. Wie war es dazu gekommen, dass Andrej bei seiner Großmutter aufgewachsen war? Was war mit seiner Mutter geschehen? Inga brannte vor Neugierde, doch es war unpassend und hatte nichts mit ihrer Geschichte und ihrem Großvater zu tun.

»Aber nun erzählen Sie mal von Schweden. Ich kenne das Land nur von Bildern«, forderte die alte Frau Inga auf.

Inga beschrieb ihr Heimatland in den prächtigsten Farben. Als sie von ihrem Großvater erzählte, wurde Andrejs Großmutter hellhörig.

»Und was genau hätten Sie denn gerne von mir gewusst über die Zeit vor und nach dem Krieg?«, fragte sie.

Inga kramte den Stoß alter Fotos aus ihrer Tasche. »Mein Großvater ist in der Nähe von Königsberg aufgewachsen, ebenso wie Sie. Seine Eltern waren auf einem großen Gut angestellt. Dietrich Sokolow und Helga Sokolowa.« Sie hielt inne und sah die alte Frau gespannt an, ohne eine Regung auf ihrem Gesicht zu erkennen.

»Diese Namen sagen mir nichts, meine Liebe. Leider.«

»Aber vielleicht haben Sie von ihren Arbeitgebern gehört. Es war das Gut von Alfred von Bergen.«

Andrejs Großmutter hob den Kopf und sah ihren Gast erstaunt an. »Dorothea und Alfred von Bergen? Aber natürlich habe ich sie gekannt. An die Mutter kann ich mich kaum erinnern, aber den alten Herrn des Hauses habe ich noch im Gedächtnis.«

In Ingas Hals breitete sich eine beklemmende Trockenheit aus, die ihr für einen kurzen Moment die Luft nahm. Sie kam sich unvorbereitet vor, überfordert von dem Gedanken, tatsächlich jemandem gegenüberzusitzen, der etwas von der Vergangenheit ihres Großvaters wusste. Damit hatte sie nicht im Geringsten gerechnet. Sie räusperte sich. »Ähm ... und erinnern Sie sich an eine Martha?«

»Martha? Nein, eine Tochter namens Martha hatte die Familie nicht. Zumindest lebte keine Martha dort. Meine große Schwester hat sich kurz vor dem Zweiten Weltkrieg um eine Stelle als Dienstmädchen auf dem Gut beworben, aber da war die Hausherrin gerade verstorben. Dann wurde der junge Herr in den Krieg einberufen, und der Bedarf an Personal ging zurück.« Sie lächelte. »Ein sehr schönes Gut. Sie sagen, Ihr Großvater hat dort gearbeitet? Wie war noch mal sein Name?«

»Karl Sokolow, der Sohn von Dietrich und Helga.«

Die alte Dame schüttelte den Kopf. »Nein, leider, diesen Namen kenne ich nicht. Ich kann mich aber noch an den jungen Hausherrn erinnern. Ein sehr gut aussehender Mann.« Sie schob ihren Kopf näher an Ingas heran. »Einen ordentlichen Skandal hatte er sich damals erlaubt. Er hat ein Dienstmädchen geschwängert und geheiratet. Die konservative Frau von Bergen war damals schon verstorben. Das ganze Dorf hat davon geredet.«

Inga kramte das Foto der beiden Jungen hervor. »Das müsste der Sohn des Grafen sein zusammen mit meinem Großvater. Die zwei waren befreundet. Das Foto stammt aus dem Jahr 1929.«

Andrejs Großmutter schob ihre Brille auf die Nase und betrachtete das Bild. »Als der junge Herr von Bergen so klein war, kannte ich ihn noch nicht. Ich bin ja erst 1926 geboren, wissen Sie.« Sie wendete das Foto. »Karl und Johann. Nun, dann muss er es wohl sein, nicht wahr. Sein Name war Johann.«

»Was für ein unglaublicher Zufall, dass sie die Familie kennen!«

»Ach«, Andrejs Großmutter machte eine wegwerfende Handbewegung, »ich kannte sie ja nicht persönlich. Aber ich hab doch da gewohnt. Jeder kannte die großen Güter in der Nähe. Wie ich sehe, kennen Sie die genaue Anschrift. Haben Sie sich das Gut schon angesehen?«

Inga sah die Frau verstört an. Sie hörte ein leises Rauschen in ihren Ohren und fühlte das Pochen ihres Herzens unterhalb ihrer Kehle. Sie bedachte die alte Dame mit einem fragenden Blick. »Ich ... ich dachte, das Gut wurde im Krieg zerstört.«

»Ich bin mir ganz sicher, dass die Villa noch steht. Natürlich waren das Haus und die Stallungen schwer beschädigt, aber als ich von Sibirien heimgekommen bin, also ein paar Jahre nach Kriegsende, da war das Wohnhaus noch einigermaßen erhalten.«

»Das ist lange her«, sagte Andrej leise. »Der Staat konnte sich das Abreißen der alten Herrschaftsvillen nicht leisten. Sie verrotten vor sich hin oder werden von Ausländern erworben. Gut möglich, dass noch etwas da ist.«

Das dritte Stück Mandeltorte übte mit einem Mal keine Verlockung mehr auf Inga aus. Sie begann ungeduldig unter dem Tisch zu zappeln, nicht unbemerkt von Andrej und seiner Großmutter, die sich wissend zuzwinkerten.

»Oma, ich denke, es ist Zeit aufzubrechen. Wir haben eine lange Rückfahrt.«

Inga nickte zustimmend und schnellte hoch. »Ich danke Ihnen vielmals. Es war ein sehr netter und informativer Nachmittag.«

Die alte Dame erhob sich langsam und unter sichtbarer Anstrengung. »Es freut mich, wenn ich Ihnen etwas weiterhelfen konnte«, erwiderte sie lächelnd.

Inga fasste ihre Hand und drückte sie herzlich. Sie wollte nicht unhöflich erscheinen, doch die Ungeduld fraß sie förmlich auf. Sie nahm auf dem Beifahrersitz Platz und faltete ihre Hände in den Schoß, um sich etwas zu beruhigen und die Gedanken, die durch ihren Kopf rasten, zu ordnen. Andrej verabschiedete sich mit einer innigen Umarmung von seiner Großmutter und setzte sich mit entschlossenem Blick neben Inga.

»Ich denke, die Nachricht, dass die Villa noch steht, hat dich überrascht. Wollen wir uns auf dem Heimweg das Gut ansehen, oder das, was davon noch übrig ist?«

»Ich verstehe das nicht. Mein Großvater war doch mit meiner Großmutter hier. Hat er sich denn nicht sein Elternhaus angesehen?«

»Was hat er denn erzählt?«

»Nicht viel.« Inga senkte den Blick. »Mein Opa wird sterben, Andrej. Er kann kaum noch sprechen, und immer häufiger redet er wirres Zeug. Er hat aus seiner Vergangenheit immer ein großes Geheimnis gemacht. Wahrscheinlich wollte er uns gar nie etwas von Ostpreußen erzählen. Aber dann lag eines Tages dieser Zettel mit dem Namen Martha Sokolowa auf seinem Nachttisch.«

Andrej nahm Ingas Hand und drückte sie. »Es tut mir leid, dass es ihm schlecht geht. Vielleicht können wir ja noch etwas für ihn herausfinden.«

Inga nickte, löste vorsichtig ihre Hand und betrachtete Andrej einen Augenblick lang wortlos.

»Was ist los?«

»Warum tust du das für mich, Andrej? Wir kennen uns doch gar nicht.«

Er lächelte und zuckte mit den Achseln. »Ich weiß es nicht ... In den letzten Jahren habe ich so viele enttäuschte Nachfahren durch Kaliningrad geführt. Alle haben gehofft, irgendwelche Spuren ihrer Vergangenheit zu finden. Du bist die Erste, die zumindest ein kleines bisschen Erfolg hat, und ...« Er stockte. »... und ich verbringe gern die Tage mit dir. Es macht Spaß. Du bist klug und fröhlich und ...« Er verstummte und ließ die letzten Worte unausgesprochen.

Inga ärgerte sich, als ihre Wangen anfingen zu glühen. Sie nickte unmerklich, erwiderte aber nichts. Sie biss sich auf die Unterlippe und kämpfte gegen die plötzliche Traurigkeit an, die ihr Herz überflutete. Die Nachrichten von zu Hause waren ernüchternd. Kalle verharrte in einem regungslosen Tiefschlaf, hatte Pernilla mit belegter Stimme berichtet. Nur manchmal werfe er sich unruhig im Bett hin und her und würde um Vergebung bitten. Inga spürte, wie sich auf ihren Oberarmen eine Gänsehaut ausbreitete. Die Ungewissheit, was ihren Großvater und seine Vergangenheit betraf, belastete sie und drückte auf ihre Brust.

»Sie sind noch da. Die Rosenstöcke … wie auf dem Bild.«

Andrej musste sich bemühen, die nahezu tonlosen Worte Ingas zu verstehen. Stumm beobachtete er die Regungen ihres Gesichtes und wippte nervös von den Fersen auf die Zehenspitzen. Er folgte ihrem Blick und betrachtete die kahlen Rosengehölze, die sich an der Seitenwand des Hauses emporschlängelten. Zwischen Bergen von Schnee erhob sich eine prachtvolle Fassade mit elegant geschwungenem Giebeldach. Eine breite Treppe führte auf eine große verglaste Terrasse und verleitete zum Eintreten.

»Es ist bewohnt.« Immer noch verunsichert bewunderte Inga das glanzvolle Gesicht der Villa. »Ich hatte eine Ruine erwartet«, stöhnte sie und wandte Andrej den Blick zu.

»Vielleicht hat dein Großvater ja herausgefunden, dass jemand das Haus gekauft und renoviert hat.«

Inga scharrte ungeduldig mit der Schuhspitze den Schnee von einer Seite auf die andere.

»Was ist? Wollen wir anklopfen?«

Ingas Beine schienen wie gelähmt, als Andrej sie unterhakte und langsam mit ihr auf das Eingangstor des Hauses zuschritt. Eine Sekunde lang war sie versucht umzukehren, als sie hörte, wie die Kette hinter der Tür gelöst wurde. Die Frau, die vorsichtig durch den Spalt spähte, musterte den unerwarteten Besuch neugierig. Nervös knetete Inga ihre Hände, während Andrej in einigen russischen Sätzen den Grund ihres Kommens erklärte. Auf dem Gesicht der Frau breitete sich ein erstauntes Lächeln aus, und sie zog die Türe weiter auf, um die Besucher einzulassen. Verwirrt blickte Inga von Andrej zu der Hausbesitzerin.

»Bitte, bitte«, sagte die Frau in akzentbehaftetem Deutsch und winkte sie herein.

Inga lächelte und betrat das Haus, während sich Andrej mit der Hausherrin weiter auf Russisch unterhielt. Obwohl Inga kein Wort verstand, verrieten ihr Tonfall und Gestik, dass Andrej über eine Aussage äußerst verwirrt und überrascht schien.

»Was ist los?«, fragte sie, als sie die quälende Anspannung nicht länger ertrug.

»Du wirst es kaum glauben.«

»Was denn?«

»Sie weiß, wer Martha Sokolowa ist.«

27

Nahe Smolensk, Russland, September 1941

In Karls Zügen lag eine erschreckende Ausdruckslosigkeit. Er war nur noch ein Schatten seiner selbst, befolgte Befehle, die jeder Logik widersprachen, mit dem einzigen Ziel, zu töten und voranzukommen. Er fühlte nichts dabei. Das angsterfüllte Gesicht des ersten Feindes, den Karl erschossen hatte, war ihm in den Schlaf gefolgt und hatte ihm das Gefühl gegeben, ein Mörder zu sein. Ein Jahr später war er sich nicht mehr annähernd bewusst, wie viele Menschen er schon aus dem Leben gerissen hatte. Inzwischen fiel ihm das Abdrücken des Abzugs nicht schwerer als das Verscheuchen einer Mücke. Man tötete, um selbst zu überleben.

Karls Einheit befand sich in der Nähe von Smolensk, und obwohl die Verluste aufseiten des Feindes groß waren, gab die russische Armee nicht auf. Die deutschen Soldaten hofften zwar noch, dass Weihnachten alles zu Ende sein würde, doch das Gesicht des Krieges hatte sich gewandelt.

Karl lief auf den Hof zu, aus dessen Schornstein noch Rauch aufstieg. Hier standen sie keiner Armee gegenüber. Die meisten Zivilisten waren geflohen, aber in diesem Dorf hatten sich noch ein paar Menschen in der Hoffnung, doch verschont zu werden, in ihren Häusern und Gehöften verschanzt. Karl widerstrebte es, gegen einfache Leute, Bauern, Greise, Frauen und Kinder zu kämpfen. Er verfluchte ihre Dummheit. Warum waren sie nicht einfach davongelaufen, als noch Zeit gewesen war? Immer wieder trafen sie auf verängstigte Russen, die ihr Hab und Gut nicht hergeben wollten. Manche liefen noch im letzten Moment davon, andere – wie die Bewohner des Hofes, vor dem er sich befand – versuchten doch tatsächlich, sich mit Mistgabeln und mit Steinen als Wurfgeschossen zu verteidigen.

Als er sich vergewissert hatte, dass sie den Widerstand aufgegeben hatten, rief er nach seinen Kameraden. Die Stube war warm, aber leer. Karl öffnete die Tür zur Schlafkammer und fand zwei Jungen, die sich verängstigt aneinanderdrückten.

»Dawei, dawei!«, schrie er und trat einen Schritt zur Seite, um den Kindern den Weg frei zu geben. Sie sahen sich kurz an und stürzten durch die Eingangstür hinaus. »Dummköpfe«, schimpfte er hinter ihnen her.

Seine beiden Kameraden gingen die Treppe ins Obergeschoss hinauf, in der Hoffnung, dort etwas zu essen oder Brennmaterial zu finden. Karl stöhnte, als er den Schrei einer Frau hörte. Er ließ etwas Zeit verstreichen, bevor auch er hinaufging. Seine Kameraden hatten ein etwa sechzehnjähriges Mädchen aufgespürt. Sie hielten das verängstigte Ding fest und rissen ihr die Bluse vom Leib.

Karl schnalzte missbilligend mit der Zunge. »Lasst sie dann gehen«, murmelte er, wandte sich ab und verließ den Raum. Erschöpft ging er wieder nach unten und setzte sich auf eine hölzerne Bank vor einem Fenster, das eine gute Sicht auf die Dorfstraße bot. Er wusste, was oben vor sich ging, und es wäre für ihn ein Leichtes gewesen, dem

Mädchen zu helfen, aber der Hass auf den Feind war in seiner Brust ebenso gewachsen wie bei den anderen Soldaten. Dennoch beteiligte er sich nicht an den Vergewaltigungen russischer Frauen. Auch wenn die Lust noch so sehr in ihm brannte, so wollte er doch, dass die Frau, die bei ihm lag, ihn begehrte.

Karl wartete, bis die Geräusche aus dem Obergeschoss verebbten. Das Mädchen kam die Treppe heruntergestolpert, streifte ihn mit einem Blick voller Verachtung und zog die zerrissene Bluse über ihre nackten Brüste. Ihre Augen waren gerötet, und Karl wusste, dass sie die Vergewaltigung in der Hoffnung zu überleben über sich hatte ergehen lassen. Sie schleuderte ihm einige russische Beschimpfungen ins Gesicht, auf die Karl mit einem bedauernden Nicken reagierte, und verließ eiligst das Haus. Er kramte das Päckchen mit den letzten Resten billigen Tabaks aus seiner Tasche und rollte sich eine Zigarette. Er zündete sie an, nahm einen tiefen Zug und schüttelte über sich selbst und seine Gleichgültigkeit den Kopf.

Wann hatte er aufgehört, ein Mensch zu sein? Er und Johann hätten zusammenbleiben sollen – vielleicht hätte sein Freund ihn immer wieder daran erinnert, wofür es sich zu überleben lohnte. Aber möglicherweise verrottete Johanns Leiche ja bereits in irgendeinem Schützengraben, oder er litt Qualen in einem Kriegsgefangenenlager.

Die Russen hatten einige Zeit benötigt, um sich gegen die Gegner zu wappnen. Obwohl die Wochenschau gepredigt hatte, dass sie kurz vor dem Überfall auf Deutschland gestanden hätte, schien die russische Armee unvorbereitet. Das brachte Karls Kompanie einige Wochen Vorsprung.

Die ersten Eroberungsfeldzüge der Heeresgruppe Mitte, die gegen Moskau marschierte, waren schnell vorangegangen, und die deutsche Wehrmacht war in rasender Geschwindigkeit gen Osten marschiert. Der Tenor der Wochenschauen lautete, dass die Wehrmacht den russischen Koloss mit einem Schlag zerschmettern würde, und alle hatten daran geglaubt. Das gab den Soldaten Mut und, wie Karl festgestellt hatte, eine gewisse Arroganz, unbesiegbar zu sein.

Doch der Widerstand war zäher geworden. Die Heeresgruppe Mitte war nun nur noch vierhundert Kilometer von Moskau entfernt. Das Ziel in greifbarer Nähe, saßen die Soldaten in der Nähe von Smolensk fest. Es schien, als würden die Russen versuchen, die Deutschen so lange wie möglich aufzuhalten, um die Verteidigung der Hauptstadt vorzubereiten.

Karl lugte aus dem Fenster. Auf dem Dorf lag eine trügerische Stille. Der Feind hatte wochenlang Widerstand geleistet, doch nun schien der Durchbruch geschafft. Im Hintergrund stiegen Rauchsäulen auf. Die drei Männer verharrten einige Stunden in dem Haus, bis der Befehl kam, sich zu sammeln. Die Ausbeute war nicht sehr groß gewesen. Die meisten Höfe waren bereits verlassen, und bis auf einige Gläser aus den Kellern war nichts übrig geblieben. Niemand sprach von einer bevorstehenden Hungersnot oder von den Vergewaltigungen, den brennenden Häusern. Die Soldaten unterhielten sich über Belangloses oder schwiegen, versuchten Kraft zu schöpfen bis zum nächsten Einsatz, schlürften wässrigen Feigenkaffee und bemühten sich, ein paar Stunden zu schlafen.

Am nächsten Morgen rieb sich Karl die Müdigkeit aus den Augen und klopfte den Staub von der Hose. Die Neuigkeiten, die den Soldaten mitgeteilt wurden, waren niederschmetternd. Der Kessel um Smolensk war doch nicht erobert, die Russen noch nicht zur Gänze zurückgedrängt. Es hieß weiterzukämpfen, vorzurücken, bis sie freien Marsch auf Moskau hatten. Karls Kompanie verließ das Dorf und zog weiter über Feldwege, die von der Sonne in Staublandschaften verwandelt worden waren.

Karl schob stumpf einen Fuß vor den anderen. Manchmal schloss er für einen kurzen Moment die Augen und sah den heimischen Strand vor sich, die sanften Wellen und Ebbas Fußabdrücke im Sand. Er sehnte sich zurück an die Ostsee und versuchte vergeblich, das immer wiederkehrende beklemmende Gefühl zu verdrängen. Diese Angst, niemals heimzukehren, seinen Eltern nie wieder gegenüberzustehen und Ebba nie mehr wiederzusehen, ohne ihr gesagt zu haben, dass er sie liebe. Es war belanglos, dass sie seine Gefühle nicht erwiderte, dass sie mit seinem besten Freund verheiratet war. Karl wollte nur, dass sie es wusste, bevor ihn möglicherweise eine feindliche Kugel traf und er als namenloser Soldat der Heeresgruppe Mitte auf dem Kampffeld verrottete.

In den Nächten beherrschten die Bilder der vergangenen Wochen Karls Träume. Die brennenden Höfe, die verbrannte Erde und vor allem die Kriegsgefangenenlager. Selten hatte Karl so viel Leid zusammengepfercht auf so kleiner Fläche gesehen. In den Lagern befanden sich Tausende Russen, teilweise wurden sie ausgehungert oder umgebracht. Das langsame Verhungern war ein grausamer Tod, den Karl, seit er die Lager gesehen hatte mehr fürchtete als eine tödliche Kugel. Darüber hinaus herrschten dort Typhus und Fleckfieber. Die hygienischen Zustände waren verheerend, und die Gefahr der Ansteckung war groß. Die Bilder und Gerüche hatten sich in Karls Gedächtnis gebrannt. Er hatte große Erleichterung empfunden, als sie weitergezogen waren, als wäre es möglich, die Geschehnisse zu verleugnen, wenn sie nicht vor seinen Augen geschahen. Karl versuchte, sich einzureden, dass dies das Gesicht des Krieges sei.

Anfangs hatte Karl noch zu Gott gebetet, dass die Russen nie Gelegenheit für einen Vergeltungsschlag bekämen und dass dieser Feldzug so schnell wie möglich von Erfolg gekrönt sein würde. Seit einiger Zeit war er zu der Überzeugung gelangt, dass ein göttliches Wesen – falls es eines gab – sich von diesem barbarischen Schauplatz längst entfernt hätte.

Er schob sich durch die aufgeregt plappernde Menge seiner Kameraden, bis er in die erste Reihe gelangt war und beste Sicht auf das Geschehen hatte. Eine Kolonne Lkws, beladen mit russischen Juden, rollte näher. Zu Karls Verwirrung befanden sich auf den Ladeflächen neben Männern dieses Mal auch Frauen und Kleinkinder. Er hatte von den Spezialeinheiten gehört, deren angebliche Aufgabe es war, Juden im eroberten Gebiet aufzuspüren und zu beseitigen. Doch bisher hatte er diesen Gerüchten keinen Glauben geschenkt. Karl sah um sich. Es waren einige Gruben ausgehoben worden, in die die Gefangenen getrieben wurden. Karl schaute in die Augen eines etwa vierjährigen dunkelhaarigen Jungen, der ihn mit angstvollem

Blick anstarrte. Ebbas und Johanns Sohn Wilhelm und auch seine kleine Schwester Martha würden bald dieses Alter haben, schoss es Karl durch den Kopf. Aus einem inneren Gefühl heraus lächelte er dem Kind zu, vielleicht um seine Angst zu mildern. Im selben Moment fühlte er sich wie ein Heuchler, wusste er doch, was nun geschehen würde. Schüsse krachten, und die Menschen fielen in sich zusammen wie Marionetten, deren Seile man gekappt hatte.

Karl wandte sich ab und drängte sich zurück durch die Menge. Er wusste, dass die Russen die Juden verfolgten, die Bevölkerung sie hasste und ebenso prügelnd auf sie losging, wie es in Deutschland der Fall war. Die Wehrmacht sah wohlwollend zu. Sein Blick fiel auf die toten Kinder. Ihm wurde übel, und er beugte sich nach vorn, atmete einige Male tief durch und versuchte den Brechreiz zu unterdrücken. Karl wollte es immer noch schaffen, Mensch zu bleiben. Er hasste den Feind, er mochte auch keine Juden, doch er zwang sich, eine gewisse Moral in sich selbst am Leben zu erhalten. So wie es seine Eltern von ihm erwarteten.

* * *

Leningrad, Russland, Oktober 1941

Ende Oktober war auch dem letzten Soldaten klar, dass die Eroberung Leningrads nicht mehr stattfinden würde. Zumindest nicht in diesem Herbst. Die Finnen, auf deren Unterstützung man gehofft hatte, hatten dem Druck der

Briten und Amerikaner nachgegeben und hatten sich zurückgezogen. Die anderen Einheiten, die auf Leningrad vorrückten, wurden im Oktober von den plötzlichen Regenfällen und den darauf folgenden Schlammmassen überrascht. Die Lkws und anderen Automobile blieben im meterhohen Morast stecken. Keines der Fahrzeuge war für solche Bedingungen gebaut worden. Es war eine Sintflut, das Ende des Blitzkrieges und ein leiser Vorgeschmack auf den Winter, der noch folgen sollte.

Johann und seine Kameraden schippten Erdbunker und Wälle, um eine Verteidigungslinie um die Stadt aufzubauen. Niemand sollte die Stadt lebend verlassen, so lautete der oberste Befehl. Die Nächte wurden kälter. Der Boden war von den Regenfällen aufgeweicht, und die umherliegenden Leichen waren mit einer dicken Schlammschicht umhüllt. Weiße Nebelschwaden zogen über die durchweichte, von den Geschossen zerklüftete Erde, auf der weder ein Grashalm noch ein anderes Gewächs überlebt hatte. Bei kurzen Gefechtspausen kauerten sich Johann und seine Kameraden eng aneinander in die Schützengräben und löffelten heiße, geschmacklose Brühe.

Als der erste Frost kam und bald darauf der erste Schnee fiel, wurde die Lage für die Soldaten und die Belagerten zum täglichen Kampf ums Überleben. Johann drückte sich in eine windgeschützte Ecke und kramte mit zitternden Händen die Fotografie seiner Frau aus der Innentasche seiner Jacke hervor. Er trug sie immer bei sich, hoffte, sie würde ihn beschützen und begleiten in der elenden Not, die er jeden Tag erdulden musste. Sacht fuhr er mit dem Daumen über die zarten Züge seiner Ebba. »Geliebte, wenn ich nur sehen könnte, wie es dir geht. Bist du gesund? Geht es unserem Sohn gut? Ich vermisse euch so sehr ...« Er seufzte, drückte das Bild innig an seine Brust und begann zu schluchzen. Unbeobachtet von seinen Kameraden, ließ er sich in seinen Schmerz und seine Sehnsucht hineinfallen und litt unter der brennenden Frage, ob er seine Frau und sein Kind jemals wiedersehen würde.

Der Winter 1941 ging vorbei, und wie durch ein Wunder überlebte Johann. Die Belagerung der Stadt zog sich endlos hin, und die Schüsse und Granateinschläge waren zu seinen täglichen Begleitern geworden. Er zuckte kaum noch zurück, wenn ein Kamerad neben ihm zusammensackte und starb. Den ganzen Winter hindurch hatte er erwartet, zu erfrieren, zu verhungern oder erschossen zu werden. Doch er harrte aus, überlebte, Tag für Tag, Nacht für Nacht. Irgendwann wünschte er sich den Tod, um diesen trostlosen Ort endlich zu verlassen. Doch der innere Überlebenswille ließ ihn weiterkämpfen.

28

Lazarett, nahe Kursk, Russland, Mai 1942

Erna wusch ihr Gesicht mit einem Schwall kalten Wassers und sank erschöpft auf einen Holzhocker. Sie schloss die Augen und sah Bilder der Verletzten, Bauchschüsse, abgerissene Gliedmaßen, hoffnungslose Gesichter vor sich. Schmerzverzerrte Fratzen, die sie bis in den Schlaf verfolgten und ihre Träume beherrschten.

»Schwester Erna?« Charlotte steckte den Kopf in Ernas Kammer. In den Augen der jungen Krankenschwester standen Tränen, ihre Haut schimmerte blass, während sie versuchte, Haltung zu bewahren.

»Was gibt es?« Eine Welle des Mitleids überrollte Erna, als sie das Mädchen an der Türschwelle stehen sah. Gerade eben dem Schulalter entwachsen, hatte sie sich mit Euphorie und Führertreue zum Schwesterndienst gemeldet. Sie war erst seit zwei Tagen hier an der Ostfront und kämpfte Stunde für Stunde um Fassung. Das Grauen hatte bei Weitem ihre naive Vorstellung überschritten. Erna, die zu den älteren Schwestern zählte, versuchte, ihr Trost und Kraft zu geben. Die junge Frau hatte noch nicht einmal Ebbas Alter und war den harten Anforderungen eines Schwesterndienstes nicht gewachsen. Doch Erna wusste, dass das Mädchen mit jedem Tag ein weiteres Stück ihrer Jugend hinter sich lassen und erwachsen und abgebrüht werden würde. Das Rote Kreuz war tief in sowjetisches Gebiet vorgerückt. Weit entfernt von jedem deutschen Ort versuchten die Frauen, Leid zu mildern, Soldaten wie am Fließband zu versorgen, Tote abzutransportieren und dabei noch Mensch zu bleiben.

»Amputation«, brachte Charlotte hervor.

»Jetzt noch? Ich bin seit vierzig Stunden auf den Beinen. Ich brauche ein bisschen Schlaf.«

»Der Doktor will, dass Sie kommen.«

Erna seufzte, erhob sich und ging auf die junge Frau zu. »Du siehst erschöpft aus, Charlotte. Leg dich eine Weile hin. Die ersten Wochen sind hart, aber du wirst sehen, dass du dich an die Arbeit gewöhnst.«

»Ja?« Charlotte senkte den Blick und schluchzte laut auf.

Erna legte ihr die Hand auf die Schulter. »Ich verspreche es dir«, sagte sie leise. »Du gewöhnst dich an den Anblick. Und nun geh und ruh dich aus.« Sie schob sich an der jungen Frau vorbei und betrat erneut den Krankensaal. Der Gestank war erdrückend. Die Fenster mussten geschlossen bleiben, da man fürchtete, unter Beschuss zu geraten.

Der Doktor winkte Erna ungeduldig zu sich. Auf der Bahre lag ein junger Soldat, dessen Bein nicht mehr zu retten war. Noch verfügten sie über Morphium und konnten die Soldaten zumindest während einer Operation in einen Dämmerzustand versetzen. Erna nickte dem Arzt zu und legte dem Patienten eine Maske über Mund und Nase. Sie tropfte ein wenig Flüssigkeit darauf. Binnen weniger Minuten verebbte das Stöhnen des Verwundeten, und er fiel in einen tiefen Schlaf.

Als die Operation beendet war, erschien eine junge russische Frau im dunkelblauen Arbeitskittel mit einem

Blecheimer voll Wasser und einem Lappen. Sie kniete sich auf den Boden und schrubbte das Blut von den Fliesen. Erna nickte ihr zu und bedankte sich auf Russisch. Ein paar Wörter hatte sie inzwischen gelernt. Erna bemitleidete die einheimischen Frauen, die in den Lazaretten arbeiteten, und ihr war immer noch nicht klar, warum diese sich freiwillig meldeten. Möglicherweise war es die Hoffnung, dadurch einem schlimmeren Schicksal zu entgehen. Von den meisten Schwestern wurden sie als Menschen zweiter Klasse angesehen, doch Erna kannte von jeher keine Kategorien, wenn es um Menschen ging.

Sie verließ den Krankensaal und setzte sich auf eine Bank vor dem Lazarett. Krankenwagen brachten unaufhörlich neue Verletzte, manche wurden in Zelten untergebracht – die hoffnungslosen Fälle. Erna kramte in ihrer Tasche nach einer Zigarette und zündete sie an. Sie nahm einen tiefen Zug und wandte den Blick zum Himmel. Für einen kurzen Moment entfloh sie der Realität und dachte an ihre Heimat, ihre Tochter und ihren Enkelsohn. Sie zog das Foto von Ebba und Wilhelm aus ihrer Kitteltasche und betrachtete es zärtlich.

Die junge Russin trat aus dem Haus und schüttete das rot gefärbte Wasser auf den Platz vor dem Lazarett. Während die Flüssigkeit langsam im Kies versickerte, setzte sie sich in respektvollem Abstand neben Erna und musterte sie schüchtern. Erna bot ihr eine Zigarette an, die die Frau dankbar annahm. Ernas Russisch war zwar dürftig, aber es reichte aus, um oberflächliche Informationen auszutauschen. Darüber hinaus sprachen die Hilfskräfte auch einige Brocken Deutsch.

»Meine Familie«, erklärte Erna, »meine Tochter und mein Enkel. Der Schwiegersohn ist im Krieg.«

Die Russin warf einen Blick auf das Foto und nickte. »Ich wohnen gleich da.« Sie wies in Richtung des kleinen Dorfes, das in der Nähe des Lazaretts lag.

»Haben Sie Familie?«, erkundigte sich Erna.

»Ja, Mann, Sohn ... zwei«, entgegnete die Frau und hielt Zeige- und Mittelfinger hoch.

»Zwei Söhne. Es ist gut, dass Ihre Kinder in der Nähe sind.«

Die Russin lächelte. Erna wusste nicht, ob sie verstanden hatte.

»Ich Laden, da in Stadt.«

»Der Lebensmittelladen? Ihnen hat der gehört?«

Die Frau nickte und nahm einen weiteren Zug an ihrer Zigarette. In dem Laden gab es schon lange nichts mehr zu kaufen, nachdem die Deutschen alles geplündert hatten. Das war einer der Gründe, warum sich die Frau freiwillig im Lazarett gemeldet hatte. Dort hoffte sie, wenigstens ab und zu eine Entschädigung in Form von Lebensmitteln für ihre Arbeit zu bekommen.

»Schwester Erna, kommen Sie bitte.« Der Arzt blickte stirnrunzelnd von der Russin zu Erna und winkte ungeduldig. Erna ärgerte sich. Sie hätte zu Bett gehen sollen, bevor er ihr weitere Arbeit zuwies. Schließlich zuckte sie mit den Schultern und warf der Russin einen resignierten Blick zu. Sie stand auf und folgte dem Arzt. Die zweiundvierzigste Arbeitsstunde brach an.

* * *

Sie waren eine Gruppe von acht Schwestern, ausgestattet mit einem Handkarren und einigen Körben, auf dem Weg in den Ort. Die Versorgung war knapp geworden, und so machten sich die Frauen auf die Suche nach Essbarem. Als Erna durch die Straßen ging, trafen sie Blicke von verarmten, hungernden Frauen, deren Kinder sich Hilfe suchend an sie klammerten, aus Angst, die deutschen Frauen könnten ihnen etwas antun. Erna empfand Scham und Mitleid. Es waren Mütter, Kinder und alte Menschen, die sich außer in Aussehen und Sprache nicht von der deutschen Landbevölkerung unterschieden. Die meisten waren geflohen, doch einige harrten aus, weil sie nicht wussten, wohin sie sich wenden sollten.

Mit einem Mal verstummte das muntere Geplapper der Schwestern. Erna hielt inne und blickte sich um. Irgendetwas war geschehen. Kein Mensch befand sich auf der Straße, die Leute, die an den Fenstern oder in den Türen standen, betrachteten sie panisch, grüßten nicht wie sonst, flüchteten ins Haus und beeilten sich, die Fensterläden zu schließen, als sie die Gruppe kommen sahen.

»Was ist denn hier los?«, erkundigte sich Erna, ohne eine Antwort zu erwarten.

Aus dem Haus, in dem sich früher der Lebensmittelladen befunden hatte, drang lautes Gelächter und Gegröle mehrerer Männer und übertönte fast die Hilfeschreie, die von einer Frau stammten. Einige Schwestern wandten sich zum Gehen.

»Halt, wo wollt ihr hin? Hört ihr nicht? Da schreit jemand um Hilfe.« Erna stemmte die Hände in die Hüften, verärgert über die Gleichgültigkeit der anderen. Einzig Charlotte wimmerte leise vor sich hin.

»Wir können denen nicht mehr helfen«, sagte eine der Krankenschwestern.

Erna schüttelte den Kopf und hastete ohne weiteren Kommentar in den Laden. Das Geschäft war verwüstet. Die Söhne der Familie hockten zusammengekauert mit blutig geschlagenen Gesichtern in der Ecke, während sich einige deutsche Soldaten mit sichtlichem Vergnügen an der Mutter vergingen. Entsetzt erkannte Erna die junge Frau, die sie im Lazarett kennengelernt hatte. Die Männer hatten sie auf den Ladentisch gelegt und ihren Rock hochgeschoben. Während zwei Soldaten sie an den Händen festhielten, vergewaltigte sie ein anderer unter lauten Anfeuerungsrufen seiner Kameraden.

Erna versagte die Stimme. Der Schock lähmte sie, sodass sie für einen Moment keinen Laut hervorbrachte.

»Halt! Hört sofort auf, ihr Schweine!«, rief sie, als sie sich wieder gefasst hatte. »Halt, sage ich!«

Einer der Soldaten wandte sich zu ihr um und sah sie hämisch grinsend an. »Na, meine Süße, willst du auch mal?« Er war etwa neunzehn Jahre alt, bartlos, ein lächerliches Milchgesicht.

Erna kochte vor Wut. Sie dachte keinen Augenblick lang nach, als sie auf den Jungen zuschritt, ausholte und ihm eine kräftige Ohrfeige verpasste. »Wenn ihr nicht sofort aufhört, erstatte ich Meldung. Deine Mutter würde vor Scham sterben, könnte sie dich so sehen und hören, was du gerade zu einer Frau gesagt hast, die ungefähr so alt ist wie sie.«

Plötzlich wurde es still. Die Männer ließen von der Russin ab und kamen auf Erna zu. Sie atmete schwer, doch sie ließ sich nicht einschüchtern und hielt den Blicken der Männer stand.

»Ist es das, was der Führer von euch verlangt? Glaubt ihr, eure Familien sind stolz auf euch?«

Doch Erna lag falsch, wenn sie glaubte, sie könnte Soldaten bekehren, die seit Monaten, oft sogar Jahren, durch die Hölle gingen. Sie würden nicht eine Sekunde zögern, sie zu töten, und gewiss schätzten sie es nicht, gedemütigt zu werden.

»So, du bist also eine Russenfreundin? Vielleicht hätten wir dich gleich mit erschießen sollen«, knurrte einer der Männer und stieß sie hart an.

»Mit erschießen?« Ernas Miene verfinsterte sich. Der Kreis der wütenden Männer um Erna wurde immer enger, und sie machte sich bereits auf das Übelste gefasst, als plötzlich eine Stimme von hinten zu ihr durchdrang.

»Lasst sie in Ruhe!« Die anderen Schwestern standen hinter den Männern, ihre Waffen, die die Soldaten achtlos abgelegt hatten, um sich mit der Russin zu vergnügen, hielten sie in ihren Händen, ohne auch nur im Ansatz zu wissen, wie man damit schoss.

»Ach, Weiber, kommt schon, beruhigt euch«, murmelte ein Soldat und hob beschwichtigend die Hände. »Wir wollten nur ein bisschen Spaß haben. Ist doch nur eine Russin. Eurer Freundin werden wir schon nichts tun.«

»Das rate ich euch. Meine Kollegin ist schon zu eurem Vorgesetzten gegangen, um euch zu melden«, rief Charlotte mit plötzlich aufkeimendem Mut.

Niemand war irgendwohin gegangen, doch die Soldaten ließen zögernd von Erna und der Russin ab, drängten sich fluchend an den Frauen vorbei, nahmen ihnen die Waffen ab und verließen den Laden. Charlotte schloss die Augen und begann am ganzen Körper zu zittern.

Erna betrachtete die junge Schwester mit einer Mischung aus Bewunderung und Mitleid. Behutsam legte sie den Arm um sie und musterte ihr angsterfülltes junges Gesicht. »Siehst du, Charlotte. Ich hatte dir ja gesagt, man gewöhnt sich an alles. Danke«, fügte sie leise hinzu und machte sich daran, die geschundene Russin zu versorgen.

Auch die Söhne, von denen die junge Frau voller Stolz berichtet hatte, waren schlimm zugerichtet worden. In Erna brodelten Wut und die Gewissheit, dass dieses Vorgehen nicht rechtens war und geahndet werden würde. »Ich komme morgen wieder. Ich sehe nach Ihnen, keine Angst«, flüsterte sie. »Keine Angst«, wiederholte sie, als sie vor den Kindern stand. Sie strich ihnen über die Wangen und wurde im selben Moment schmerzlich an ihren Enkel erinnert. Die Jungen blinzelten eingeschüchtert zu ihr hoch und zuckten furchtsam zurück, als sie ihre Gesichter berührte.

Mutlos verließen die Schwestern den Laden und traten den Heimweg an. Ihre Suche nach Essbarem war erfolglos geblieben.

29

Gut von Bergen, nahe Cranz, Ostpreußen, Juni 1942

Es hatte nicht lange gedauert, bis Alfred von Bergen das Schlafgemach seiner Schwiegertochter und seines Enkels nach oben in Johanns Zimmer hatte verlegen lassen. Zum einen war es die unerträgliche Einsamkeit, die nach dem Tod seiner Frau und der Einberufung seines Sohnes im Obergeschoss herrschte, andererseits hatte sich zwischen ihm und Ebba mit der Zeit ein inniges Verhältnis entwickelt. Anders als erwartet, war es die Gesellschaft bald leid, über das unpassende Paar und die skandalöse Eheschließung zu lästern. Man hatte andere Probleme, Ängste und Sorgen, fürchtete um das Leben vieler junger Männer an der Front und verfolgte den Kriegsverlauf. Zu Ebbas großer Freude hatte der Graf ihr Zutritt zu seinem Arbeitszimmer gewährt, in dem sich Bücherregale, die mit Romanen, Lyrik und Fachliteratur gefüllt waren, befanden. Das verschaffte ihr das Vergnügen, Abend für Abend in Büchern zu schmökern und in ihre geliebte Fantasiewelt zu flüchten, in der es noch Zeit für Liebe und Sehnsucht gab.

Ebba strich sanft über das Foto ihres geliebten Mannes und stieß einen tiefen Seufzer aus. Sie hatte Johann seit der Hochzeit nicht mehr gesehen. Die Briefe, die anfangs nur so vor Liebesbezeugungen und Optimismus gestrotzt hatten, waren zu sachlichen Berichterstattungen geworden.

Doch Ebba hörte auch den Schmerz und die Sehnsucht, die aus jedem der geschriebenen Worte schrie. Sie ahnte, wie es um Johann stand, der in der Sachlichkeit den einzigen Weg sah, keine Ängste und Sorgen bei seinen Liebsten zu schüren. Einzig die Sehnsucht nach seinem Sohn äußerte er in jedem Brief. Einem Jungen, den er noch nicht kannte, der ohne Vater aufwachsen musste.

Am Anfang hatte Ebba gehofft, Johann würde miterleben, wie Wilhelm laufen lernte, dann, dass er das erste Wort hörte, das sein Sohn sprach. Und nun, da der kleine Mann plappernd über den Hof lief, blieb ihr nur noch zu hoffen, dass er seinen Sohn überhaupt jemals zu Gesicht bekommen würde.

Sie schob das Foto ihres Mannes unter ihr Kopfkissen, stand auf und schlich zu dem Kinderbettchen. Sie küsste ihren Sohn auf die Stirn und betrachtete ihn einen Augenblick lang. Auf Wilhelms Gesicht lag das unerschütterliche Vertrauen eines Kleinkindes, obwohl die Welt um ihn zusammenzubrechen drohte. Ebba nahm eine Schere aus der Schublade ihrer Kommode und schnitt dem schlafenden Jungen eine blonde Haarlocke ab. Sie band sie mit einem Stück Garn zusammen und zog die Holzkiste, mit der ihre Mutter einst bei Familie Silbermann gelandet war, aus dem Schrank. Behutsam öffnete sie den Deckel und legte die blonde Haarsträhne neben die anderen Schätze, die sie für ihren Mann sammelte. Es waren erste Fotografien ihres Sohnes, das erste Paar Schuhe und das erste Hemdchen, das Wilhelm nach seiner Geburt getragen hatte. Ebba wusste, dass Johann nicht viel für Sentimentalitäten übrig hatte, dennoch hoffte sie darauf, ihm dadurch wenigstens ein bisschen von der versäumten Zeit mit seinem Sohn zurückgeben zu können.

Sacht strich sie über das Fläschchen, in dem sich feiner Sand vom Strand befand. Jenem Strand, an dem sie sich jahrelang heimlich mit Johann getroffen hatte. Neben ihrem getrockneten Hochzeitsbukett lugte eine Fotografie von zwei Jungen heraus. Ebba betrachtete die Freunde, die Arm in Arm lächelnd in die Kamera sahen.

Von Dietrich und Helga wusste sie, dass Karl noch am Leben war. Der gute Karl, ihr treuer Freund. Sie wusste schon seit langer Zeit, dass er mehr für sie empfand. Doch ebenso begriff sie, dass es die Freundschaft der Männer zerstört hätte, wenn sie je ein Wort über seine heimliche Zuneigung zu ihr verloren hätte. Und wem hätte es gedient? Ihr Herz gehörte Johann, und Karl war nie mehr als ein Freund für sie gewesen. So bewahrte sie Stillschweigen über ihre Gewissheit und hatte ihm stets das Gefühl gegeben, nicht zu bemerken, wie seine Blicke in Momenten, in denen er sich unbeobachtet fühlte, auf ihr geruht hatten. Sie hatte es bewusst den guten Manieren zugeschrieben, dass er ihr häufiger den Arm zur Stütze geboten hatte, und vorgegeben, bei freundschaftlichen Umarmungen seinen Herzschlag nicht zu spüren. Er liebte sie, und sie wusste es.

Auf Alfred von Bergens Gut war vom Wüten des Krieges wenig zu spüren, sah man von dem Männermangel im Dorf ab. Die gewohnten Saisonarbeiter waren durch einige Zwangsarbeiter aus Polen ersetzt worden, doch da man seit jeher an polnische Saisonarbeiter gewohnt war, hatte es den Anschein, als wäre alles beim Alten. Die

Zwangsarbeiter waren dem Grafen trotz der Feindschaft der Heimatländer treu ergeben. Sie zeichneten sich durch Fleiß und Genügsamkeit aus. Ebba hatte Wut und Hass erwartet, doch die Kriegsgefangenen waren froh, dem Kampf und dem Tod entronnen zu sein, und fanden auf dem Gut Arbeit, Kost und Unterkunft.

Darüber hinaus mochten die Zwangsarbeiter Ebba, die seit der Einberufung ihres Mannes und ihres besten Freundes eine Menge Arbeiten selbst übernahm, die in den Augen der gehobenen Gesellschaft nicht zu dem Aufgabenbereich einer Frau aus ihren Kreisen zählten. Alfreds anfänglicher Protest war an Ebba abgeprallt. Sie wollte es nicht an Respekt fehlen lassen, doch das Nichtstun in Zeiten des Männermangels und der immer größer werdenden Not in der einfachen Bevölkerung, war Ebba ein Gräuel. Obgleich sie Alfred von Bergen über alle Maßen schätzte, nahm sie das Risiko auf sich, ihn zu verärgern, und erklärte, sie wolle nicht länger bei der Arbeit zusehen.

»Ich verspreche, mich bestmöglich um Wilhelm zu kümmern. Doch das kann in Zeiten wie diesen nicht meine einzige Beschäftigung sein.«

Sie hatte sich bemüht, bestimmt zu klingen, doch Alfred von Bergen hatte das Vibrieren in ihrer Stimme wahrgenommen. Für einen Moment täuschte er vor, verstimmt zu sein, doch tatsächlich bewunderte er die junge Frau für ihre Stärke und ihren Willen. Die Welt veränderte sich, und bald würde sich jeder daran gewöhnt haben, dass Gutsherren oder Adelstitel Relikte aus längst vergangenen Tagen waren.

Ebba brachte ihren Schwiegervater dazu, die Welt mit anderen Augen zu sehen. Schließlich willigte er ein, verweigerte allerdings sein Einverständnis zu schwerer körperlicher Arbeit. Im Juli stand das Einbringen des Heus an.

Ebba stand auf der Terrasse des Guts und wartete auf die einfahrenden Heuwagen. Sie band ein Kopftuch um ihr aufgestecktes Haar und warf einen Blick in das Kinderbettchen, in dem ihr Sohn schlummerte. Als Alfred aus dem Haus trat, musterte er seine Schwiegertochter mit vorwurfsvollem Blick.

»Also, muss denn dieses Kopftuch wirklich sein? Du siehst aus wie eine Dienstmagd.«

Ebba lächelte verlegen und zuckte mit den Schultern. »Das macht nichts. Das war ich ja auch lange Zeit. Das Kopftuch hat schon einen Sinn. Ich möchte mir mein Haar nicht schmutzig machen, und es schützt auch gegen Stallgeruch.«

»Ebba, ich bitte dich.« Alfred schüttelte den Kopf. »Eine Dame aus unseren Kreisen im Stall?«

»Der Knecht wurde doch eingezogen. Irgendjemand muss die Arbeit erledigen, und ich liebe die Pferde. Keine Sorge, die Dienerschaft lässt mich ohnehin keine schwere Arbeit machen.«

Alfred stieß die Luft aus und wandte den Blick ab. »Nun, meine Liebe, du hast recht. Wir haben mittlerweile zu wenig Personal. Leider sind wir in dieser etwas unangenehmen Situation, aber ich habe bereits weitere Unterstützung angefordert.«

»Noch mehr Zwangsarbeiter?«

Alfred nickte. »Hier haben sie es besser als an manch anderem Ort.«

»Wahrscheinlich haben Sie recht.« Ebba strich ihrem Sohn über die Wange und ging dem näher kommenden Heuwagen entgegen.

Pawel ging voran. Er führte das Pferd am Zügel und hielt seinen Kopf gesenkt, als wollte er dem Blick seiner Herrin entkommen.

»Pawel? Ist etwas geschehen?«

»Nein, Frau von Bergen. Alles in Ordnung.«

»Könnten Sie mich dann bitte ansehen?«

Pawel hob zögernd den Blick. Ebba zuckte entsetzt zurück, als sie das übel zugerichtete Gesicht des Polen sah.

»Mein Gott, was ist passiert? Hatten Sie eine Prügelei?«

Er schwieg, strich sich verlegen das Haar aus der Stirn, sodass eine weitere Platzwunde über dem rechten Auge sichtbar wurde. Die Augen waren zugeschwollen, als hätte man dem Mann beide Fäuste ins Gesicht gerammt.

»Alles ist gut«, murmelte Pawel noch einmal und machte Anstalten, sich abzuwenden.

»Nein, halt, Pawel! Was ist los? Ich möchte sofort wissen, wer Sie so zugerichtet hat.«

»Es war meine Schuld, Frau von Bergen, ich ...«

»Ja?« Sie bedachte ihn mit einem strengen Blick, der jegliches Verständnis missen ließ. Prügeleien duldete Ebba in ihrem Haus nicht, und sie hatte gehofft, das klar vermittelt zu haben.

»Ich ... ich habe meine Jacke vergessen.«

Alfred kam zu dem Gespräch hinzu und sah verwundert in das verletzte Gesicht des Polen. »Ihre Jacke? Was meinen Sie?«

»Das P. Das P ist doch auf der Jacke, und ich muss sie immer tragen.«

Ebba und ihr Schwiegervater schwiegen. Betreten musterten sie erst Pawel, dann einander. In Ebba stieg ein Gefühl tiefen Bedauerns auf, und sie bereute ihren strengen Ton, hatte sie doch die Situation gänzlich missverstanden. »Das … das tut mir leid, Pawel. Bitte vergessen Sie Ihre Jacke nicht wieder«, murmelte sie. Sie wandte sich ab, eilte die Treppe zur Terrasse hinauf und betrat den Salon. Behutsam zog sie die Glastür hinter sich zu, lehnte sich an die Wand und starrte an die Decke. Das »P«, das jeden Polen brandmarkte, unterschied sich nicht wesentlich von dem gelben Stern, den Juden seit Jahren tragen mussten. Doch die Brutalität, mit der sie diese Mitbürger und Zwangsarbeiter wegen Lappalien bestraften, war unbegreiflich. Wilhelm begann, erst wimmernd, dann lauter, nach seiner Mutter zu rufen.

Ebba räusperte sich, schluckte den Knoten im Hals hinunter und kehrte auf die Terrasse zurück. Die Arbeiter hatten ohne sie angefangen, das Heu abzuladen. Von Alfred von Bergen war nichts zu sehen. Ebba nahm ihren Sohn hoch und ging zum Stall, wo Helga sie bereits erwartete.

»Da sind Sie ja, Frau von Bergen. Geben Sie mir den Jungen. Er kann mir bei der Arbeit zusehen. Hier drinnen ist es ein bisschen kühler.«

Ebba nickte, küsste Wilhelm auf die Stirn, der bereitwillig die Ärmchen nach Helga ausstreckte, und griff nach der Heugabel.

Immer noch wurde Alfred von Bergen in seiner Funktion als Generalmajor zu Sitzungen der NS-Größen geladen. Natürlich musste er nicht mehr an die Front. Dennoch war er bei Besprechungen und bei der Planung des weiteren Vorgehens im Osten häufiger anwesend, als ihm lieb war. Manchmal blieb er mehrere Tage fort, doch meist kehrte er abends nach Hause zurück. Als er an jenem warmen Julinachmittag den Salon betrat, lag ein betrübter Ausdruck auf seinem Gesicht. Er schleuderte seine Kappe auf den kleinen Beistelltisch und ging wortlos zum Fenster.

Ebba wusste nicht, ob Alfred ihre Anwesenheit bemerkt hatte. Sie saß im Schaukelstuhl und wiegte ihren Sohn. Sie klappte das Märchenbuch zu, aus dem sie ihm vorgelesen hatte. »Wilhelm, sieh nur, Großvater ist heute früh zu Hause.«

Überrascht wandte sich Alfred zu der jungen Frau um. Als er seinen Enkel entdeckte, wandelte sich sein Gesichtsausdruck, und er lächelte dem Kind zu. »Wilhelm! Wie geht es dir, mein Junge?«

Der Kleine strahlte den alten Mann an und robbte vom Schoß seiner Mutter. Er stapfte, wenn auch noch auf etwas wackeligen Beinen, seinem Großvater mit ausgestreckten Armen entgegen, während er laut quietschte und vor sich hin brabbelte. Alfred von Bergen nahm seinen Enkel hoch, lächelte ihn stumm einige Sekunden an und richtete sich mit seinen Worten erneut an seine Schwiegertochter. »Bitte bring ihn zu Frau Helga. Ich habe etwas mit dir zu besprechen.«

Ebba sah ihn mit einer Mischung aus Neugierde und Angst an. Der Tonfall des Grafen war ungewohnt streng, dennoch wich er ihrem Blick aus, als sie ihn beunruhigt musterte. Sie nickte, nahm den Jungen und brachte ihn zu Dietrichs Frau. Als sie zurückkehrte, stand Alfred von Bergen immer noch am Fenster und sah starr hinaus. In seiner Hand hielt er ein Glas Whisky, das er abwesend schwenkte. Ein ungewöhnliches Bild. Ebba hatte ihn seit Kriegsausbruch nur noch äußerst selten beim Genuss von Alkohol gesehen. Mit einem tiefen Seufzer wandte er sich um und strich sich mit der Hand über die Stirn.

»Bitte setz dich, Ebba.« Er nahm ihr gegenüber Platz und hüllte sich erneut in Schweigen.

»Schwiegervater, ist etwas geschehen? Habe ich Sie verärgert?« Sie senkte betreten den Blick und faltete die Hände im Schoß.

Alfred von Bergen sah sie erstaunt an und schüttelte den Kopf. »Aber nein, Ebba. Es geht nicht um dich, es geht um mich. Um das, was ich getan habe.«

Ernas Finger verkrampften sich, und sie wagte nicht, ihn anzusehen. Womit würde er sie konfrontieren? Ihre Beunruhigung stieg mit jeder Sekunde, in der er schwieg. Schließlich räusperte sie sich und erwiderte mit belegter Stimme: »Sie machen mir Angst, Schwiegervater.«

»Das tut mir leid, dennoch muss ich mit dir sprechen, denn bald könnte etwas Unangenehmes auf uns alle zukommen.« Er schwenkte das Glas in seiner Hand und brachte die Eiswürfel zum Klingen.

Das Geräusch hallte in dem großen Raum wider und schien Ebba das einzig Wahrnehmbare in der betretenen Stille. Ihr Brustkorb hob und senkte sich. Langsam begann sie sich ernsthaft zu sorgen. Sie fixierte ihn, schwieg und wartete.

»Ich habe euch alle in Gefahr gebracht, und das tut mir so schrecklich leid. Ich hoffe, dass ich das alles noch ins Lot bringen kann … Zumindest für Wilhelm und dich.«

Sie schob die Schultern zurück und schlug langsam die Beine übereinander, während sie versuchte, in seinen Augen zu lesen. Immer noch erwiderte sie nichts und wartete darauf, dass er fortfahren würde.

»Du musst wissen, dass ich Teil eines kleinen, geheimen Widerstandskreises bin.« Ebbas Augen weiteten sich, und ihr Atem beschleunigte sich. »Ich war nie überzeugter Nationalsozialist. Aber viele meiner adeligen Bekannten sind es, denn sie eint der Hass auf die jüdische Bevölkerung und der Hunger nach Macht. Beides finden sie in Hitlers Politik wieder. Es war also nicht schwer, als adeliger Generalmajor an den Sitzungen teilzunehmen und Ergebenheit zum Führer zu heucheln.«

Ebba fühlte einen Schwall der Zuneigung durch ihren Körper fließen. Dennoch erschauderte sie bei dem Gedanken an das, was er ihr zu sagen hatte. Zum ersten Mal, seit sie ihn kannte, konnte sie Furcht in seinen Augen lesen.

»Sie haben einen meiner guten Freunde verhaftet. Er hat sich ebenfalls am geheimen Widerstand beteiligt.«

»Aber das bedeutet doch nicht zwangsweise, dass Ihnen etwas geschehen wird.«

Alfred von Bergen seufzte und schloss die Augen. »Ich kenne die Methoden, mit denen die SS alles aus einem Menschen herausholt, was sie wissen will. Mein Name wird fallen …«

»Ach …?«

»Nicht nur das, Ebba. Sie sind misstrauisch geworden, und nun werden sie anfangen, in meiner Vergangenheit zu graben, mich zu überprüfen. Sie werden auf meine Freundschaft zu Waltenstein stoßen.«

»Was würde geschehen, wenn sie herausfinden, dass Sie sich am Widerstand beteiligt haben?«

Alfred von Bergen senkte den Blick. Er hielt einen beklemmenden Augenblick still, bis er einen großen Schluck Whisky nahm und langsam den Kopf schüttelte. »Das würde ich nicht überleben«, flüsterte er.

»Oh Gott ...«

Er sah sie mit traurigem Blick an. Mit einem bitteren Lächeln schüttelte er noch einmal, diesmal bestimmt, den Kopf. »Sie würden mich töten, Ebba.«

»Aber ... nein, ich ...« Sie stotterte, zog die Hand vor ihre bebenden Lippen und schluckte. Ihre Augen füllten sich mit Tränen.

»Mein liebes Kind, hab keine Angst. Gewiss werden sie euch nichts tun. Vielleicht finden sie nichts heraus.« Es hörte sich nicht glaubwürdig an, obgleich er sich bemühte, seine Stimme selbstbewusst klingen zu lassen.

»Aber was wird aus Ihnen, Schwiegervater? Wir könnten alle gemeinsam fortgehen.«

»Fortgehen? Und was wird aus der Dienerschaft ... oder aus Johann? Soll er sein Heim unbewohnt vorfinden, wenn er zurückkehrt?«

»Dann fliehen Sie!«

Er überlegte kurz, schüttelte dann aber den Kopf. »Nein, das ist unmöglich. Sie haben mich entlassen, möglicherweise bleibt es ja dabei.«

Als Ebba einige Tage später, erschöpft von der Arbeit, das Haus betrat, wusste sie sofort, dass etwas geschehen war. Dietrich stand mit gesenktem Kopf neben seiner Frau, die weinend auf der breiten Marmortreppe saß, das Gesicht in den Händen vergraben. Ebbas Blick wanderte langsam durch den Raum. Sie setzte ihren Sohn ab und ging einige Schritte auf das Paar zu.

»Dietrich?«

»Ich konnte ihm nicht helfen. Ich konnte nichts tun. Es tut mir so leid. Ich habe einfach nicht gewusst, was ich machen soll.«

»Ist etwas mit meinem Schwiegervater?«

»Sie haben ihn abgeholt.«

»Abgeholt?«

»Verhaftet und abgeführt. Landesverrat lautet die Anklage.«

Ebba schluckte. »Landesverrat«, wiederholte sie mit zittriger Stimme.

»Was hat er denn getan, Frau von Bergen? Hat er denn ein Verbrechen begangen?«

Ebba schüttelte energisch den Kopf. »Er hat Mut und Menschlichkeit gezeigt. Wir müssen ihn da rausholen. Wohin haben sie ihn gebracht?«

Dietrich zuckte mit den Schultern. »Sie waren nicht gerade freundlich, wenn Sie verstehen, was ich meine.«

Ebba nickte nachdenklich.

Wenig später lief sie im eleganten Kostüm, gekämmt und zurechtgemacht, hinaus in die Stallungen und rief nach Pawel. Er sollte sie mit dem Automobil in die Stadt bringen. Sie würde nach ihrem Schwiegervater suchen und nicht aufgeben, ehe sie ihn gefunden hat. Wenn nötig, würde sie bis zum Gauleiter gehen, schließlich war sie nicht irgendwer – sie war Ebba von Bergen. Das erste Mal in ihrem Leben hatte sie vor, aus ihrer gesellschaftlichen Stellung Nutzen zu ziehen.

* * *

Gauleiter Koch dachte wohl nicht im Traum daran, eine Person, deren Schwiegervater wegen Landesverrat verhaftet worden war, zu empfangen. Ebba vermutete, dass ihm ihre Bitte überhaupt nicht vorgetragen wurde. Womöglich befand er sich nicht einmal vor Ort. Niemand klärte sie darüber auf.

»Und nun verschwinden Sie, ehe ich auch Sie und Ihr Kind abholen lasse!«, bellte der Mann in dem Büro, in dem Alfred von Bergen als anerkannte Respektsperson früher ein und aus gegangen war.

Sie starrte den Mann einige Sekunden fassungslos an, bevor sie sich umwandte und das Büro grußlos verließ. Seine Einschüchterungsversuche waren erfolgreich gewesen. Niemals würde sie das Leben ihres Sohnes aufs Spiel setzen.

Abend für Abend, wenn sie erschöpft von der Feldarbeit heimkehrte, schlug ihr Herz schneller in der Hoffnung, Alfred von Bergen würde sie erwarten, in der Hand ein Glas Whisky, das er galant schwenkte, auf den Lippen ein zufriedenes Lächeln. Sie vermisste seine Vorträge darüber, dass sich körperliche Arbeit für eine Dame nicht schickte, und seine Zurechtweisungen, die sie immer mit einem demütigen Nicken beantwortet hatte, um am nächsten Tag mit der Arbeit fortzufahren.

Alfred von Bergen kehrte nicht nach Hause zurück. Ebba würde ihrem Mann bei seiner Rückkehr nicht sagen können, wo sie seinen Vater hingebracht hatten. Die Abende waren lang, einsam und trostlos. Auf Ebbas Gemüt legte sich eine Schwermut, die nicht einmal Wilhelm mit seinem kindlichen Frohsinn beseitigen konnte. Selbst dem dunkelroten Himmel, der Felder und Wiesen bei Sonnenuntergang zum Glühen brachte, konnte sie nichts mehr abgewinnen. Sie fühlte sich verlassen von jedem, den sie liebte. Der Kummer fraß sich in ihr Herz. Dietrich und Helga kümmerten sich liebevoll um Ebba und Wilhelm und versuchten, ihr den schweren Verlust und die Einsamkeit etwas erträglicher zu machen.

Ebba stürzte sich in die Arbeit, die aufgrund der weiteren Einberufungsbefehle täglich zunahm. Die neuen Zwangsarbeiter waren nie erschienen, die letzten deutschen Männer auf dem Hof waren einberufen worden, und so blieb ihr kein anderer Ausweg, als sich selbst um das Gut zu kümmern, damit sie ihrem Mann bei seiner Rückkehr ein ordentliches Heim bieten könnte.

30

Lazarett, nahe Kursk, Russland, Juli 1943

Mit zitternden Händen wischte Erna die Schweißperlen von Karls Stirn. Sie konnte den Blick nicht von dem jungen Soldaten abwenden, der nur noch ein kümmerlicher Schatten des einst so stattlichen, vor Energie sprühenden Mannes war. Zum ersten Mal seit Wochen fühlte sie, dass noch Menschliches in ihr steckte und sie nicht bloß zu einer Maschine verkommen war, die Stunde um Stunde Verletzte versorgte.

Manchmal ertappte sie sich dabei, eine gewisse Gleichgültigkeit über ein frei gewordenes Bett zu empfinden, obgleich es den Tod eines Soldaten bedeutete. Seit drei Tagen tobte die größte Panzerschlacht des Krieges, die die Entscheidung bringen sollte. Die Rote Armee war vorbereitet, und die Verluste aufseiten der Deutschen waren riesig. Von dem großen Siegestaumel war nicht mehr viel zu spüren, und die Deutschen wurden immer weiter zurückgedrängt. Die Flut der Verletzten nahm nicht ab, und das Morphium wurde knapp.

Der Anblick des besten Freundes ihrer Tochter hatte mit einem Schlag all die Trauer und Wut über die Sinnlosigkeit des Tötens zurückgebracht. Erna strich Karl über das Haar und verfluchte den Krieg und das, was er aus Menschen machte.

Der Arzt trat an das Bett und rieb sich mit Daumen und

Zeigefinger seine Augen, die hinter dunklen Ringen lagen und erahnen ließen, wie lange der Mann schon auf den Beinen war. Er streifte den Patienten mit einem flüchtigen Blick und wandte sich an Erna. »Machen Sie alles bereit zum Amputieren, Schwester.«

Sie hob den Kopf und starrte ihn mit ebenso müdem wie entsetztem Gesichtsausdruck an. »Amputation?«

»Ja, natürlich. Kommen Sie, beeilen Sie sich. Wir haben noch mehr zu tun.«

»Nein!«

»Was?« Seine Augen weiteten sich und nahmen einen ungläubigen Ausdruck an.

»Es muss doch noch eine andere Lösung geben. Er ist so jung und kräftig. Er hat noch sein ganzes Leben vor sich.«

Der Arzt sah sie verdutzt an, verzog nachdenklich den Mund und nickte dann, als hätte er begriffen, was sie zu dem Widerspruch trieb. »Sie kennen den Mann?«, folgerte er in etwas sanfterem Tonfall.

Erna schloss die Augen. Der sorgenschwere Ausdruck auf ihrem Gesicht war Antwort genug.

»Schwester Erna, Sie wissen, unter welchem Zeitdruck wir stehen. Ich bedaure sehr, was mit Ihrem Bekannten geschehen ist, aber wir müssen handeln.«

»Nein, ich bestehe darauf. Ich möchte noch warten. Wir sind meist zu voreilig mit der Amputation.«

Der Arzt schnaufte, verärgert über die Dreistigkeit einer Hilfsschwester, seine Diagnose zu kritisieren – so tüchtig und geschickt sie auch sein mochte. Solchen Unsinn musste er sich nicht anhören, geschweige denn, dass er

Zeit oder Geduld dafür gehabt hätte. »Was ist denn in Sie gefahren? Sind Sie seit Neuestem Ärztin? Sie wissen, wir haben weder die Mittel noch die Zeit, den Soldaten auf andere Art zu helfen.«

Erna sah ihn an. In ihren Augen lag ein Flehen. »Ich bitte Sie, Herr Doktor. Warten wir noch ein wenig. Stellen Sie sich vor, es wäre ihr Sohn.«

»Der Mann ist Ihr Sohn?«

»So … so ähnlich«, flüsterte sie.

Der Arzt öffnete den Mund, um etwas zu entgegnen, doch er sah den verzweifelten Ausdruck in Ernas Blick und schwieg. Stattdessen wickelte er den blutdurchtränkten Verband von der Wunde und warf einen Blick auf das verletzte Bein. Mit einem Kopfschütteln und einem tiefen Seufzer wandte er sich ab.

»Herr Doktor?«

»Wechseln Sie den Verband. Einen Tag, wir warten einen Tag, länger nicht.«

Erna hatte sich einen zweiten Tag erkämpft, nachdem Karls Fieber nicht gestiegen war. Am Morgen des vierten Tages wurde ihr Starrsinn bestraft. Sie wusste es sofort, als Charlotte in die Schlafkammer stürmte und sie aus ihrem unruhigen Schlaf rüttelte.

»Schnell, Erna, komm! Der junge Mann, es geht ihm nicht gut!«

Als sie sich dem Bett näherte, ihren Schwesternkittel hatte sie nur notdürftig übergeworfen, und ihr Haar fiel offen bis auf die Schultern, winkte sie der Arzt mit ungeduldigem Blick zu sich.

»Wir amputieren, und beten Sie zu Gott, dass wir den jungen Mann noch retten können.«

»Nein ...«

»Herrgott noch mal, Schwester Erna! Wollen Sie schuld am Tod des Soldaten sein? Es war töricht von mir, überhaupt zuzulassen, so lange zu warten.«

Erna wurde blass und nickte demütig. Sie fingerte an den Knöpfen ihres Kittels herum und steckte notdürftig ihr Haar hoch, während Karl für die Amputation vorbereitet wurde.

Erschöpft und mutlos wartete sie darauf, dass Karl aus dem Delirium erwachte. Er würde nie wieder an die Front müssen, möglicherweise war das ein Trost für den Verlust seines Beines. Die Nachrichten aus der Heimat waren spärlich, und die Ankunft von Ebbas letztem Brief lag über einen Monat zurück. Das unangenehme Gefühl in der Magengrube, begleitet von ihrem Mutterinstinkt, sagte ihr, dass etwas nicht in Ordnung war. Sie erwartete mit Spannung Karls Berichte. Möglicherweise wusste er etwas von Johann.

* * *

Als sich langsam ein kleiner Lichtschlitz hinter seine Lider schob, und verschwommene Konturen Gestalt annahmen, war er vollkommen ahnungslos, ob er tot oder lebendig war. Möglicherweise war das grelle Licht jenes, von dem Sterbende sprachen. Der stechende Schmerz, der durch seinen ganzen Körper fuhr, holte ihn in die Wirklichkeit zurück und vertrieb jeden Zweifel, nicht mehr am Leben zu sein. Er sah in das lächelnde Gesicht einer Frau mit warmen Augen und sanften Zügen, und langsam drangen auch ihre ruhigen Worte zu ihm durch. Er kannte die Stimme und versuchte sich zu konzentrieren und all seine Erinnerung zusammenzuballen. Eine angenehme Wärme zog durch seinen Körper und erreichte mit einem stechenden, drückenden Schmerz seine Brust.

»Ebba?« Der erste Versuch, den Namen auszusprechen, war erfolglos. Die Lippen bewegten sich, doch noch gehorchte ihm die Stimme nicht. »Ebba?«, wiederholte er.

Die Frau strich mit einem feuchten Tuch über seine spröden, aufgerissenen Lippen. »Nein, Karl. Ich bin es, Erna. Erna Nilsson – Ebbas Mutter.«

Karl schloss die Augen und stieß angestrengt Luft aus seiner Nase. Frau Erna. Wieder öffnete er unter Kraftanwendung die Lider und sah sie an. Er bemühte sich, seine Enttäuschung zu verbergen. Ebbas Gesicht war in seinen fiebrigen Träumen ständig präsent gewesen, hatte ihn kämpfen lassen, als er knapp davor war aufzugeben. Nun, da er Erna vor sich sah, traf ihn die Wahrheit mit der ganzen Härte. Ebba musste endlich aus seinen Träumen weichen. Sie war die Frau seines besten Freundes. Auch wenn sie unerreichbar war, war er der Illusion verfallen, irgendwann in ihrer sanften Umarmung Trost zu finden.

»Karl, du hast überlebt. Verstehst du mich? Du darfst leben, und du darfst nach Hause.«

Er runzelte die Stirn. »Ist der Krieg vorbei?«

Erna lächelte bitter und schüttelte den Kopf. Sie wandte

ihren Blick ab, doch ihm war, als hätte er Tränen in ihren Augen wahrgenommen.

Karl erstarrte. Erna Nilsson, diese starke Frau, die er sein Leben lang bewundert hatte, kannte doch keine Tränen. Sie ertrug jedes Schicksal mit Fassung. Er folgte ihrem Blick. Karl spürte sein Bein, er war überzeugt, dass es da war, als sein Blick auf den verbundenen Stumpf fiel. Eine hysterische Panik erfasste ihn. Er war ein Krüppel, ein nutzloser Mann, sein Leben lang an Krücken oder Rollstuhl gefesselt. Erna redete beruhigend auf ihn ein, strich über seine Hand, doch die Worte drangen nicht zu ihm durch. Er wäre lieber tot gewesen, als ein Dasein als hilfloser Krüppel zu fristen. Nach dem ersten trotzigen Aufbäumen wandte er sich ab und verfiel in einen depressiven, gleichgültigen Zustand, in dem er tagelang verharrte.

Karls Genesung machte Fortschritte, auch wenn die seelische Heilung das größere Problem darstellte. Bisher hatte sich Erna nicht an das Thema Krieg herangewagt und abgewartet, ob nicht Karl von selbst zu erzählen begann. Nachdem jedoch nach einer Woche immer noch kein Wort aus seinem Mund gekommen war, sprang Erna über ihren Schatten und beschloss, ihn mit ihren Fragen zu konfrontieren.

»Karl, wie geht es Johann? Weißt du etwas von ihm? Ihr wart doch gemeinsam an der Front.«

Er wandte Erna den Blick zu und betrachtete sie eine Weile stumm. Dann zuckte er mit den Schultern. »Ich habe keine Ahnung. Wir wurden schon kurz nach unserer

Einberufung getrennt. Ich glaube, seine Einheit kämpft ganz oben im Norden.«

»Ja, er war in Leningrad. Ich dachte, du wärst bei ihm, deshalb war ich so überrascht, dich hier zu sehen«, erwiderte Erna.

»Hat Johann nie geschrieben, dass wir getrennt wurden?«

»Möglicherweise hat er das, doch Ebba hat diese Information nie an mich weitergegeben. Irgendetwas ist zu Hause nicht in Ordnung. Ich bekomme kaum noch Post von Ebba, und die Briefe sind kurz und distanziert. Ich denke, sie verschweigt mir etwas, um mich nicht zu beunruhigen.« Sie nahm Karls Hand. »Ich bin sehr glücklich, dass du nach Hause zurückkehrst. Bitte kümmere dich um meine Tochter, bis ihr Mann heimkommt. Ich mache mir Sorgen um sie und meinen Enkel.«

Karl errötete, und wie immer ärgerte er sich, dass allein Ebbas Name eine solche Reaktion bei ihm hervorrief. Ernas sanfte Berührung brachte ihn noch mehr aus dem Gleichgewicht. Wie lange hatte ihn schon keine Frau mehr berührt, auch wenn es nur die Mutter seiner heimlichen Liebe war. Dem wohltuenden Gefühl folgte abrupte Ernüchterung. Er war ein Krüppel! Wie sollte er sich um Ebba und den kleinen Wilhelm kümmern? Es waren schöne Worte, doch er war nicht in der Lage, Ernas Wunsch nachzukommen. Sein Blick glitt an ihr vorbei und bekam einen ausdruckslosen Ausdruck.

»Das Leben geht weiter, Karl. Lass dich nicht entmutigen.«

Erna wartete, hoffte auf eine Antwort, eine Regung in seinem fahlen, gefühllosen Gesicht. Doch er hatte noch nicht zu sich selbst zurückgefunden. Er kämpfte mit dem seelenlosen Geschöpf, das ihn beherrschte, mit dem Grauen, das in ihm lebte und ihn zu diesem abgestumpften Etwas gemacht hatte.

31

Narva, Estnische SSR, Januar 1944

Ende Januar wurde der Rückzug von Leningrad befohlen. Es würde eine neue Verteidigungslinie geben, erfuhr Johann, die sogenannte Pantherlinie. Dorthin würden sie sich zurückziehen. Sie verlief durch die Stadt Narva, war teilweise gut befestigt, aber noch nicht fertiggestellt. Es war daher nur eine Frage der Zeit, bis die Rote Armee die Verteidigungslinie durchbrach. Narva galt als das Tor zu Estland.

Johann erinnerte sich an den Beginn des Feldzugs, als er und seine Kameraden in Riga mit Blumen überhäuft worden waren. Die Erinnerung schien wie aus einem anderen Leben. Er rieb seine Hände, die mit Frostbeulen und Blasen übersät waren, aneinander und schlüpfte wieder in seine Handschuhe. Wie er ihn hasste, den Schnee! Die verdammten russischen Winter waren noch viel kälter und länger als in seiner Heimat.

Johann und seine Kameraden wussten, wie wichtig es war, Narva zu halten. Sollten die Russen diese Grenze überschreiten, so wären Estland und Litauen und danach womöglich Ostpreußen gefährdet. Von Ostpreußen sprach niemand. Doch für Johann war es ein logischer Schluss, und plötzlich lebte in ihm der Kampfgeist wieder auf. Er hatte die Pflicht, seine Heimat, seine Familie zu beschützen. Die Rache der Russen, würden sie je deutsches Territorium betreten, wäre grauenvoll.

Die Kämpfe um Narva begannen im Februar. Im März setzte Tauwetter ein. Die Verluste in Johanns Einheit waren groß. Beide Seiten waren erschöpft. Die Regenfälle setzten ein und brachten die bekannten Schlammfluten mit sich. Die Kämpfe waren unterbrochen worden. Wieder steckten Geräte, Fahrzeuge und Waffen im Schlamm fest, auch die der Russen.

Eines Morgens wurde der Rückzug weiter nach Westen befohlen. In Johann keimte ein seltsames Gefühl auf. Es war eine Mischung aus Panik und Sorge. Noch nie zuvor hatte er so gefühlt. Er sah die russischen Truppen gefährlich nahe an seiner Heimat, unaufhaltsam schienen sie – nur eine Frage der Zeit, bis sie die Deutschen überrannten.

Als die Regenfälle nachließen und es allmählich wärmer wurde, fasste Johann einen Entschluss. Er sah etwas kommen, was die anderen nicht sahen oder nicht sehen wollten: die Niederlage der Heeresgruppe Nord, den Vormarsch der Roten Armee, die Rache der Russen. Der Kampf hier war aussichtslos. Die Deutschen würden den Krieg verlieren. Wie lange würde es dauern, wie lange könnten sie noch Widerstand leisten, bevor er zusammenbrach?

Johann musste nach Hause. Er musste zu seiner Familie und seine Frau und seinen Sohn retten. Auf einmal war ihm alles klar. Anfangs hatte er für sein Land gekämpft, dann für seine Kameraden. Aber wenn ein Sieg aussichtslos geworden war und niemand mehr da war, für den es sich zu leben lohnte, wofür sollte er dann kämpfen? Alles, was zählte, war seine Familie.

Johann schmiedete einen Plan. Niemand durfte davon erfahren, denn auf Fahnenflucht stand die sofortige Exekution. Wo auch immer er erwischt werden würde, er wäre tot. Er würde nur nachts laufen und sich tagsüber verstecken. Irgendwie musste er überleben und es nach Hause schaffen. Verwundert über die Klarheit seines Entschlusses, fiel er in dieser Nacht seit Langem wieder in einen tiefen, ruhigen Schlaf.

* * *

Karl stand regungslos vor dem von Bergenschen Gut, in dessen Fenstern sich die frühe Junisonne spiegelte. Getaucht in die sanften Farben des jungen Frühsommermorgens, wirkte die Villa wie aus einem Gemälde fern der Realität. Nichts deutete auf das Grauen hin, das an allen Fronten des Deutschen Reiches tobte. Ein leichter Luftzug brachte den Geruch frisch geschnittenen Grases zu ihm herüber, vermischt mit der salzigen Brise der nahen Küste. Er schloss die Augen und sog den Duft der Heimat ein, die Frische und die Sauberkeit der Luft, rein von dem Gestank der Verletzten, dem Rauch der verbrannten Dörfer und Menschen.

Karl bemerkte sie erst nicht, als sie in Arbeitskleidern auf die Terrasse trat.

Ebba verengte die Augen und legte die Hand schützend darüber, um die Gestalt zu mustern, die regungslos am schmiedeeisernen Eingangstor stand. Langsam bewegte sie sich auf den Mann zu, gewiss ein hungernder Bettler oder Kriegsverwundeter, der auf dem Weg nach Hause war. Sie konnte die Krücken erkennen und das fehlende Bein. Sie war erleichtert, dass sie ihn zuerst erspäht hatte, denn die Dienerschaft war nicht so großzügig, wie sie es gern gesehen hätte, und jagte Bettler häufig fort. Als sie näher kam, nahm der regungslose Schatten Gestalt an, und Ebba war es mit einem Mal, als würde sie diesen Mann kennen. Immer noch rührte er sich nicht, doch sein Blick war jetzt starr auf sie gerichtet. Als sie in dem Verwundeten Karl erkannte, stieß sie einen Freudenschrei aus und begann mit gerafftem Rock zu rennen. Sie riss das Tor auf und fiel ihm um den Hals. Ihre Tränen benetzten sein Gesicht, und er benötigte einige Zeit, bis er sich fasste, die Krücken fallen ließ und endlich seine kräftigen Arme um sie schloss.

Er atmete ihren Duft ein und drückte ihren zarten Körper an sich. Ebba redete unaufhörlich, lachte, weinte und erzählte, während sie ihn festhielt. Erst zögernd löste sie sich von ihm und sah in sein Gesicht. Ihr Lachen war warm und sanft, und ihre Freude war von solcher Echtheit, dass es Karls Herzen einen Stich gab.

»Komm, wir gehen hinein. Deine Eltern werden außer sich sein vor Freude. Wir haben nichts mehr gehört und wussten nicht, ob du noch am Leben bist.«

»Hat deine Mutter nicht geschrieben?«

Ebba schüttelte wortlos den Kopf. Wahrscheinlich dauerte die Post aus Russland sehr lange. Niemand war auf Karls Schicksal vorbereitet. Sein Magen verkrampfte sich. Wortlos hob sie die Krücken auf, nahm wie selbstverständlich seine Hand, stützte ihn und führte ihn zum Haus. Er sah sie von der Seite an. Auf ihrem Gesicht lag echte Glückseligkeit, und in ihren Augen schimmerten immer noch Tränen. Mit keinem Wort erwähnte sie sein Bein, als würde sie es nicht einmal wahrnehmen, dass er ein Krüppel war.

»Geht es?«, flüsterte Ebba, als sie die Treppen zum Eingang hinaufstiegen. Sie führte ihn in den großen Salon. »Ich lasse sofort deine Eltern holen. Wie glücklich sie sein werden. Oh, Karl! Es muss schrecklich gewesen sein. Geht es dir gut?«

»Ich bin ein Krüppel«, erwiderte er und bedauerte im selben Moment, wie kühl und distanziert seine Antwort für sie klingen musste.

Sie zog den Kopf überrascht zurück und blickte auf sein Bein, als würde sie erst jetzt wahrnehmen, dass er eine Amputation hinter sich hatte. Sie spitzte die Lippen und schnalzte verärgert mit der Zunge. »Könntest du bitte dieses Wort nicht verwenden. Du lebst. Wen kümmert dieses dumme Bein. Du bist immer noch du.« Obwohl sie wusste, dass sie seine Gefühle damit wahrscheinlich durcheinanderbringen würde, nahm sie sein Gesicht in ihre Hände und küsste ihn freundschaftlich auf die Wange. »Ob mit einem Bein oder mit zwei, du bleibst immer noch mein lieber Karl. Das Leben geht weiter. Du weißt doch, was meine Mutter immer gesagt hat. Blick mit Zuversicht nach vorn! Es gibt immer ein nächstes Mal.«

Er runzelte die Stirn und erwiderte schließlich ihr Lächeln. »Nun, ich hoffe, es gibt kein nächstes Mal. Ein Bein zu verlieren war genug.« Er lachte laut auf, als er merkte, dass er Ebba sprachlos gemacht hatte, und wunderte sich im selben Moment über die plötzliche Leichtigkeit, die er empfand.

Er hatte Ebba vermisst, ihr freundliches, selbstbewusstes Wesen, ihre schnippische Art und ihre Klugheit.

»Ich geh jetzt deine Eltern holen«, erwiderte Ebba nach einer kurzen Pause, zwinkerte ihm zu und verließ den Salon.

* * *

Ebba saß auf den Stufen vor der Terrasse, hielt ihre Knie umschlungen und schaute ihrem Sohn beim Spielen zu. Die ruhigen Momente waren spärlich geworden in den letzten Jahren. Die Arbeit nahm überhand, und Ebba war der Belastung schon lange nicht mehr gewachsen. Seit Alfred von Bergens Verschwinden war die Unterstützung der Dorfgemeinschaft geschrumpft. Die Leute wussten nicht, was geschehen war, doch Angst und Gerüchte taten das Ihre, um die Familie und das Gut zu meiden. Die Zuteilung von Kriegsgefangenen als Erntehelfer und Ersatz für die eingezogenen Gutsarbeiter war vollkommen eingestellt worden, seit ihr Schwiegervater abgeholt worden war. Ebba hatte niemals verwunden, dass sie ihm nicht hatte helfen können. Wahrscheinlich war er tot, doch Ebba lebte mit dem letzten Funken Hoffnung, den sie noch in ihrem Herzen fand. Wilhelm wandte sich zu ihr um und strahlte sie an. Er lebte mit einer natürlichen, kindlichen Naivität. Ahnungslos, unverdorben und glücklich.

»Ein hübscher Junge.«

Ebba sah hoch. Karl stand, auf die Krücken gestützt, neben ihr, den Blick auf das Kind gerichtet. »Ja«, flüsterte sie, und ein trauriger Ausdruck legte sich auf ihr Gesicht.

Karl seufzte. Das Leben auf dem Gut war anders ohne den Hausherrn. Sein Zuhause, das er seit seinen Kindertagen so geliebt hatte, hatte sich verändert. Es war ein Schlag gewesen, als er gehört hatte, dass man Alfred von Bergen abgeführt hatte. »Er sieht Johann ähnlich, findest du nicht?«, versuchte er, Ebba aufzumuntern.

Sie nickte. Er sah den gequälten Ausdruck, der auf ihrem Gesicht auftauchte, wenn sie an Johann erinnert wurde. Karl wollte so gern ihr Leid mildern, und möglicherweise schaffte er es auch, ihr für eine Weile die Erinnerung an vergangene Tage wiederzubringen, doch die Sehnsucht in ihrem Blick, wenn Johann zur Sprache kam, war ungebrochen.

Es fiel Karl schwer, in das normale Leben zurückzukehren. Immer noch wachte er in manchen Nächten schweißgebadet auf und brauchte einige Minuten, um sich zurechtzufinden. An anderen Tagen fiel er in ein tiefes Loch, vergrub sich unter seinen Decken und verblüffte alle mit der Bitte, an die Front zurückkehren zu dürfen. Sie verstanden ihn nicht, weder Ebba noch Karls Eltern hatten eine Vorstellung, wie es an der Front aussah. Die Wochenschauen waren ein schöngefärbtes Heldenepos, das die deutschen Soldaten als siegreiche Recken darstellte. Fast schon kitschig gaben sie der Bevölkerung den Mut durchzuhalten. Karl widersprach nicht, erduldete es, sah zu und schwieg. Auf seltsame Art und Weise war die Front sein neues Zuhause geworden, und er hatte das Gefühl, nur dort verstanden zu werden.

»Werden wir den Krieg wirklich gewinnen, Karl?«

Er sah sie verwundert an und wandte schließlich den Blick ab. »Ich weiß es nicht.«

»Das heißt, es sieht nicht so gut aus, wie in den Wochenschauen berichtet?«

Karl schwieg.

»Was ist los dort an der Front? Warum sprichst du nie darüber?«

Ihre Direktheit brachte ihn in Verlegenheit. Obwohl er sie besser und länger kannte als seine meisten Freunde, konnte er ihr nicht erklären, was es hieß, täglich ums Überleben zu kämpfen, das Gefühl, das man anfangs empfunden hatte, wenn man Menschen tötete, bis es irgendwann kein Gefühl mehr gab. Die innere Kälte, die Gleichgültigkeit. Er erinnerte sich an die russische Frau, die seine Kameraden vergewaltigt hatten. Eine von vielen. Er hatte kein Mitleid empfunden. Er hatte nichts empfunden. Und er wusste nicht, ob er je wieder Mitleid empfinden würde. Er hasste den Feind, er wusste, dass sie den Russen Unmenschliches angetan hatten, und Ebba würde davor grauen. Sie würde ihn verabscheuen für das, was er getan hatte, und ihr tiefer Glaube an das Gute im Menschen würde erschüttert werden.

»Es hat keinen Sinn, darüber zu sprechen«, sagte er, wandte sich ab und humpelte ins Haus zurück.

* * *

Ebba notierte peinlichst genau die Lebensmittelmengen, die sie für die Dienerschaft und die Kriegsgefangenen benötigte. Pawel hatte einige Male darauf hingewiesen, dass die russischen und polnischen Zwangsarbeiter Hunger litten und Ebba die Rationen erhöhen müsste, wenn sie die

Arbeit der eingezogenen Knechte zur Gänze übernehmen sollten.

Karl beobachtete sie durch das Fenster. Sie saß an Alfreds Schreibtisch und führte Buch über Ein- und Ausgaben. Als sie den Blick hob und ihn entdeckte, winkte sie Karl zu sich. »Die Arbeiter haben zu wenig zu essen. Wir müssen die Rationen erhöhen.«

»Die Russen?« Er stieß die Worte mit einer Portion Verachtung aus. »Wären sie mir an der Front begegnet, hätte ich sie abgeknallt.«

Ebba hielt entsetzt inne und sah ihren Freund eine Weile still an.

Karl fühlte sich unwohl unter ihrem prüfenden Blick. »Und hätten sie mich dort erwischt, wäre auch ich nicht mehr am Leben, Ebba. Es sind unsere Feinde.«

Sie schüttelte verständnislos den Kopf und erhob sich. Sie ging auf Karl zu, legte ihre Hand behutsam auf seine Schulter und erwiderte mit gedämpfter Stimme: »Schade, dass du so denkst. Dein Herz ist immer noch so voller Hass. Hier auf meinem Gut soll Frieden herrschen. Wir brauchen die russischen Zwangsarbeiter, und ich behandle jeden Menschen mit Respekt. Irgendwann, wenn der Krieg vorbei ist, werden sie es uns vielleicht danken.«

Karl errötete. Er fühlte sich wie ein zurechtgewiesener Schuljunge.

»Nächste Woche kommen Kinder aus der Landverschickung aus Berlin«, fuhr Ebba fort, um vom Thema abzulenken.

»Hierher nach Ostpreußen?«

»Hier ist es sicher. Berlin wird täglich bombardiert.«

Sein Gesicht verzog sich zu einer Grimasse. »Hier soll es sicher sein? Ebba, die Russen haben uns in Stalingrad fertiggemacht. Wir sind dabei, den Krieg zu verlieren. Sie kommen auf uns zu. Siehst du denn die Menschen nicht, die aus dem Memelland flüchten?«

Ebba starrte ihn ungläubig an. »Aber es heißt doch ... Gauleiter Koch hat versichert, dass ...« Während sie vor sich hin stotterte, wurde ihr bewusst, wie unsinnig das war, was sie von sich gab. Vielleicht hatte sie es nicht sehen oder glauben wollen. Seit Wochen zogen Flüchtlingstrecks vorbei. Fischer und Bauern vom Kurischen Haff, die ihr Hab und Gut auf Karren gepackt hatten und sich westwärts bewegten. »Aber, Karl, sie würden doch die Kinder nicht hierher schicken, wenn es wirklich so schlimm aussieht.«

»Doch, das würden sie. Um dem Volk vorzugaukeln, wie gut es an der Front läuft. Alles für den Endsieg, nicht wahr?«

Sie erschauderte und rieb über ihre Oberarme, auf denen sich eine Gänsehaut ausbreitete, als sie Karls vor Sarkasmus strotzende Worte hörte.

»Ebba, es wird der Tag kommen, an dem auch wir flüchten müssen.«

»Was?« Sie sah ihn mit hysterisch gehetztem Blick an.

»Es ist nur eine Frage der Zeit. Der Krieg ist verloren.«

»Du darfst so was nicht sagen. Das ist Verrat.«

»Ebba.« Er legte seine Hand auf ihre Wange. »Ich sage es nur zu dir. Ich kenne dich seit einer Ewigkeit, und ich werde dich nicht belügen. Deutschland ist verloren. Vierzig Länder führen Krieg gegen uns. Wir haben keine Chance.«

Ebba wurde blass. »Aber ich kann hier nicht weg. Ich muss auf Johann warten. Wilhelm ist noch so klein.«

»Ebba, versteh doch, uns bleibt keine Wahl. Die Russen werden uns alle töten.«

Sie schluckte. »Und was wird aus der Dienerschaft?«

»Auch sie wird gehen.«

»Deine Eltern?«

»Mein Vater und meine Mutter haben die irrsinnige Idee zu bleiben. Du weißt, Vater hat russische Wurzeln. Er meint, er könnte sich durchkämpfen.«

»Und du?« Sie sah ihn mit flehendem Blick an.

Er presste die Lippen aufeinander und senkte den Kopf. »Wenn du einverstanden bist, gehe ich mit dir. Ich habe es Johann und deiner Mutter versprochen.«

»Oh, Karl, ich danke dir.« Sie schmiegte ihr Gesicht an seine Brust und begann leise zu wimmern. Ihr Schmerz und ihre Verzweiflung berührten sein abgekühltes Herz, und die alten Gefühle für diese Frau überrollten ihn wie eine reißende Welle.

Er stöhnte leise und strich behutsam über ihr Haar. »Ebba, Ebba, meine kleine, liebe, wunderschöne Ebba. Wenn du nur wüsstest, wie sehr ich dich verehre. In all den Schlachten und Märschen warst du in meinen Gedanken immer bei mir. Ich werde dich nie im Stich lassen, niemals. So lange möchte ich dir diese Worte schon sagen. Ich …«

»Nein«, unterbrach sie ihn und löste sich augenblicklich von ihm. Sie machte zwei Schritte rückwärts und sah in sein verdutztes, vor Schreck verzerrtes Gesicht. Ihre Stimme klang mit einem Mal wieder gefasst. »Karl! Ich bin mit Johann verheiratet. Wilhelm ist unser Sohn.«

Er räusperte sich verlegen und wich ihrem Blick aus. »Johann ist nicht hier, aber ich bin es«, stammelte er.

Ebba schüttelte energisch den Kopf. »Solange er am Leben ist, bin ich seine Frau, und ich werde ihn niemals hintergehen.« Sie nahm ihr Tuch, das auf dem Schreibtisch lag, warf es sich mit Schwung um die Schultern und drängte sich an Karl vorbei.

32

Gut von Bergen, nahe Cranz,
Ostpreußen, Sommer 1944

Die peinliche Situation im Büro hatte eine gewisse Distanz zwischen Karl und Ebba geschaffen, die sie beruhigte und unter der sie zugleich litt. Ebba wusste sich keinen anderen Rat, als ihren Freund auf Abstand zu halten. Sie liebte Karl wie einen Bruder. Zwar war ihr immer bewusst gewesen, dass er mehr für sie empfand, dennoch hatte sie angenommen, der Ring an ihrem Finger würde eindeutig klarstellen, zu wem sie gehörte.

Als der Spätsommer übers Land zog, begannen die Menschen endlich die Gefahr aus dem Osten zu realisieren. Bald wurde nicht nur im Geheimen über Flucht nachgedacht. Die NS-Führung hielt an ihrer Endsiegvision fest und wollte von Flucht nichts wissen. Sie forderte wie eh und je Treue zum Führer und Durchhaltevermögen. Deutschland hatte noch die tapferen Pensionisten und die Jugend, die man im Krieg einsetzen konnte.

Im Herbst wurde die Hitlerjugend aus dem Dorf in die Wälder an die Grenze geschickt, um einen Schutzwall zu graben. Mit bloßen Händen, ein paar Schaufeln und Spitzhacken. Ebba fand es töricht, Kinder vollkommen schutzlos dem Feind entgegenzutreiben, und dankte Gott, dass ihr Sohn Wilhelm dafür noch zu klein war. Lange schon nahm sie kein Blatt mehr vor den Mund, um ihre Ablehnung gegen den Krieg und Hitlers Größenwahn zu verheimlichen. Regelmäßig traf im Dorf Post von den jungen Soldaten ein, die den Schmerz ihrer Mütter und Väter nährte. Die Söhne schrieben von kräfteraubenden Qualen, kalten Nächten und Hunger. Sie rieben sich mit Butter ein, gegen die Blasen an ihren Händen. Und dennoch erfüllte sie ein törichter Stolz und das Gefühl, die letzte Rettung Deutschlands zu sein. Als der erste Nachtfrost auftrat, lagen sie frierend in ihren Sommeruniformen auf dünnen Baumwolldecken, und die Beschreibung ihrer Not, von der man im Dorf berichtete, schmerzte Ebba, als wäre es ihr Kind, das solch sinnloses Leid erdulden musste. Irgendwann riss der Kontakt ab, und die besorgten Eltern aus dem Dorf wussten nicht, was mit ihren Söhnen geschehen war.

Am 16. Oktober hockten Ebba, Karl und die gesamte Dienerschaft vor dem Radio, um die furchtbare Nachricht zu vernehmen, auf die alle gewartet hatten: Die Russen hatten deutschen Boden betreten. Ebba schloss entsetzt die Augen und drückte ihren Sohn enger an sich.

»Wir müssen sofort weg«, entfuhr es Karl. Er erntete verständnislose Blicke der Versammelten. »Was seht ihr mich so an? Werft einen Blick aus dem Fenster. Alle fliehen sie, seit Wochen.«

»Niemals! Nicht ohne Johann und Mutter.«

»Wenn sie zurückkehren, werden sie uns finden, wo immer wir auch sind«, wandte Karl ein.

Ebba schüttelte heftig den Kopf und verließ ohne weiteren Kommentar den Raum.

* * *

Der Sturm trieb die Schneeflocken vor sich her und verschleierte die Sicht auf den Vorgarten des Guts. Eisiger Wind heulte um die Wände des Wohnhauses, als würde er ein Unheil heraufbeschwören. Ebba stand nachdenklich am Fenster und lauschte dem unerbittlichen Aufbäumen der Natur. Sie dachte an Johann, wusste nicht, ob er noch am Leben war, und schwelgte in Erinnerungen an Kindheits- und Jugendtage. Als sie ein leises Klopfen wahrnahm, wandte sie sich, wie aus dem Traum gerissen, um und blickte erwartungsvoll zur Tür. Karl trat mit gesenktem Blick ein, hielt inne und stützte sich angestrengt auf seine Krücke, während er die Tür hinter sich zuzog.

Seit Wochen hatten Karl und Ebba nur die notwendigsten Worte gewechselt. Ihr war klar geworden, wie sehr sie ihn durch ihre Abweisung verletzt hatte, und sie trauerte der innigen Freundschaft hinterher. Er hingegen scheute ihre Gesellschaft, vergrub sich in die Arbeit auf dem Gut und versuchte alles für eine Flucht vorzubereiten. Der besorgte Ausdruck in seinem Gesicht ließ Ebba Unerfreuliches befürchten.

»Karl? Ist etwas mit Wilhelm?«

Er schüttelte den Kopf. »Die wichtigsten Sachen sind gepackt, alles ist vorbereitet«, erwiderte er mit gedämpfter Stimme, ohne sie anzusehen.

Trotz ihrer Zweifel hatte Ebba vor einigen Wochen Vorkehrungen für die Flucht in Gang gesetzt, obwohl sie immer noch hoffte, der Krieg würde vor dem erzwungenen Aufbruch enden und ihr Gatte oder ihre Mutter würden wohlbehalten heimkehren. Die Dienerschaft war damit beschäftigt gewesen, Wertgegenstände in Kisten zu packen und zu vergraben, Schatullen mit Schmuck, Geld und Persönlichem einzumauern und Fluchtwagen zu zimmern, die den frostigen Temperaturen und dem Sturm standhalten würden. Nichts wollten sie dem Feind oder dem Zufall überlassen.

Ebba wandte sich ab und starrte einige Momente stumm aus dem Fenster. »Ich warte auf Johann«, erwiderte sie mit leiser, aber fester Stimme.

»Ebba.« Karl seufzte. »Ich habe begriffen, dass du Johann gehörst, und es tut mir leid, dass ich dich in Verlegenheit gebracht habe. Bitte glaub mir. Trotzdem bleibt uns keine Zeit, auf deinen Mann zu warten. Die Russen kommen!«

»Ich kann nicht gehen. Johann würde uns nicht finden. Lass uns nur noch bis nach Weihnachten ausharren.«

Karl schritt entschlossen auf sie zu, packte sie an der Schulter und drehte sie zu sich um. »Ebba, sei vernünftig. Die Russen werden uns töten, und dir werden sie noch Schlimmeres antun.«

»Schlimmeres, als mich zu töten?« Sie lächelte bitter.

»Du weißt, wovon ich spreche. Ich habe dir erzählt, was die Deutschen mit den Russen gemacht haben. Ich möchte die Rache nicht erleben.«

»Ja, ja …« Ebba winkte gleichgültig ab, was Karls Wut zum Vorschein brachte.

»Sei nicht so gleichgültig, verdammt! Du hast einen Sohn und die Pflicht, ihn zu beschützen. Außerdem brauchen dich deine Leute. Sie vertrauen dir und warten auf deine Anweisungen.«

Ebba zuckte unter der harschen Zurechtweisung ihres Freundes zusammen. Dennoch wusste sie seine Ehrlichkeit zu schätzen. »Sie sollen gehen. Ich werde sie nicht aufhalten.«

»Ebba, du musst mit ihnen gehen. Du musst sie anführen.«

Im selben Moment klopfte es erneut an der Türe, und Helga lugte vorsichtig in den Raum. »Frau von Bergen?«

Ebba schenkte ihrer treuen Dienerin einen liebevollen Blick. »Helga?«

Die Frau kämpfte um Fassung und setzte einige Male an, um etwas zu erwidern, bis sie schließlich die Hände vors Gesicht schlug.

Karl neigte erschrocken den Kopf. »Mutter! Was ist geschehen?«

»Auf dem Weg ins Dorf haben sie Leute aufgehängt. Menschen, die flüchten wollten. Um den Hals trugen sie Schilder mit der Aufschrift ›Ich bin ein Vaterlandsverräter‹ ...«

Ebbas Augen weiteten sich. In ihr tobten Furcht und Unverständnis. »Sie wurden von Deutschen erhängt?«

Helga schluchzte und nickte. »Es heißt, wer Ostpreußen verlässt, wird umgebracht.«

Karl schmetterte seine Krücke mit Gewalt gegen die Schranktüre. »Verdammt!«

Ebba zuckte zusammen. »Sie liefern uns aus!« Ihre Stimme zitterte.

»Wir brechen trotzdem auf«, bestimmte Karl.

»Wohin?«

»Nach Pillau. Von dort gehen Schiffe ins Reich.«

»Nach Pillau? Zu Fuß? Das sind über hundert Kilometer. Es stürmt und schneit. Das schaffen wir nicht, Karl.«

»Wir haben keine andere Wahl. Johann würde es so wollen.«

Ebba seufzte und schwieg. »Gut. Wir brechen nach Weihnachten auf«, erwiderte sie dann. »Sag den Angestellten Bescheid. Sie sollen sich bereithalten.«

* * *

Ebba starrte in die Dämmerung. Der Winter zeigte sich von seiner erbarmungslosen Seite. Die Tage waren zu schnell vergangen, das alte Jahr und der Januar um, und von Johann und Erna fehlte nach wie vor jedes Lebenszeichen. Es stürmte, und die Temperaturen fielen bis auf zwanzig Grad unter null. Sie hatten gehofft, das Wetter würde sich etwas bessern, sodass sie endlich losziehen konnten. Doch das Bild vor dem Fenster ließ Ebba erschaudern. Sie wusste, dass sie nun wirklich nicht mehr warten konnten. Zu lange hatten sie den Abmarsch aufgeschoben.

Als sie in der Ferne eine Gestalt näher kommen sah, fürchtete sie erst, die Russen hätten das Gut erreicht. Doch es war ein einzelner Mann, der sich in Lumpen und Decken gehüllt hatte, um der Kälte zu trotzen. Sie schlang sich ihr Wolltuch um die Schultern und ging beherzten Schrittes zur Eingangstür. Als sie das Tor öffnete, stand der Mann bereits mit gesenktem Kopf an der Schwelle.

»Es tut mir leid, wir können Ihnen nicht lange Obdach bieten, denn wir reisen nächste Woche ab. Aber für eine

Nacht ...« Sie hielt fassungslos inne, als der Mann seinen Kopf hob. »Johann!« Sie war zu überrascht, um die Situation zu erfassen und ihrer Freude Ausdruck zu verleihen. Stattdessen starrte sie ihren Mann wortlos an. Seine attraktiven Gesichtszüge waren hinter einem ungepflegten Bart versteckt. Das lange, strähnige Haar lugte unter einer Wollmütze hervor und verdeckte Teile seiner wasserblauen Augen. Johann sah abgekämpft aus, müde und abgemagert. Seine Lippen bewegten sich, doch Ebba konnte nicht verstehen, was er ihr mitteilen wollte. Sie erwachte aus ihrem tranceartigen Zustand und fiel ihm um den Hals. »Johann! Mein Gott, du bist es!« Er schloss sie stumm in seine Arme, drückte ihren zarten Körper an seinen und küsste sie innig. Sie versank in seiner Umarmung. Ein wohliger Schauer lief durch ihren Körper, sobald sie seine Lippen spürte.

Als sie sich endlich voneinander lösten und sie ihn ins Haus brachte, fiel ihr Blick auf seine schäbige Kleidung. Er sah aus wie ein Landstreicher. Wo waren sein Soldatenrock, seine Uniform, seine Stiefel? Ein furchtbarer Verdacht beschlich sie, und als er sich erschöpft auf das Sofa im Salon fallen ließ, sprach sie ihre Ängste aus.

»Johann, hast du Fronturlaub bekommen? Jetzt, in dieser schwierigen Lage?«

Er lugte zu ihr hoch, seufzte und schüttelte wortlos den Kopf.

Sie schlug die Hand vor den Mund. »Johann, du bist doch nicht etwa desertiert.«

Er musterte sie nachdenklich. Von Ebba hätte er keinen Vorwurf, sondern Verständnis erwartet. Er wich ihrem Blick aus und runzelte verärgert die Stirn.

»Bitte entschuldige, Liebling. Ich habe nur solche Angst um dich. Wenn du desertiert bist, werden sie dich jagen und hinrichten.«

Johann schnalzte teilnahmslos mit der Zunge und zog seine Finger aus den durchnässten Wollhandschuhen. »Die jagen überhaupt niemanden mehr. Jetzt werden sie gejagt. Die Russen sind hinter ihnen her, hinter uns allen. Wo ist eigentlich Vater?«

Ebba riss die Augen auf, erschrocken über den plötzlichen Themenwechsel. Sie hatte ihrem Mann geschrieben, was mit Alfred von Bergen geschehen war, doch der Brief hatte ihn offenbar nicht erreicht. »Hast du denn meine Nachricht nicht bekommen?«

»Eine Nachricht?«

»Meinen Brief.«

Johann fuhr hoch. In seinen Augen flammte Furcht auf. »Vater!«

»Nein, Johann, bitte!«

»Wo ist er? Wo ist Vater?«

Ebba nahm das Gesicht ihres Mannes in ihre Hände und sah ihn mit einem durchdringenden Blick an. »Dein Vater war ein mutiger, großartiger Mann. Er hat sich gegen das Unrecht gewehrt ...«

»Nein!« Johann löste sich von Ebba, ging drei Schritte zurück und starrte sie entsetzt an.

»Eines Tages wurde er abgeführt und verhaftet. Landesverrat. Er ist nie wieder zurückgekommen.«

»Nein, nein, mein Gott! Vater!«

Johann, der seine Familie immer in Sicherheit gewähnt hatte, war erschüttert über die schreckliche Nachricht. Er rauschte an Ebba vorbei und ließ die Tür laut ins Schloss knallen. Ebba sank auf das Sofa und vergrub ihr Gesicht in den Händen. Alle Kraft fiel von ihr ab. Sie schaffte es nicht mehr, erhobenen Hauptes an das Positive zu glauben. Sie wollte nicht mehr alles ertragen müssen. Alles, was sie jetzt brauchte, war die starke Schulter ihres Mannes, auf den sie so lange sehnsüchtig gewartet hatte. Doch sie wusste nicht, ob Johann noch der Mann war, den sie geheiratet hatte.

33

Gut von Bergen, nahe Cranz,
Ostpreußen, Januar 1945

Eine Stunde später klopfte Johann sacht an die Wohnzimmertür. Er näherte sich seiner Frau, die immer noch mit geröteten Augen auf dem Sofa saß. Er ließ sich vor ihr nieder, nahm ihre Hände und küsste sie. »Es tut mir leid, meine Liebe. Ich war sehr schroff zu dir. Das hast du nicht verdient. Aber es war ein schrecklicher Schock, das zu hören.«

Dankbar, in diesem Mann endlich ihren Johann wiederzuerkennen, strich sie ihm durchs Haar. »Ich verstehe das doch. Dein Vater und ich haben uns sehr gut verstanden. Ich hatte ihn sehr gern, und es war auch für mich schrecklich, als er fort war.«

Johann nickte. »Warum seid ihr noch hier, Ebba? Eigentlich habe ich nicht erwartet, dass ich euch noch antreffe.«

Ebbas Magen verkrampfte sich. Es war ein vorwurfsvoller Tonfall, mit dem Johann seinem Unverständnis Luft machte. Sie schaffte es nicht, die aufkommenden Tränen zurückzuhalten, wischte sich über ihre Augen und wandte den Blick ab, ohne etwas zu erwidern.

»Du hast auf mich gewartet?« Ebba nickte. »Mein Gott!« Johann erschauderte bei dem Gedanken, was seiner Familie hätte zustoßen können. Ebba hatte nur seinetwegen noch auf dem Gut ausgeharrt und die gesamte Dienerschaft in Gefahr gebracht.

Sie legte ihre zarten Finger um seine Hand. »Ich musste auf dich warten, Johann. Irgendwie habe ich gefühlt, dass du kommen wirst. Außerdem hieß es immerzu, wir dürften nicht fliehen. Doch nun ist sogar die Heeresführung abgereist und hat uns sozusagen unserem Schicksal überlassen.« Sie brummte wütend. »Aber jetzt können wir gemeinsam fliehen. Du, Wilhelm und ich.«

»Wilhelm!« Johann löste seine Hand und erhob sich schwerfällig. Ein Lächeln huschte über seine spröden Lippen. »Wo ist mein Sohn?«

»Er schläft. Wir wollten morgen früh aufbrechen. Da sollte er ausgeschlafen sein. Nimm ein Bad und iss etwas, damit du zu Kräften kommst.«

»Wir haben keine Zeit, Ebba. Die Russen stehen praktisch vor unserer Haustür. Wir müssen sofort los.«

»Sofort. Du redest schon wie Karl.« In Ebbas Augen standen Panik und Nervosität.

»Karl?« Johanns Augen weiteten sich. »Er ist hier?«

Ebba nickte und fühlte sich plötzlich unbehaglich. Sie erinnerte sich wieder an die peinliche Situation im Büro und kam sich wie eine Betrügerin vor. »Er wurde verletzt und hat sein Bein verloren. Doch mittlerweile hat er sein Schicksal verkraftet. Es geht ihm gut. Er wird sich freuen, dich zu sehen«, schloss sie, obwohl sie von Letzterem nicht überzeugt war. Möglicherweise hoffte Karl insgeheim auf Johanns Tod. Sie schüttelte den Kopf und schämte sich ihrer gemeinen Gedanken. »Ich hole ihn. Mach dich ein wenig frisch, und dann besprechen wir, wie es weitergeht.«

Johann nickte, schloss sie noch einmal in seine Arme und verließ den Salon.

Ohne Bart und in frischer Kleidung hatte Johann wieder sein wohlbekanntes, wenn auch etwas abgekämpftes Äußeres zurückgewonnen. Ebba lächelte ihm liebevoll zu, als er den Raum betrat. Sie hatte Wilhelm auf dem Arm, der den fremden Mann verschlafen und ängstlich musterte. »Siehst du, Wilhelm, das ist dein Vati.«

Der Kleine rieb sich über seine leuchtend blauen Augen, die denen seines Vaters ähnelten, und lutschte verlegen an seiner Faust.

Johann strahlte und ging raschen Schrittes seinem Sohn entgegen. »Wilhelm, mein lieber Junge. Wie sehr ich mich freue, dich endlich zu sehen. Nun verlasse ich dich nie wieder, das verspreche ich.« Er berührte sacht Wilhelms blonde Locken, der daraufhin schüchtern den Kopf abwandte.

»Es ... es tut mir leid ... er ...«

»Aber das macht doch nichts. Er kennt mich nicht und wurde eben geweckt. Wir werden sicher bald sehr gute Freunde werden, Wilhelm, nicht wahr?«

Der Junge drehte sein Köpfchen und sah seinen Vater interessiert an. Schließlich nickte er vorsichtig. Er erinnerte sich an die Geschichten, die seine Mutter Tag für Tag von seinem Vater erzählt hatte, die Fotos aus der bemalten Holztruhe seiner Großmutter und an die Kleider, die einsam im Schrank im Schlafzimmer hingen und die Ebba wöchentlich ausbürstete und lüftete, um sie für Vaters Rückkehr vorzubereiten.

Karl riss die Salontür auf und unterbrach die Familienidylle. Er blieb auf der Schwelle stehen und lächelte. »Johann!« Er schritt auf seinen alten Freund zu, sie musterten sich stumm, ihre gezeichneten, ausgemergelten Körper, wissend, dass sie beide das gleiche Grauen erlebt hatten. Es brauchte keine Worte.

Karl umarmte Johann und klopfte ihm auf Rücken und Schulter. Für einen kurzen Moment sah er zu Ebba, die sich verlegen abwandte, als sich ihre Blicke trafen. Er empfand ehrliche Freude, aber auch die schwelende unerwiderte Liebe zur Frau seines Freundes, die nun mit Johanns Rückkehr zu einer lächerlichen Farce geworden war. Karl versuchte, den Gefühlssturm in seiner Brust zu überspielen.

»Das mit deinem Bein tut mir leid, Karl.«

»Ja, fliehen wird schwierig.«

»Du hast recht, aber wir müssen los, und zwar sofort. Die Russen sind näher, als ihr denkt.«

Karl nickte. »Hör zu, Johann. Mein Vater will nicht gehen.«

»Dietrich? Aber er muss!«

Ebba setzte ihren Jungen ab und legte ihrem Freund die Hand auf den Unterarm. »Aber warum denn? Was wird aus Helga und der kleinen Martha? Sie müssen mitkommen.«

Karl blickte verlegen auf Ebbas Hand, woraufhin sie diese unsicher zurückzog und den Blick wieder abwandte. »Vater meint, er könne Russisch, das würde ihn retten.«

»Unsinn!« Johanns Stimme hatte eine beängstigende Strenge angenommen. »Das schadet ihm höchstens. Er würde als Verräter dastehen. So wie die Kriegsgefangenen, die auf den deutschen Höfen arbeiten.«

»Er lässt sich nicht von seiner Idee abbringen und ... ich werde bei ihnen bleiben.«

»Was?« Ebba fuhr entsetzt zu Karl herum.

Auch Johann starrte seinen Freund mit offenem Mund an. »Das ist doch töricht! Du setzt euer aller Leben aufs Spiel.«

»Karl ... nein, bitte.« In Ebbas Augen traten Tränen. Verzweifelt schlug sie die Hände vor den Mund. Er wollte ihr entkommen, Johann nicht im Wege stehen. Ebba war sich sicher, dass das der einzige Grund für Karls Entschluss war. Sie verfluchte sich für ihre unüberlegte Reaktion vor einigen Wochen im Büro.

»Bitte versteht«, fuhr Karl in sachlichem Ton fort, »meine Eltern sind nicht bereit, mit der kleinen Martha das Land zu verlassen. Ich muss bei ihnen bleiben. Nun, da Johann zurückgekehrt ist, kann ich das ruhigen Gewissens tun.«

Zu Ebbas Entsetzen zeigte Johann Verständnis. Er nickte und legte seinem Freund die Hand auf die Schulter. »Möge Gott dir beistehen, Karl.«

Die beiden Männer umarmten sich.

»Leb wohl, Ebba«, murmelte Karl, schüttelte ihr förmlich die Hand, wandte sich um und verließ den Raum.

Ebba starrte auf die geschlossene Tür. Ihr Körper begann zu zittern, während ihr die Gedanken durch den Kopf rasten. Sie sah kurz zu ihrem Mann, schüttelte energisch den Kopf und eilte hinaus. »Karl, warte!«

Er hielt inne und sah sie tieftraurig an. »Ebba.«

»Karl, bitte. Bleib nicht.« Sie lief zu ihm, umarmte ihn und begann hemmungslos zu weinen.

»Ebba, ich bitte dich. Es ist das Beste. Ich ...« sagte er leise. »Vater und Mutter brauchen mich.«

»Das ist doch Unsinn. Sie sind erwachsen. Komm mit uns! Tu es für mich.«

Karl versuchte durch freundschaftliches Schulterklopfen Distanz zu ihr zu wahren.

Sie wagte es nicht, ihn anzusehen, und drückte ihr Gesicht an seine Schulter. »Ich weiß, dass du mich liebst«, flüsterte sie. »Ich bin nicht blind, Karl. Und auch ich liebe dich, aber mein Herz hat Johann zuerst gehört. Ich wollte dich nie verletzen. Mach bitte nur aus verletztem Stolz keinen Unsinn.«

Karl schloss die Augen. Sie spürte den Schauer, der durch seinen Körper lief, und erahnte, wie sehr er sich nach diesen Worten gesehnt hatte. Sie dachte in diesem Moment nicht nach, sondern gab dem dringenden Bedürfnis nach, ihm zu zeigen, was er ihr bedeutete, hob den Kopf und küsste ihn. Er öffnete vorsichtig den Mund, und sie erwiderte den Kuss. Sie wusste, dass es falsch war und sie diese Gefühle nur für Johann empfinden dürfte. Das Kribbeln im Körper und den Schmerz in der Brust.

Noch bevor sie sich zurückzog, beendete Karl den Kuss. Er wusste, dass es zu nichts führen würde, dennoch lag ein friedliches Lächeln auf seinen Lippen. Er löste sich sanft und schüttelte den Kopf. »Ich kann es nicht ertragen, euch zusammen zu sehen. Bitte verzeih mir den Kuss.« Er schob sie von sich und betrachtete ihr verweintes Gesicht.

»Ich habe dich geküsst. Ich weiß, es war falsch, aber gäbe es Johann nicht, so wärst du der Mann in meinem Leben. Das sollst du wissen.«

»Verwechsle Wehmut nicht mit Liebe. Du hast immer zu Johann gehört, und wenn du glaubst, du würdest mich lieben, so ist es doch wahrscheinlich nur Mitleid, das du empfindest.« Er blickte über ihre Schulter und sah zu seinem Entsetzen seinem Freund ins Angesicht.

Johann war Ebba gefolgt, stand jedoch zu weit entfernt, um der Unterhaltung folgen zu können. Sein Blick verriet, dass er Ebbas und Karls Worte erahnte, und mit großer Wahrscheinlichkeit hatte er auch den Kuss beobachtet. Er musterte die beiden nachdenklich und äußerte sich nicht zu dem, was er gesehen hatte.

Karl nickte ihm zu und verschwand durch die Vordertür. Ebba sank in die Hocke und weinte um ihren besten Freund, um sein gebrochenes Herz. Sie zuckte erschrocken zurück, als Johann seine Hand auf ihr Haar legte. Ruckartig erhob sie sich und betrachtete ihren Mann durch den Tränenschleier. Er schwieg, machte ihr keine Vorwürfe, erwähnte weder die Umarmung noch den Kuss.

»Er bleibt«, flüsterte sie mit tränenerstickter Stimme.

»Vielleicht ist es besser so«, stellte Johann sachlich fest und führte seine Frau ohne ein weiteres Wort zurück in den Salon.

Dietrich hatte vor, sich zu verstecken und zu warten, bis die Russen wieder abziehen würden. Es war ein naiver Plan. Das Dienstbotenehepaar hatte die letzten Wochen unbemerkt dazu genutzt, den Lagerraum unter dem Schuppen zu einem Notversteck umzubauen.

Ebba stand fassungslos in dem kleinen Raum, der mit Decken, Vorräten, Werkzeug, Büchern und den wenigen Wertgegenständen, die die Familie besaß, vollgeräumt war. »Aber Helga, das ist doch Irrsinn. Sie werden euch hier finden.«

»Einen Versuch ist es wert«, erwiderte Ebbas treue Dienerin, ohne ihr den Blick zuzuwenden.

Dass die Familie Sokolow glaubte, sich hier vor den heranrückenden Russen verbergen zu können, war ein unverzeihlicher Leichtsinn, und Ebba konnte sich des Gefühls nicht erwehren, dass sie eine Mitschuld an der drohenden Katastrophe trug. »Ach, Helga, was geschieht nur mit uns«, sagte sie leise.

»Es wird schon gut gehen, Frau von Bergen.«

»Aber du sprichst doch nicht mal Russisch.«

»Ich bin die Einzige. Karl, Dietrich und Martha sprechen Russisch. Und ich werde es lernen.« Sie klopfte die Hände aneinander und stieß Dampfwolken aus dem Mund.

Es war kalt und ungemütlich in dem Raum unter der Scheune. Eine Heizmöglichkeit gab es nicht, und war erst das Vieh aus dem Stall getrieben, würden die Temperaturen noch weiter unter null sinken. In den letzten Tagen hatte der Frost das Land fest im Griff und erfüllte die Bewohner des Guts mit Sorge. Hätte Ebba nur das geringste Vertrauen in Dietrichs Vorhaben gehabt, hätte sie sich ihm sofort angeschlossen und wäre geblieben, anstatt in eine ungewisse Zukunft zu marschieren. Helga hob ein in Leder gebundenes Schreibbuch aus einer der zahlreichen Kisten, in denen sich die unterschiedlichsten Gegenstände häuften. Sie schlug es auf und hielt es Ebba entgegen. Der Schein der Petroleumlampe warf ein schwaches Licht auf die beschriebenen Seiten. Ebba musterte Helga mit fragendem Gesichtsausdruck und nahm das Buch entgegen. Sie hielt es in das Licht der Lampe und begann zu lesen.

Mein Name ist Helga Sokolow, Ehefrau von Dietrich Sokolow, Mutter von Karl und Martha. Ich wurde am 23. März 1901 in Tilsit geboren. Mein Vater Rudolf Schneider war Besitzer eines Sägewerks.

»Dieses Buch wird meiner Tochter alles erzählen, was es zu erzählen gibt, sollte uns etwas zustoßen. Sie soll wissen, wo ihre Wurzeln sind.«

Ebba blätterte durch das Buch, das Seite für Seite beschrieben war und von Helga und Dietrichs Leben in Ostpreußen, ihrer Geschichte und ihrer Anstellung auf dem Gut erzählte.

»Es wird niemand da sein, der ihr von unserem Leben erzählt«, murmelte Helga. Ebba schloss erschüttert die Augen, als sie begriff, dass Helga nicht damit rechnete, mit dem Leben davonzukommen. In ihr regte sich jedoch die Hoffnung, ihre kleine Tochter, ein unschuldiges Kind, würde überleben. Ebba nickte und gab Helga wortlos das Buch zurück.

Der Lärm des herannahenden Gefechts war zu einem alltäglichen Begleiter geworden, und so dauerte es eine Weile, bis die Frauen begriffen, dass die Schüsse, die durch die Nacht hallten, auf dem Gut abgefeuert worden waren.

Ebba stürzte zur Leiter, die in die Scheune hinaufführte. »Mach die Lampe aus und sei still«, zischte sie Helga zu. »Ich sehe nach, was los ist.«

Als Ebba den Kopf aus der Luke steckte, kam ihr Dietrich mit Martha auf dem Arm entgegen. »Sie sind da. Schnell, Frau von Bergen, verstecken Sie sich!«

Ebba drängte sich an Dietrich vorbei, ihr Blick fuhr gehetzt hin und her. »Johann! Wilhelm! Wo sind sie?«

Dietrich packte sie an einer Hand und versuchte, sie mit sich zu ziehen. »Es ist zu spät. Sie müssen mit uns kommen, schnell.«

Ebba riss sich los und stürzte aus der Scheune. Sie lief zum Gutshaus, hetzte die Treppen hinauf über die Terrasse und schlich durch die Hintertür ins Haus. Wilhelm hockte allein auf dem Küchenboden und lächelte seine Mutter an.

»Wilhelm, wo ist dein Vater?«

Im selben Moment hörte Ebba wie die Eingangstür mit Gewalt aufgebrochen wurde. Einzelne Schüsse knallten ins Nichts, und russische Männerstimmen brüllten wütende Parolen in den Raum.

34

Ehemaliges Gut von Bergen,
nahe Selenogradsk (Cranz),
Oblast Kaliningrad, Russland, März 2015

Andrej nippte an der Teetasse, während Inga den Blick nicht von ihm abwenden konnte. Schweigend hatte sie den Erklärungen ihres Begleiters gelauscht. Sie ertappte sich dabei, die Lachfältchen um seinen Mund anzustarren oder seine Augen zu bewundern, in denen jede Gefühlsregung abzulesen war. Dann konzentrierte sich Inga wieder auf seine Worte und ärgerte sich über ihr dummes Verhalten.

Die Hausherrin lächelte sie an, erklärte wiederum etwas auf Russisch und öffnete eine alte Schatulle, die vor ihr auf dem Sofatisch stand.

»Die Besitzer des Hauses haben das Anwesen erst vor einem Jahr gekauft. Es war ziemlich heruntergekommen, und die Renovierung hat viel Zeit in Anspruch genommen«, erklärte Andrej. »Bei der Instandsetzung des Daches sind einige Gegenstände gefunden worden, darunter diese Schatulle mit Briefen und Schmuck. Sie war in die Wand eingemauert.«

Inga sah mit verständnislosem Blick zu Frau Itschakaewa.

»Du weißt doch, dass die Deutschen aus Ostpreußen vertrieben wurden«, sagte Andrej. »Viele haben gehofft, irgendwann zurückzukommen, und deshalb Wertgegenstände vergraben oder sie eben in Wände eingemauert. Sie konnten ja nicht viel mitnehmen.«

»Nicht zu fassen! Dann gehörte diese Schatulle also der Herrschaft von Bergen?«

»Das nimmt die Dame zumindest an. Und darin fand sie auch einige Briefe, aber sie sind auf Deutsch verfasst. Der Name Martha kommt auch vor. Das Ehepaar hat die Briefe übersetzen lassen, sich auf die Suche nach Martha Sokolowa gemacht und ist fündig geworden.«

»Ich kann das nicht verstehen. Opa hat immer gesagt, er sei ein Einzelkind. Warum sollte er uns belügen? Das Ganze macht keinen Sinn.«

»Auf jeden Fall hat irgendein Bekannter von Frau Itschakaewa im Internet die Nachricht deines Großvaters entdeckt und ihm mithilfe einer Übersetzerin geantwortet. So dürfte er von Martha erfahren haben. Kann es denn sein, dass er nicht wusste, dass er eine Schwester hat?«

»Gibt es so was?«, erwiderte Inga kopfschüttelnd, ohne ihre offensichtliche Enttäuschung zu verbergen.

»Nun, vielleicht ist das Mädchen erst nach dem Krieg geboren worden.«

»Aber da war mein Großvater doch schon über zwanzig Jahre alt. Das kann nicht sein, außerdem hat er erzählt, dass seine Eltern während des Krieges gestorben sind. So was erfindet man doch nicht.«

Frau Itschakaewa reichte Inga ein Paket zusammengeschnürter Briefe und goss ihr eine weitere Tasse Tee ein. Sie wechselte einige Worte mit Andrej, der sich daraufhin nachdenklich am Kopf kratzte.

»Was ist los?«, fragte Inga.

»Nun, Frau Itschakaewa hat uns angeboten, über Nacht zu bleiben. Die Zimmer sind frei, keine Gäste um diese Jahreszeit, es kommt nur noch Frau Itschakaewas Mann später am Abend.«

Inga sah Andrej unentschlossen an. »Na ja, ich könnte schon bleiben. Es sind nur fünfunddreißig Kilometer nach Kaliningrad. Da kannst du natürlich nach Hause fahren. Ich nehme mir dann morgen ein Taxi. Mein Rückflug nach Stockholm geht ja schon am Montag.«

Andrej schaute sie wortlos an, und sie bildete sich ein, einen leichten Anflug von Enttäuschung in seinen Augen zu sehen. Dann nickte er und stand auf. Die alte Dame wirkte überrascht, dass Andrej so spät noch den Heimweg antreten wollte, aber sie gab nach einigen Versuchen, ihn sanft zum Bleiben zu überreden, auf.

Inga schwieg und sah immer wieder verstohlen zu Andrej. Das wäre ihre Chance auf eine schnelle Urlaubsaffäre gewesen. Doch er war verheiratet, und auch wenn er auf eine Nacht mit ihr aus war, so war eine eifersüchtige Ehefrau im Moment das Letzte, was sie brauchen konnte.

Er berührte sie sanft an den Schultern und lächelte. »Melde dich. Du hast meine Nummer. Ich bin sehr gespannt, was du noch herausfindest.«

»Ich melde mich ganz sicher«, erwiderte Inga und begleitete Andrej hinaus zum Wagen.

In der Zwischenzeit hatte sich die Dunkelheit über das Land gesenkt. Weit und breit gab es keine Laterne oder Straßenbeleuchtung. Nur das Licht der Villa erhellte den Vorhof.

Andrej blieb vor dem Auto stehen, wandte sich zu Inga um und sah sie eindringlich an, als könnte er in ihrem Blick lesen, was in ihr vorging. »Du willst nicht, dass ich bleibe, habe ich recht?«, murmelte er.

Inga merkte einen leichten Anflug von Nervosität in seiner Stimme. Sie war froh, dass es bereits dunkel war und er ihre brennenden Wangen nicht sehen konnte.

Er hob seine Hand und legte sie sanft auf Ingas Gesicht. »Inga ... ich ...«

»Es ist sicher besser so«, unterbrach sie ihn. »Ich fliege bald zurück nach Stockholm.«

Er nickte, zog sie an sich und umarmte sie. Ihr Herz klopfte wie das eines verliebten Teenagers. Sie atmete seinen Geruch ein und wankte in ihrer Entscheidung. Ein kleiner One-Night-Stand – was war schon einzuwenden gegen einen Urlaubsflirt? Aber Inga blieb standhaft. Das fehlte noch, sich weitere Probleme aufzuhalsen. Sie war wegen ihres Großvaters nach Kaliningrad geflogen und nicht, um sich in eine neue, ungewisse und vollkommen aussichtslose Liebesaffäre zu stürzen. Außerdem war es ihr immer schon schwergefallen, Männer nur eine Nacht lang zu lieben. Sie war der Typ Frau, der nur zwei Seiten der Zuneigung kannte, die echte – und mit der spielte sie nicht –, und die oberflächliche, die ihr aber selten einen One-Night-Stand wert war und die ihr eigentlich gleichgültig war. Widerwillig gestand sie sich ein, dass sie Andrej zu der ersten Gruppe zählte.

Sie schob ihn sanft von sich. »Fahr jetzt, es ist spät. Ich melde mich morgen.«

Er küsste sie flüchtig auf die Wange, bevor er ins Auto stieg und in der Finsternis verschwand. Inga blieb in der

Dunkelheit stehen. Langsam gewöhnten sich ihre Augen an die Nacht, und es bildeten sich Umrisse aus der Landschaft heraus. Inga sah noch einige Minuten in die Dunkelheit. Sie fühlte sich so sehr zu diesem Russen hingezogen, dass ihr Herz immer noch kräftig gegen ihre Brust pochte, wenn sie an ihn dachte. Er hatte es sogar geschafft, Sven aus ihrem Gedächtnis zu verbannen.

Sie ging zurück ins Haus, schloss die schwere Eingangstür hinter sich und seufzte. Nun musste sie sich wieder auf ihre Recherchen konzentrieren und durfte sich nicht in eine Liebelei hineinziehen lassen. Sie nickte Frau Itschakaewa freundlich zu, die sie im Wohnzimmer erwartete. Diese schlug ihr vor, ein kleines Abendessen zuzubereiten, aber Inga lehnte dankend ab. Sie bat darum, gleich auf ihr Zimmer geführt zu werden.

Der einzige Gast einer Dame zu sein, die kein Wort Deutsch verstand, sah Inga als eine interessante Herausforderung an, doch Herausforderungen war sie nun ja bereits gewohnt. Inga folgte der freundlichen Russin ins Obergeschoss. Sie strich über das dunkle Holz des Geländers und lächelte bei dem Gedanken, dass auch ihr Großvater als Kind hier gewesen war. Es erfüllte sie mit einer Wärme, dem Gefühl der Geborgenheit, sein ehemaliges Zuhause kennenzulernen, auch wenn er als Sohn der Bediensteten gewiss nicht in der Villa selbst gelebt hatte.

Das Zimmer, in das Inga einquartiert wurde, glich einem Museumsraum. Der Stuck an der Decke war wiederhergestellt worden und die Möbel der jahrhundertealten Geschichte des Gebäudes angepasst. Die Vorhänge waren aus schwerem weinrotem Stoff, obgleich die Nacht so dunkel war, dass es unnötig gewesen wäre, sie zuzuziehen. Frau Itschakaewa brachte Handtücher und reichte Inga mit einer kleinen Verbeugung die Schatulle. Dann lächelte sie und wünschte in akzentbehaftetem Englisch eine gute Nacht. Wohl wissend, dass die Briefe, die sich in dem Kistchen befanden, Ingas ganze Aufmerksamkeit benötigen würden, zog sich die Russin zurück.

Inga setzte sich erschöpft auf das Bett und lauschte. Die Schritte der Frau verhallten. Es herrschte Stille, die nur durch das Ticken einer Pendeluhr unterbrochen wurde. Inga atmete tief ein und öffnete den Deckel der Schatulle. Sie nahm das Bündel Briefe an sich und zog an dem Seidenband, mit dem sie zusammengebunden waren. Sie waren an eine Frau von Bergen gerichtet. Inga zog den verblichenen Briefumschlag zu ihrer Nase und sog den alten Geruch des Papiers ein. Vorsichtig faltete sie den Brief auseinander und begann zu lesen. Bereits nach der ersten Zeile hielt sie inne. *Liebste Ebba!* Ebba. Schon wieder der Name. Ebba Nilsson. Inga erinnerte sich an ihren Traum, an die Szene ihrer Kindheit. Sie drehte das Blatt um und las die geschwungene Unterschrift des Verfassers.

In ewiger Liebe
Dein Johann

Johann und Ebba, die Dienstmagd und der Gutsherr, von denen Andrejs Großmutter erzählt hatte. Inga erinnerte sich an die Glückwunschkarte zur Hochzeit, die sie in Großvaters Kiste gefunden hatte. Warum nur war die Karte bei ihm gelandet? Von Neugierde gepackt, warf sich Inga mit Schwung auf das Bett, streifte die Stiefel von ihren Beinen und begann zu lesen.

Liebste Ebba,

es dauert lange, bis mich deine Briefe erreichen. Dennoch warte ich jeden Tag auf Zeilen von dir, denn deine Worte haben eine heilsame Wirkung auf mich. Sie heilen mich von dem Grauen, das ich täglich erlebe, und von dem Hass, der unter den Menschen hier herrscht. Karl und ich …

Ingas Herz begann zu klopfen, als sie den Namen ihres Großvaters las. Sie rieb sich die Gänsehaut von den Oberarmen, biss sich aufgeregt auf ihre Unterlippe und las weiter.

… wurden vor einigen Tagen getrennt. Er fehlt mir. Wir wollten zusammen an die Front gehen, doch das war uns nicht vergönnt. Karl wurde in die Heeresgruppe Mitte eingeteilt und zieht in Richtung Moskau. Ich muss in den Norden – wohin genau kann ich dir noch nicht sagen.

Ebba, meine Liebste, wie wunderbar, von unserem Sohn zu hören. Wie sehr hätte ich gewünscht, seine Geburt mitzuerleben. Und auch Karl war glücklich, von der Geburt seiner Schwester Martha zu hören. Mit zweiundzwanzig noch eine Schwester zu bekommen, wer hätte das gedacht? Gewiss tut es gut, dass unser Wilhelm nun eine Freundin im gleichen Alter hat.

Irgendwie hat es den Anschein, als wären unsere Familien auf ewig verbunden.

Inga legte den Brief auf das Kopfkissen und rieb erschöpft mit den Händen über ihre schläfrigen Augen. Hier stand es schwarz auf weiß: Ihr Großvater hatte eine Schwester.

Eine Schwester, die heute noch lebte, zweiundzwanzig Jahre jünger war und Martha hieß.

In Inga keimte das Gefühl bitterer Enttäuschung auf. Dieser Schwall von Geheimnissen und Schicksalen, die ihren Großvater ein Leben lang begleitet hatten und die ihrer Mutter und ihr verschwiegen worden waren, brachten sie durcheinander. Sie hatte ein anderes Bild ihres Großvaters in ihrem Herzen. Der Mann, der seine Schwester offenbar in Russland zurückgelassen hatte, war nicht die Person, die Inga kannte. War es Marthas Schicksal, das ihn nun quälte? Das Gespenst, das seine Träume heimsuchte, hatte einen Namen: Martha.

Inga faltete den ersten Brief sorgsam zusammen und öffnete den nächsten. Sie überflog die ersten Zeilen, die von brennender Sehnsucht und Schmerz handelten, und hielt inne, als sie erneut auf den Namen ihres Großvaters stieß.

Ich weiß nicht, was es mit Karls Briefen auf sich hat. Wie berichtet, wurden wir getrennt, und ich habe keinen Kontakt mehr zu ihm. Der Krieg ist hart, Ebba. Möglicherweise leidet er unter der Einsamkeit und unter den schrecklichen Ereignissen, die er jeden Tag sieht. Vielleicht meldet er sich deshalb selten, und wenn, dann nur mit jenen kühlen Worten, die du erwähnt hast. Tröste seine Eltern. Oft ist unser Zuhause so weit von uns entfernt, dass viele Gefahr laufen, das alte Leben zu verdrängen.

»Wie wahr«, murmelte Inga, rollte sich auf den Rücken und starrte an die Decke. Die Fassade jenes perfekten Mannes, den Inga stets in ihrem Großvater gesehen hat, begann zu bröckeln. Der alte, kränkliche Mann hatte sich in eine Person verwandelt, die ihr fremd war. Ein geheimnisumwobener Mann, umgeben von Anschuldigungen und unbeantworteten Fragen.

Doch ihr Großvater war auch ein todkranker Mann, der seiner Familie wahrscheinlich die Gelegenheit einer Aussprache nicht mehr bieten konnte. Inga erinnerte sich an seinen Anruf im Januar. Er hatte damals seine Kindheit erwähnt. Die folgende Offenbarung seiner Krankheit und seines bevorstehenden Todes hatten Inga zu sehr vereinnahmt, als dass Kindheitserinnerungen von Bedeutung gewesen wären. Hätte sie nur nachgefragt, ihm die Angst genommen, von seinem Schicksal zu erzählen. Wahrscheinlich war Kalle von dem rasanten Fortschreiten seiner Krankheit überrannt worden. Von einem Tag auf den anderen hatte sein Körper versagt, und die Worte hatten nicht mehr den Weg aus seinem Mund gefunden. Inga erinnerte sich an seine Unruhe, die Aufregung, das dringende Bedürfnis, etwas loszuwerden, bevor er diese Welt verließ. Sie sah seine flehenden, tieftraurigen Augen vor sich, in denen der Wunsch brannte, noch einmal die Chance zu bekommen, erzählen zu können. Sie musste jene vermisste Verwandte wiederfinden, koste es, was es wolle.

Dennoch konnte sich Inga des Gefühls nicht erwehren, dass irgendetwas an der Geschichte nicht zusammenpasste. Ein Stück des Puzzles fehlte. Warum war Martha zurückgelassen und nie gesucht worden? Inga schloss erschöpft die Augen. Als sie kurz davor war, in einen tiefen, erholsamen Schlaf zu fallen, riss sie der fröhliche Klingelton ihres

Handys aus ihrem Dämmerzustand. Sie schreckte verwirrt hoch und sah sich nach ihrer Tasche um. Als sie auf dem Display Pernillas Namen sah, erschauderte sie für einen Moment. Großvater!

»Mama? Hey! Geht es Opa gut?«

»Ja, keine Sorge. Er schläft jetzt, war aber heute sehr unruhig und redet viel wirres Zeug. Es tut mir leid, dass ich so spät noch anrufe, aber ich habe Opas Holzkiste aufgebrochen.«

»Was? Aber das wollte er doch nicht.«

»Ich weiß, ich hatte erst nicht vor, das zu tun, aber ich dachte, vielleicht hilft es dir bei den Nachforschungen, und die Neugierde hat schließlich gesiegt.«

»Und?«

Pernilla atmete aufgeregt in den Hörer. »Inga, du musst jetzt genau zuhören. Ich habe etwas Unglaubliches herausgefunden.«

35

Gut von Bergen, nahe Cranz, Ostpreußen, Anfang Februar 1945

Ebba hockte sich zu ihrem Jungen, zog ihn eng an sich und kroch mit ihm unter den Küchentisch. Sie wagte kaum zu atmen, fürchtete sogar, ihr pochendes Herz könnte sie verraten. Als die Küchentür mit einem lauten Krachen aufgestoßen wurde, zog sie ihre Beine noch enger an ihren Körper. In Wilhelms Gesicht spiegelten sich Furcht und Ungewissheit. Als er mit einer weinerlichen Grimasse zu einer Frage ansetzte, drückte Ebba ihm die Hand auf den Mund und schüttelte heftig den Kopf. Für einige Minuten fiel kein Wort. Ebba hörte auf das Knacken des Holzes, das im Ofen brannte, auf die knarrenden Dielen, die unter dem Gewicht der schweren Soldatenstiefel ächzten. Vielleicht würden sie wieder gehen. Hier in der Küche gab es nichts zu holen. Sie würden möglicherweise in den Salon zurückkehren und dort nach Wertgegenständen suchen. Die Männer begannen Schubladen aus den Regalen zu ziehen und mit lautem Knallen auf den Fußboden krachen zu lassen. Ebba konnte nicht sehen, was geschah.

Draußen glitten Johann die Decken, die er zu den vorbereiteten Wagen im Stall bringen wollte, aus der Hand. Er wechselte einen panischen Blick mit Karl und lief zum Wohnhaus. Entsetzt beobachtete er die Gestalten durch das Küchenfenster.

»Gütiger Gott, steh uns bei«, flüsterte er und starrte auf die Szene, die sich vor ihm abspielte. Er konnte Ebba nicht entdecken. Als auch Karl humpelnd das Fenster erreicht hatte, bedeutete Johann ihm, leise zu sein.

»Wie viele sind es?«, flüsterte Karl.

»Mindestens zehn in der Küche, vorne sind noch mehr.«

»Wo ist dein Junge?«

Johann atmete stoßweise und schielte an die Hauswand gedrückt durch das Küchenfenster. »Er war in der Küche. Ich weiß nicht, wo er jetzt ist. Wir müssen ihn da rausholen.«

Die Soldaten rissen die Schubladen aus den Küchenregalen, fluchten und schrien, während sie den Raum durchwühlten.

»Was sagen sie, Karl?«

»Sie sagen, dass die Deutschen noch irgendwo stecken müssen, da das Feuer noch brennt.«

»Verdammt!« Johanns Herz drohte auszusetzen, als er sah, wie ein Soldat sich bückte, unter den Tisch fasste und seine sich windende Frau und seinen kreischenden Sohn an den Füßen hervorzerrte.

»Nein! Ebba, Wilhelm! Ich muss da rein.«

Die Soldaten lachten, schubsten die Frau zwischen sich hin und her, während einer den zappelnden Jungen festhielt. Wilhelm trat und schrie in seiner Verzweiflung. Als ein Soldat seine Mutter am Haarschopf grob nach hinten zog, biss der Junge mit voller Kraft in die Hand, die ihn festhielt. Mit einem lauten Aufschrei schleuderte der Soldat den Jungen gegen den Ofen. Wilhelm schlug mit dem Kopf an die gemauerte Kante und blieb regungslos liegen.

»Wilhelm!« Wie von Sinnen stürzte Johann zu der Küchentür. Karl krallte ihn bei der Jacke und hielt ihn im letzten Moment zurück. »Warte! Du brauchst eine Waffe, sonst knallen die dich im Nu ab.«

»Mein Junge!«

Ein Soldat ging zu Wilhelm, stupste ihn mit dem Gewehrkolben und dann mit dem Fuß an. Schließlich hockte er sich zu ihm und drückte seine Hand auf den Hals, um seinen Puls zu fühlen. »Er ist tot, verdammt«, rief er seinen Kameraden auf Russisch zu.

Johann sah Karl auffordernd an.

Mit einem Seufzer übersetzte dieser. »Sie sagen, er sei tot.« Er schluckte schwer und sah in das entsetzte Gesicht seines Freundes. »Geh«, flüsterte er. »Geh und hol eine Waffe. Dann kannst du Ebba helfen.«

Johann besann sich, nickte und hetzte, benebelt von der Schreckensnachricht, zum Wagen, auf den er zwei Gewehre geladen hatte. Ebba versuchte inzwischen mit letzter Kraft, sich aus dem festen Griff der Soldaten zu befreien, doch es war ein aussichtsloses Unterfangen. Die Männer amüsierten sich über ihre Kraftanstrengungen und ihre wütenden Schreie, bis einer ihre Wangen mit seinen Finger zusammendrückte und mit der anderen Hand ihre Bluse aufriss. Ebba tobte und kreischte, und als der Russe über ihren Büstenhalter fuhr, spuckte sie ihm ins Gesicht. Der Soldat schleuderte sie auf den Küchentisch und beugte sich fluchend über sie. Grob schob er ihren Rock nach oben und zerriss ihre Unterhose und das Strumpfband.

Karl stand wie gelähmt vor dem Fenster und starrte auf die Männer, die sich wütend über Ebba hermachten.

Erinnerungen an die russischen Frauen kamen in ihm hoch, die von deutschen Soldaten vergewaltigt worden waren. Er hatte es stumm geduldet. Jetzt erst schämte er sich seiner ehemaligen Tatenlosigkeit.

Der russische Soldat hielt Ebba immer noch mit einer Hand fest und rief seine Kameraden herbei, um ihm zu helfen. Er fingerte an seinem Gürtel herum, zog seine Hose bis zu den Knien nach unten und drang gewaltsam in Ebba ein. Sie bäumte sich auf, schrie und versuchte sich aus dem festen Griff der anderen Männer zu befreien, woraufhin sie erneut einige Schläge ins Gesicht bekam.

Karl wandte sich ab. Er zitterte und starrte unschlüssig auf seinen Beinstumpf und die Krücken. Er musste zu ihr, zumindest versuchen, ihr zu helfen. Laut brüllend humpelte er zur Küchentür, stieß sie auf und stand vollkommen unbewaffnet vor den verdutzten Russen. Die Männer glotzten ihn verblüfft an, bevor sie nach einem Blick auf sein amputiertes Bein zu grölen begannen.

»Lasst sie sofort los!«, brüllte Karl auf Russisch.

In den Augen der Männer funkelte Hass auf, als sie die Worte in ihrer Sprache hörten. Sie spuckten voller Verachtung vor Karl aus, beschimpften ihn als Verräter und Nazifreund. Noch bevor er näher humpeln konnte, hob ein Russe seine Pistole, zielte auf Karl und drückte, ohne auch nur eine Sekunde zu zögern, ab. Der erste Schuss traf Karl in die Brust. Er verlor das Gleichgewicht, torkelte und stürzte nach hinten. Der Russe hob erneut seine Pistole, ging auf Karl zu, stieß ein paar Flüche aus und schoss ihm in den Kopf.

Ebba verkrampfte sich und stieß hysterische Schreie aus, die hinaus über den Hof bis zum Stall drangen. Johann hielt inne, als er die Schüsse und Schreie hörte. Er wagte nicht, sich auszumalen, was geschehen war, und hetzte zum Wohnhaus zurück. Als er wieder beim Küchenfenster angelangt war, zog er entsetzt seinen Kopf zurück. Sein Freund lag tot auf dem Boden. Johann drückte sich an die kalte Außenwand, atmete stoßweise und fasste sich mit zitternden Händen an seine Brust. Er bekam keine Luft, sein Magen zog sich zusammen, und er fühlte solche Übelkeit in sich aufsteigen, dass es ihn einiges an Konzentration kostete, sich nicht zu übergeben. Er fingerte nervös an dem Gewehr herum, um es zu laden. Die Lage war ihm vollends entglitten. Er, ein erfahrener Soldat, hatte vollkommen falsch entschieden. Er hätte auf seine Frau achten, bei seinem Jungen bleiben müssen, Karl nicht allein hierlassen dürfen. Warum hatte Karl nicht auf ihn gewartet?

Johann lugte vorsichtig durchs Fenster und starrte auf seinen regungslosen Sohn. Sein verdrehter Kinderkörper lag vor dem Ofen, sein Köpfchen in einer dunkelroten Blutlache. Die blonden Locken färbten sich rot, aus dem Gesicht war jede Farbe gewichen. Eben erst kennengelernt, hatte er sein Kind bereits verloren. Johanns Herz raste. Er fühlte sich wie in einem Albtraum. Sekunden hatten sein Leben zerstört, ihm seinen besten Freund und seinen Sohn entrissen. Er erkannte mit Grauen, dass die Männer seine Frau missbrauchten, die das Geschehen mittlerweile regungslos über sich ergehen ließ, um weiteren Schlägen zu entrinnen. Johann konnte nicht auch noch sie verlieren. Er musste in diesen Raum, versuchen, sie zu befreien, die dreckigen Männerkörper von ihr herunterzuziehen.

Eine Hand hielt ihn zurück, als er kurz davor war, die Küchentür aufzustoßen. »Nein, tun Sie das nicht. Es sind über zehn Männer, alle bewaffnet. Da kommen sie niemals lebend raus. Ihre Frau kann nur überleben, wenn sie da jetzt nicht reingehen.«

»Dietrich? Sind Sie von Sinnen? Sehen Sie nicht, was die Männer …«

»Ich habe es gesehen«, unterbrach der Mann Johann. Auf seinem Gesicht lag tiefer Schmerz. Er starrte mit bebenden Lippen durch das Fenster auf die Leiche seines Sohnes. »Ich bitte Sie, Herr Johann. Wenn Sie das Leben Ihrer Frau retten wollen, dann warten Sie.«

»Das kann ich nicht.« Johann schüttelte Dietrichs Hand ab.

Im selben Moment ertönte wieder ein Schuss in der Küche, und die beiden Männer duckten sich instinktiv, in der Befürchtung im Visier zu stehen. Johann erholte sich binnen Sekunden von dem Schrecken und schielte vorsichtig durch das Fenster. Er war wie gelähmt, als sein Blick auf das Gesicht seiner Frau fiel, die ihn aus leblosen Augen anstarrte.

»Nein!« Der Schrei hallte durch die Nacht, und gewiss hätten die Russen ihn gehört, wäre nicht gerade in diesem Moment ihr Vorgesetzter eingetreten. Mit mürrischem Gesicht schrie er Befehle und rügte sichtlich verstimmt seine Soldaten, gegen seinen Befehl die Morde an den Deutschen begangen zu haben. Er gab die Order, die Leichen hinauszubefördern und augenblicklich zu begraben. Johann sank auf die Knie, vergrub sein Gesicht in den Händen und begann zu wimmern.

Getrieben von der Angst um sein eigenes Leben, schleppte Dietrich seinen Herrn mit großer Mühe zum Stall. Johann war nicht fähig, zu sprechen oder zu handeln. Er sank wie ein nasser Sack auf dem Stallboden zusammen, fühlte weder Kälte, noch hörte er Dietrichs Worte, in denen Sorge und Hysterie mitschwangen. Johann wollte nur noch sterben, seinem elenden Dasein ein Ende machen, um diesem Schmerz zu entkommen.

Dietrich sah sich unschlüssig um. Helga und Martha kamen ihm in den Sinn, die immer noch im Versteck unter dem Stall warteten. Panik überkam ihn. Er ließ Johann liegen und lief zu seiner Frau. Er musste ihr die schreckliche Mitteilung von Karls, Wilhelms und Ebbas Tod überbringen. Plötzlich erfasste ihn eine Vorahnung, und er wandte sich noch einmal um. Im selben Moment sah er, wie Johann, Graf von Bergen, den Lauf des Gewehres an sein Kinn legte, mit der Absicht, sich das Leben zu nehmen.

»Nein, Herr Johann. Nein!« Er sprang mit drei großen Sätzen zu seinem Herrn zurück und riss ihm die Waffe aus der Hand. »Sie versündigen sich! Tun Sie uns das nicht an. Nicht auch noch Sie.«

Johann hob den Blick und sah in die flehenden Augen seines Dieners. »Ich kann so nicht weiterleben«, murmelte er tonlos.

»Doch, Herr Johann, das können Sie, und das müssen Sie, denn ich muss es auch. Nehmen Sie das Pferd und den Rucksack mit Proviant, und reiten Sie, so schnell Sie können,

Richtung Westen. Sicherlich holen Sie die anderen noch ein, sie sind vor einer halben Stunde aufgebrochen, als sie vom Eindringen der Russen gehört haben. Jetzt ist der richtige Zeitpunkt. Die Soldaten sind mit ihrem Vorgesetzten beschäftigt.«

Johann schüttelte wortlos den Kopf. Er war erschüttert über Dietrichs Nüchternheit und Geradlinigkeit. Dieser war immer noch in der Lage, klare Entscheidungen zu treffen. »Ich muss zu meiner Frau und zu meinem Sohn«, stammelte er und wandte abwesend den Blick ab.

Dietrich schüttelte ihn heftig an den Schultern. »Sie sind tot. Begreifen Sie doch endlich. Sie müssen fliehen. Jetzt!« Er zog Johann hoch, schleppte ihn zu seinem gesattelten Gaul und zog einen vollbepackten Rucksack und eine bemalte Holzkiste, von der er wusste, wie wichtig sie Ebba stets gewesen war, von dem beladenen Pferdeanhänger. »Mehr können Sie allein nicht mitnehmen. Hier drin sind Proviant und eine Decke. Das Gewehr nehmen Sie auch mit, und nun reiten Sie los. Reiten Sie!«

Johann starrte seinen Diener mit teilnahmslosen Augen an. »Was ist in der Kiste?«

»Dokumente, Fotos, das Bernsteincollier ihrer Mutter, Erinnerungen, die Ihre Frau während Ihrer Abwesenheit gesammelt hat. Nehmen Sie die Kiste mit. Sie wird Sie durch die dunkelsten Stunden Ihres Lebens bringen. Leben Sie wohl, Herr Johann.«

Dietrich wandte sich um und eilte zu der Klappe, die zu dem Versteck unter dem Stall führte. Während er zu seiner Frau hinunterstieg, warf er noch einen letzten Blick auf den gebrochenen Mann, der einst sein selbstbewusster

Dienstherr gewesen war. Johann nahm das Pferd bei den Zügeln, führte es vor den Stall und schwang sich auf seinen Rücken. Er hob noch einmal die Hand zum Gruß, bevor er das Pferd antrieb und durch die eiskalte Nacht davongaloppierte.

* * *

Johann hing kraftlos auf seinem Gaul, der an endlosen Flüchtlingstrecks, die aus allen Landesteilen kamen, vorbeitrabte, in Decken und Mäntel gehüllten Frauen, Kindern und Greisen, die sich mit letzter Kraft durch den Schnee vorwärtskämpften. Die Schwächsten unter ihnen lagen in den Karren, doch die Kälte kroch unter ihre allzu dünnen Decken, schwächte sie und löschte ein Leben nach dem anderen aus. Vor allem Kinder und alte Menschen, die den Strapazen nicht standhalten konnten, starben, wurden aus den Wagen getragen und am Wegesrand abgelegt. Manche wurden notdürftig mit Schnee bedeckt, andere in Eile liegen gelassen, um weiterzukommen, dem nahenden Feind zu entkommen. Das Wehklagen der Menschen erschütterte Johann und nährte seine Trauer und seinen Schmerz um den eigenen Verlust. Viele teilten sein Schicksal, hatten ihre Liebsten und damit den Sinn ihres Lebens verloren.

Es verging keine Stunde, in der er sich nicht den Tod wünschte. Nie würde er mit dieser Last leben können. Er hätte helfen müssen. Sein Freund hatte an seiner Statt sein Leben verloren. Hätte er nur früher den Hof verlassen, dann wären Frau und Sohn nun bei ihm. »Oh Gott, befreie mich von dieser Schuld«, murmelte er vor sich hin. Er hoffte, die Kälte, der Hunger oder ein feindlicher Soldat würden ihn möglichst bald ins Jenseits befördern. Trauer und Wut kannten weder Religion noch Sprache, weder Herkunft noch Rang. Vielleicht war es seine gerechte Strafe, dass er so gleichgültig beim Morden und Vergewaltigen des Feindes zugesehen hatte. Er hasste sich mit jedem Schritt in Richtung Freiheit mehr dafür.

Johann hatte vollends die Orientierung verloren. Er hoffte, dass sie sich Richtung Westen fortbewegten, doch der Gefechtslärm schien von allen Seiten auf sie einzudröhnen. Die Menschen um Johann waren beunruhigt. Sie irrten immer weiter durch die Eiseskälte. Sie behielten ihre Richtung bei, denn eine andere Lösung fiel ihnen nicht ein.

Johann saß täglich mit den wenigen Männern seines Trecks zusammen. Sie berieten sich, was zu tun sei. Letzte Rettung war die Stadt Pillau. Es hieß, von Pillau aus gebe es noch Schiffe, die die Menschen fortbrachten. Als er sich der Hafenstadt näherte, erstarrte er vor dem Bild, das sich ihm bot. Es mussten Tausende sein. Drängelnde, jammernde Flüchtlinge, Kinder, Greise, Säuglinge. Alle wollten auf ein rettendes Schiff, um dem Tod zu entrinnen. Die kleinen Kähne ächzten von dem Gewicht der Passagiere.

Johann schwang sich vom Pferd und legte die Kiste auf seine Decke, um ein Bündel zu binden, das er hinter sich herziehen konnte. Im Nu war er im Sog der Menge und verlor bald sein Pferd aus den Augen. Vor ihm, hinter ihm, rund um ihn drängten die Menschen. Johann wusste nicht mehr, wie viele Stunden er am Hafen gestanden hatte, wartend, frierend, unschlüssig, was er nun tun sollte. Tausende warteten auf Schiffe, doch außer einem Eisbrecher konnte Johann nichts entdecken. Ohnehin waren um ihn hauptsächlich Frauen, Kinder und alte Menschen. Er fühlte sich fehl am Platz, und erneut nagte sein schlechtes Gewissen an ihm. Er würde keinem Kind einen Platz streitig machen. Lieber würde er hier sterben.

Die erste Nacht brach an, und Johann verbrachte sie sitzend auf seinem Beutel neben all den anderen Wartenden. Niemand wusste, wie viele Schiffe noch kommen würden. Manche sprachen davon, dass man alles, was die Deutschen noch hatten, herschicken würde, um die Menschen zu evakuieren – Torpedoboote, Kreuzer, Schlepper, Eisbrecher, Fischdampfer, Kreuzfahrtschiffe und Kohlefrachter.

Fünf Tage des Wartens vergingen. Die Menschen brachen entkräftet neben Johann zusammen, doch niemand wagte es fortzugehen, um seinen Platz nicht zu verlieren. Als einige wenige Schiffe im Nebel auftauchten, begann das Gedränge erneut. Die von Angst getriebenen Menschen trampelten und drängten, wer fiel, wurde liegen gelassen. Johann war entsetzt. Er hielt inne, als eine Frau vor ihm zusammensackte. Niemand machte Anstalten, ihr aufzuhelfen. Er hockte sich zu ihr.

»Ich bitte Sie ... nehmen Sie mein Kind.« Die Frau drückte Johann ein Bündel in die Hand.

»Wie, warum? Wer sind Sie?«

»Bitte!« Die Frau war bläulich angelaufen. Ihre rissigen, mit Blasen übersäten Lippen zitterten, ebenso wie ihre Hände. Unter der Decke lugten gefrorene Haarsträhnen hervor.

Johann wollte ihr hochhelfen und sie an einen sicheren Ort bringen. Hier drohte sie von der drängenden Menge überrannt zu werden.

»Lassen Sie mich! Lassen Sie ...« Sie bäumte sich unter einem Hustenanfall auf.

»Gute Frau, kommen Sie, stehen Sie auf. Sie müssen für Ihr Kind sorgen. Sie schaffen das.«

Die Frau betrachtete Johann aus wässrigen, mutlosen Augen. Sie schüttelte langsam den Kopf. »Ich kann ... nicht mehr. Bitte nehmen Sie meinen Sohn mit auf das Schiff. Retten Sie ihn. Er ist erst zwei Tage alt.«

Johann warf noch einmal einen Blick auf das Bündel in seinem Arm. Wie sollte er unter diesen Bedingungen ein Neugeborenes durchbringen? Doch als er zum Widerspruch ansetzen wollte, schlichen sich die Bilder seiner verlorenen Familie in sein Gedächtnis und nagten an seinem Gewissen. Kurz entschlossen band er sich das Neugeborene um seinen Oberkörper. Das Bündel, in dem sich die Kiste mit seinem wenigen Hab und Gut befand, schnürte er sich auf den Rücken und packte dann den nächsten Mann, einen alternden Greis, am Oberarm. »Helfen Sie mir, bitte! Die Frau hat keine Kraft mehr.«

Der Alte musterte ihn mit zweifelndem Blick, nickte aber schließlich und hob gemeinsam mit Johann die junge Mutter hoch. Die Frau war von der Geburt geschwächt und abgemagert. Ihr Körpergewicht war so gering, dass es für die zwei Männer keine große Herausforderung war, sie zum Schiff zu schleppen.

»Frauen und Kinder zuerst«, tönte es durch die Menge der drängelnden Menschen.

Johann wusste um die Gefahr, als Deserteur verhaftet zu werden. Es war ihm gleichgültig gewesen, doch nun spürte er die Wärme des Neugeborenen an seiner Brust und hatte den Wunsch, diesem kleinen Geschöpf zu helfen. Er schlüpfte mit einem Arm aus dem Mantel, um auf den ersten Blick als Kriegsverletzter durchzugehen, und kämpfte sich weiter vorwärts.

Als die Pforte zu dem Steg, der zu einem kleinen Kahn führte, geöffnet wurde, wandte sich Johann an einen Uniformierten. »Können Sie diese Frau und ihr Kind auf das Schiff bringen? Sie ist zu schwach. Allein schafft sie es nicht.«

Der Mann reagierte mit einem Blick auf den baumelnden Mantelärmel und einem Kopfschütteln. »Das müssen Sie schon selbst machen.«

Johann sah sich um. Hatte er das Recht, diesen Menschen einen Platz auf dem Kahn streitig zu machen? Leise keimte wieder der Wunsch in ihm auf, erwischt zu werden und seinem elenden Leben ein Ende zu bereiten. Und dieser Wunsch kämpfte mit dem natürlichen Überlebenswillen in ihm, der jedem Menschen innewohnt. Er folgte der drängelnden Masse, begriff bald, dass die Menschen, die sich auf die Boote schoben, weder gezählt noch kontrolliert wurden. Zu groß war der Ansturm der Hilfesuchenden.

Bald fand er sich mit dem Kind und der geschwächten Frau, eng aneinandergedrängt, auf einem der Rettungsschiffe wieder. Die Frau in seinen Armen stöhnte.

»Alles ist in Ordnung. Ihrem Kind geht es gut. Wir sind gerettet.«

Ungläubig wanderte sein Blick auf die verschneite Landschaft am Ufer, das sich langsam entfernte, während sich das kleine Boot durch die unruhige See kämpfte. Er hob seine Hand zum Abschied. Dieses Land, seine Heimat würde er wahrscheinlich nie wiedersehen. Er spürte einen Kloß im Hals, als er flüsternd, mehr zu sich selbst als zu der Frau, wiederholte: »Wir sind gerettet.«

36

Ehemaliges Gut von Bergen,
nahe Selenogradsk (Cranz),
Oblast Kaliningrad, Russland, März 2015

Inga schwieg. Ein unangenehmes Gefühl beschlich sie, eine böse Vorahnung, die in ihrem Kopf saß, seit sie das erste Mal von Martha Sokolowa erfahren hatte.

»Inga?«

»Nun sag schon, Mama. Was hast du herausgefunden?«

»Mein Vater hatte nicht nur ein Leben als Student und Soldat in Ostpreußen. Er war auch Ehemann und Vater.«

»Wie bitte?« Inga setzte sich ruckartig im Bett auf. »Du musst dich irren, Mama. Ich habe herausgefunden, dass Martha Sokolowa seine Schwester ist, nicht seine erste Frau. Sie lebt noch.«

Pernilla schwieg.

»Mama? Hast du gehört. Du hast eine Tante.«

»Nein, Inga.«

»Aber ja, wenn ich es dir doch sage …«

»Nun lass mich ausreden.« Pernilla erhob die Stimme, und Inga sah sie förmlich vor sich, wie sie verärgert die Hand hob, um endlich zu Wort zu kommen.

»Ich habe also diese handbemalte Kiste geöffnet. Sie ist voll mit Fotos und Dokumenten. Da drin sind eine blonde Haarlocke, ein Fläschchen mit feinem Sand und eine fein gearbeitete Bernsteinkette. Sie sieht sehr alt aus. Und ich habe eine Heiratsurkunde von Ebba Nilsson und Johann von Bergen und eine Geburtsurkunde von einem Wilhelm von Bergen gefunden.«

Inga schüttelte verwirrt den Kopf. »Ja und? Wahrscheinlich hat Opa Johanns Dokumente aufbewahrt. Er war doch mit ihm befreundet. Aber was hat das mit Opa zu tun?«

»Inga, dein Großvater war nicht mit dem Sohn des Gutsherrn befreundet, er *ist* der Sohn des Gutsherrn.«

»Wie bitte?« Bilder, Wörter, Namen rasten durch Ingas Gedächtnis. »Wie kommst du denn darauf?«

»Wenn du die Fotos sehen würdest, die Briefe und die Dokumente, die in dieser Kiste sind, dann wäre es auch dir sofort klar. Mein Vater heißt Johann von Bergen. Karl Sokolow war sein bester Freund und Sohn des Hausdieners. Vater ist 1945 geflohen und hat dann seinen Namen geändert in Karl Johansson. Aus Johann wurde Johansson, verstehst du. Und den Vornamen hat er von seinem besten Freund übernommen.«

»Das kann doch nicht sein. Ich glaube das nicht. Was ist mit dieser Martha?«

»Sie dürfte Karls weitaus jüngere Schwester sein, also ist sie nicht mit Opa verwandt. In der Kiste lag auch ein Foto von den beiden Frauen, Helga, das war die Kammerzofe, und Ebba mit zwei Kindern.«

»Zwei Kindern?« Inga runzelt die Stirn.

»Ein kleiner Junge namens Wilhelm. Er war, so wie es aussieht, Opas Sohn aus erster Ehe. Von ihm stammt die Locke. Es muss sein Sohn sein, oder würdest du die Locke eines fremden Kindes aufbewahren?«

Inga stutzte für einen Moment, bis ihr die Worte in dem Brief in den Sinn kamen. Sie musste umdenken, alles klarer sehen. »Natürlich! Jetzt, wo du es sagst. Johann von Bergen hatte einen Sohn. In seinen Briefen schreibt er von ihm.«

»Briefe?«

»Eine lange Geschichte. Aber bist du wirklich sicher, dass Johann von Bergen und nicht Karl Sokolow mein Großvater ist?«

»Die Fotos sind alle auf der Rückseite beschriftet. Es gibt keinen Zweifel. Mein Vater, dein Großvater war der Sohn des Gutsbesitzers. Außerdem erkenne ich ihn auf dem Hochzeitsbild wieder.«

»Hochzeitsbild? Du hast ein Bild von Opa und dieser ... Ebba?«

»Ja, und sie trägt das Bernsteincollier. Das Collier, das in der Kiste war. Die älteren Bilder zeigen das Ehepaar von Bergen. Sie waren offenbar ein sehr wohlhabendes Paar, und auf einem sehr alten Foto trägt auch diese Dorothea von Bergen das Bernsteincollier. Verstehst du, es war ein Familienerbstück. Über Generationen weitergegeben, und bei der Hochzeit hat es Ebba von meinem Großvater bekommen.«

Inga schwieg einen Augenblick. »... von deinem Großvater ... meinem Urgroßvater ...« Sie stutzte. »Wie sieht sie aus?«

Pernilla stieß einen Laut der Verwunderung aus. »Wer?«

»Na, diese Ebba, die erste Frau von Opa.«

»Sie ist hübsch, auf dem Foto noch sehr jung, und hier ist auch noch eine Zeichnung in der Kiste. Ein kleiner Junge. Darüber steht: Ruhe in Frieden, mein geliebter Sohn.«

Inga schluckte. »Der Junge ist gestorben?«

»Das nehme ich an, Inga. Aber was ist aus Ebba Nilsson geworden?«

Dieser Name verfolgte Inga seit Tagen, nein, seit ihrer Kindheit, und endlich lösten sich die vielen Fragezeichen um den geheimnisvollen Namen in Luft auf. »Bitte, Mama, scanne das Hochzeitsbild und die Zeichnung ein und schick es mir an mein Postfach. Ich möchte wissen, wie sie aussah.«

Inga fand in dieser Nacht keinen Schlaf. Obwohl sie sich auf dem Land in einer russischen Exklave befand, stellte sie mit Verwunderung fest, dass das WLAN gut funktionierte. Erneut musste sie ihre Vorurteile über dieses ihr unbekannte Land revidieren. Sie öffnete die E-Mail von ihrer Mutter und zog überrascht den Laptop näher heran. Sie erkannte ihren Großvater sofort in dem adretten Mann im dunklen Anzug, strahlend vor Jugend und Glück. Dieses Bild ihres Großvaters hatte bislang in Ingas Vorstellung nicht existiert. Es war sein altes Leben, sein Kriegsleben, über das in der Familie nicht gesprochen wurde. Doch dieser Mann sah nicht aus wie der Soldat oder der leidende Kriegsflüchtling, den Inga sich zeit ihres Lebens vorgestellt hatte. Dieser Mann auf dem Bild war gesund, kräftig, jung und verliebt. Die junge Frau neben dem Bräutigam war außerordentlich hübsch und schien bei der Trauung bereits schwanger gewesen zu sein. Inga strich mit dem Finger über das jugendliche Gesicht der Frau und erkannte das Collier, das ihr Großvater noch vor Kurzem in den Händen gehalten hatte. Sie schüttelte ungläubig den Kopf. Plötzlich hielt sie inne.

»Das Kind«, murmelte sie vor sich hin, »Wie ist das Kind gestorben? Wie alt war es?« Inga erinnerte sich daran, in dem Brief einen Hinweis auf das Geburtsdatum gesehen zu haben. Sie faltete das vergilbte Blatt erneut auf und suchte nach einem Datum. 1940! Ihr Onkel wäre heute fünfundsiebzig Jahre alt gewesen. Sie stutzte bei der Vorstellung, einen Onkel zu haben, der über zwanzig Jahre älter war als ihre Mutter.

Inga erschauderte und schlüpfte unter die Decke des majestätisch anmutenden Himmelbettes. Sie tastete nach der Schatulle, in der die restlichen Briefe verwahrt waren. Behutsam zog sie den nächsten heraus. Wie dumm sie doch gewesen war, wie blind! Nun, da sie wusste, von wem die Briefe stammen, erkannte sie die Handschrift ihres Großvaters. »Opa«, murmelte sie bewegt. »Was musstest du nur alles ertragen.« Sie wischte die Tränen aus ihren Augenwinkeln und begann zu lesen.

Nach einer Stunde fingen die geschwungenen Buchstaben an, vor ihren Augen zu verschwimmen, und Inga fiel in einen unruhigen Schlaf, in dem sich im Traum Vorstellung und Realität vermischten. Als sie um acht Uhr das sanfte Vogelgezwitscher ihres Mobiltelefons weckte, schlug sie verwirrt die Augen auf. Inga benötigte etwas Zeit, um sich zurechtzufinden und die Traumwelt hinter sich zu lassen. Sie setzte sich auf und sah an sich herab. Ruhelos wegen der Flut von neuen Erkenntnissen war sie gestern Abend in ihren Kleidern eingeschlafen. Sie brauchte einen Augenblick, um sich aufzuraffen, das bequeme Bett zu verlassen, schlug schließlich die Decke zurück und tapste ins Badezimmer.

Aus dem Spiegel sah sie eine Fremde an, aschfahl und erschöpft von den aufregenden Tagen und den wenigen Stunden Schlaf. Inga massierte ihre pochenden Schläfen und bemerkte ein grummelndes Gefühl in der Magengrube. Seit der Mandeltorte bei Andrejs Großmutter hatte sie nichts mehr gegessen. Für einen Augenblick überlegte Inga, noch einmal ihre Mutter anzurufen, schob den Gedanken aber vorerst beiseite. Stattdessen nahm sie eine heiße Dusche. Das dampfende Wasser holte ihre Lebensgeister zurück und weckte ihren Tatendrang erneut zum Leben.

Als sie die Treppe zum Speisesaal hinunterstieg, empfing sie der Duft von frischem Gebäck und Kaffee. Das Geräusch eines knisternden Kaminfeuers drang bis ins obere Stockwerk und vermittelte ihr das Gefühl wohliger Gemütlichkeit. Frau Itschakaewa hatte für eine Person gedeckt und betrat mit einem Lächeln und einem russischen Gruß das Esszimmer. Die Frau war über fünfzig, ihr blondes, lockiges Haar war mit einer Silberspange hochgesteckt und ihre Augen mit dunklem, dezentem Make-up betont. Als sie Ingas prüfenden Blick bemerkte, strich sie verlegen über ihren rostroten Pullover und den dazu passenden, schmal geschnittenen Wollrock.

Inga lächelte und erwiderte den Gruß. Sie bewunderte das edle Porzellan, den prachtvollen antiken Esstisch, fast zu schade, um darauf ein Frühstück zu sich zu nehmen. Offensichtlich stammte Frau Itschakaewa aus wohlhabenden Kreisen. Um dieses Gut wieder instand zu setzen, mussten Millionen aufgebracht worden sein. Inga setzte sich und nahm hungrig eine Tasse Kaffee und drei Marmeladenbrötchen zu sich, während sie überlegte, wie sie sich mit der Hausherrin verständigen sollte. Frau Itschakaewa eilte zwischen Esszimmer und Küche hin und her, um den Tisch mit noch mehr Köstlichkeiten zu decken, bis Inga schließlich dankend abwinkte und auf ihren vollen Magen deutete. Die Dame nickte zufrieden und sagte einige Wörter, auf die Inga mit einem bedauernden Schulterzucken reagierte.

Die Russin zog ein Fotoalbum aus einer Leinentasche, setzte sich zu Inga und begann zu blättern, nachdem diese ihr lächelnd zugenickt hatte. Ingas Augen weiteten sich, als sie auf den Aufnahmen den Zustand des Gebäudes vor einigen Jahren erkannte. Ungläubig starrte sie auf die Abbildungen des verfallenen Hauses, das von Rankengewächsen überwuchert war. Die Fenster waren notdürftig mit Holz vernagelt, und der Außenputz der heute edlen Fassade war abgeblättert. So musste die ehemalige Villa vor Jahren ihre Großeltern empfangen und in Kalle jede Erinnerung an den einstigen Glanz des Anwesens zerstört haben.

»Wunderschön, was sie daraus gemacht haben«, bemerkte Inga und machte eine weit schweifende Armbewegung, um ihre Worte zu verdeutlichen. Sie bat Frau Itschakaewa mit einem Handzeichen zu warten, huschte die Treppe zu ihrem Schlafzimmer hinauf und holte ihr Tablet aus der Tasche. Außer Atem fuhr sie mit ihrem Finger über den Bildschirm, bis sich die Datei mit dem eingescannten Hochzeitsbild öffnete. Sie legte das Tablet vor Frau Itschakaewa auf den Tisch. »Das ist mein Großvater. Verstehen Sie? *My grandfather.*«

Die Russin strich nachdenklich über den Pelzkragen ihres Kaschmirpullovers und nickte. Hinter dem Brautpaar rankten sich Rosen über eine Hausfassade. In der Ecke der Fotografie war ein Fensterladen zu erkennen.

»Könnte das Foto hier gemacht worden sein?« Inga wiederholte ihre Frage auf Englisch, gestikulierte und zeigte mit fragendem Blick aus dem Fenster, bis sie das Gefühl hatte, die Russin würde sie verstehen.

Frau Itschakaewa schürzte die Lippen, zog den Bildschirm näher an ihr Gesicht heran und neigte nachdenklich den Kopf. Schließlich nickte sie. Ingas Herz begann zu klopfen, als die Frau sie hinter sich herwinkte und hinaus auf die Terrasse ging. Inga fröstelte und zog ihre dünne Baumwollweste enger um ihren Körper. Sie folgte Frau Itschakaewa auf die Rückseite der Villa, wo sich eine große Terrasse befand.

Die Russin hielt das alte Schwarz-Weiß-Foto auf dem Tablet mit ausgestreckter Hand von sich und lächelte zufrieden. Inga trat näher an sie heran und folgte ihrem Blick. Zwar kletterte nur das kahle Geäst der Rosenranken über die neu verputzte Wand, doch die Stelle stimmte tatsächlich mit der auf dem Foto überein.

Inga seufzte. Wie auch immer sie es drehte und wendete, ihr Großvater hatte hier auf dem Gut Ebba Nilsson geheiratet. Jene Frau, wegen der Ingas Großeltern sich in die Haare bekommen hatten und von der Ingas Mutter nie erfahren hatte. Frau Itschakaewa legte Inga mit sanftem Blick die Hand auf die Schulter und bedeutete ihr, ihr zu folgen. Mit dem Album in der Hand führte die Russin ihren Gast von Raum zu Raum. Mit einigen holprigen englischen Ausdrücken bemühte sie sich, Inga den herkömmlichen Zweck der Räumlichkeiten zu verdeutlichen.

Vor Ingas Augen verschwammen die Konturen der Möbel, und sie tauchte in eine imaginäre Welt der Vergangenheit ein. Wilhelm und Martha tanzten um sie herum. Die Kinder bewegten sich lachend von Raum zu Raum. Immer wieder tauchte das Gesicht von Kalles erster Frau Ebba auf. In Ingas Brust rührte sich eine unbegründete Eifersucht, fast Wut, die sie eigentlich ihrem Großvater zuschreiben musste, doch es fiel ihr leichter, die unbekannte Frau mit Abneigung zu strafen. Inga schüttelte den Kopf über ihre eigenartigen Gefühlsregungen. »Martha Sokolowa, *I have to find her*«, brach sie plötzlich das Schweigen.

Zwar stand nun fest, dass es sich bei der geheimnisvollen Dame nicht um Pernillas Tante, sondern um die Tochter des ehemaligen Hausdieners handelte, doch Martha hatte hier gelebt. Gewiss konnte sie sich an die Geschehnisse des Jahres 1945 erinnern. Frau Itschakaewa nickte und verließ ohne weitere Ankündigung den Raum.

Inga blickte verunsichert um sich. Sie befand sich im ehemaligen Arbeitszimmer, in dem auch heute ein alter Sekretär stand. Das Morgenlicht fiel schimmernd durch die Fensterscheiben und ließ den sonst unsichtbaren Staub im Gegenlicht tanzen. Die Stille hüllte Inga ein und ließ die Bilder ihrer Fantasie aufscheinen. Hier hatte ihr Großvater gearbeitet und davor wahrscheinlich auch Ingas Urgroßvater.

Unbemerkt von Inga trat Frau Itschakaewa wieder herein. Sie räusperte sich und riss Inga aus ihren Gedanken.

Sie reichte ihr eine Visitenkarte, auf der in geschwungenen Buchstaben der Name *Martha Sokolowa* stand.

»Martha Sokolowa«, erklärte die Russin.

Inga stöhnte erstaunt auf, als sie die Adresse las und betrachtete ihr Gegenüber mit fragendem Blick. »Kaliningrad?« Ungläubig schüttelte sie den Kopf. *»Martha Sokolowa lives in Kaliningrad?«*

Vor dem Abschied und dem Versprechen, bald wiederzukommen, machte Inga noch einige Aufnahmen von den renovierten Räumen, dem Garten und der Villa. Sie wollte nach Hause zurück, um alles Erlebte zu erzählen. Großvater würde glücklich sein, sein ehemaliges Heim wieder in gutem Zustand zu sehen, sollte er dazu noch in der Lage sein. Ein Taxi, die einzig mögliche Verbindung, brachte Inga zurück nach Kaliningrad. Sie huschte in ihr Hotelzimmer, schickte ihrer Mutter die Fotos, zog sich um und packte notdürftig ihre Habseligkeiten in den kleinen Reisekoffer.

Schließlich betrachtete sie sich nachdenklich im Spiegel, ließ den Koffer langsam sinken und kramte nach ihrem Handy. Die neu gewonnenen Erkenntnisse waren zu wertvoll, um sie zu ignorieren. Inga sah sich mit einem Mal einfach nicht mehr in der Lage, nach Stockholm zurückzukehren, ohne Martha aufgesucht zu haben. Sie tippte die Nummer des Bezirksgerichts in Stockholm ein und teilte ihren Kollegen kurz entschlossen mit, dass sich ihr Aufenthalt in Russland etwas verlängern würde. Als sie das Gespräch beendet hatte, schleuderte sie mit einem befreiten Lachen den Koffer aufs Bett und tippte sogleich eine weitere Nummer in ihr Telefon.

»Andrej? Hallo, ich bin’s, Inga.«

»Inga! Bist du noch in der alten Villa oder schon auf dem Weg zum Flughafen?« Sie nahm in seiner Stimme einen unsicheren Unterton wahr. Er hatte wohl Angst, sie wäre abgereist, ohne sich zu verabschieden.

»Ich bin noch in Kaliningrad. Es hat sich etwas Neues ergeben. Ich bleibe noch hier.«

Er schwieg einige Sekunden. »Brauchst du meine Hilfe? Können wir uns sehen? Inga ...« Er stockte. »... ich muss mit dir sprechen. Es ist wichtig.«

»Ja, wir sollten uns unbedingt noch mal sehen. Ich weiß nicht ...« Sie stockte und besann sich. Es musste einfach ausgesprochen werden. »Andrej, ich würde dich gerne sehen. Aber vielleicht solltest du deine Frau fragen, ob sie nichts dagegen hat.«

»Meine Frau?« Seine Stimme klang verwirrt. »Aber, warum ... was meinst du?«

»Andrej, ich mag dich sehr. Vielleicht ist es falsch, dir das zu sagen. Aber ich wollte auf keinen Fall abreisen, ohne dir das gesagt zu haben. Du warst mir eine große Stütze, und ich habe die Zeit mit dir hier sehr genossen. Aber ich habe gesehen, dass du einen Ehering trägst, und ich möchte mich auf keinen Fall in deine Ehe drängen.« Sie atmete tief aus und wartete auf seine Reaktion. Nun war es ausgesprochen, und er war an der Reihe, etwas zu sagen.

»Bist du noch im Hotel?«

Sie stutzte. Das war nicht die Reaktion, die sie erwartet hatte. »Ja. Ich muss unbedingt Martha finden. Stell dir vor, sie lebt in Kaliningrad.«

»Was? In Kaliningrad?«

»Ja, sie war die ganze Zeit vor unserer Nase.« Inga wartete immer noch auf eine Reaktion auf ihre Offenbarung.

»Inga, ich komme zu dir. Bitte warte auf mich, hörst du? Ich bitte dich, wenn ich dir irgendetwas bedeute, dann warte im Hotel, bis ich bei dir bin.«

Er legte auf, und Inga ließ sich langsam auf das Bett sinken. Seine Worte verwirrten sie noch mehr. Was wollte er von ihr? Was musste er mit ihr besprechen? Sie ließ sich in die Kissen sinken und starrte an die Decke. Es war egal. Sie würde auf ihn warten, und wenn es nur wäre, um sich zu verabschieden.

37

Kaliningrad, Russland, März 2015

Inga bürstete ihr Haar und trug Lippenstift auf, um ihn Sekunden später wieder abzuwischen. Sie stützte ihren Kopf in ihre Hände und betrachtete ihr Gesicht im Spiegel. Es war bedeutungslos, wie sie aussah. Bald würde es an der Tür klopfen. Inga ging in Gedanken noch einmal die Worte durch, die sie Andrej sagen wollte. Sie fluchte vor sich hin. Was war nur los mit ihr? Sie kannte ihn noch nicht einmal drei Wochen, und dennoch hatte sie das Gefühl, als wären es Monate, als wäre dieser Mann ein enger Vertrauter, ein guter Freund. Sie schreckte hoch, als es klopfte. Langsam ging sie zur Tür, atmete tief ein und öffnete.

Andrej stand auf dem Gang, sichtlich nervös, aber gut aussehend wie immer. »Darf ich reinkommen?«

Inga nickte und zog die Tür weiter auf. Ihre Blicke trafen sich, und sein charmantes Lächeln zauberte Luftblasen in Ingas Bauch. Sie riss sich zusammen und hielt ihm Martha Sokolowas Visitenkarte hin. »Sie lebt hier in der Nähe. Es wäre schön, wenn du mitkommen könntest.«

Andrej warf einen Blick auf die Karte, legte sie zur Seite und fasste Inga bei den Händen. Ihr Blick fiel auf seinen Ringfinger. Er hatte den Ring abgenommen.

»Aber ... nein, Andrej«, flüsterte sie, »das ist einfach nicht richtig.«

Er strich durch ihr Haar und küsste sie auf die Stirn. »Doch, das ist es.«

»Aber deine Frau ...«

»Meine Frau ...« Er senkte den Blick. »Hör zu, Inga, ich bin nicht verheiratet. Nicht mehr.«

»Nicht mehr? Aber der Ring ...«

Andrej setzte sich auf das Bett und schwieg einige Sekunden. »Setz dich zu mir«, bat er.

Inga zog die Augenbrauen zusammen und ließ sich neben ihm nieder.

»Ich habe diesen Ring geliebt, sehr geliebt, weißt du. Und ich habe ihn nicht abgelegt, nicht einen Tag seit fünf Jahren.«

Inga biss sich auf die Unterlippe. Eine schlimme Vorahnung beschlich sie. »Was ist passiert?«

Andrej seufzte. »Ich war verheiratet. Vier Jahre lang, und meine Frau ... meine Frau war wundervoll. Ich habe sie sehr geliebt. Wir waren glücklich. Alles war ... war perfekt.« Er schluckte schwer und wandte sich von Inga ab. »Es war Krebs, und es ging so furchtbar schnell. Plötzlich war sie fort. Sie ist gestorben und hat mich allein gelassen.«

Inga legte ihre Hand auf sein Knie. Sie fühlte sich furchtbar. Eigentlich teilte er ihr mit, dass er frei war, unverheiratet. Doch der Schmerz, der in seinen Augen lag, traf sie wie ein Schlag. »Es tut mir so leid. Ich wollte das nicht.«

»Warum denn, du kannst doch nichts dafür.«

»Aber ich wollte dich nicht daran erinnern. Ich war so unsensibel. Es tut mir leid.«

Andrej lächelte. »Nein, Inga. Es muss dir nicht leidtun. Du bist der Grund, warum es mir das erste Mal seit ihrem Tod wieder gut geht. Du bringst mich zum Lachen.«

Inga lächelte zaghaft. »Aber der Ring, du hast ihn abgenommen?«

Er sah auf seinen Ringfinger, an dem ein schmaler heller Hautstreifen zu erkennen war. »Ja, ich habe ihn abgenommen. Es war Zeit, sie loszulassen. Ich habe gar nicht daran gedacht, dass der Ring dich verwirren könnte, aber jetzt ist mir einiges klar.«

Inga errötete. Andrej legte die Hände auf ihr Gesicht, zog sie zu sich heran, küsste erst ihre Wangen und näherte sich vorsichtig ihrem Mund. Er sah ihr in die Augen, und als er in ihrem Blick Zustimmung las, trafen sich seine Lippen mit den ihren. Er küsste sie zärtlich und vorsichtig, tastete sich langsam an sie heran, als wartete er auf ihr stilles Einverständnis. Inga schlang die Arme um ihn und erwiderte den Kuss. Sie spürte ihren schnellen Herzschlag und erschauderte, als sich auf ihrem Körper eine Gänsehaut ausbreitete. Andrej wanderte langsam mit den Lippen über ihren Hals und vergrub sein Gesicht in ihren Haaren. Inga sank auf das Bett, zog ihn an sich und schloss die Augen. Wie sehr hatte sie diese Berührungen vermisst, diese Leidenschaft und das Gefühl, innerlich vor Glück zu zerplatzen. Sie wollte ihn mit jeder Faser ihres Körpers, und die Zukunft war ihr gleichgültig. Etwas, das sich so richtig anfühlte, konnte kein Fehler sein. Ihre Hände wanderten unter sein Hemd und strichen sanft über seine warme Haut.

»Inga«, flüsterte er, und sie öffnete die Augen, um ihn anzusehen. »Wie soll das weitergehen?«

Sie berührte sein Gesicht, fuhr mit den Fingern über seine Lippen und schüttelte den Kopf. »Ich weiß es nicht, aber das ist nicht wichtig. Jetzt und heute bin ich bei dir, und es fühlt sich richtig an.«

Er lächelte, küsste sie erneut und öffnete langsam die Knöpfe ihrer Bluse.

* * *

Sie lagen erschöpft nebeneinander und sahen sich schweigend an. Seine Hand lag auf ihrer Brust, und sie fühlte eine seltene Geborgenheit in seiner Nähe. Ihr Blick wanderte zu ihrem Handy.

»Es ist schon fast Mittag. Wir sollten uns auf den Weg machen.«

»Gut, ich rufe Frau Sokolowa an und frage, ob sie in der Stadt ist. Dann können wir ihr gleich einen Besuch abstatten.«

Andrej beugte sich über sie, küsste sie und stand auf.

»Du könntest mich besuchen in Stockholm. Die Stadt würde dir gefallen.«

Er schlüpfte in seine Hose und sein Hemd und nickte. »Ja, das glaube ich auch.«

Inga seufzte und vertiefte das Thema nicht weiter. Sie wusste, dass es schwierig war, dass er hier zu Hause war, hier seine Arbeit und seine Großmutter hatte. Schon jetzt verkrampfte sich ihr Magen bei dem Gedanken, ihn nicht wiederzusehen.

* * *

Die Dame musterte den Besuch mit ihren tief liegenden, forschenden Augen, strich verlegen durch ihr kurzes, in Wellen gelegtes Haar und begrüßte Inga und Andrej in nahezu akzentfreiem Deutsch.

»Sie sprechen Deutsch?«, sagte Inga, ohne die Verwunderung in ihrer Stimme zu verbergen.

»Das ist eine lange Geschichte. Wenn Sie Lust und Zeit haben, erzähle ich sie Ihnen.«

Inga lächelte dankbar und betrat die Zweizimmerwohnung, die im fünften Stockwerk eines Hauses im Zentrum Kaliningrads lag. Sie rieb ihre kalten Hände aneinander und betrachtete schweigend das Wohnzimmer und die dahinter liegende Kochnische. Ihr Blick fiel auf gerahmte Schwarz-Weiß-Fotos, die die Wände der Wohnung zierten. Sie zeigten zum Teil Naturaufnahmen und gekonnte Gegenüberstellungen der nüchternen Bauweise des Kommunismus und des deutsch-gotischen Backsteinstils.

»Beeindruckend. Machen Sie das beruflich?«

Martha lächelte. »Ich bin Fotografin, aber mein Geld habe ich mit Pass- und Schulklassenfotos verdient. Künstlerische Fotografien verkaufen sich bei uns nicht so gut.«

»Sie haben Talent.« Inga hielt bei einem Bild inne. Sie neigte den Kopf und betrachtete es genauer.

Auf den Sanddünen der Kurischen Nehrung schlängelten sich einsame Fußabdrücke vorbei an vertrockneten Grasbüscheln. Im Hintergrund drohten tiefe Wolken die Sonnenstrahlen zu verschlingen, die auf das Gras fielen und das Meer am linken Bildrand zum Glitzern brachten.

Ein kurzer Moment, festgehalten auf einem Foto, die Vergänglichkeit eines Augenblicks.

»Die Kurische Nehrung. Gefällt es Ihnen?« Martha näherte sich und betrachtete aus dem Augenwinkel die fremde Frau.

»Oh ja! Andrej hat mir diesen wunderschönen Ort gezeigt.«

»Ich bin dort aufgewachsen«, erwiderte Martha. »Aber in dieser Gegend gibt es für Fotografen keine Zukunft. Hier in Kaliningrad hatte ich wenigstens genügend Kunden.«

Inga bemerkte den melancholischen Blick, mit dem Martha das Bild betrachtete. Schließlich zuckte die ältere Frau mit den Schultern und bat ihren Besuch, sich zu setzen. Sie goss dampfenden Tee in die vorbereiteten Tassen und schob Andrej und Inga auffordernd einen Teller mit Keksen zu.

»Ich bin sehr überrascht, Sie zu sehen. Wissen Sie, als mich Frau Itschakaewa, die Besitzerin der Villa, angerufen hat, war es für mich wie ein Ruf aus einem anderen Leben. Es ist so schrecklich lange her. Dann passierte so lange nichts mehr, und nun sitzen Sie hier vor mir ...« Sie zögerte, und ihr Blick ruhte nachdenklich auf Ingas Gesicht. »Darf ich Sie etwas fragen?«

Inga knabberte angespannt an ihrem Keks, nippte an der Teetasse und nickte.

»Warum ist Ihr Großvater nicht früher zurückgekommen und hat sich gemeldet? Warum jetzt? Nach so vielen Jahren?«

Langsam ließ Inga die Hand mit der Tasse sinken, stellte

sie ab und sah die Frau an, die sie mit durchdringendem, aber nicht anklagendem Blick musterte. Ingas Herz begann zu pochen. Unerklärlicherweise fühlte sie sich mit einem Mal schuldig. Als wäre sie es gewesen, die vor Jahren ein hilfloses fünfjähriges Mädchen zurückgelassen hatte.

»Es ... es tut mir so leid ... ich ...« Inga wich Marthas Blick aus und sah zu dem Landschaftsfoto an der Wand. »Ich habe nichts gewusst. Gar nichts. Ich wusste noch nicht mal, dass mein Großvater aus Ostpreußen stammt. Er hat aus seiner Vergangenheit ein Geheimnis gemacht. Sogar seinen Namen hat er geändert. Nun ist er sterbenskrank, und ich denke, bevor er sich von dieser Welt verabschiedet, wollte er, dass wir die Wahrheit erfahren.«

Ingas Stimme hatte einen bitteren Klang angenommen. Sie kämpfte gegen die Tränen der Enttäuschung, fühlte sich erneut hintergangen und von der Situation überfordert. Andrej berührte sanft ihre Hand.

»Entschuldigen Sie. Ich wollte Ihnen nicht zu nahe treten.« Martha schenkte ihr ein aufmunterndes Lächeln. »Wie haben Sie von mir erfahren?«

Ihre Augen weiteten sich, als sie von Ingas Reise durch die russische Exklave hörte, von der geheimnisvollen Holzkiste, den Briefen und den alten Fotografien.

»Verstehen Sie, Martha? Bis vor wenigen Tagen dachte ich, Sie wären die Schwester meines Opas. Bis ich erfuhr, dass Karl Ihr zwanzig Jahre älterer Bruder war und der Sohn Alfred von Bergens mein Großvater.« Inga zögerte. »Was geschah mit Ihren Eltern, Dietrich und Helga? Und ihrem Bruder Karl? Er war doch der beste Freund meines Opas.«

Martha seufzte und senkte den Kopf. »Sagen Sie, hat Ihr Großvater je von seinem Sohn Wilhelm erzählt?«

»Er ist jetzt schon zu krank, um zu sprechen. Aber er wusste, dass Wilhelm tot war. In seiner Kiste fanden wir eine von ihm angefertigte Zeichnung eines Kindes mit den Worten ›Ruhe in Frieden‹. Als Opa Ihren Namen im Internet fand, war er wie von Sinnen, obwohl er kaum noch sprechen konnte. Wie es aussieht, war er jahrelang erfolglos bei seiner Suche nach Bekannten gewesen. Erst vor wenigen Wochen haben meine Mutter und ich von diesem Chatroom erfahren. Wir hatten Ihren Namen, aber wir konnten damit nichts anfangen. Mein Großvater redete wirres Zeug, und wir wussten nicht, wer Martha Sokolowa ist.«

Martha sah Andrej an. Mit gedämpfter Stimme murmelte sie etwas auf Russisch. Andrej erstarrte und erwiderte einige Worte in ungläubigem Tonfall. Seine Augen flimmerten mit einem Mal ungläubig, fast entsetzt. Er blickte nervös von Inga zu Martha, drückte Ingas Hand und schüttelte unaufhörlich den Kopf. Schließlich sagte er wieder etwas auf Russisch, diesmal in einem heftigeren Ton, woraufhin Martha die Augen schloss und langsam ein Nicken andeutete.

»Was ist?«, fragte Inga ungeduldig. »So sprechen Sie doch Deutsch. Ich kann Sie nicht verstehen. Andrej, was ist los? Bitte.«

Martha legte ihre Hand auf Ingas Unterarm und blickte ihr mit einem sanften Lächeln in die Augen. »Ich möchte Ihnen eine Geschichte erzählen, Inga. Denn ich glaube, ich kann nun endlich verstehen, was geschehen ist. Ihr

Großvater wusste nichts von unserem Schicksal, denn er war schon geflohen.«

»Aber warum hat er Sie denn nicht mitgenommen.«

Martha schob Inga ein abgegriffenes, in Leder gebundenes Tagebuch hin. »Das sind die Aufzeichnungen meiner Mutter Helga. Sie hat in den letzten Monaten alles für mich aufgeschrieben. Ich habe dieses Buch immer bei mir getragen.«

Inga fuhr behutsam über das brüchige Leder und öffnete das Buch. Der Geruch alter Tinte und modrigen Papiers schlug ihr entgegen. Inga starrte auf die geschwungene Kurrentschrift. Es bereitete ihr Schwierigkeiten, die Worte zu entziffern.

»Meine Mutter und mein Vater wollten auf dem Gut bleiben. Sie hatten russische Wurzeln und hofften, so zu überleben. Wie naiv sie doch waren. Sie dachten, sie könnten sich verstecken und dann so tun, als wären sie zugesiedelt.«

»Und Karl?«

Martha schüttelte bedauernd den Kopf. »Mein Bruder Karl wurde auf dem Gut von russischen Soldaten erschossen, ebenso wie Ebba. Das ist der letzte Eintrag in dem Buch. Erst später habe ich verstanden, dass die Hausherrin wohl auch auf grausamste Art und Weise vergewaltigt worden war. Meiner Mutter brach es das Herz, und sie war vor Angst wie von Sinnen. Ich kann mich noch an ihre Tränen erinnern. Irgendwie sehe ich sie vor mir – ein verschwommenes Bild, aber immer noch präsent.«

»Vergewaltigt und erschossen.« Inga fühlte einen erdrückenden Schmerz in ihrer Brust, der ihr die Luft abschnürte.

»Ich nehme an, Ihr Großvater ist danach geflohen. Er hat von dem, was später passiert ist, nichts mitbekommen. Meine Erinnerungen haben mir hier einen Streich gespielt. Ich dachte immer, er wäre länger bei uns gewesen.«

Inga ahnte, dass die Geschichte hier noch nicht enden würde. Sie sah zu Andrej, der mit gesenktem Kopf auf seine verschränkten Finger starrte, bemüht, Ingas Blick auszuweichen. In der Wahrheit lag etwas verborgen. Vielleicht war es besser, nichts darüber zu erfahren. Inga stieß die Luft aus und schüttelte entschlossen den Kopf. »Wie grausam die Geschichte auch sein mag. Bitte erzählen Sie mir, was auf dem Gut geschehen ist.«

Martha nickte. Sie zog ein Stofftaschentuch aus dem Ärmel und tupfte über ihre tränennassen Augen. Langsam blätterte sie durch die vergilbten Seiten des Tagebuchs und brachte eine alte Fotografie ihrer Eltern zum Vorschein. Mit einem liebevollen Lächeln fuhr sie über die Gesichter und legte das Bild vor Inga auf den Tisch. »Das waren meine Eltern: Dietrich und Helga Sokolow. Einen Tag nachdem ihr Großvater aufgebrochen war, habe ich meinen Vater das letzte Mal gesehen.«

38

Gut von Bergen, nahe Cranz,
Ostpreußen, Februar 1945

Dietrich zog die Klappe hinter sich zu und hastete die angelehnte Leiter hinunter. »Licht aus! Versteck die Kleine.«

Helga musterte ihren Mann mit einer Mischung aus Angst und Unsicherheit. »Dietrich, was ist geschehen?«

Hektisch ließ er seinen Blick über die kleine Kammer unter dem Stallboden streifen, um nach einem geeigneten Versteck für Martha zu suchen. Er griff nach einem Strohballen und zog ihn von den restlichen, aufgestapelten Bündeln. »Hier. Wir bauen eine Höhle für dich, Martha. Da wird dich niemand entdecken, mein Schatz.« Er schenkte seiner Tochter ein gezwungenes Lächeln, drückte sie kurz an sich und hob sie zwischen die Strohbündel. »Wir spielen Verstecken, Martha. Hörst du? Niemand darf dich finden. Du musst ganz leise sein.«

Helga schüttelte ungläubig den Kopf und zog ihren Ehemann zu sich. »Was machst du denn? Wieso versteckst du sie unter den Strohballen?«

Er wandte sich ab und erwiderte mit gedämpfter Stimme: »Sie bringen alle um, Helga. Sie haben Frau von Bergen vergewaltigt und erschossen. Sogar den kleinen Wilhelm haben sie getötet, und Herr Johann ist geflohen. Er ist gerade weggeritten. Ich habe ihn davon überzeugt, dass es das einzig Richtige für ihn ist. Wir sind nun auf uns allein gestellt.«

Helga blinzelte. Sie blickte entsetzt zu ihrer Tochter und hoffte, dass das Kind die grausamen Schilderungen nicht gehört hatte. In ihrem Gesicht spiegelten sich Fassungslosigkeit und wachsende Panik. Während sie regungslos in der Mitte der kleinen Kammer stand, war Dietrich damit beschäftigt, seine wimmernde Tochter sorgfältig zwischen den Strohballen zu verstecken und die Lampen zu löschen. Es war nahezu stockdunkel in der Kammer, nur ein leichter Lichtschein, der vom Gut kam, schimmerte von oben durch die Ritzen der Holzlatten. Dietrich zog seine Frau zu sich heran, hockte sich mit ihr in die dunkelste Ecke der Kammer und versteckte sich unter einer Wolldecke. Marthas leises Wimmern war das einzig wahrnehmbare Geräusch.

»Sie fürchtet sich, Dietrich. Wir müssen sie zu uns nehmen«, flüsterte Helga.

Er schüttelte den Kopf. »Alles ist gut mein Schatz, Mutti und Vati sind hier, gleich neben dir. Sag kein Wort, und was auch geschieht, Martha, versteck dich vor den russischen Soldaten! Sie sind böse.« Er bemühte sich, möglichst leise zu sprechen und seiner Stimme Normalität zu verleihen.

Das Wimmern des kleinen Mädchens wurde lauter.

»Glaubst du, sie so zu beruhigen?«, zischte Helga.

Als sie Anstalten machte, aufzustehen und nach ihrer Tochter zu sehen, zog Dietrich sie mit festem Griff zurück. Er schüttelte erneut den Kopf. Obwohl er flüsterte, versuchte er, in seiner Stimme eine gewisse Strenge mitschwingen zu lassen. »Wenn du willst, dass unsere Tochter durchkommt, dann sei jetzt vernünftig. Wenn sie uns finden, so hat zumindest sie in dem Versteck noch irgendeine Aussicht, das hier zu überleben.«

Der Schmerz, den Helga empfand, als sie das Jammern ihrer Tochter hörte, war kaum zu ertragen. Helga zog das in Leder gebundene Buch aus ihrer Schürze, das sie vor Monaten für ihre Tochter zu schreiben begonnen hatte. Die Liebe und Sorge, die sie empfand, wollte sie zumindest für ihr Kind bewahren. Es bedurfte einiger Anstrengungen bei den schlechten Lichtverhältnissen, die Worte zu Papier zu bringen, doch das Schreiben beruhigte sie.

»Was tust du, Frau?«, fragte Dietrich kopfschüttelnd.

»Wenn ich nicht zu ihr darf, sie nicht trösten kann, will ich zumindest aufschreiben, wie sehr ich sie liebe.«

Helga zitterte und grub ihre Fingernägel tief in Dietrichs Oberarm, als sie flotte Schritte näher kommen hörte. Sie schob das Buch unter einen Strohballen und drückte ihren Körper noch enger an den ihres Mannes. Das Knarren der Stalltür fuhr ihr in Mark und Bein. Sie hielt die Luft an und starrte angsterfüllt in Dietrichs Gesicht, dessen besorgte Züge sie nur schemenhaft in der Dunkelheit erkennen konnte. Helga wagte nicht zu atmen und betete im Stillen, ihre Tochter würde schweigen.

Helga und Dietrich erstarrten. Im nächsten Moment fiel Licht in die Kammer unter dem Stallboden. Helga zog die Decke über den Kopf, als könnte sie dadurch den Feind abwehren. Die Männer entdeckten das in der Ecke kauernde Ehepaar. Ihre freudige Stimmung schlug in Wut und Verachtung um. Sie zerrten die zwei kurzerhand nach oben. In ihrem Taumel aus Rache und Trunkenheit verzichteten sie darauf, den Raum weiter zu durchsuchen.

Martha blieb unentdeckt zwischen den Strohballen zurück, und Helga zwang sich, sich nicht umzudrehen, um ihre Tochter nicht zu verraten.

Dietrich war unsicher, ob er Russisch oder Deutsch sprechen sollte, also zog er es vor zu schweigen. Dennoch war es von Vorteil, dass er verstand, was die Soldaten sprachen. Er sank vor Erleichterung in die Knie, als er vernahm, dass der Vorgesetzte der Soldaten wohl jede weitere sinnlose Tötung von Zivilisten verboten habe. Helga, die die russische Sprache nur einigermaßen verstand, jedoch nicht sprechen konnte, sah in der Tatsache, nicht ermordet zu werden, nicht zwingend einen Vorteil. Was würde mit ihnen geschehen? Der Feind würde sie nicht einfach laufen lassen, und in jedem Fall würden sie von ihrer Tochter getrennt.

Als sie notdürftig gefesselt auf zwei Küchenstühlen saßen, schielte Helga unsicher aus dem Fenster, in der Hoffnung, ihre Tochter würde in dem Versteck bleiben und sich nicht blicken lassen. Dietrich bedeutete ihr, nicht aus dem Fenster zu sehen, um keinen Verdacht aufkommen zu lassen. Ebbas und Karls Leichen waren verschwunden, doch den Körper des kleinen Wilhelms hatten die Russen auf die Ofenbank gebettet. Dietrich wechselte einen vielsagenden Blick mit seiner Frau und wies mit dem Kinn auf das Kind. Helga zuckte mit den Achseln, konnte doch auch sie sich nicht erklären, warum sie Wilhelms Leiche nicht weggeschafft hatten. Es waren unerträglich lang erscheinende sechs Stunden, die das Ehepaar gefesselt und in banger Erwartung in der Küche verbrachte, bis es erfuhr, was mit ihm geschehen sollte.

Dietrich und Helga wurden im Morgengrauen getrennt. Der Tod sollte ihnen erspart bleiben, hieß es, doch den langen Marsch nach Sibirien, der den weiblichen Gefangenen des Ortes bevorstand, würden viele nicht überleben. Helga drückte sich an ihren Ehemann, ihr tränennasses Gesicht an seine Brust geschmiegt, verharrte sie einige Sekunden, bevor sie grob von ihm weggerissen wurde. Helga nickte ihm gefasst zu und folgte unter leisem Schluchzen den harschen Anweisungen der Soldaten. Als der Wagen sich vorwärtsbewegte, folgte Helga ohne Widerstand. Ihren Kopf hielt sie gesenkt, doch noch einmal schielte sie zu der Stalltür, in der Hoffnung, ein letztes Mal ihre Tochter zu sehen.

Da stand sie. Das Tor nur einen kleinen Spalt geöffnet, spähte sie mit geröteten Augen hinaus. Als ihr Blick den ihrer Mutter traf, schenkte Helga ihr ein letztes Lächeln. Dietrich bedeutete Martha in einem unbemerkten Moment, schnell wieder zu verschwinden und sich in die Sicherheit des Verstecks zurückzuziehen. Er atmete erleichtert aus und stellte beruhigt fest, dass keiner der Soldaten Verdacht geschöpft hatte. Zu sehr waren sie mit dem Aufbruch und dem Abtransport der Gefangenen und der geplünderten Güter aus der Villa beschäftigt.

Als der ehemalige Hausdiener wenig später auf einen Wagen getrieben wurde, ahnte er bereits, dass ihm ein Lageraufenthalt bevorstand. Er nahm auf der Ladefläche Platz. Sein Blick wanderte über das Gut, die Gärten und angrenzenden Felder. Sein Zuhause. Er prägte sich jede Kleinigkeit ein, um das Bild für immer in seinem Herzen zu tragen. Als der russische Soldat den Wagen anfahren ließ und die Räder sich durch den Neuschnee kämpften, verabschiedete Dietrich sich wehmütig von seiner Heimat, wohl wissend, dass jede Hoffnung auf Rückkehr vergebens war.

Trotz ihres jungen Alters hatte Martha gespürt, was zu tun war. Sie wusste, dass Gefahr drohte, und obgleich ihr Instinkt sie getrieben hatte, in die Arme ihrer Eltern zu stürmen, hielt sie sich zurück, schob den Kopf wieder in den Schutz der Dunkelheit des Stalles. Sie kletterte zu der kleinen Dachluke hoch, um das Geschehen weiter zu beobachten.

Die Augen des Mädchens folgten dem Wagen, der sich langsam durch die verschneite Landschaft kämpfte, sich immer weiter von dem Gut entfernte, bis er im Nichts verschwand, als hätte ihn das Weiß der Umgebung verschluckt. Ihr Herz schlug wild, und Tränen der Verzweiflung liefen über ihre Wangen. Sie war zu klein, um zu erfassen, was geschehen war. Ihre Eltern waren fort, und aus irgendeinem für sie nicht erklärbaren Grund hatten sie nicht gewollt, dass Martha mit ihnen kam. Der rüde Ton der russischen Soldaten und die grobe Art, mit der sie mit ihren Eltern umgegangen waren, hatten das Mädchen abgehalten, ihr Versteck zu verlassen.

Immer noch die Warnung ihres Vaters im Ohr, kletterte Martha zögernd die Leiter hinunter und schob das Tor einen Spaltbreit auf. Sie lugte vorsichtig hinaus. Die Stille war unheimlich. Seit sie sich erinnern konnte, war das Gut, auf dem sie geboren war, von Leben erfüllt gewesen. Nicht nur die Stimmen waren verschwunden, auch das

Gackern der Hühner und das Rumoren des Viehs im Stall waren verstummt, als hätten die Soldaten nicht nur die Eltern, sondern auch jegliches Geräusch mit sich genommen. Die fremden Männer waren fort und hatten alles fortgeschleppt, was sie transportieren konnten. Martha blickte sich um, zog ihre Wollweste enger um ihren schmalen Körper und lief durch den Schnee zum Gutshaus hinüber. Sie stellte sich auf die Zehenspitzen und lugte vorsichtig durch das Küchenfenster.

Augenblicklich schlich sich eine wohlige Wärme in ihre Brust. Zugedeckt auf der Ofenbank lag ihr Freund Wilhelm. Sie lachte erleichtert auf, rannte ins Haus und stieß die Küchentür auf. Aber Wilhelm rührte sich nicht. Martha kreischte entsetzt auf, als sie die blutverkrustete Wunde an seiner Stirn entdeckte. Sie berührte den Jungen, rüttelte zaghaft an seiner Schulter. »Wilhelm! Wilhelm, wach auf. Ich bin's, Martha.«

Sie musterte das Gesicht des Kindes und sank seufzend zu Boden, als es nicht auf ihre Ansprache reagierte. Ihr Blick wanderte durch den Raum, und ihre Beklemmung wuchs, als ihr klar wurde, dass sie vollkommen sich selbst überlassen war. Rund um sie war Blut in die Dielen des Fußbodens gesickert, zerbrochene Teller und Krüge lagen neben umgestoßenen Stühlen. Es war ein jämmerliches, Angst einflößendes Bild, das sich ihr bot. Sie setzte sich unter die Ofenbank und zog ihre Knie eng an sich. Nervös wippte sie vor und zurück, knabberte an ihren Fingernägeln und wischte sich die Tränen aus den Augen. Irgendwann fiel sie aus Erschöpfung in einen traumlosen Schlaf.

* * *

Wilhelms Kopf schmerzte, als hätte man ihn in einen Schraubstock gespannt. Wie sehr er sich auch konzentrierte, ihm fehlte die Erinnerung an die letzten Stunden. Er entsann sich noch, wie seine Mutter ihn unter den Esstisch gezogen hatte, sah die schwarzen Stiefel vor sich und die Hand, die plötzlich aufgetaucht war und ihn und seine Mutter aus dem Versteck gezogen hatte. Doch dann verschwammen die Bilder. Er wusste nicht, welch schreckliches Schicksal seiner Mutter widerfahren war.

Als er die Augen öffnete, versuchte er nur, das Dröhnen in seinem Kopf loszuwerden. Er drückte seine Handballen an die Schläfen und schreckte entsetzt zurück, als er eine verkrustete Wunde ertastete. »Martha.« Seine Stimme war schwach und kraftlos, und seine Kehle brannte vor Durst. Er tastete zaghaft nach seiner Freundin, die unter der Ofenbank kauerte.

Martha regte sich langsam, öffnete langsam die Augen und lächelte, als sie erkannte, dass es die Hand ihres Freundes gewesen war, die sie wach gerüttelt hatte. »Wilhelm, endlich bist du wach.«

Sie setzte sich blitzschnell auf. Doch als der Junge versuchte, es ihr gleichzutun, sank er mit einem lauten Klagelaut zurück auf die Ofenbank. »Au!«, jammerte er und fasste an seine Kopfverletzung.

»Du hast da Blut«, stellte das Mädchen fest.

»Durst«, keuchte Wilhelm.

Martha sprang behände auf die Beine und eilte zu der Spüle, zog einen Stuhl heran, kletterte hinauf und füllte ein Glas mit Wasser, das sie schließlich Wilhelm reichte. Er trank gierig in großen Schlucken und ließ sich erschöpft zurücksinken. »Es tut so weh«, jammerte er leise. »Wo sind Vati und Mutti?«

Martha wandte den Blick ab und schniefte. »Weg. Alle sind weg. Wir sind ganz allein. Die bösen Soldaten haben meine Eltern abgeholt, und dein Vati ist weggeritten.«

»Nein, du lügst!« Wilhelm stieß Martha verärgert zurück, als sie sich über ihn beugte.

Sie taumelte, verlor das Gleichgewicht und fiel auf den Hosenboden. »Doch. Ich weiß das ganz genau. Vati hat's gesagt.«

»Und Mutti, wo ist Mutti?«

Martha zuckte mit den Achseln. »Vati hat gesagt, sie ist tot«, flüsterte sie mit gesenktem Blick und tränenerstickter Stimme.

Wilhelm konnte diese Antwort nicht akzeptieren, ohne sich selbst von der Trostlosigkeit seiner Lage zu überzeugen. Doch jeder Versuch, sich aufzurichten, wurde von einem hämmernden Kopfschmerz und ständig aufkommender Übelkeit verhindert. In seiner Brust brodelten Wut und eine erdrückende Angst vor einer ungewissen Zukunft. Doch im Moment blieb dem Jungen nichts anderes übrig, als auf der Ofenbank liegen zu bleiben, bis die quälenden Schmerzen langsam nachlassen würden.

Einige Tage später stolperte Wilhelm, immer noch benommen und geschwächt vor Schmerz und Hunger, zur Tür. Martha hatte ein wenig Obst und Gemüse aus der Kammer unter dem Stall geholt, doch viel war es nicht, und die

Nahrung würde nur für wenige Tage reichen, um die Kinder am Leben zu erhalten. Wilhelm stieß die Tür auf und trat ins Freie. Das Gut lag in trügerischer Stille in der Morgendämmerung. Dicke Flocken schwebten lautlos vom Himmel und landeten auf der Schneedecke, die jedes Geräusch verschluckte. Der fünfjährige Junge lugte erwartungsvoll zum Stall, als rechnete er damit, gleich Dietrich oder seinen Vater heraustreten zu sehen.

»Vati? Dietrich? Hallo?« Er verharrte einige Minuten in der eisigen Kälte des frühen Januartages, bis Martha ihn am Ärmel wieder ins Haus zurückzog.

39

Kaliningrad, Russland, März 2015

»Wie meinen Sie das? Ich ... ich verstehe nicht, was Sie da erzählen. Wilhelm? Wilhelm ist doch vor Großvaters Flucht gestorben. Ich habe doch die Zeichnung.«

Martha stützte seufzend ihren Kopf auf ihre Unterarme. Sie wechselte einen flüchtigen Blick mit Andrej, der Inga mitleidig betrachtete. Nervös fingerte Inga an ihrer Tasche herum, stieß ein paar leise Flüche aus, als sie den Verschluss mit ihren zitternden Händen nicht sofort öffnen konnte, und kramte den zusammengefalteten Ausdruck der Bleistiftzeichnung ihres Großvaters heraus.

Martha betrachtete die Skizze eines etwa fünfjährigen Jungen und nickte betrübt. »Ja, jetzt wird mir einiges klar. Ihr Großvater sah in der Flucht die einzige Möglichkeit. Seine Frau war getötet worden, und er nahm an, dass auch Wilhelm tot war, doch das war er nicht. Wahrscheinlich hatte er durch den heftigen Schlag nur das Bewusstsein verloren. Ich weiß es nicht mehr. Aber die Soldaten hatten ihn damals einfach auf der Ofenbank liegen lassen. Daran kann ich mich erinnern.«

Inga blickte fassungslos in die Augen ihres Gegenübers. »Ich kann mir das nicht vorstellen. Jeder Vater würde sich doch vergewissern, ob sein Kind wirklich tot ist«, wandte sie empört ein.

»Verurteilen Sie ihn nicht! Wir wissen nicht, was in jener Nacht geschehen ist. Wahrscheinlich werden wir es nie erfahren.«

Inga wurde schwindelig. Sie fasste sich an ihre Stirn und atmete schwer. »Aber das heißt doch, dass mein Onkel die ganze Zeit über am Leben war. Ich hätte ihn kennenlernen, ihn besuchen können. Großvater hätte seinen Sohn treffen oder sogar nach Schweden holen können.«

Martha lächelte sanft. »Das können Sie immer noch. Wilhelm ist noch am Leben.«

»Was?«

Martha nickte zufrieden. »Aber ja. Er ist fünfundsiebzig und noch recht fit.«

»Sie ... Sie haben Kontakt?«

»Nun, wir sprechen einige Male im Jahr miteinander. Wir sind wie Geschwister. Unsere Vergangenheit hat uns für immer verbunden.«

»Wo ist er?«

Martha seufzte. »Er lebt in Hamburg. Er hat viele Jahre für eine deutsch-russische Firma gearbeitet. Jetzt ist er bereits im Ruhestand. Er hat Familie in Hamburg und wollte nicht zurück nach Kaliningrad. Vor einiger Zeit ist leider seine Frau verstorben, und seine zwei Söhne sind erwachsen.«

Inga schüttelte ungläubig den Kopf. Bilder blitzten vor ihren Augen auf, ihr Großvater, der altersschwach und todkrank in seinem Bett lag, seine hoffnungsvollen Augen, die alte Fotografie der Kinder, die Villa. Sie sagte nichts, stand auf, ging zur Balkontür und schaute hinunter auf die belebten Straßen der Kaliningrader Innenstadt. An der Straßenecke fiedelte ein Obdachloser ein Lied, dessen unharmonische Melodie durch die Fenster drang. Er schenkte den Passanten ein zahnloses Grinsen, in der Hoffnung einige Münzen zu erbetteln. Autos hupten und schoben sich durch den Schneematsch auf den engen Straßen. Wortlos drehte Inga an dem Türgriff und ging nach draußen. Ein kühler Windstoß, der den Geruch von Schnee und Autoabgasen mit sich trug, fuhr ihr ins Gesicht. Sie erschauderte und rieb die Hände aneinander.

»Inga?« Andrej stand hinter ihr. Er umarmte sie von hinten und drückte sie sanft an sich, als könnte er so ihre Traurigkeit wegzaubern. »Komm rein, es ist eiskalt.«

Sie schüttelte den Kopf. Im Moment glaubte sie, drinnen zu ersticken. Sie kramte in ihrer Hosentasche nach einem Taschentuch und trocknete ihre feuchten Augen. Als Andrej ihr Gesicht zu sich drehte, schluchzte Inga los.

»Hamburg! Mein Gott, wie oft war ich schon dort, und er war nur einige Straßen von mir entfernt.«

Die Gewissheit, die verschwendeten Jahre nicht zurückholen zu können, schmerzte sie, und sie fühlte tiefes Mitleid mit ihrem Großvater. Ein erdrückendes Gefühl der Schuld lag auf ihrer Brust. Ihre Mutter hatte eine Kindheit erlebt, die Martha und Wilhelm nie erleben durften. Inga verharrte einige Minuten auf dem Balkon, ohne sich gegen die Tränen zu wehren, die über ihre Wangen liefen.

Andrej schwieg. Er wusste zu gut, dass seine Worte nichts an dem Geschehenen ändern konnten. Im Moment würden sie nicht einmal Trost spenden.

Schließlich kehrte Inga in die Wohnung zurück. Zu ihrer Überraschung wirkte Martha ausgeglichen und ruhig, als hätte sie schon lange mit dieser Begegnung gerechnet.

Inga blinzelte verlegen und setzte sich wieder auf das moosgrüne Sofa. »Entschuldigung«, murmelte sie leise und zwang sich ein Lächeln ab. »Das bedeutet also, ich habe einen Onkel, und mein Großvater hat einen totgeglaubten Sohn. Meinen Sie, ich könnte ihn treffen?«

»Ich denke, das lässt sich einrichten«, erwiderte Martha. Sie kritzelte eine Telefonnummer auf einen Zettel und reichte ihn ihr. »Sagen Sie es mir, wenn ich Ihnen helfen kann. Wenn Sie wollen, mache ich etwas mit ihm aus.«

Am nächsten Morgen begrüßte die russische Stadt ihre Bewohner wieder mit grauen Nebelschwaden und eisigen Temperaturen. Inga schlüpfte früh aus den Federn. Während der Nacht hatte sie sich ruhelos von einer Seite auf die andere gewälzt. Sofort nach Marthas Offenbarung hatte Andrej sie ins Hotel zurückbegleitet. Inga hatte versucht, ihre Mutter in Stockholm zu erreichen. Die Nummer war besetzt gewesen. Wenig später hatte sie eine SMS von Pernilla bekommen:

Opas Zustand unverändert. Manchmal lichte Momente. Schläft meistens. Bei dir Neues? Gruß, Mama.

Inga hatte dem Drang zurückzuschreiben widerstanden. Verunsichert, wie sie auf die eben gewonnene Information reagieren sollte, hatte sie den restlichen Tag mit Andrej verbracht. Schon früh war sie zu Bett gegangen. Nun, nach den unruhigen nächtlichen Stunden, kamen ihr Zweifel. Vielleicht hätte sie darauf verzichten sollen, die Vergangenheit zum Leben zu erwecken, den Schmerz aufzuwühlen, die verheilten Narben wieder aufzureißen. Ihr Großvater würde, falls die Information ihn überhaupt noch erreichen sollte, mit entsetzlichen Schuldgefühlen von dieser

Welt gehen. Sein Sohn würde erfahren, dass ihm ein Leben mit seinem Vater vorenthalten worden war. Ich werde alle Beteiligten verletzen, dachte Inga.

Sie zog das Nachthemd über den Kopf und nahm eine Dusche. Das heiße Wasser prasselte auf ihr Gesicht, Dampf nebelte sie ein. Minutenlang rührte sie sich nicht, genoss nur die wohlige Wärme des Wassers, das an ihrem Körper herunterrann, und dachte nach. Es wäre unsagbar ignorant, nach Schweden zurückzukehren, ohne Wilhelm zu besuchen, nun da er gewiss von ihrer Existenz erfahren würde. Dennoch schwankte sie zwischen Neugierde und Unbehagen. Sie drehte den Hahn zu, strich das Wasser aus ihrem Haar und verharrte in Gedanken versunken in der Duschkabine. Sie fröstelte, fasste nach dem Badetuch und wickelte es um ihren Körper. Mit der feuchten Hand wischte sie über den beschlagenen Badezimmerspiegel und betrachtete sich nachdenklich. Ob er ihr ähnlich sah, ob Großvaters Züge auch die seinen waren? Wie war sein Charakter, war er ihrer Mutter Pernilla ähnlich, oder hatte ihn die Zeit des Kommunismus geprägt?

Als sie fertig angekleidet in die klirrende Kälte des neu angebrochenen Februarmorgens trat, fühlte sie sich nicht mehr so fremd in der russischen Stadt wie noch vor einigen Tagen. Mit einem Lächeln auf den Lippen entdeckte sie Andrej, der an seinem Auto lehnte und mit seinem Handy beschäftigt war.

»Darf ich Sie um eine Stadtrundfahrt bitten?«, fragte Inga lächelnd.

Andrej zeigte sich erleichtert über Ingas positive Stimmung. »Ich habe mir Sorgen gemacht. Du warst gestern so durcheinander. Ich war mir nicht sicher, ob du heute kommst.«

»Klar.« Sie zuckte mit den Schultern »Ich habe plötzlich einen Onkel bekommen. Das passiert nicht jeden Tag.« Sie sah Andrej unschlüssig an. »Ich sollte ihn anrufen.«

»Martha könnte das erledigen, ihn vorbereiten, ein Treffen vereinbaren.«

»Nein. Ich möchte selbst mit ihm sprechen. Vielleicht will er mich nicht sehen. Seine ehrliche Reaktion wäre mir wichtig.«

»Wie du meinst. Lass uns zu mir nach Hause gehen. Da haben wir Ruhe. Ich hab mir heute freigenommen.«

Andrejs Wohnung, die im Zentrum Kaliningrads lag, war klein, aber modern eingerichtet. An der Wand hingen einige Fotografien, darunter auch das Hochzeitsbild mit Andrejs verstorbener Frau. Während er Tee kochte, sah sich Inga um. Dann setzte sie sich und kritzelte einige Stichworte auf einen Zettel, die sie durch das Gespräch führen sollten. Ihre Nervosität blockierte ihr Denken.

Andrej betrat mit zwei dampfenden Tassen das Zimmer. Er ließ sich neben ihr nieder und reichte ihr sein Handy. »Nimm meines, das ist günstiger.«

Inga griff mit zitternden Händen nach dem Telefon und wählte Wilhelms Nummer. Eine warme, tiefe Stimme meldete sich am anderen Ende der Leitung. Das beklemmende Gefühl in Ingas Brust schien ihre Zunge zu lähmen, doch als der Mann erneut nachfragte, begann sie leise zu sprechen.

»Ich ... ich heiße Inga Johansson, und ähm ...« Schon beim ersten Satz stockte sie und überlegte, was sie sagen wollte, doch ihr Kopf war leer. Sie zog ihren Stichwortzettel zurate. »Ich bin gerade in Kaliningrad und ... ich bin Schwedin. Mein Großvater, er ... also ... er hat mir Deutsch beigebracht und ...« Sie stöhnte und fluchte in Gedanken über ihre Unbeholfenheit und die sinnlose Verworrenheit ihrer Worte.

»Ich weiß, wer Sie sind«, sagte Wilhelm in akzentfreiem Deutsch. Inga schluckte. »Martha hat gestern angerufen und mir alles erzählt.« Er schwieg einen Augenblick, dann stieß er einen tiefen Seufzer aus.

»Oh!« Inga hielt überrascht inne und wusste nicht, ob sie zufrieden oder verärgert über diese Offenbarung sein sollte.

»Seien Sie nicht böse auf sie. Ich denke, Martha wollte nicht, dass ich ungehalten reagiere. Sie kennt mich doch ganz gut.«

Sie hörte das Lächeln in seiner Stimme. Ingas verkrampfte Haltung löste sich ein wenig, und sie lehnte sich mit einem Seufzer in dem gepolsterten Stuhl zurück.

»Was sagen Sie dazu?«, fragte sie unverblümt, auf die Gefahr hin, eine Antwort zu erhalten, die ihr nicht zusagen würde.

»Nun, sagen wir, ich hatte eine schlaflose Nacht.«

»Die hatte ich auch«, lachte Inga und wechselte einen Blick mit Andrej, der ihr aufmunternd zunickte.

»Wie ...« Wilhelm hielt inne und bemühte sich, seine Worte mit Bedacht zu wählen. Nach einigen Sekunden fuhr er fort. »Wie geht es meinem ... meinem Vater?« Inga nahm wahr, wie schwer das Wort »Vater« über seine Lippen kam, und noch schmerzhafter war es, über seine unheilbare Krankheit zu berichten.

»Er wird sterben. Bald schon.«

Am anderen Ende der Leitung blieb es still.

»Hallo?«, fragte Inga nach.

»Ja.«

»Es tut mir leid.« Sie überlegte kurz und wägte die Möglichkeit eines Treffens in Hamburg oder Stockholm ab, ohne die Gewissheit, Wilhelms Interesse geweckt zu haben. »Mein Großvater wusste nicht, dass Sie am Leben sind. Ich glaube, nein, ich weiß, dass er Sie nie im Stich gelassen hätte. Ich kenne ihn.«

Der Mann schwieg.

»Ich fände es sehr schön, wenn Sie mich nach Stockholm begleiten könnten. Ich kann Ihnen nicht versprechen, dass mein Großvater Sie noch wahrnimmt, trotzdem würde ich mich freuen. Meine Mutter ist auch dort, und ich habe noch einen Bruder.«

Nach einigen weiteren Momenten der Stille, in denen Inga schon jede Hoffnung auf eine positive Antwort aufgegeben hatte, kam sie doch.

»Ja, ich würde Sie gerne kennenlernen.«

40

Auf dem Schiff nach Schweden, März 1945

Johann von Bergen hatte Glück gehabt. Er war entkommen, hatte sein Leben retten können, doch sein Herz war schwer, und er fürchtete, nie wieder Lebenslust empfinden zu können. In ihm lebte die Hoffnung, sich im alten Deutschland wieder zu Hause fühlen zu können. Doch der Empfang für die Flüchtlinge aus Ostpreußen war alles andere als freundlich. Die Menschen hatten alles verloren, hungerten und litten an den Folgen des Krieges, und nun hatten sie auch noch mit den Flüchtlingsströmen aus Ostpreußen zu kämpfen. Ob es das war, was ihn zu der Entscheidung trieb, seine Heimat endgültig zu verlassen, wusste er nicht. Er war auf der Suche nach innerem Frieden und hoffte, ihn in einem anderen Land zu finden.

Als die Fähre an jenem Frühlingstag in Pillau ablegte, besaß er nur noch die Kleider an seinem Körper und die handbemalte Holzkiste seiner verstorbenen Frau. Er klammerte sich an der Truhe fest, hütete sie wie einen wertvollen Schatz. Johann hatte sie seit dem Tag, an dem Dietrich sie ihm übergeben hatte, nicht geöffnet. Auf dem Schiff wehte eine frische Brise, und die meisten Passagiere suchten Schutz unter Deck.

Johann saß auf einem Holzstuhl und sah in die Ferne, während der Wind sein Haar zerzauste. Er spürte die Kälte nicht. Behutsam strich er über die kindliche Bemalung der Kiste.

Er wusste, dass Erna die Kiste damals mit Ebba bemalt hatte. Vor Jahren, als Ebba noch ein kleines Kind gewesen war. Er lächelte wehmütig und hob behutsam den Deckel der Kiste an.

Johann war nicht auf den Gefühlssturm vorbereitet. Ein heißes Brennen fuhr durch seine Brust, als er das Bernsteincollier seiner Mutter entdeckte. Es lag in einem schwarzen Samtbeutel ganz oben in der Holzkiste. Vorsichtig öffnete er den Beutel und zog das Schmuckstück heraus. Die Kette war in Palmnicken, einem Ort an der Ostsee im Kreis Fischhausen, in feinster Handarbeit gefertigt worden, lange vor Johanns Zeit. Schon seine Großmutter hatte die ostpreußischen Steine mit Stolz getragen. Langsam hob er die Hand und hielt den honigfarbenen Stein gegen das Licht. Bernstein war ein Symbol für seine ehemalige Heimat, die nun nicht mehr existierte. Doch das Collier würde ewig da sein, als Erinnerung und Mahnung für Johann.

In seinem Kopf tauchten die Bilder seiner Hochzeit auf, an den Tag, an dem seine junge Braut den Schmuck getragen hatte. Sorgsam legte er die Kette in die Kiste zurück, betastete Wilhelms Haarlocke und schüttelte mit einem bitteren Lächeln das Fläschchen, in dem sich der Sand seines Heimatstrandes befand. Er schmunzelte über die romantische Ader seiner Frau, und obgleich ein Lächeln auf seinen Lippen lag, liefen Tränen über seine von der Kälte geröteten Wangen.

Johann erkannte einige seiner Briefe von der Front wieder, durchblätterte Dokumente und einen Notizblock seiner Frau. Er stieß auf alte Fotografien, allerdings war er enttäuscht, nur ein einziges Bild seines Sohnes zu finden.

Auf dem Foto lächelten ihm Ebba mit Wilhelm und Helga mit der kleinen Martha entgegen. Die Aufnahme war kurz nach der Geburt der Kinder entstanden. Kurz entschlossen trennte er eine leere Seite aus dem Notizblock und begann das Gesicht seines Sohnes zu zeichnen. So, wie er ihn in Erinnerung hatte, mit seinen goldblonden Locken und den wissbegierigen Augen, die er von seiner Mutter geerbt hatte. Das Zeichnen war befreiend und schmerzhaft zugleich. Zufrieden betrachtete er das fertige Bild. Er küsste es und schrieb darunter: *Ruhe in Frieden, mein geliebter Sohn!* Dann legte er es zu seinen Schätzen in die bemalte Holzkiste.

Die schwedische Küste schälte sich langsam aus den Nebelschwaden heraus. Johann stand auf, näherte sich der Reling und betrachtete seine neue Wahlheimat. Hier musste sein Leben weitergehen. Er würde weiterleben. Doch nicht als Johann von Bergen. Er wollte seine Geschichte hinter sich lassen und nie wieder an all den Schmerz und die Bilder des Krieges erinnert werden. Das konnte er nicht mit dem Namen eines ehemaligen deutschen Gutsherrn. Johann von Bergen war in Ostpreußen gestorben. Ab heute war er ein neuer Mensch. Und diesem Menschen gab er den Namen Karl Johansson.

* * *

Gut von Bergen, Ostpreußen, Frühling 1945

Drei Monate blieben Wilhelm und Martha vollkommen auf sich allein gestellt auf dem Gut. Aus Angst, von umherziehenden russischen Soldaten entdeckt zu werden, hatten sie ihr Quartier in die einstige Kammer des Knechts, die an den Stall angebaut war, verlegt. Das Gutshaus betraten sie nur, um letzte Nahrungsmittel, die im Keller unter der Küche zurückgeblieben waren, in die Kammer zu schaffen. Im Wohnhaus wären sie den plündernden Soldaten schutzlos ausgeliefert gewesen. Die Kinder wussten nicht, wie es um Deutschland stand, ob noch Krieg herrschte oder ob in der Nachbarschaft noch Bekannte lebten, doch sie wagten nicht, das Gut zu verlassen, das ihnen das letzte bisschen Geborgenheit gab. Immer wieder tauchten Soldaten auf, die letzte Einrichtungsgegenstände aus dem Haus mitnahmen und in blinder Wut alles zerstörten, was sie an die Schreckensherrschaft der Deutschen erinnerte. Meist verweilten die Russen kurz, ein oder zwei Nächte. Dann zogen sie weiter.

Als der Frühling über das zerstörte Land zog und die beiden Kinder sich nur noch von Baumrinde und frischen Trieben ernährten, erreichte erneut eine Gruppe Russen das Gut. Doch dieses Mal blieben sie, richteten es sich gemütlich ein, und Martha hörte, wie sie davon sprachen, ihre Familien ins neu eroberte Land nachzuholen. Nachdem die Kinder sich tagelang nicht aus ihrer Kammer gewagt und darauf geachtet hatten, jeden Hinweis auf ihre Anwesenheit zu verbergen, trieb sie der Hunger schier in den Wahnsinn. Sie beobachteten die Rauchsäulen, die aus dem Kamin stiegen.

»Die kochen was«, flüsterte Martha und fasste sich unbewusst an den Bauch.

Wilhelm nickte abwesend, den Blick immer noch starr auf das Gutshaus gerichtet.

»Ich frag, ob ich etwas haben kann«, fuhr das Mädchen fort und huschte, noch bevor Wilhelm reagieren konnte, aus der Tür.

Flotten Schrittes, als würde sie keine Angst kennen, ging sie auf das Gutshaus zu, klopfte beherzt an die Küchentür und schob sie einen Spalt auf. Sie hatte solchen Hunger, dass sie nachts nicht mehr zur Ruhe kam und von Krämpfen geplagt wurde. Die bittere Rinde bescherte ihr schmerzvolle Krämpfe und Durchfall. Ein Teller warmes Essen wäre eine Wohltat, und sie hoffte auf ein wenig Menschlichkeit einem hungernden Kind gegenüber. Marthas Blick fiel auf eine Gruppe Männer, die um den Tisch versammelt Suppe löffelten und sie verblüfft musterten.

»Hunger! Bitte«, murmelte sie auf Russisch und fiel vor den Soldaten auf die Knie. Nach einigen stummen Sekunden, in denen die Russen die Situation realisierten, entbrannte eine heftige Diskussion, wie man auf das bettelnde Kind reagieren sollte. Die russische Sprache verwirrte die Männer. Manche Soldaten hatten bereits ihre Familien nachgeholt und die leer stehenden Häuser besiedelt, doch dieses Kind sah nach einem elternlosen Geschöpf aus, ungewaschen, dürr und kraftlos.

»Woher kommst du?«, erkundigte sich einer in scharfem Ton.

»Von hier«, stammelte Martha.

»Wo ist deine Mutter?«

»Weg.«

»Und dein Vater?«

»Weg.«

Die Soldaten warfen sich vielsagende Blicke zu.

»Du bist Deutsche?«, erkundigte sich einer.

Martha nickte und senkte betroffen den Blick. Sie hatte in den letzten Monaten verstanden, dass es ein schreckliches Verbrechen war, Deutsche zu sein. Doch ihre Sprachkenntnisse reichten nicht, um ihre Identität zu verleugnen. Ein Russe mit schütterem Haar und knolliger Nase erhob sich und ging mit raschem Schritt auf Martha zu. Das Mädchen duckte sich und schlug ängstlich die Arme über ihren Kopf.

»Schon gut, schon gut. Wir tun dir nichts.«

Martha lugte vorsichtig nach oben.

»Du kannst etwas Suppe haben.«

Sie kam auf die Füße und musterte den Mann ungläubig. Sie wandte sich um, machte einen Satz vor die Haustür und winkte Wilhelm zu sich. Dann kehrte sie in die Küche zurück, wo die Russen sie mit fragendem Blick erwarteten. Als Wilhelm vorsichtig den Kopf durch die Tür schob, weiteten sich die Augen der Männer.

»Wie viele seid ihr?«

»Zwei«, erwiderte Martha und fasste ihren Freund bei der Hand.

»Also gut, kommt her.«

Die Kinder löffelten die Suppe gierig in sich hinein und stopften das graue Brot nach, als müssten sie um ihr Essen fürchten. Es war die erste warme Mahlzeit seit Monaten. Während Martha und Wilhelm Bissen für Bissen in sich hineinschlangen, entbrannte eine Diskussion unter den Männern, was mit den Kindern geschehen sollte. Während einer der festen Überzeugung war, die Kinder einem russischen Waisenhaus übergeben zu müssen, wollte der andere sie weiterschicken, ohne sich um deren Schicksal Gedanken zu machen. Zufrieden stellte Martha fest, dass Erschießen nicht zur Debatte stand.

»Was sagen sie?«, flüsterte Wilhelm.

»Sie wollen uns in ein Waisenhaus bringen«, murmelte Martha und erntete einen entsetzten Blick des Jungen.

»Waisenhaus? Nein, wir warten, bis meine Oma kommt.«

»Und wenn sie gar nicht kommt?«

»Dann gehen wir eben weg von hier. Irgendwo werden wir schon unterkommen. Ich will nicht ins Waisenhaus.«

»Und ich will nicht fort von hier.«

»Wir kommen wieder, wenn die Soldaten weg sind.«

Die Kinder lauschten mit finsterer Miene der Diskussion. Während Martha das Gespräch teilweise verstand, mühte sich Wilhelm ab, aus Gesten und Tonart zu lesen. Der Kräftigere der Männer erhob sich und beäugte die zwei Kinder abschätzig. Seine Augen funkelten zornig, und er stieß einen Fluch aus, bevor er den Raum verließ. Martha fasste unter dem Tisch nach Wilhelms Hand und schielte zu den verbliebenen Männern hoch. Sie zuckte reflexartig zurück, als einer die Hand bewegte. Doch er griff nur nach dem Brot, legte einige Scheiben in ein Tuch, dazu eine Zwiebel und band ein Bündel, das er den Kindern reichte.

»Ihr müsst weg von hier«, erklärte er ihnen in deutlichem, langsamem Russisch.

Martha schüttelte heftig den Kopf und wich dem strengen Blick des Soldaten aus. »Warum?«, murmelte sie mit gesenktem Kopf.

»Weil euch sonst etwas viel Schlimmeres geschieht. Hier habt ihr etwas zu essen, und nun geht, bevor er zurückkommt«, erwiderte der Mann und deutete mit dem Kinn zur Tür.

Wilhelm griff nach dem gefüllten Beutel und sah Martha fragend an. »Wir müssen gehen, oder?«

Martha nickte trotzig, ohne Anstalten zu machen, den Befehl der Männer zu befolgen. Doch Wilhelm ignorierte ihren Starrsinn, packte ihren Arm und stand vom Tisch auf. Er deutete einen kleinen Diener an, bedankte sich auf Deutsch und verließ, das Mädchen hinter sich herzerrend, die Küche. Vor dem Haus schlug ihnen ein kalter Wind ins Gesicht, doch er trug bereits den schwachen Geruch des herannahenden Frühlings in sich. Zumindest das Wetter war ihnen wohlgesonnen. Die Kinder liefen zum Stall, packten ihr weniges Hab und Gut, eine Decke, ein Messer, Kopftuch, Mütze und Jacken zusammen. Stumm musterten sie erst einander und betrachteten dann wehmütig ihr Heim, das sie zurücklassen mussten.

Martha fragte nicht mehr nach dem Warum, oder ob es einen anderen Ausweg geben könnte. Trotz ihres jungen Alters fühlte sie, dass ihnen keine Wahl blieb. Die Tränen, die ihr unaufhörlich über die Wangen liefen, versiegten, als sie den Waldrand erreichten. Sie waren den ganzen Weg vom Gut bis an jene Stelle gerannt, aus Angst, die Russen würden sie doch noch schnappen und in ein Waisenhaus bringen.

Martha krümmte sich, stützte sich an einem Baum ab und erbrach sich. Sie hatte nach tagelangem Hungern das Essen zu schnell in sich hineingeschlungen. Erschöpft sank sie auf die Knie und sah entmutigt zu ihrem Freund. »Mutti! Ich will zu Mutti«, schluchzte sie und stieß Wilhelm aufgebracht zurück, als er sie zu trösten versuchte.

Schließlich setzte er sich neben sie ins Moos, zog die Beine an, legte sein Gesicht zwischen seine Knie und wippte vor und zurück. »Ja«, murmelte er, »das will ich auch. Aber wir sind allein.« Er lehnte den Kopf gegen den Baumstamm, richtete den Blick zum Himmel und schwieg.

41

Kreis Königsberg Land, Ostpreußen, März 1945

Die Kinder wurden zu Einsiedlern, die sich Nacht für Nacht eine neue Bleibe suchten. Die meisten Höfe waren verlassen, die Fensterscheiben eingeschlagen und die Türen gewaltsam aufgebrochen. Obwohl sich in den verlassenen Räumen nichts außer einigen beschädigten Möbeln befand, war es doch besser, als unter freiem Himmel zu nächtigen. Zumindest bot ihnen das Dach ein wenig Schutz vor Schnee und Kälte. Tagsüber näherten sie sich vorsichtig Bauernhöfen in der Umgebung. Nur wenige waren noch von Deutschen bewohnt. Dort hatten sie häufig Glück, wenn sie um ein Stück Brot baten. Doch meistens war die Ausbeute gering. Sie krochen in fremde Ställe auf der Suche nach Essen, manchmal wagten sie sogar, Häuser zu betreten, in denen sich russische Soldaten aufhielten. Sie hatten allerdings den Mut verloren, die Männer anzusprechen und um Essen zu bitten. Ihre Angst, in ein staatliches Kinderheim gesteckt zu werden, war zu groß. Stattdessen schlichen sie in unbeobachteten Momenten in die Häuser und stahlen, was immer sie zu essen fanden. Sie waren erschöpft, wehrlos und ständig der Gefahr ausgesetzt, geschnappt zu werden.

Immer noch hoffte Wilhelm auf die Rückkehr seines Vaters oder seiner Großmutter. Der Junge zwang sich, seinen Glauben daran nicht zu verlieren. Auch wenn sein Vater ihn kaum kannte, so würde er ihn nicht wissentlich hier allein zurücklassen. Die Kinder entfernten sich nie weit von ihrem Elternhaus. Sie strichen durch die umliegenden Wälder und kehrten jede Woche zurück, um sicherzugehen, dass weder Wilhelms Vater noch seine Großmutter zurückgekehrt war. Doch sie trafen Woche für Woche nur auf die russischen Soldaten, die es sich in dem Gutshaus gemütlich machten, sangen und soffen. Wilhelm und Martha hatten jedes Zeitgefühl verloren und waren zu klein, um Tage oder Monate zu zählen, sie vergaßen langsam ihre Vergangenheit, ihren Namen, nahezu ihre Identität. Während im April 1945 die Festung Königsberg gefallen war, Hitler sich in Berlin das Leben genommen und Deutschland kapituliert hatte, hatten die beiden Kinder, ohne zu wissen, was um sie herum geschah, von einem Tag zum nächsten gelebt.

Als sie jeden Glauben an eine Rückkehr in ihr Heim verloren hatten, fanden sie zu ihrer Überraschung das Gutshaus eines Tages im August verlassen und durch ein Feuer beschädigt vor. Die Kinder standen fassungslos vor der Ruine ihres ehemaligen Zuhauses. Das Dach war abgebrannt, die Außenwände mit schwarzen Rußflecken übersät. Das Haus war stark beschädigt, doch die Außenmauern waren unversehrt. Die Soldaten hatten ein verheerendes Chaos hinterlassen, alles mitgenommen, was nicht niet- und nagelfest war und offensichtlich versucht, das Haus niederzubrennen. Die Kinder durchsuchten die Reste der Küche und den Vorratskeller, doch sie fanden nichts außer geleerten Flaschen, verbrannten Möbeln,

Scherben und Zigarettenstummeln, die achtlos auf den Boden geworfen worden waren.

»Wir bleiben trotzdem hier«, verkündete Wilhelm mit zuversichtlicher Stimme, »in der Kammer neben dem Stall.«

Obwohl es nichts mehr gab, was an den einstigen Komfort erinnerte, verschaffte die Umgebung den Kindern dennoch ein Gefühl der Geborgenheit.

Martha und Wilhelm lernten, achtsam zu sein, und wann immer sie russische Soldaten erspähten, ihnen sofort aus dem Weg zu gehen. Die Natur gab ihnen Auskunft über die Jahreszeit. Die durchlebten Hungermonate hatten sie allerdings gelehrt, Vorsorge zu treffen. Im Spätsommer begannen sie, Obst und Beeren zu sammeln, stahlen Gemüse aus den umliegenden Gärten und Korn von den Feldern. Auf ihrem Gut gab es Obstbäume, die ihnen in den Sommermonaten genug Nahrung boten. Die Russen hatten alle Felder beschlagnahmt, doch nachts machten sich die Kinder im Schutz der Dunkelheit auf, um Vorräte zu stehlen.

Wilhelm übte den ganzen Sommer über, den kleinen Eisenofen zu befeuern, damit er für den Winter gerüstet wäre, doch er schaffte es nicht, ein Feuer zu entfachen. Niemand hatte ihm je beigebracht, wie man das anstellte, und die großen Holzscheite waren zu schwer und groß für seine kleinen Kinderhände, geschweige denn, dass er es schaffte, mit dem Beil die Scheite zu zerkleinern. Als der Spätsommer kam und die Kinder bemerkten, dass sich das Laub verfärbte, begann Wilhelm, sich um ihre Zukunft zu sorgen. Lange schon hatte er die Hoffnung aufgegeben, dass sein Vater oder seine Großmutter zurückkommen würden, und insgeheim wusste er, dass die Zukunft für sie in einem Waisenhaus oder bei einer Pflegefamilie lag, denn auf Dauer konnten sie nicht für sich selbst sorgen.

»Der Winter kommt. Wir müssen fort von hier. Vielleicht finden wir Leute, die uns über den Winter aufnehmen.«

»Aber sie jagen uns doch immer weg. Ich will hierbleiben«, erwiderte Martha trotzig.

»Da sind Leute zurückgekommen. Ich habe Deutsche auf dem Weg ins Dorf gesehen.«

Bei dem Gedanken, wieder neben stinkenden Misthaufen nächtigen und bittere Baumrinde nagen zu müssen, schob Martha angewidert die Lippen nach vorn. Sie hatte den letzten Winter nahezu aus ihrem Gedächtnis verdrängt. Gerade als sie zum Widerspruch ansetzen wollte, zog Wilhelm sie auf den Fußboden und legte den Finger auf seine Lippen.

»Da ist jemand.« Er schlich zu dem kleinen Fenster der Kammer und lugte vorsichtig hinaus.

Auf dem Hof ging eine Frau in Lumpen herum. Sie stellte sich auf die Zehenspitzen und spähte durch die zerbrochenen Fensterscheiben des beschädigten Guthauses. Martha klammerte sich wimmernd an Wilhelm und verbarg ihr Gesicht in der Beuge ihres Ellenbogens, als könnte es sie schützen, dass sie nicht sah, was auf sie zukam. Fremde jagten ihr Angst ein, auch wenn es Frauen waren. Die herumstreunenden Menschen kämpften wie sie ums Überleben und scheuten weder vor Gewalt noch vor Diebstahl zurück. Die zwei Kinder waren ihnen hilflos ausgeliefert und hatten schon zu oft ihre mühsam zusammengesammelte Nahrung an Landstreicher verloren.

»Das ist eine Frau, Martha. Frauen tun uns nichts, keine Angst«, beruhigte Wilhelm das Mädchen. Doch auch er konnte das Zittern in seiner Stimme nicht verbergen. Als er vorsichtig hinausspähte, um nach der Frau Ausschau zu halten, erkannte er mit Entsetzen, dass sie sich auf den Stall zubewegte. Obwohl ihn sein Verstand dazu trieb, sich schnellstens zu verstecken, verharrte er vor dem Fenster und betrachtete die Gestalt. Ihr wettergegerbtes Gesicht hatte tiefe Falten und war von grauem, strähnigem Haar umrahmt. Als die Frau näher kam, konnte er erkennen, dass Tränen über ihre Wangen liefen. Sie hielt vor dem Stall inne und schlang die Arme um sich, krümmte sich und sank kraftlos zu Boden.

Sie war dem Fenster nun so nahe, dass er ihre abgearbeiteten Hände und die löchrige Kleidung erkennen konnte. Irgendetwas an ihr kam Wilhelm vertraut vor, und als sie die Hände von ihrem Gesicht löste und den Kopf hob, versteckte der Junge sich aus einem ihm unerklärlichen Grund nicht mehr, sondern musterte interessiert die Züge der Frau. Sie erstarrte, als sie das Kind erblickte. Ihre Lippen formten Worte, während sich ihre Miene langsam aufhellte.

Sie streckte die Arme zum Himmel, als würde sie Gott danken. »Wilhelm, Junge! Du bist am Leben!«, rief sie laut.

Martha erhob sich mit ungläubigem Blick und schielte gebannt aus dem Fenster. Immer noch misstrauisch schob sie den Kopf weiter nach oben, bis sie die seltsame Frau, die Wilhelms Namen kannte, genau betrachten konnte.

»Mein Gott, ich danke dir, Gott!«, rief die Frau, und als sie die ängstlichen Augen des Mädchens erblickte, setzte sie dazu: »Martha, Schatz, ich bin's doch, deine Mutti.«

Wilhelms Gesichtsausdruck verriet seine Verwirrung. »Helga?«, murmelte er unsicher. Diese abgemagerte, grauhaarige Person in der schäbigen Kleidung hatte nichts mit der geliebten Kammerzofe seiner Mutter gemein.

Helga wartete nicht länger, lief auf die Türe der Kammer zu und riss sie auf. Sie stürzte auf die Kinder zu und umarmte sie mit solcher Inbrunst, dass Wilhelm die Luft wegblieb.

Endlich, nach Sekunden bitterer Tränen, die über Helgas Gesicht liefen, berührte Martha ihre Wange. »Mutti?«, hauchte sie verunsichert.

»Ja, Schatz, ich bin es.«

»Nicht weinen, Mutti«, flüsterte Martha.

Helga schluchzte und lachte zugleich. Ihr wurde bewusst, wie heruntergekommen und geschwächt sie aussehen musste. »Meine Kleine. Ihr habt mich nicht erkannt? Ich hatte nicht viel zu essen und nichts anderes anzuziehen. Ich weiß, ich sehe etwas mitgenommen aus, mein Schatz, aber ich bin es. Sie haben mich freigelassen, und ich musste den Weg zu Fuß zurückgehen.«

»War es ein weiter Weg, Mutti?«, erkundigte sich Martha.

»Oh ja, Liebling. Ein schrecklich weiter Weg. Aber jetzt ist es vorbei, und alles wird gut. Alles wird gut, meine Kleinen.«

Obwohl die Wiedersehensfreude nach den ersten unsicheren Momenten groß war, konnte Wilhelm nicht umhin, zu bedauern, dass es Marthas Mutter war, die unerwartet zurückgekommen war. Monatelang hatte er auf Vaters oder Großmutter Ernas Rückkehr gehofft, und nun zwang er sich, seine bittere Enttäuschung nicht zu offenkundig zu zeigen. Es fiel Helga allerdings nicht schwer, in den Zügen des Jungen zu lesen. Sie bedauerte sein Schicksal und ermutigte ihn, die Hoffnung nicht aufzugeben.

Doch war Wilhelm in den Monaten, die seit dem Verschwinden seines Vaters vergangen waren, gereift. Obwohl er noch ein kleines Kind war, konnte er die tiefe Trauer in Helgas Stimme spüren, sosehr sie auch versuchte, sie zu verbergen. Die einstige Kammerzofe seiner Mutter war über den Zustand des Gutes sehr betroffen, doch hatte sie auf ihrem langen Weg aus dem Lager genug Leid und Zerstörung gesehen, um zu wissen, dass es den anderen Anwesen in Ostpreußen ebenso ergangen war. Viele waren jedoch nun von russischen Soldaten und deren Familien bewohnt oder in der Hand sowjetischer Militärkommandos, und so war es Glück im Unglück, dass dieses Gut über kein Dach mehr verfügte und ausgebrannt war. Aus für Helga unerklärlichem Grund hatten weder Wilhelm noch Martha nach Dietrich und dessen Aufenthaltsort gefragt. Sein Name blieb unausgesprochen, und zurück blieb allein die Hoffnung auf ein Wiedersehen.

Helgas Rückkehr war für die Kinder ein Segen. Trotz ihres Protests steckte sie Martha und Wilhelm in den alten Waschzuber, der vor Jahren zum Wäschewaschen gedient und unversehrt im Stall gelegen hatte. Helga schrubbte die Haut, bis sie rot leuchtete, entlauste die Haare der Kinder, so gut es möglich war, und begann die löchrige Kleidung, die dem Ungeziefer eine wahre Brutstätte bot, auszukochen.

Mit Schrecken erkannte sie, dass auch ihr Äußeres sich von dem der Kinder kaum unterschied. Ihr Körper war von Wanzenbissen übersät, das Haar verfilzt und verlaust und Füße und Hände voller Schrunden und Blasen. Bald musste sie akzeptieren, dass sie der Läuse ohne wirksames Mittel nicht Herr werden würde, und so schnitt sie ihr Haar und das der Kinder so kurz wie möglich. Martha brach in Tränen aus und beschwerte sich bitterlich über den Jungenschnitt, der ihr verpasst worden war, doch sie erntete nur einen strengen Blick ihrer Mutter.

In der ausgebrannten Ruine des Gutshauses fand Helga eine alte Haarbürste, Nähzeug und einige halbwegs erhalten gebliebene Vorhänge, die sie zu Decken umnähte. Sie hatte vor, die unbequeme Kammer neben dem Stall etwas häuslicher einzurichten. Als der September sich seinem Ende zuneigte, fing sie an, alles für den Winter vorzubereiten. Sie verklebte die scheibenlosen Fenster der Kammer mit alten Zeitungen, hackte Holz, räumte Trümmer aus dem Gutshaus, die als Brennholz dienen würden, fegte und schrubbte den Boden und versuchte, ein halbwegs erträgliches Heim zu schaffen. Auch sie scheute davor zurück, sich länger als notwendig in dem großen Haus aufzuhalten, um nicht die grausamen Erinnerungen an die Vergangenheit zum Leben zu erwecken.

Auch wenn die gesammelten Äpfel und Birnen bereits zur Hälfte verfault waren, lobte sie die Kinder für ihre Voraussicht. Gemeinsam machten sie sich daran, das verbliebene Obst auf dem winzigen Eisenofen einzukochen und in die erhaltenen Gläser aus dem ehemaligen Vorratskeller zu füllen. Auch wenn sie keinen Zucker hatten, so wurde dennoch das Obst etwas haltbarer gemacht. Helga sammelte Brennnesseln und bereitete daraus eine dünne Suppe für die Kinder zu. Es fehlte an Salz und Gewürzen, doch die warmen Mahlzeiten hielten die drei am Leben. Helga hatte den Kindern mit einfachen Worten erklärt, was mit ihrer einstigen Heimat geschehen war, und obwohl Ostpreußen zwischen der Sowjetunion, Polen und Litauen aufgeteilt worden war, waren die Kinder erleichtert, als sie hörten, dass es irgendwo fern von ihrem Zuhause noch ein Deutschland gab.

Die geschwächte Frau wagte lange nicht, im Dorf um Arbeit zu bitten, denn sie fürchtete, von den Russen wieder in ein Lager gesteckt zu werden. Sie würde einen weiteren Aufenthalt an einem dieser Orte nicht ertragen. Dort, wo Tod, Krankheit, Misshandlung und Hunger täglicher Begleiter waren und sie nicht mehr galt als das Ungeziefer, das die Russen unter ihren Fingernägeln zerdrückten. Helga hielt Tag für Tag Ausschau, ob nicht umherziehende Russen auf das Gut kamen, um sie zu vertreiben oder ihnen Gewalt anzutun. Als die Getreideernte anstand, erfuhr Helga, dass die verbliebene deutsche Bevölkerung als Erntehilfen eingeteilt wurde. Es wäre harte Arbeit, von der auch Kinder nicht verschont blieben, der Lohn jedoch wären kleine Nahrungsrationen, mit denen sie halbwegs über die Runden kommen würden.

Helga erschauderte, als sie sich mit ihren Kindern auf den Weg zu den Russen machte. Sie konnte nicht umhin, an all die schrecklichen Vorkommnisse zu denken. »Denn sie säen Wind und werden Sturm ernten«, murmelte sie gedankenverloren.

»Was sagst du, Mutti?«

Helga blieb stehen und wandte sich zu den Kindern um. Sie sah die tiefe Besorgnis in den Augen ihrer Tochter. »Habt keine Angst, Kinder. Wir werden arbeiten, und dafür werden wir zu essen bekommen.«

Wilhelm schluckte und zog Helga an der Hand zurück. »Die haben meine Mutter getötet«, sagte er tonlos.

Helga fühlte eine Welle des Mitleids in sich aufsteigen. Er wusste es, dennoch hatte er seit ihrem Erscheinen nie davon gesprochen. »Woher weißt du ...?«

»Ich hab's doch gehört, Mutti. Vati hat's gesagt, damals, als wir im Versteck waren«, erwiderte Martha und senkte den Kopf.

»Gütiger Gott, stehe uns bei«, murmelte Helga, schlug ein Kreuzzeichen, seufzte schweren Herzens und legte tröstend die Hand auf Wilhelms Schulter.

»Sie werden auch uns umbringen«, beharrte Wilhelm, ohne die Wut und Trauer in seiner Stimme zu verbergen.

»Nein, das werden sie nicht. Sie brauchen uns für die Ernte. Sie haben zu wenige Arbeiter. Noch sind fast nur russische Soldaten im Land. Die haben keine Ahnung von Landwirtschaft, und auch Russen müssen etwas essen.«

»Was, wenn sie uns in ein Kinderheim stecken?«

»Aber warum sollten sie? Ich bin doch jetzt da.« Sie versuchte, zuversichtlich zu klingen, und zwang sich zu einem Lächeln. »Nicht alle Russen sind schlecht, Junge. Sie sind Menschen, so wie du und ich. Es gibt gute, und es gibt böse. Der Krieg hat uns alle verdorben. Doch nun müssen wir lernen, wieder nach vorn zu blicken und das Vergangene zu vergessen.« Sie war selbst von dem Optimismus in ihrer Stimme überrascht. Sie bemerkte, wie Wilhelms Züge weicher wurden und das energische Ziehen an ihrer Hand nachließ. »Wir haben keine andere Wahl, Kinder«, erklärte sie und war zufrieden, als sie ein verständnisvolles Nicken der beiden erntete.

Sie setzten den Weg zu den ehemaligen Feldern des Gutes fort, auf denen bereits emsig gearbeitet wurde. Noch am selben Tag wurden Helga und auch die Kinder für unterschiedlichste Arbeiten eingeteilt. Zwar wurden sie rüde behandelt, doch niemand tat ihnen etwas zuleide. Als sie spätabends nach Hause kamen, hatten sie zwei Handvoll Roggenkörner und etwas Salz erarbeitet, aus denen Helga einen schmackhaften Getreidebrei herstellte, den sie auf dem kleinen Eisenofen zu dünnen Fladen buk. Es war wenig Ausbeute für die Stunden harter Arbeit, die sie verrichten mussten. Helga bemerkte mit Sorge, wie die Kräfte aus den Körpern der Kinder schwanden, ihre Gesichter noch schmaler und die Hände schwielig wurden.

Als der erste Frost den bevorstehenden Winter ankündigte, wuchs die Hungersnot unter der Bevölkerung. Es waren trostlose, entbehrungsreiche Monate, doch die Kinder waren dankbar, Helga an ihrer Seite zu haben, die ihr Bestmögliches gab, um ihr Leben, das von harter Arbeit und Betteln gezeichnet war, erträglich zu machen.

Als endlich der Winter 1945/46 dem Ende zuging und der Frühling mit milderen Temperaturen auf den Feldern Einzug hielt, war Helga so geschwächt, dass sie die geforderten Arbeiten auf den umliegenden Höfen nicht mehr verrichten konnte. Ein heftiger Husten befiel sie, der von Tag zu Tag schlimmer wurde. Es kam der Tag, an dem sie im Bett liegen blieb und ihre Kinder allein zur Arbeit schickte. Besorgt strich Martha über die heiße Stirn ihrer Mutter und drückte ihre Hand, als sie sich in einem heftigen Hustenanfall vor Schmerz krümmte. Wilhelm schreckte zurück und stieß einen Schrei des Entsetzens aus.

»Helga, du hustest Blut«, stellte er mit Panik in der Stimme fest.

»Es ist nichts«, keuchte die Frau, bemüht, die Sorge in ihrer Stimme zu verbergen. »Ich bin nur erkältet, mein Schatz.«

Sie schwitzte und hatte hohes Fieber. Die Krankheiten grassierten und verbreiteten sich in Windeseile unter den geschwächten Menschen, die von der Unterernährung gezeichnet waren. Der Großteil der Nahrungsmittel war für die russischen Besatzer bestimmt. Die Rationen für die Deutschen wurden von Woche zu Woche gekürzt, und Helga fürchtete, in Zukunft würde es noch schlimmer werden, denn viele Felder lagen brach. Die Bauern waren fort, und die Russen kümmerten sich nicht um die Aussaat.

Es war ein nebelverhangener Morgen im März, an dem Wilhelm vom heftigen Schluchzen und dem Gejammer seiner Freundin geweckt wurde. Er kroch schlaftrunken zu Helgas Matratze und blickte in ein bläulich verfärbtes Gesicht. Die fiebrig glänzenden Augen waren von dunklen Augenringen umrahmt, das Haar klebte schweißnass und strähnig an der heißen Stirn der Frau, die sich an der kleinen Hand ihrer Tochter festklammerte. Ein Schüttelfrost hatte sie vollkommen erschöpft, und ihre Kleidung war vom Schweiß durchnässt.

»Wilhelm ... Junge, komm zu mir«, keuchte sie und zwang sich zu einem Lächeln.

Er legte seine Hand auf den Arm der geschwächten Frau, blickte in ihr Gesicht und sah ihre Lebenskräfte schwinden. »Helga?«

»Wilhelm, es ... es geht zu Ende mit mir.«

»Nein, bitte, bitte, Helga. Geh nicht fort, stirb nicht, bleib bei uns. Wir brauchen dich doch.« Wilhelm krümmte sich und schluchzte verzweifelt. Er fasste Helga an den Schultern und schüttelte sie, als könnte er so das Unheil abwenden.

»Oben im Himmel wird es mir gut gehen. Wilhelm, sag mir deinen Namen.«

»Wilhelm von Bergen«

»Gut, vergiss ihn nicht, hörst du. Vergiss nicht, wie du heißt. Du musst ...«

Sie verkrampfte sich und hustete. Die Decke verfärbte sich blutrot, und Wilhelm zog seine Hände reflexartig zurück. Martha, die immer noch weinend an der Hand ihrer Mutter hing, entfuhr ein Schrei. Sie begann hysterisch und laut betend vor und zurück zu wippen. Sie hatte die Worte des Gebets vergessen, und so flehte sie Gott in einfachen Worten an, ihrer Mutter das Leben zu lassen. Helga sank erschöpft in das Kissen.

»Wilhelm, du musst ... für meine Martha sorgen. Sie nimmt es so schwer. Du bist stark und tapfer, und du hast das schon einmal gemacht.« Sie sah in die ängstlichen Augen des Jungen, der energisch den Kopf schüttelte.

»Nein, Helga«, erwiderte er wimmernd. »Ich kann das nicht. Wo sollen wir hin?«

»Gott passt auf euch auf. Du bist fast sechs, ein großer Junge schon.« Zitternd hob sie den Daumen und zeichnete ein Kreuz auf seine schweißnasse Stirn. Mit feuchten Händen strich sie Wilhelm und Marta ein letztes Mal über das Haar. Dann seufzte sie und schloss mit einem bitteren Lächeln auf den Lippen für immer die Augen.

42

Kreis Königsberg Land, Ostpreußen, Sommer 1946

Als der Sommer anbrach, waren die Kinder wieder zu Landstreichern geworden, auf der Flucht vor den Russen, die sie trennen, an Höfe verkaufen oder in ein Waisenhaus stecken würden. Ihre Reise hatte kein Ziel. Sie lebten von Tag zu Tag, geschmäht von der Bevölkerung, die von der Fülle der streunenden, bettelnden Kinder überfordert war und der es von ihrer sowjetischen Führung zudem streng verboten worden war, Faschistenkinder aufzunehmen. Manchmal ergatterte Martha dennoch ein Stück Brot, oder Wilhelm handelte eine Nacht im Stall aus, doch niemand bot ihnen dauerhaft ein Zuhause an. Viele der neuen Bewohner des Landes wollten nichts von Gnade und Nächstenliebe hören und auch nichts davon, dass es sich um kleine Kinder handelte, zu jung, um irgendeine Schuld zu sühnen. Manche schreckten nicht einmal davor zurück, auf die Kinder zu schießen, als wären sie räudige Hunde oder tollwütiges Vieh. Ein anderes Mal ernteten sie mitleidige Blicke und bekamen zumindest ein Stück Brot, bevor sie weiterziehen mussten. Die beiden wussten bald nicht mehr, wo sie waren, ob sie sich im Kreis bewegten oder Richtung Norden zogen.

Im September wurden die Nächte wieder kühler, und sie fanden für einige Tage Obdach im Stall eines Hofes. Der strenge Dunggeruch kümmerte sie wenig. Das Vieh im Stall wärmte, und so mussten die zwei nicht frieren. Als Martha sich eng an Wilhelm kuschelte, ihr kleines Bündel unter ihren Kopf schob und die Augen schloss, schlief sie sofort erschöpft ein.

Am nächsten Morgen schlug sie die Augen auf, als bereits das erste Tageslicht durch das kleine Stallfenster fiel. Martha tastete nach ihrem Freund Wilhelm und fuhr erschrocken hoch, als sie die Seite neben sich leer vorfand. Sie war sofort hellwach und sah um sich. Ihr Blick fiel auf einen älteren Jungen, der sich zu ihrer Erleichterung mit Wilhelm in freundlichem Tonfall und in deutscher Sprache unterhielt. Martha klopfte das feuchte Stroh von ihrer Kleidung und stand auf. Während sie auf die Jungen zuging, musterte sie den Älteren, der kurz geschorenes, helles Haar und eine kleine, spitze Nase voller Sommersprossen hatte. Als er sich ihr zuwandte, fielen ihr die üppigen Lippen auf, die mit Blasen übersät waren. Ihm war die Zeit der Entbehrung ins Gesicht geschrieben, die Wangenknochen standen hervor, die Haut war bleich und schmutzverschmiert. Martha fragte sich, ob sie mittlerweile eine ebenso erbärmliche Erscheinung war wie dieser Junge. Als er das Mädchen entdeckte, fasste er hastig nach seiner zerschlissenen Kappe und zog sie weit ins Gesicht.

»Keine Angst, das ist nur Martha. Sie ist mit mir unterwegs«, erklärte Wilhelm und bedeutete ihr, näher zu kommen. Er reichte ihr einen Becher Milch, den sie in raschen Zügen leerte. Sie wischte sich den Milchbart mit dem Handrücken ab und sah die beiden anderen wortlos, aber mit erwartungsvollen Augen an. »Die Bäuerin ist nett. Sie hat uns erlaubt, Milch aus der Kanne zu nehmen«, fuhr Wilhelm fort. Martha wandte den Blick nicht von dem älteren Jungen mit dem eigentümlichen Aussehen ab. »Das ist Ursula«, erklärte Wilhelm. »Sie ist auch allein.«

Martha stutzte. »Du bist ein Mädchen? Warum siehst du so komisch aus? Hast du kein Kleid?«

Ursula war rot geworden, als Wilhelm unbedacht hinausposaunt hatte, was sie seit Wochen zu verheimlichen suchte.

»Kleiner, ich hab dir gesagt, du sollst niemanden verraten, dass ich ein Mädchen bin.«

Wilhelm zuckte etwas eingeschüchtert zurück wegen ihres in der Stimme mitschwingenden Zornes und nickte. »Aber das ist ja nur Martha«, flüsterte er.

Ursula sah Martha verärgert mit ihren stahlblauen Augen an, sodass das kleine Mädchen furchtsam zurückwich. Mit dem geschorenen Kopf und den zerschlissenen Hosen ging Ursula ohne Probleme als Junge durch. Sie war geschwächt und abgemagert, keine weiblichen Rundungen zeichneten sich unter ihrem löchrigen Hemd ab, obgleich sie schon das Alter einer jungen Frau hatte. Sie zog ebenso wie Wilhelm und Martha seit Wochen durch die Dörfer und Wälder und lebte von dem, was sie erbetteln oder stehlen konnte.

Ursula seufzte, als sie die Angst in Marthas Augen sah. Ihre Züge wurden wieder weicher, und sie zwang sich zu einem Lächeln. »Nun komm schon her, Zwerg. Ich beiß dich nicht.« Martha näherte sich zögernd. »Trink noch einen Becher Milch. Was anderes gibt's nicht, und Milch ist besser als das ewige Zuckerwasser, das sie uns geben.«

Martha hielt ihr den Becher entgegen. Ursula hob die Kanne an und füllte ihn erneut mit Milch. Martha trank den zweiten Becher ebenso gierig wie den ersten. Immer noch stumm setzte sie sich eng an Wilhelm, ohne das seltsame Mädchen aus dem Blick zu lassen.

»Hör zu, ab jetzt nennst auch du mich Lutz. Niemand darf wissen, dass ich ein Mädchen bin.«

»Warum? Ich bin auch ein Mädchen«, sagte Martha leise.

»Du bist sechs Jahre alt. Dir werden sie nichts tun. Ich bin dreizehn und für die Russen alt genug, um ...« Sie zögerte. »... um mir schreckliche Dinge anzutun.«

Die Kinder wussten, dass ein falsches Wort zur falschen Zeit und an die falschen Personen schlimme Folgen nach sich ziehen konnte. Auch wenn Wilhelm noch nicht verstand, wovon Ursula genau sprach, so hatte er doch erlebt, wozu feindliche Soldaten fähig waren.

»Ihr seid noch viel zu klein, um als Küchenhilfe oder Stallknecht zu arbeiten. Eigentlich solltet ihr nicht ganz allein herumlaufen«, fuhr Ursula fort. Sie schnalzte mit der Zunge und schüttelte missbilligend den Kopf.

»Aber wir haben niemanden«, flüsterte Martha, während ihr erneut die Tränen in die Augen stiegen.

»Nun heul nicht schon wieder. Das ändert auch nichts. Wenn ihr wollt, könnt ihr bei mir bleiben. Ich kann euch beschützen, ihr bettelt dafür um Essen. Kleine Kinder schicken sie nicht so schnell weg.«

Wilhelm nickte dankbar. Der Gedanke, nicht mehr ganz allein zu sein, erfüllte ihn mit neuer Zuversicht.

»Was habt ihr vor? Wollt ihr irgendwohin, oder lauft ihr ziellos durch die Gegend?«, erkundigte sich Ursula.

Wilhelm zuckte mit den Schultern und stieß einen Seufzer aus der Brust. »Ich habe noch eine Oma. Mutti hat gesagt, sie wäre Krankenschwester in Russland. Vielleicht kommt sie zurück.«

Ursula schenkte dem Jungen ein mitleidiges Lächeln und schwieg. Es war anzunehmen, dass seine Großmutter tot oder in einem Arbeitslager in Sibirien war, wie die anderen deutschen Frauen. Selbst wenn sie überlebt hatte, gab es für sie keinen einleuchtenden Grund heimzukehren. Die Erwachsenen wussten, dass es ihre Heimat nicht mehr gab.

Sieben Nächte durften die Kinder in dem Gehöft bleiben, im Haus helfen und zwischen dem Vieh nächtigen. Am achten Morgen, als in den Waisen bereits die Hoffnung aufkeimte, ein Heim gefunden zu haben, bekam es die Bäuerin mit der Angst zu tun. Erneut war die Bevölkerung aufgefordert worden, die streunenden Faschistenkinder abzuweisen, zu verjagen oder am besten sofort in ein staatliches Kinderheim zu bringen. Bei Nichtbefolgung drohten die Sowjets mit Bestrafung.

Die Bäuerin hatte für jedes der Kinder ein kleines Bündel mit Brot und Rüben zusammengebunden. Sie drückte die abgemagerten Körper an sich und betrachtete mitleidig die ausgemergelten Gesichter. Sie hielt die Grausamkeit, mit der das Regime gegen deutsche Kinder vorging, für unmenschlich und war versucht, sie bei sich zu behalten. Doch damit hätte sie ihre eigene Familie in Gefahr gebracht. Sie wollte nicht in die Lage geraten, sich zwischen dem Leben ihrer Familie und dem der deutschen Kinder entscheiden zu müssen. Wie immer wandte sie sich an Martha, die am besten Russisch sprach, wünschte ihnen Glück und empfahl ihnen, sich weiter nach Norden durchzuschlagen, wo noch einige größere Gehöfte lagen, die vielleicht bereit waren, heimatlose Kinder aufzunehmen. Wenn sie es bis nach Litauen schaffen würden, gäbe es Hoffnung auf Nahrung und ein Heim.

Martha nickte, obwohl sie weder wusste, wo Litauen lag, noch, wie weit der Weg dorthin war ohne Auto, Wagen oder Zug. Sie übersetzte, woraufhin Ursula spöttisch auflachte.

»Litauen? Wie um alles in der Welt sollen wir nach Litauen kommen? Das ist furchtbar weit weg. Das schaffen wir nie zu Fuß. Die will uns doch nur loswerden.«

Wilhelm schwieg. Er hätte ohnehin nichts dazu zu sagen gewusst, doch er fand Ursulas rüden Tonfall unpassend. Die Bäuerin war gütig zu ihnen gewesen, und er hatte die knochige Frau mit ihren rosigen Wangen und dem streng gebundenen Kopftuch ins Herz geschlossen.

Ursula sah ihre Lage nüchterner. Fortgeschickt zu werden bedeutete, wieder ums Überleben zu kämpfen, zu hungern, zu betteln, stets in Gefahr zu sein, geschlagen, vergewaltigt oder getötet zu werden. Sie nahm mit wortlosem Nicken und kühlem Gesichtsausdruck das Bündel entgegen, griff nach Marthas Hand und verließ mit Wilhelm im Schlepptau den Hof, um wie zuvor in eine ungewisse Zukunft zu wandern.

Zunehmend überschattete Hoffnungslosigkeit ihren Tagesablauf. Sie lebten wie Tiere, sprachen nur das Nötigste, strichen in den Wäldern umher, ohne zu wissen, wo genau sie sich befanden, und schmiegten sich nachts eng aneinander, um sich gegenseitig zu wärmen. Ursula gab den Kindern das Gefühl, beschützt zu sein. Sie schickte Martha vor, um mit ihrem süßen Gesicht und ihren flehenden Augen um Essen zu betteln. Doch immer öfter kam auch sie ohne Ausbeute zurück. Die Menschen hatten sich an die verzagten Gesichter gewöhnt und litten nicht selten selbst unter der knappen Versorgungslage des neu besiedelten Landes. Ursula wusste, dass der Winter nahte und sie ihn ohne Obdach und Nahrung nicht überleben würden. Mit den kalten Monaten verschwanden auch viele deutsche Kinder aus den Wäldern. Glaubte man den Gerüchten, so wurden sie teilweise als Hilfskräfte verkauft, in Heime gesteckt, oder sie schafften doch die Reise nach Litauen. Der Name dieses fremden Landes spukte in den Köpfen der Kinder herum wie eine süße Verlockung. Doch Ursula fürchtete dahinter nur leere Versprechungen. Reicher an Nahrung sollte es sein, das Land im Norden, und die Bauern den Kindern freundlicher gesinnt.

»Wir können nicht nach Litauen gehen«, erklärte Wilhelm. »Wenn meine Großmutter zurückkommt, weiß sie nicht, wo wir sind.«

Ursula schwankte zwischen Wut und Mitleid, war jedoch nicht länger bereit, Wilhelm etwas vorzugaukeln. Die Realität war erbarmungslos, und es gab nur wenig Spielraum, um zu überleben, Entscheidungen mussten getroffen werden – schnell und richtig.

»Hör zu, Kleiner. Selbst wenn deine Großmutter noch lebt, so kann sie überall auf der Welt sein. Sollte sie es zu eurem alten Gut schaffen, dann würde sie es leer und niedergebrannt vorfinden und schnellstens wieder verlassen.

Sie wird dort nicht auf euch warten. Außerdem findet ihr den Weg nicht mehr zurück. Weiß Gott, wo wir sind.«

Wilhelm hatte ihr mit besorgter, leicht beleidigter Miene zugehört. Er schwieg, suchte nach Worten, blieb aber stumm.

»Wilhelm, werden wir wirklich nie wieder zurückkehren?«, murmelte Marta entsetzt.

Der Junge zuckte mit den Schultern und wandte sich ab.

Ursula überkam eine Welle des Bedauerns, und sie bereute bereits die klaren Worte, die den Sechsjährigen wie ein Schlag ins Gesicht getroffen hatten. »Sieh mal, wir drei sollten einfach versuchen, vor dem Wintereinbruch in Litauen zu sein. Dort suchen wir uns einen Platz auf einem Hof für die kalten Monate. Wenn der Frühling kommt, können wir wieder zurückkehren und nach eurer Großmutter suchen. Wenn wir hierbleiben, erfrieren wir. Niemand gibt uns etwas, keiner nimmt uns mehr auf.«

Martha nickte. »Aber wie kommen wir nach Litauen?«

Ursula schien sich schon länger Gedanken darüber gemacht zu haben, denn ihre Antwort erfolgte schnell und überlegt. »Wir nehmen den Zug. Wir haben gestern die Schienen überquert. Denen folgen wir, bis wir zu einem Bahnhof kommen. Dann warten wir auf einen Zug und schleichen uns in einen leeren Güterwaggon.«

Die Kinder nickten voller Begeisterung und fanden mit einem Mal Gefallen an Ursulas Plan, schien es doch das einzig Machbare zu sein, das ihnen eine bessere Zukunft versprach.

* * *

Litauen unterschied sich nicht wesentlich von Ostpreußen, und die Kinder waren enttäuscht, als sie eine ähnlich triste Winterlandschaft in Empfang nahm wie jene, die sie schon die letzten Monate durchquert hatten. Ursula lächelte über Marthas und Wilhelms Naivität, deren Vorstellung von Litauen sich gänzlich von der Realität unterschieden hatte. Es war ein langer Marsch entlang der verschneiten Eisenbahnschienen gewesen, und nach stundenlangem Warten auf einem kleinen Bahnhof, hatten sie schon befürchtet, der Zugverkehr wäre eingestellt worden, als sich endlich ein schwarzes, dampfendes Ungetüm aus der Ferne näherte.

* * *

Die ersten litauischen Höfe waren ein Misserfolg. Die Bauern hörten Marthas Gestammel erst gar nicht an, sondern schlugen ihnen sofort die Tür vor der Nase zu. Beim fünften Hof fand die Bäuerin Gefallen an Martha und schien bereit, sie aufzunehmen. Das Mädchen brach in hysterisches Gekreische aus, als ihr bewusst wurde, dass man sie von Wilhelm und Ursula trennen würde, und so jagte die gute Frau die Bälger fort, die ihre Großmütigkeit nicht zu schätzen wussten. Ursula hielt Martha eine Standpauke und verurteilte sie für ihre Dummheit, ein solch wunderbares Angebot ausgeschlagen zu haben, doch das Mädchen klammerte sich stumm an Wilhelms Arm und wandte sich beleidigt ab.

»Ihr müsst es endlich begreifen. Sie werden uns auf jeden Fall trennen. Niemand kann es sich leisten, drei Kinder durchzufüttern.«

Das Entsetzen über die klaren Worte war in Wilhelms und Marthas Gesicht abzulesen. Sie hatten einander das Versprechen gegeben, sich niemals zu trennen, komme, was wolle.

Einige erfolglose Tage später öffnete ein Bauer mit mürrischem Gesichtsausdruck die Tür seines Hofes und beäugte die drei Kinder mit skeptischem Blick. Er rief seine Frau, die ebenso lieblos wie ungeduldig Ursula von oben bis unten betrachtete, ihr den Mund öffnete und ihre Zähne begutachtete, als würde sie einen Gaul kaufen wollen. Schließlich nickte die Frau, wandte sich um und verschwand.

Der Bauer murrte: »Du kannst hier arbeiten. Die zwei Kleinen sind zu nichts zu gebrauchen. Die sollen verschwinden.«

Martha blickte angstvoll in Ursulas Gesicht, die an den Gesten des Mannes wohl verstanden hatte, dass sie ausgewählt worden war, um hier auf dem Hof zu arbeiten. Ursula hockte sich zu den Kindern, tröstete und umarmte sie und machte ihnen Mut, nicht aufzugeben, weiterzusuchen, denn gewiss würden auch sie einen Platz finden. Noch bevor das Mädchen den Satz beendet hatte, riss der Bauer sie von den Kleinen los, zog sie grob ins Haus und schlug die Türe zu. Sie sahen Ursula nie wieder.

43

Hamburg, März 2015

Nervös drehte Inga die Papierserviette in ihrer Hand, während sie die vorbereiteten Worte erneut in Gedanken durchging. Sie nippte an ihrem Mineralwasser und versuchte, ihre Aufregung hinter einem eingefrorenen Lächeln zu verbergen. Sie hatte sich schweren Herzens von Andrej verabschiedet, und schon wenige Stunden nach der Trennung zweifelte sie daran, ohne ihn je wieder glücklich zu werden. Er hatte versprochen, so bald wie möglich nach Stockholm zu kommen, doch Inga war Realistin. Sie wusste, dass Entfernung und Zeit das Vergessen einfach machten, und bald würde Andrej nicht mehr aufstehen und an sie denken, auch wenn er beteuert hatte, dass er keinen Tag ohne sie sein könnte. Inga wunderte sich über die starken Gefühle, die sie für diesen Mann empfand. Sie war normalerweise nicht so schnell in Gefühlsentscheidungen, sie war vorsichtig und langsam. Doch Andrej hatte alles verändert. Sie warf noch einmal einen Blick auf seine letzte Nachricht: *Denke an dich! In Liebe A.* Sie lächelte.

Schließlich schüttelte sie den Kopf und versuchte, sich auf ihr Treffen zu konzentrieren. Sofort stieg die Nervosität, und sie warf einen Blick auf ihre Uhr. Sie erneuerte ihren Vorsatz, sich von ihrem Onkel nicht in die Rolle der Schuldigen drängen zu lassen, komme, was wolle. Zehn Minuten.

In zehn Minuten waren sie verabredet. Sie könnte gehen, alles so belassen, wie es war, ihrem Großvater vorgaukeln, sie hätte nichts erfahren, niemanden ausfindig gemacht. Die Erde könnte sich in Ruhe weiterdrehen, ihr Großvater in Frieden diese Welt verlassen. Inga wusste, dass ihr Innerstes längst entschieden hatte und jede weitere Überlegung hinfällig wäre. Sie war es ihrem Onkel einfach schuldig, dass er Teil ihres Lebens werden könnte, sollte er es wirklich wollen.

Als ein hochgewachsener Mann das Café betrat und sich mit suchendem Blick durch sein immer noch dichtes graues Haar strich, wusste Inga sofort, dass er es war. Es hätte keiner Erklärung, keiner Beschreibung bedurft, denn der Mann hatte die gleiche gerade Nase und die gleichen markanten Gesichtszüge und vollen Lippen wie ihr Großvater.

Als sein suchender Blick den ihren traf, löste sich ihre Anspannung, und ihr Lächeln wies ihm den Weg. Er nickte, legte seinen braunen Ledermantel und den dazu passenden Wollschal ab und bewegte sich zielsicher auf sie zu.

»Inga Johansson?«

Sie sprang auf, viel zu schnell, um Gelassenheit vorzugaukeln. »Ja, die bin ich.« Sie starrte angespannt in seine wasserblauen Augen.

»Freut mich.« Er lächelte, als ihm bewusst wurde, dass sie diesem Moment mit der gleichen Unsicherheit entgegengefiebert hatte, und schüttelte ihre Hand. Es war, als wäre die Zeit für einen Moment stehen geblieben. Er setzte sich, sah sie auffordernd an und wies auf den Platz gegenüber.

Inga ließ sich wortlos auf die Bank nieder, ohne den Blick von seinem Gesicht abzuwenden.

»Stimmt etwas nicht?«, erkundigte er sich.

»Sie ... Entschuldigung. Nein, nein. Alles in Ordnung. Ich war nur etwas, na ja sagen wir, verwirrt. Sie haben doch große Ähnlichkeit mit meinem ... Groß..., äh ... mit Ihrem Vater, wissen Sie.« Inga schüttelte den Kopf und ärgerte sich insgeheim über ihre Unbeholfenheit und die Worte, die über ihre Lippen kamen, obgleich sie sich doch so penibel auf diesen Augenblick vorbereitet hatte. »Er ist ja auch Ihr Vater«, murmelte sie und wich seinen durchdringenden Augen aus.

Er betrachtete sie einen Moment nachdenklich. Schließlich lächelte er. »Für mich ist diese Situation auch nicht einfach. Ich kann verstehen, dass Sie verwirrt sind.«

Sie hob den Kopf und musterte ihn ausgiebig. Er war um einiges älter als Pernilla, dennoch unbestritten ein attraktiver Mann.

»Ich muss gestehen, dass ich tatsächlich etwas aufgeregt bin. Es war doch alles ein bisschen viel in letzter Zeit. Großvaters Krankheit, die Reise nach Russland, die ganzen Informationen, die ich in Erfahrung bringen konnte, und dann Martha ...«

»Wie geht es ihr?« Seine Stimme klang warm und ehrlich, als er sich nach ihr erkundigte. »Wir haben uns so lange nicht gesehen. Seit ich in Deutschland lebe, bin ich sehr nachlässig geworden. Leider telefonieren wir fast nur noch. Ich war schon lange nicht mehr in Russland.«

Inga nickte. Die Sonne stahl sich hinter den grauen Wolken hervor. Sie ließ das Wasser der Alster funkeln und die Häuser der Strandpromenade in gedämpftem Sonnenlicht erstrahlen. Das Spiel mit Licht und Schatten, die tief hängenden Wolken und das Glitzern der Wasseroberfläche erinnerten Inga an Stockholm. Sie fühlte, wie eine unbekannte Sehnsucht nach ihrer Heimat in ihr aufkeimte, das Verlangen, in ihr altes Leben zurückzukehren.

»Schön, nicht wahr?«

Inga hob abwesend den Kopf, sah ihrem Gegenüber in die Augen und nickte.

»Kennen Sie Stockholm?«

Wilhelm schüttelte den Kopf.

Sie begann, in schwärmerischen Tönen von ihrer Heimatstadt zu erzählen, den Inseln und dem Wasser, das der Stadt ihr besonderes Flair verlieh. Er lauschte ihren Worten, beobachtete ihre Lippen und die kleinen Fältchen, die beim Sprechen auf und ab tanzten. Gebannt verfolgte er ihre Erzählungen über ihre Kindheit und ihren Großvater, den er nie kennengelernt hatte. Doch Inga konnte keine Verbitterung auf seinem Gesicht erkennen. Er schenkte ihr hin und wieder ein warmes Lächeln ohne Gram und Neid auf ihr erfülltes Leben.

»... und würden Sie wollen mich nach Stockholm begleiten?«

»Wenn wir uns ab jetzt duzen, denke ich darüber nach.«

Sie lächelte und nickte. Das ungewohnte Sie der deutschen Sprache war für Inga immer schon schwierig gewesen. »Dann sollte ich wohl meine Mutter und meinen Bruder anrufen und ihnen Bescheid geben.«

»Das hast du noch nicht getan?«

Inga schüttelte verlegen den Kopf. »Ich weiß nicht, wie ich ihnen die Sache erklären soll. Es tut mir alles so leid«, schloss sie und senkte den Blick. »Du hattest es so schwer.«

»Ja«, erwiderte er »Aber es war in Ordnung. Die ersten Jahre waren schlimm, doch dann ist ja alles gut ausgegangen.«

Die Neugierde brannte in Inga. Sie wusste nicht, was mit den heimatlosen Kindern nach dem Krieg geschehen war. Martha hatte von ihrem Leben im Wald erzählt, davon, dass sie sich von Moos und Beeren ernährt hatten und von Hof zu Hof gezogen waren, wo sie um Nahrung bettelten. Doch was danach geschehen war, davon wusste Inga nichts. Die Offenbarung, einen Onkel zu haben, hatte sie vollkommen vereinnahmt und keinen Platz für weitere Erzählungen gelassen.

»Was geschah mit euch Kindern? Wo seid ihr aufgewachsen?«

Erstaunt betrachtete Wilhelm seine neu gewonnene Nichte. »Du weißt nicht ...«

»Nein«, fiel sie ihm ins Wort.

Wilhelm hob die Hand und winkte den Kellner zu sich. Er bestellte eine Flasche Wasser und zwei Gläser Weißwein. »Nun, dann werden wir wohl noch ein bisschen hierbleiben, bis ich dir alles erzählt habe«, erwiderte er lächelnd. Lange hatte er überlegt, ob es klug wäre, sich mit Inga zu treffen. Doch nun sah er in ihre leuchtenden Augen und wusste, dass er die richtige Entscheidung getroffen hatte.

* * *

Litauen, Januar 1947

Martha schob ihren Körper eng an Wilhelms und wagte kaum, den Blick zu heben. Auf dem Wagen saßen acht Kinder, die alle von Entbehrungen gezeichnet waren. Ihre abgemagerten Körper schaukelten hin und her, und niemand wagte es, irgendetwas zu sagen. Dennoch nahm Wilhelm an, dass auch die anderen Kinder Deutsch sprachen. Der Russe, der auf dem Kutschbock saß, schwieg, seit er die Kinder auf den Wagen platziert hatte. Niemand sprach aus, was mit ihnen geschehen würde. Wilhelm ärgerte sich über seine Unachtsamkeit. Er war eingeschlafen und hatte die herannahenden Russen nicht gehört. Mitleidig betrachtete er Martha, in deren Augen Tränen schimmerten.

»Vielleicht wird alles gut«, flüsterte er und erntete einen verständnislosen Blick von seiner Freundin.

Die letzten Nächte waren unerträglich kalt gewesen, und Wilhelm ertappte sich erstmals dabei, Erleichterung zu empfinden. Er war tatsächlich froh, dass sie gefunden worden waren. Wer weiß, wie lange sie noch überlebt hätten. Wilhelm war am Ende seiner Kräfte.

Als der Pferdewagen nach fünfzehn weiteren Minuten eine kleine Stadt erreichte, ahnte Wilhelm, wohin sie der Weg führen würde. Das Pferd hielt vor dem Bahnhof. Die Kinder wurden von drei Frauen in Empfang genommen, die langsam die drei Stufen herabstiegen, während sie ihre langen schwarzen Kleider anhoben, damit sie nicht in den

Schneematsch hingen. Ihre gestärkten Schürzen gaben ihnen fast das Aussehen von Krankenschwestern. Martha wimmerte leise vor sich hin und drückte sich enger an Wilhelm. Die Gruppe wurde in einen Warteraum geführt, von wo aus die Kinder der Reihe nach in ein Büro gerufen wurden.

»*Vokietukai?*«, erkundigte sich eine der Frauen, während sie gespannt die Gesichter der Kinder musterte. Sie hatten diese Bezeichnung in Litauen schon oft gehört. Es bedeutete so viel wie »kleine Deutsche«. Die herumirrenden Waisenkinder wurden von der Bevölkerung so genannt.

Wilhelm nickte.

»Wo ... Mama?«

»Unsere Eltern sind tot«, erklärte Wilhelm. Die Frau sah fragend von einem Kind zum anderen. »Mama ... Papa ... nix?«

»TOT!«, rief Wilhelm ungehalten, während es ihm immer schwerer fiel, die Wut, die in ihm aufkeimte, zu zügeln. »Ihr habt sie umgebracht, versteht ihr? Ihr habt beide getötet, und jetzt haben wir niemanden mehr.«

Martha musterte ihn, eingeschüchtert von seinem ungewohnt rüden Tonfall.

Die Frau hockte sich zu Martha und nahm ihre Hände.

»Wohin gehen wir?«, flüsterte Martha auf Russisch und erntete überraschte Blicke.

»Du sprichst Russisch?« Martha nickte schüchtern. »Aber du bist Deutsche?« Wieder ein Nicken. »Wir bringen euch mit dem nächsten Zug in ein staatliches Kinderheim.« Martha erstarrte. Die Frau strich ihr zärtlich über die Wange. »Hab keine Angst. Dort hast du zumindest ein

Bett und etwas zu essen. Es ist besser, als allein im Wald zu erfrieren.« Sie lächelte. Es war ein echtes, warmes Lächeln, und um ihren Mund bildeten sich kleine Fältchen.

»Wilhelm hat noch eine Großmutter«, sagte Martha. »Vielleicht kommt sie zurück.«

»Nach Litauen?«

»Nein, wir kommen aus der Nähe von Cranz.«

Die Augen der Frauen weiteten sich bei der Vorstellung, welche Strapazen die kleinen Kinder hinter sich gebracht hatten, um eine so weite Entfernung zu überwinden. Und nun wurden sie letztendlich mit dem Kinderheim belohnt. »Wir notieren alles. Name und Herkunft, und dann werden wir nach eurer Großmutter suchen.«

Martha nickte zuversichtlich, aber Wilhelm zuckte mit den Schultern. »Glaubst du das wirklich?« Sie warf ihm einen ratlosen Blick zu und schwieg. »Egal. Was bleibt uns sonst übrig«, fuhr er fort. »Besser als zu erfrieren ist es allemal.«

* * *

Nach nur wenigen Tagen war die Hoffnung auf ein besseres Leben verblasst. Wilhelm und Martha waren in ein Kinderheim in der Nähe von Königsberg gebracht worden, das nun den Namen Kaliningrad trug, weil die litauischen Heime mittlerweile hoffnungslos überfüllt waren. Die Zustände in dem staatlichen Kinderheim waren katastrophal. Es fehlte an Sanitäranlagen, an frischer Wäsche, an Kleidung. Manche Kinder litten an Krätze, und nahezu alle waren verlaust. Doch zumindest das Personal war den

Kindern freundlich gesinnt. Manchmal kamen sogar Bauern, ermutigt vom Dorfpfarrer, die etwas Milch oder Holz zum Heizen spendeten. Doch für Wilhelm war klar, dass er sich, sobald es die Witterung zuließ, mit Martha aus dem Staub machen würde. Er glaubte nicht an die Bestrebungen des russischen Personals, seine Großmutter zu suchen. Lieber wollte er sich allein auf die Suche nach ihr machen.

* * *

Die Erzieherinnen des Kinderheimes zogen rufend um das Haus und durch die Obstgärten. Sie konnten nicht fassen, dass der kleine blonde Junge und das Mädchen davongelaufen waren. Gerade jetzt. Jetzt, wo es endlich eine gute Nachricht gab, blieb ihnen die Freude, sie zu überbringen, versagt. Als die Frauen kurz davor waren, die Suche aufzugeben, hielten sie inne. Sie ließen ihre Blicke suchend über die Wiesen schweifen.

»Hier! Wir sind hier!«

Martha winkte und lief den Frauen entgegen. Nur widerstrebend hatte sie sich von ihrem Freund überreden lassen, das Heim zu verlassen, aber die Aussicht, allein zurückzubleiben, war noch schlimmer als die Entbehrungen, die erneut auf sie zukommen würden, wenn sie auf Wanderschaft waren. Doch als Martha die Stimmen der Russinnen hörte, war es ihr tiefer Wunsch, dorthin zurückzukehren, wo wenigstens irgendjemand für sie da war. Dorthin, wo es zwar schmutzig war, wo aber auch andere Kinder lebten, wo das Essen zwar ekelhaft schmeckte, aber immer noch besser war als Waldkräuter und Pilze, von denen sie nicht einmal wusste, ob sie essbar waren. Sie wollte nicht wieder monatelang durch die Wälder streifen. Martha war das Wolfsleben leid.

Wilhelm starrte ihr verdutzt hinterher. Dass sie so rasch ihre Meinung ändern würde, einfach kehrtmachte, ohne ihn zu fragen, überraschte und überrumpelte ihn. Er stand wie angewurzelt unter einer großen Eiche und sah ihr blinzelnd nach. In seinem Blick spiegelte sich Fassungslosigkeit, aber auch Ratlosigkeit. Sollte er mit ihr zurückkehren oder den Schritt wagen, allein durch den Wald zu ziehen? Schließlich kickte er verärgert einen Stein an den Wegrand und trottete wutschnaubend hinter Martha her. Sein Ärger auf sie war so groß, dass er am liebsten auf sie eingeprügelt hätte, sosehr er sie auch mochte. Doch die Wut verflog ebenso schnell, wie sie gekommen war, als er die Frauen entdeckte, die winkend auf sie zukamen. Eine von ihnen fuchtelte wild mit der Hand herum, in der sie ein Blatt Papier hielt.

»Was ist das?«, fragte Wilhelm mürrisch, der die Zuteilung an irgendwelche Pflegefamilien vermutete, die die deutschen Kinder zu Arbeitszwecken ausnutzten.

»Sie Brief schreiben, da. Du verstehen, Junge«, erklärte die Frau in kaum verständlichem Deutsch und rief immer wieder denselben Satz auf Russisch.

»Sie haben sie gefunden.« Martha flüsterte die Worte mit belegter Stimme, wandte sich zu Wilhelm um und schaute ihn fassungslos an.

»Wen?«, drängte Wilhelm.

»Deine Großmutter.«

Es dauerte einen Augenblick, bis Wilhelm den Sinn der Worte verstand, und immer noch verbot es sein Verstand, ihnen Glauben zu schenken. Langsam und mit vor Aufregung zitternder Stimme übersetzte Martha, was die Russinnen ihr erklärten. Erna habe eine Suchmeldung an alle Waisenhäuser in Umkreis von hundert Kilometern gesandt, mit der Beschreibung und den Namen zweier Kinder, die aus der Nähe von Cranz stammten.

Die Frau wandte sich Wilhelm zu. »Sie ist vom Dienst an der Front zurückgekehrt, aber das Gut war unbewohnt und zerstört. Dann hat sie von Nachbarn gehört, dass alle tot sind, außer euch. Aber niemand wusste, wo ihr seid, also hat sie es bei den Waisenhäusern versucht.«

Wilhelm atmete schwer vor Aufregung, bis er die Beherrschung verlor, auf die Knie sank und zu wimmern begann. Eine unerträgliche Last fiel von seinen Schultern, und als er sich selbst endlich erlaubte, den Worten Glauben zu schenken, fühlte er sich mit einem Mal leicht und unbeschwert. Die Tränen flossen unaufhörlich, ohne dass er wusste, warum. Die Frauen standen gerührt um die Kinder herum. Nur selten hatten sie das Glück, Zeuginnen solch großer Freude zu werden. Täglich flatterten Suchmeldungen ins Haus, doch es war das erste Mal, dass sie eine positive Antwort zurücksenden konnten.

* * *

Erna klopfte. Die Anspannung beherrschte ihren Körper. Während sie wartete, rechnete sie nach, wie alt die Kinder mittlerweile waren. Wilhelm war sieben, doch sie konnte sich an Marthas genauen Geburtsmonat nicht erinnern. Als sie die beiden zuletzt gesehen hatte, waren sie Kleinkinder gewesen. Sie war eine Fremde für sie, dennoch hoffte sie, dass sie freundlich empfangen werden würde. Sie dachte an ihre Tochter Ebba, an ihren Schwiegersohn Johann, an Karl und seine Eltern Dietrich und Helga. Alle waren Opfer der schrecklichen Rache geworden, die die Russen in ihrer Wut am deutschen Volk verübten. Warum waren sie nicht geflohen?

Erna hatte bis zu ihrer Rückkehr inständig gehofft, von der Flucht ihrer Familie zu erfahren. Die Wahrheit hatte sie wie ein Keulenschlag getroffen. Anfangs hatte sie sich geweigert, die Nachricht zu glauben, und Boshaftigkeit unter den russischen Nachbarn gewittert. Doch die Zeit, in der Helga mit den Kindern die Kammer des Gutes bewohnt und auf den Feldern für die Russen gearbeitet hatte, war noch zu vielen Bewohnern der umliegenden Höfe gut im Gedächtnis. Sie wussten auch von Helgas Tod. Ihre Leiche hatte man entdeckt, nachdem sie lange nicht zur Arbeit erschienen war – von den Kindern keine Spur. Die Kinder! Sie waren der letzte Anhaltspunkt, der einzige Grund, warum Erna sich selbst nicht aufgegeben hatte. Ihr Enkel und Helgas Tochter Martha waren am Leben.

Die Heimerzieherin begrüßte die Deutsche freundlich und erkannte angenehm überrascht, dass Erna keinerlei Probleme hatte, sich auf Russisch zu verständigen. Die langen Jahre im Lazarett hatte Erna genutzt, um die Landessprache zu erlernen, was ihr schon häufig Situationen erleichtert oder gar das Leben gerettet hatte.

»Sie sind drüben im Schreibzimmer«, erklärte die Frau auf Russisch und bedeutete Erna, ihr zu folgen.

Jedes unsichere Gefühl und alle Angst, sie würden Erna ablehnen, fiel von ihr ab, als sie die beiden Kinder erblickte, die schüchtern und verloren in dem Raum standen. Als Wilhelm den Blick hob und sie die Züge ihrer Tochter in ihm wiedererkannte, traten Erna Tränen in die Augen. Sie stürzte wortlos auf die Kleinen zu und drückte sie an sich. Erna übersäte ihre Gesichter mit Küssen, schluchzte und wiederholte immer wieder, wie sehr sie Gott dankte. Als sie sich von den Kindern löste und in ihre Gesichter sah, lächelten die sie an, und jede Spur von Angst war verschwunden.

44

Hamburg, März 2015

Inga tupfte sich die Tränen aus den Augen und knabberte verlegen an ihrer Unterlippe. Der Kloß in ihrem Hals verhinderte das Sprechen, und sie atmete tief aus, um ihre Fassung wiederzugewinnen.

»Und von da an wurde wirklich alles gut. Großmutter Erna zog mit uns in die Nähe der Kurischen Nehrung. Sie arbeitete weiterhin als Krankenschwester. Zu Hause sprach sie Deutsch mit uns. Sie starb 1989. Den Fall des Eisernen Vorhangs hat sie nicht mehr erlebt.« Wilhelm lächelte. »Aber wenn du mich fragst, dann wusste sie, dass es so kommen würde.«

»Hast du nie nach deinem Vater gesucht?«

Er verzog den Mund und zuckte mit den Achseln. »Wir dachten, er wäre gestorben. Es sind ja so viele auf der Flucht ums Leben gekommen. Außerdem war ich sehr wütend auf ihn. Ich hatte das Gefühl, er hätte mich im Stich gelassen.«

Inga errötete.

»Das ist nicht deine Schuld«, sagte Wilhelm, als er ihre Verlegenheit bemerkte.

»Komm mit mir nach Schweden. Gib ihm die Chance, dich noch einmal zu sehen, bevor er stirbt.« Inga wagte nicht, ihn anzusehen.

Nach einer kurzen Pause, in der er nachdenklich vor

sich hin geblickt hatte, entfuhr ihm ein Seufzer. Schließlich nickte er. »In Ordnung, vielleicht soll es so sein. Ich komme mit.«

* * *

Stockholm, Schweden, März 2015

Als das Flugzeug zur Landung ansetzte, drückte Wilhelm seine Nase an das Fenster und bewunderte die zerklüftete Schärenlandschaft Stockholms.

»Es ist wunderschön«, sagte er.

»Wir haben Glück mit dem Wetter. Es kann auch recht unfreundlich sein zu dieser Jahreszeit«, erklärte Inga lächelnd.

Sie hatte ihrem verblüfften Bruder und ihrer Mutter von ihrer Ankunft und dem Überraschungsgast berichtet. Magnus und Pernilla hatten zugesagt, sie vom Flughafen abzuholen. Die Anspannung stieg, als die Räder über das Rollfeld rollten, und steigerte sich ins Unermessliche, als sie mit ihren Koffern durch die breite Schiebetür in die Empfangshalle des Flughafens traten. Ingas Blick wanderte über die winkende Menge, die sich aneinanderdrängenden Menschen, die freudig ihre Namensschildchen hochhielten. Frauen und Kinder, die sehnsüchtig ihre Männer und Väter erwarteten, alte und junge Menschen, die irgendjemanden begrüßten. Es war ein rührendes Bild, das Inga immer wieder bewegte. Sie suchte nach bekannten Gesichtern, konnte jedoch niemanden in der Menge ausfindig machen. »Seltsam. Ich kann sie nirgends sehen? Aber wir sind doch pünktlich gelandet.« Etwas verstimmt zückte sie ihr Telefon, als sie ihren Bruder herbeieilen sah. »Magnus, da bist du ja. Darf ich vorstellen, das ist unser Onkel Wilhelm.«

Magnus schüttelte dem Mann die Hand und zwang sich zu einem freundlichen Lächeln.

Inga stutzte verwundert. »Was ist denn los?«

Er senkte den Blick und wechselte in die englische Sprache. »Es tut mir leid, dass wir dir keinen netteren Empfang bereiten. Opa hatte eine sehr schwere Nacht, und es sieht gar nicht gut aus. Familie und Freunde sind da, um sich zu verabschieden. Mama wollte ihn nicht allein lassen.«

Inga fühlte einen beklemmenden Druck auf der Brust, eine Machtlosigkeit, die sie zur Verzweiflung brachte. Nein! Nicht jetzt. Nicht, nachdem sie Wilhelm endlich gefunden und mitgebracht hatte.

»Kommt, wir müssen uns beeilen«, sagte Magnus. »Das Auto steht draußen.«

Während Magnus auf der Autobahn Richtung Stockholm fuhr, herrschte angespanntes Schweigen. Wilhelm sah mit traurigen Augen aus dem Fenster, und Inga kämpfte mit den Tränen. Die Fahrt dauerte fünfundvierzig Minuten. Die längsten fünfundvierzig Minuten, an die sich Inga in ihrem Leben erinnern konnte. Magnus lenkte das Auto über die gewundenen Straßen der Insel und bog schließlich in die Hauseinfahrt ab.

Ihre Mutter, viele Freunde, die Pflegerin sowie eine Nachbarin standen vor Kalles kleinem Haus. Es hatte den Anschein, als würden sie auf Ingas Ankunft warten. Inga riss die Tür auf, sprang aus dem Auto und eilte mit einem

Satz die drei Stufen hinauf. Sie hielt inne und sah in die Gesichter der Leute. Sie schwiegen, die Pflegerin nickte ihr zu.

»Mama!« Sie eilte auf Pernilla zu, die ihr ein trauriges Lächeln schenkte und wortlos die Hand auf ihren Unterarm legte. Inga schüttelte ihre Hand ab und lief ins Haus, geradewegs ins Krankenzimmer, wo sie ihren Vater an Kalles Bettkante stehen sah. »Papa, du bist hier.«

Seit der Trennung ihrer Eltern sah Inga ihren Vater nur sehr selten. Er wandte ihr den Blick zu. In seinen Augen lag tiefer Schmerz. Ingas Großvater lag mit gefalteten Händen und geschlossenen Augen auf dem Rücken. Er wirkte so friedlich, als würde er schlafen. Unter seinen Händen lagen das alte Schwarz-Weiß-Foto von Ebba und ein Bild von Wilhelm. Inga entfuhr ein tiefer Schluchzer.

»Wann?«, rief sie, ohne ihre Verzweiflung zu verbergen.

»Vor zwanzig Minuten.«

Inga sank auf die Knie. »Nein! Nein, Opa, konntest du nicht warten?« Sie schluchzte laut auf und schlug mit den Fäusten auf ihre Schläfen.

Ihr Vater starrte seine Tochter an. Er hatte die sonst so beherrschte Frau noch nie so aufgelöst gesehen. Erschüttert über ihre Trauer kam er auf sie zu und hob sie hoch. Er schloss sie in seine Arme und drückte ihren zitternden Körper an sich. »Inga. Schhh. Es war so weit, Inga. Wir wussten doch, dass der Tag kommt.«

»Warum konnte er nicht warten? Wilhelm ist doch hier«, rief sie.

»Pernilla konnte es ihm noch sagen.« Inga löste sich von ihrem Vater und sah ihn an. »Ich glaube, dass er sie verstanden hat. Kurz bevor er starb, hatte er noch einen sehr klaren Moment. Diese letzte Möglichkeit wollte deine Mutter nutzen.« Als seine Tochter ihn wieder ansah, schimmerten auch in seinen Augen Tränen.

»Wie hat er reagiert, Papa?«

Ingas Mutter betrat das Schlafzimmer und nickte ihrem Ex-Mann zu. Er lächelte traurig und verließ den Raum.

»Oh, Mama! Ein paar Stunden noch, dann hätte er Wilhelm kennengelernt.«

Pernilla umarmte ihre Tochter. Inga löste sich von ihrer Mutter und hockte sich ans Bett ihres Großvaters. Behutsam strich sie über seinen Arm. Die Haut war kühl, und sie fühlte, dass das Leben aus dem Körper gewichen war. »Opa! Was für ein schweres Leben du hattest.«

Es klopfte an der Schlafzimmertür. Pernilla und Inga wandten sich um und sahen Wilhelm. Er stand verloren in der Tür, den Blick auf den alten Mann im Bett gerichtet.

Inga näherte sich ihm und legte ihm die Hand auf den Unterarm. »Es tut mir so leid, Wilhelm.«

Er nickte traurig und sah zu Pernilla. Die beiden standen sich gegenüber, musterten sich einige Augenblicke stumm, bis Pernilla ihren Halbbruder wortlos umarmte. »Herzlich willkommen«, begrüßte sie Wilhelm auf Deutsch.

»Er möchte sich verabschieden«, sagte Inga und warf ihrer Mutter einen vielsagenden Blick zu.

Pernilla nickte und lächelte Wilhelm zu. Behutsam zog sie Ebbas und Wilhelms Bild unter Kalles Händen hervor und lehnte sie an das Bild ihrer Mutter, das auf dem Nachttisch ihres Vaters stand. Kurz betrachtete Pernilla die beiden Frauen, die zwei großen Lieben im Leben ihres Vaters.

Sie blickte zu Wilhelm, der neugierig die Fotografien musterte.

»Wir lassen euch allein«, sagte Pernilla schließlich mit einem aufmunternden Lächeln. »Ich glaube, du hast deinem Vater eine Menge zu erzählen.« Pernilla legte sanft den Arm um ihre Tochter und begleitete sie ins Wohnzimmer. Sie setzte sich mit ihr auf das Sofa und seufzte.

»Papa hat gesagt, du hättest Opa noch von Wilhelm erzählt.«

Pernilla wischte sich verstohlen eine Träne aus dem Augenwinkel und nickte. »Als ich es von dir erfahren habe, bin ich Tag für Tag zu Vater ans Bett gegangen. Ich wollte so sehr, dass er mich versteht, dass er begreift, ohne ihm einen Vorwurf zu machen.«

»Aber hat er dich denn verstanden?«

»Ja, ich bin mir sicher. Er war zwar sehr verwirrt und selten bei Bewusstsein, doch kurz bevor er gestorben ist, vorgestern war es, hatte ich das Gefühl, er hört mir zu. Er hatte die Augen geöffnet, und ich habe ihm das Foto gezeigt, das du mir gemailt hast.«

»Mein Gott, wie hat er reagiert?«

»Erst dachte ich, er hätte nicht verstanden. Du weißt, wie verwirrt er war, doch dann ... seine Augen wurden größer, und er hielt meine Hand ganz fest. Schließlich habe ich ihm das Foto in die Hände geschoben, und er hat es entsetzt angestarrt. Er hat verstanden, glaube mir.«

»Mama, das ist so furchtbar traurig.«

Pernilla nickte und reichte Inga ein Taschentuch. »Er sah sehr verstört aus, doch er hat das Foto seines Sohnes

Wilhelm nicht mehr losgelassen.« Ihre Stimme drohte zu versagen. »Ich glaube, es hat ihm das Herz gebrochen«, fuhr sie heiser fort und schüttelte verzweifelt den Kopf.

»Es war ein Fehler«, entgegnete Inga, doch Pernilla widersprach ihr.

»Nein, ich glaube, es war richtig. Er hatte ein Recht darauf, es zu erfahren, Inga. Egal, wie weh es tut, und es ist auch für Wilhelm wichtig. Stell dir vor, er hätte nie erfahren, wie sehr sein Vater ihn und seine Mutter Ebba geliebt hat.«

»Hast du ihm denn erzählt, dass Wilhelm auf dem Weg zu ihm ist?«

Pernilla nickte lächelnd. »Ja, und ich glaube, er war sehr aufgeregt. Ich bin dann einfach neben ihm sitzen geblieben und habe ihm alles von seinem Sohn erzählt, was ich wusste, egal, ob er mich verstand oder nicht. Dass Wilhelm in Hamburg lebt, zwei Söhne hat, dass er mit Martha in Kaliningrad aufgewachsen ist und dass es ihm sehr gut geht.«

»Da war Opa sicher beruhigt, nicht wahr?«

»Ja, ich denke schon. Aber genau kann ich dir das nicht sagen. Es muss schrecklich sein, so etwas zu erfahren.«

»Aber du hast einen neuen Bruder bekommen«, lächelte Inga und legte ihrer Mutter den Arm um die Schulter. »Und er ist sehr nett. Er erinnert mich an Opa, obwohl er ihn gar nicht gekannt hat. Ist das nicht seltsam?«

Pernilla lächelte. »Ich freu mich, dass er hier ist. Wir werden ihn in unserer Familie willkommen heißen. Das hätte Vater bestimmt so gewollt.«

* * *

Wilhelm saß mit Blick zum Wasser am Ufer der schwedischen Insel. Als Inga ihn dort sah, fühlte sie eine Welle des Mitleids in sich aufsteigen. Sie näherte sich langsam und betrachtete ihn einige stille Sekunden. Auf seinem Gesicht lag eine unendliche Traurigkeit.

Er räusperte sich und lächelte verlegen. »Inga! Ich habe dich nicht bemerkt.«

»Schön hier, nicht wahr?«

»Wunderschön«, murmelte er und richtete den Blick wieder aufs Wasser.

»Als Kind war ich sehr oft hier. Wir haben die Insel geliebt und das alte Häuschen meiner Großeltern.«

Er nickte, und Inga setzte sich neben ihn auf den Felsen. Eine Weile genossen sie nur die Geräusche der Natur, das Rauschen des Wassers, das Kreischen der Möwen. Nur hin und wieder drang leises Motorengeräusch vom gegenüberliegenden Ufer zu ihnen.

Inga fröstelte und zog den Schal enger um den Hals. »Deine Heimat ist auch wunderschön. Ich glaube, mein Großvater hat sich hier so wohlgefühlt, weil es ihn ein bisschen an Ostpreußen erinnert hat.«

»Das kann sein«, erwiderte Wilhelm.

»Bist du böse auf ihn?«

Wilhelm wandte seiner Nichte den Blick zu und lächelte sanft.

»Nein, nicht mehr. Aber ich hatte zeit meines Lebens eine Riesenwut auf ihn. Ich dachte, er hätte uns im Stich gelassen, Martha und mich. Jetzt, wo ich weiß, dass er keine Ahnung hatte, dass ich noch lebe, verstehe ich alles besser. Ich glaube, er war ein guter Mensch. Ihr habt ihn alle sehr geliebt. Das spürt man.«

»Ja, das haben wir. Er war ein ganz besonderer Mensch.« Inga wischte sich eine einzelne Träne von der Wange und seufzte. »Es ist seltsam. Wir wussten, dass er alt und krank war und dass seine Zeit gekommen war, und dennoch tut es so weh.«

Wilhelm legte den Arm tröstend um seine Nichte. »Ich hätte ihn gern kennengelernt.«

Inga nickte und lehnte den Kopf an seine Schulter. »Bleib doch noch hier. Bitte! Du kannst ihn auch jetzt noch besser kennenlernen. Sein Haus erzählt so viele Geschichten, und meine Mutter wäre so glücklich.«

»Ich weiß nicht ...« Er zögerte. »Vielleicht sollte ich doch lieber nach Hause fliegen.«

»Aber in Hamburg ist doch niemand. Hier sind so viele Menschen, die sich freuen würden, wenn du bleibst.« Sie stand auf und klopfte sich auf die Oberarme, um sich etwas zu wärmen. »Komm, wir sollten gehen. Es ist kalt.«

Wilhelm nickte und erhob sich. Still schlenderten die zwei zu Kalles Häuschen zurück, wo sie Pernilla sahen, die mit suchendem Blick am Fenster stand. Als sie Inga und Wilhelm entdeckte, winkte sie ihnen lächelnd zu.

»Du hast recht«, meinte Wilhelm, »vielleicht bleibe ich noch ein Weilchen.«

45

Stockholm, Schweden, März 2015

Inga telefonierte täglich mit Andrej. Seine Stimme zu hören machte die Situation für sie allerdings noch schwerer. Sie schaffte es nicht, ihre Gefühle hinter sich zu lassen und nach vorn zu blicken. Es wäre besser gewesen, nicht mehr auf Andrejs Anrufe und Nachrichten zu reagieren, doch jedes Mal, wenn das Handy klingelte, machte ihr Herz einen Sprung und verlegte sich auf heftiges Klopfen. Inga hatte versucht, sich auf die Beerdigungsvorbereitungen zu konzentrieren und die Zeit mit Wilhelm zu genießen. Sie wollte Andrej aus ihren Gedanken verbannen und wieder dorthin zurück, wo sie vor ihrem Aufbruch nach Russland gestanden hatte. Aber sie war zu verliebt, um die Beziehung zu Andrej, die eigentlich noch gar keine war, zu beenden, und die Entfernung fachte die Sehnsucht in ihrem Herzen nur weiter an.

»Du bist ja ganz schön verschossen in diesen jungen Mann.«

Inga hob erschrocken den Kopf und sah ihre Mutter an. »Was? Wen meinst du?«

Pernilla setzte sich an den Tisch neben ihre Tochter und lächelte sanft. »Ach, Schätzchen. Glaubst du, ich merke das nicht? Du starrst alle paar Minuten auf das Handy, liest ständig seine Nachrichten, und wenn es klingelt, bist du ganz aus dem Häuschen. Ist er denn so besonders?«

Inga errötete und presste verlegen die Lippen aufeinander. »Ja, Mama, das ist er. Ich verstehe auch nicht, was in mich gefahren ist. Er lebt in Kaliningrad, mein Gott!«

Pernilla nickte. Sie wusste nicht, mit welchen Worten sie ihre Tochter trösten könnte. »Die Zeit wird auch diese Wunden heilen, Kind.« Sie stand auf und küsste Ingas Haar. »Komm jetzt, mach dich fertig für die Beerdigung.«

Inga schlüpfte in ihre schwarze Bluse und betrachtete sich im Spiegel. Ihr Herz war schwer vor Trauer und Sehnsucht. Nun stand ihr noch der schwerste Schritt bevor – das Begräbnis ihres Großvaters. Weinende Gesichter, schmerzliche Erinnerungen, traurige Kirchenlieder. Sie fühlte sich so einsam wie nie zuvor und wusste nicht, wie sie diesen Tag überstehen sollte. Es klingelte an der Tür. Inga sprach sich Mut zu. Nach diesem Tag würde alles wieder besser werden, und ihr Großvater würde einen Platz in ihren Erinnerungen einnehmen, einen Platz, der für immer ihr Herz erwärmen würde. Sie öffnete die Eingangstür, um ihren Bruder zu begrüßen, und hielt verblüfft inne.

»Andrej!« Er stand im dunklen Anzug vor ihr und sah sie wortlos und unsicher an. Es dauerte einen Moment, bis sie sich besann und ihm um den Hals fiel. »Du bist hier. Aber wie ist das möglich? Das Visum …«

Er drückte sie an sich und strich über ihr Haar. Ohne ein Wort standen die beiden regungslos in der Tür und hielten sich so fest umschlungen, als drohte sie eine unbändige Kraft auseinanderzureißen. Er schob sie sanft von sich, sah in ihre tränennassen Augen und küsste sie zärtlich auf den Mund.

»Ich wollte dich zur Beerdigung begleiten. Das mit dem Visum war schwierig, aber ich kenne jemanden, der mir geholfen hat, das Ganze etwas zu beschleunigen. Irgendwie wusste ich, dass ich zu dir muss. Und nun wollte ich dir einfach beistehen.«

Inga schluckte schwer, unfähig, etwas zu erwidern. Sie sah nur in seine Augen und fuhr zärtlich durch sein Haar.

»Ist das in Ordnung für dich, Inga?«

Endlich lächelte sie und drückte ihn noch einmal an sich. »Ja, ja, natürlich ist es in Ordnung. Was für eine dumme Frage. Es ist so schön, dass du da bist, Andrej.«

Verblüfft starrte die Familie auf Ingas unbekannte Begleitung. Inga hielt Andrejs Hand so fest, als hätte sie Angst, jemand könnte bezweifeln, dass er zu ihr gehörte.

Pernilla näherte sich ihrer Tochter und musterte den jungen Mann. Sie lächelte und sprach ihn auf Deutsch an. »Ich nehme an, Sie sind Andrej? Herzlich willkommen in Stockholm. Ich bin Pernilla, Ingas Mutter.«

Er erwiderte ihr Lächeln und begrüßte sie freundlich. Inga schmunzelte über die Verwunderung in Andrejs Augen.

»Woher weiß sie, wer ich bin?«, flüsterte er.

Inga zuckte mit den Schultern und zwinkerte ihrer Mutter zu. »Mütter wissen das eben.« Sie stellte Andrej ihren Freunden und der Familie vor, bevor sie zu Großvaters Sarg ging und sich von ihm verabschiedete. In Gedanken stellte sie auch Kalle ihren Begleiter vor und bedankte sich bei ihrem Großvater. Ohne seine Vergangenheit hätte sie Andrej nicht kennengelernt.

* * *

Stockholm, Schweden, Frühling 2016

Wilhelm wendete die Grillwürstchen und winkte Inga und Andrej zu, die ihr Auto in die Auffahrt des gelben Holzhäuschens lenkten. Der Garten war gepflegt und wirkte nicht so, als würde Wilhelm nur für einige Wochen im Jahr hier wohnen. Inga war sehr glücklich, dass er sich nach Kalles Tod dazu entschlossen hatte, das Haus zu übernehmen und als Zweitwohnsitz zu nutzen, um seiner neu gewonnenen Familie näher sein zu können.

Inga stieg aus dem Wagen und sog die frische Frühlingsluft ein, die sich mit dem Grillduft vermischte. Neben dem Gedenkstein, unter dem die Familie Kalles Urne beigesetzt hatte – direkt neben dem Apfelbaum unter den zahlreichen Narzissen, die Kalle so geliebt hatte –, flackerte ein Windlicht. Inga umarmte Wilhelm und begab sich geradewegs nach der Begrüßung zu dem Gedenkstein. Sie dachte an das honiggelb schimmernde Bernsteincollier, das sie nach Kalles Tod von Pernilla bekommen hatte. Sie trug es zu besonderen Gelegenheiten. Das Collier, das einst Dorothea von Bergens Großmutter gehört hatte und in einer handbemalten Kiste die weite Reise vom ehemaligen Ostpreußen bis nach Schweden gemacht hatte, sollte weiterhin in Kalles Familie bleiben und mit Würde getragen werden. Andrej trat hinter sie und umschlang ihre Taille. Sie lehnte sich an ihn und genoss die Geborgenheit, die sie in seinen Armen empfand.

Das letzte Jahr war schwierig gewesen. Andrej und Inga hatten sich nur selten gesehen. Es war äußert kompliziert, immer wieder ein Besuchervisum zu beantragen. Das viele Reisen war anstrengend, doch das war der einzige Wermutstropfen in der Beziehung. Inga hatte sich noch nie so glücklich und behütet gefühlt und nahm dafür die Strapazen, die die Fernbeziehung mit sich brachte, bereitwillig auf sich.

Wilhelm kam zu ihnen und klopfte Andrej freundschaftlich auf die Schulter. Die beiden hatten sich auf Anhieb verstanden und steckten gern die Köpfe zusammen, um sich über ihre Heimat zu unterhalten.

Wilhelm tauschte einige Worte auf Russisch mit Andrej, bevor sie in die deutsche Sprache wechselten. Erfreut wandte er sich an Inga. »Na, das sind ja schöne Neuigkeiten«, rief er.

Inga drehte sich mit fragendem Blick zu Andrej um. »Neuigkeiten?«

»Ich werde zwei Gastsemester an der Universität in Stockholm Deutsch und Russisch unterrichten.« Er sah in ihr verblüfftes Gesicht.

»Was? Du hast die Stelle bekommen? Das hätte ich nie gedacht. So schwierig, wie das mit dem Ein- und Ausreisen und dem Visum immer war.«

Er nickte lächelnd. Sie stieß einen Begeisterungsschrei aus und fiel ihm um den Hals. Zwei Semester würde er in Stockholm verbringen. Endlich waren ihre Wünsche und Hoffnungen erfüllt worden. Sie hatten eine Chance bekommen.

»Und was ist nach dem Jahr?«, erkundigte sich Wilhelm.

Inga und Andrej zuckten gleichzeitig mit den Achseln.

»Keine Ahnung, aber ich würde sagen, das sehen wir dann«, erwiderte Inga. »Vielleicht gibt es ja doch irgendeine Möglichkeit für Andrej, hier in Stockholm zu bleiben.« Sie zwinkerte Andrej zu und wandte sich wieder zu Kalles Gedenkstein um. »Sieh nur, Opa, Andrej ist hier. Und er bleibt für ein Jahr in Stockholm. Ist das nicht wunderbar?« In Gedanken sah sie ihren Großvater lächeln und erinnerte sich an die Worte, die Ebba ihm gewidmet hatte. *Blick mit Zuversicht nach vorn! Es gibt immer ein nächstes Mal!*

Danksagung

Ich danke allen Zeitzeugen, die meinem Roman mit ihren Erzählungen Leben eingehaucht haben. Mein Dank geht vor allem an Alena Antipova, die mir ihr schönes Kaliningrad gezeigt hat. Mein Mann Markus, meine Eltern und meine Freundin Cathrin Krantz waren kritische Leser des ersten Entwurfes und haben hilfreiche Tipps gegeben. Und nicht zuletzt danke ich meiner Agentin Conny Heindl sowie meinen Lektorinnen Johanna Voetlause und Ulrike Brandt-Schwarze für ihre kompetente Unterstützung bei der Veröffentlichung meines ersten Romans.